本书由河南大学外语学院著作出版基金资助出版

语言·文学·翻译研究系列丛书　　总主编／张璟慧　付江涛

WUSULI SHANQU

LIXIAN JI

乌苏里山区历险记

【苏】弗·克·阿尔谢尼耶夫 ——— 著

史思谦 ——— 译

河南大学出版社　河南·郑州
HENAN UNIVERSITY PRESS

图书在版编目(CIP)数据

乌苏里山区历险记 /(苏)弗·克·阿尔谢尼耶夫著；史思谦译. --郑州：河南大学出版社,2023.6
ISBN 978-7-5649-5522-9

Ⅰ.①乌… Ⅱ.①弗…②史… Ⅲ.① 游记-作品集-苏联 Ⅳ.①Ⅰ512.65

中国国家版本馆 CIP 数据核字(2023)第 112824 号

责任编辑　李　云
责任校对　陈　炜
封面设计　李雪艳

出　　版	河南大学出版社		
	地址：郑州市郑东新区商务外环中华大厦 2401 号　邮编：450046		
	电话：0371-86059701(营销部)　网址：hupress.henu.edu.cn		
排　　版	郑州市今日文教印制有限公司		
印　　刷	广东虎彩云印刷有限公司		
版　　次	2023 年 6 月第 1 版	印　　次	2023 年 6 月第 1 次印刷
开　　本	787 mm×1092 mm　1/16	印　　张	17
字　　数	270 千字	定　　价	55.00 元

版权所有·侵权必究

(本书如有印装质量问题,请与河南大学出版社营销部联系调换。)

总　　序

在人类文明的长河中，语言、文学与翻译一直如三股潺湲的溪流，奔腾不息，涌动着人类精神的生生之源，既独立不羁，又交汇倒映，形成了一种美妙的互动关系。

语言不仅是沟通的工具，更是文化的载体、思维的反映。对语言的深入研究，其实是对人类自身精神世界的一种探寻。语言不仅是人与人之间的沟通桥梁，也是文化传承的纽带，凝聚了人类的智慧，反映了社会的变迁。语言不仅是简单的词汇和语法，背后更是蕴含了一个民族的历史、信仰、审美与价值观。对语言的深入研究，可以帮助我们更好地了解一个民族的文化底蕴、前世今生，同时也有助于国际间的跨文化交流。

文学作品中记录、描述的跨越时空的人文思想，为我们提供了理解自身与驰骋想象的精神食粮，滋养着我们的灵魂。《易经》曰："刚柔交错，天文也；文明以止，人文也。观乎天文，以察时变；观乎人文，以化成天下。"文化，是凝结于物质之中又游离于物质之外的，能够被传承和传播的国家或民族的思维模式、价值观念、生活方式、行为规范、艺术审美、科学技术等，是人类交流时被普遍认可的一种能够传承的意识形态，是对客观世界感性认识与心灵体验的升华。而作为心灵之倒影的文学，正是文化的羽翼之一，是构建社会价值与人类情怀的不可替代的表征。

翻译，是一种内心和行为的多层次的立体交叉活动。狭义来讲，翻译是一种或某种语际转移与跨文化交际；广义来说，翻译还包括不同艺术门类间的改编、转化，如小说到电影的翻译，甚至还包括学科与学科间的跨界探讨，如文学与历史、古希腊神话与视觉艺术等。翻译与文化间的关系是我们研究翻译的基础，翻译活动从古至今伴随人类的活动，帮助并促进思想、文化和民族的相互交流与融合。因此,翻译研究要关注人类思想史的进程,一部翻译史就是一部人类文化交流史,要从翻译活动对文化发展所做出的贡献着眼,理解翻译的定义、作用与定位,而不能仅局限于翻译标准与技能的讨论。换言之,我们丛书的翻译将涵盖传统语际翻译、艺术与艺术间的转换、跨学科的学术研究,以期待各种思想与学科间的互相启发与点亮。

在这样的背景下,本套"语言·文学·翻译研究系列丛书"应运而生,旨在系统探索语言、文学与翻译背后隐藏的奥秘,挖掘其深厚的跨文化根基,并在"一带一路"等国家倡议和建设发展背景下,聚焦外语界关注的热点问题,注重理论与实践的结合。丛书亦会涵盖中文、英文、俄文、日文、德文、法文、西班牙文、韩文等多个语种。

河南大学的前身河南留学欧美预备学校是中国最早的三所留学欧美预备学校之一。河南大学外语学院有 111 年悠久的历史,与河南大学同龄。外语学院拥有一大批如张今、吴雪莉、刘炳善、徐盛桓等蜚声海内外的学术大师,还有当今学界的中流砥柱如张克定、刘辰诞、牛保义、高继海、郭尚兴、刘泽权、杨朝军、张红等,亦有正在成长的诸如张璟慧、付江涛、梅冰、张丹丹、李香玲、侯建、兰立亮、孙文统、李英华、侯景娟、张博、俞琳、陈学貌、常璇璇等一代新人。作为外语教育与研究的重要基地,学院培养了大批专业人才,为国内外语教育事业做出了杰出贡献。同时,学院也积极开展人文社科研究项目,推动了语言、文学、翻译等领域的学术进展。学院师生秉持学术创新和探索精神,广泛参与国际学术交流与合作,为学科建设和学术发展注入了新活力。"语言·文学·翻译研究系列丛书"汇集了学院众多优秀教师的研究成果,为广大读者提供了一扇窥探当代文化和跨文化交流的窗口,既有利于我国学者在国际学界发出自己的声音,同时也为语言、文学和翻译等领域相关研究者和爱好者提供一份宝贵的学术资源。

然编者能力与水平有限,不足之处,还请各位专家学者不吝赐教。

谨以此套丛书献给 111 周年华诞的母院与母校——我们在她的怀抱里得到滋养与抚慰,"见过大海的孩子,内心永不会干涸"。

张璟慧　付江涛
2023 年 6 月于古雅的河大明伦园

原 书 序

现在向读者诸君提供的这部作品，是我在1906年去往锡霍特-阿林山区旅行的概述，既是对所经路线的地理描绘，也是一本旅行日志。

在这部书里，读者诸君会看到对自然风光及居民特色的描绘，其中许多记述已湮没于旧日尘烟，仅剩历史意义了。在近20年间乌苏里地区变化很大。

这一地区大部分原始森林都已枯朽，现在森林里多为落叶松、白桦和白杨等。曾经的虎啸山林之处现已汽笛声声，一些散居猎户的住所也成了一座座俄罗斯大型村落。昔日的本地人已离开去往北方，泰加林里的野兽也急剧减少。

这一地区已逐渐丧失其独特性，正经历着文明带来的不可避免的改变。变化主要发生在乌苏里地区南部和乌苏里河右侧支流的下游地区。在北纬45°以北的锡霍特-阿林山区，现在只剩一片荒凉山林保留有布季谢夫和维纽科夫时期的面貌。

首先我需要向以不同方式促成我在乌苏里地区展开考察的人们表示感谢。

我在锡霍特-阿林山脉的三次考察受到俄罗斯地理协会阿穆尔分会的资助，还曾受到军事部门的特别拨款资助。

远东地区的海员们都是我的挚友。1906年他们在海边为我筹建了数个供给基地，除了放置我自己的补给箱，他们还在每个供给点赠送了一个装有红酒、罐头、饼干、蛋糕等补给的箱子。

倘若说这次旅行我有丰硕的收获，这在很大程度上应归功于我的旅伴们。

我将很大一部分成功归于西伯利亚士兵和乌苏里地区哥萨克们,他们有着堪称典范的忘我精神与忠实服务,我们曾一起度过旅行时光。

我不仅不需要鼓励他们,反而因担心他们的健康而不得不要求他们停下脚步。尽管情况艰苦,这些朴实勤劳的人坚忍承受了远途生活的各种重负,我从未听过他们有一次抱怨。他们中有许多人死于1914—1917年战争,其余的我们至今都保持着通信。

在旅行期间有许多人比如船长、教师、医生等都曾给予我各种建议与帮助,他们不止一次地协助我,减轻了我的负担。我向他们致以由衷的问候,并向他们的亲切与好客致以由衷的感谢。

每次当我回望来路、追忆往昔,我的眼前都浮现出一位已故故人的身影——他就是外乌苏里地区的赫哲人德尔苏·乌扎拉。一想到我们曾经的共同旅行,我的心就思念到抽痛。

倘若在乌苏里地区的民族学地图上寻找赫哲人,我们会发现这些本地人居住在乌苏里江谷地到刀毕河河口的一段狭窄地段。从前还有一部分赫哲人居住在乌拉河及其支流附近,我们感兴趣的正是他们。

将这些赫哲人归为某个其他民族,并将他们同其他赫哲人区分开来是错误的。从人类学层面来说,他们同自己的邻居即那些在乌苏里地区散居的渔民没有任何区别,他们的出众特点是热爱打猎。

他们居住的地方渔获较少,而在泰加林中满是野兽,所以他们为打猎倾注了所有心力。为了捕貂、猎取鹿茸和挖取人参,这些赫哲人深入北方,不止一次地去往锡霍特-阿林山脉最遥远的角落。他们是最为出色的猎手,是寻踪辨迹的高手。在同德尔苏一起旅行时,我曾用心观察他辨别踪迹的各种方法,并且不止一次地感到惊奇,他的这些能力已然到了几乎出神入化的地步。这个赫哲人能像读书一样彻底品读足迹,从而条理清晰地再现整个事件。

很难——列举出他对我和我的旅伴们所给予的帮助。他曾不止一次地冒着生命危险勇敢地营救濒死之人,许多人都被他救过命,其中也包括我。

由于德尔苏在我的数次旅行中所起到的重要作用,我先是描述了

1902年沿济木河和勒富河的行进路线,在那里我同他初次会面,随后转向对1906年考察的记述。

最初的三次旅行在1910年结束,随后三年在著名专家Л.С.别尔格、И.В.帕利宾、С.А.布图尔林和Я.С.埃德尔斯坦的亲切帮助下整理所收集的材料。

1917年手稿已完成。手稿曾在我的亲友间传阅,其中有不少是教师。

他们的评论使我确信,这种对某一地区的科普记述能够使处于学习中的年轻人从中汲取不少有趣的信息,这将是一项有益的事业。

弗·克·阿尔谢尼耶夫
1921年

目　录

玻璃沟 …………………………………… 1

初遇德尔苏 ……………………………… 7

打野猪 …………………………………… 12

朝鲜屯见闻 ……………………………… 19

勒富河下游 ……………………………… 24

兴凯湖暴雪 ……………………………… 34

集结上路与考察装备(1906年) ………… 43

沿乌苏里江溯源而上 …………………… 56

翻山越岭向科克沙罗夫卡村进发 ……… 63

伏锦河谷地 ……………………………… 72

穿越泰加林 ……………………………… 81

大森林 …………………………………… 88

翻过锡霍特山脉去海边 ………………… 95

奥尔加湾 ………………………………… 107

阿尔扎玛索夫卡河畔的历险 …………… 121

弗拉基米尔湾 …………………………… 130

德尔苏·乌扎拉 ………………………… 136

阿姆巴 …………………………………… 147

里伏锦河 ………………………………… 155

受诅之地 ………………………………… 162

返回海滨 ………………………………… 175

鹿鸣 ……………………………………… 186

猎熊 ……………………………………… 196

遭遇红胡子 ……………………………… 208

森林大火 ………………………………… 215

冬季行军 ………………………………… 223

去往伊曼河 ……………………………… 231

艰难处境 ………………………………… 241

从瓦贡别到帕罗沃奇 …………………… 251

玻璃沟

1902年，在一次率领侦察队出行的任务中，我曾沿济木河溯源而上。这条河在什科托沃村附近注入乌苏里湾。此次队伍由六名西伯利亚士兵和四匹驮马组成。此次侦察的目的是从军事角度考察什科托沃地区，探究大尖山的山结①处的数个山口，那里是济木河、麦河、刀毕河和勒富河的发源地。还有就是探察兴凯湖旁和乌苏里铁路临近的所有道路的路况。

这里所说的山脉从伊曼河附近起始，向南与乌苏里江平行，再从北侧—北侧—东侧至南侧—南侧—西侧方向延伸，其地理位置位于松阿察河、兴凯湖以东，刀毕河以西。再向前延伸，这条山脉就分为两条支脉：一条是延伸至西南，贯穿至慕拉维约夫-阿穆尔斯基半岛的鲍加塔亚格里瓦山脉；另一条向南延伸，与另一座高山即刀毕河和苏昌河之间的分水岭两相交汇。

乌苏里湾的上游是麦通港。只消一眼就瞧得出来，这个港口曾深入内陆。离海约5公里处，还能看到被海水冲刷咬蚀而成的陡崖。塘沟子河河口原来位于现在的散湖和二泡子湖所在之处，而麦河河口位于铁路线与麦河两相交叉处的上游不远。这是一片约22平方公里的沼泽洼地，由麦河和塘沟子河的冲积物淤积而成。洼地里还留存有一些不大的湖泊，见证了那里曾是最深之处。这个海水退却、陆地裸露的缓慢历程直到现在也在缓慢进行。麦通港亦难逃此劫，现已日渐干涸。它的西岸都是斑岩，东岸由第三纪沉积物构成，麦河河谷里是花岗岩和正长岩，而河谷以东都是玄武岩。

什科托沃村位于济木河右岸，在其一处河口附近，建于1864年。1868

---

① 山结是地理术语，又称山汇，是许多山脉的汇集中心。

年它曾被红胡子①烧毁,次年得到重建。1870年普尔热瓦尔斯基②曾做过统计,那里当时共有6户家庭,34口人。到我造访什科托沃村时,人丁已经相当兴旺了。我们在这里过了两夜,考察了周围一带,并为远行准备各类物资。济木河长约30公里,东西流向,右侧仅有一条支流,叫作北岔河。当地人把北岔河流经的谷地称为玻璃沟。这一名称起源于中国式的碓子房③,这种房子的窗户上往往会镶上一小条玻璃。值得注意的是,在当时的乌苏里地区并没有制作玻璃的工厂,在偏远地区,玻璃是尤为稀罕的物件。在人迹罕至的深山老林里,玻璃甚至有了特殊的价值尺度。用玻璃瓶可以换到面粉、盐、小米,甚至毛皮。老村民说,吵红了眼的仇人甚至会闯入对方的房里,打破他家的玻璃器物,很明显,镶在中国碓子房窗户上的那一小条玻璃已经相当奢侈了。最初到往此地的移民们也注意到了这一点,他们不仅用"玻璃"来给房屋、河流命名,还用它来称呼这里的整片地区。

从什科托沃村沿济木河河谷向上,先是碰见一条大路,一过诺沃罗西斯科耶村,大路很快变为小道。沿着这条小道一直走,就能走到苏昌河,还有通往诺沃涅仁诺村的干沟子河。这条小道不时在河流两岸交替出现,导致春汛期间这里很难通行。

清早我们从什科托沃村出发,当天到达了玻璃沟,进了沟。北岔河为西－南－西方向流向,在河口附近转向正西。整条玻璃沟宽窄不一:有时窄不过百米,有时又超过一公里宽。同乌苏里地区的大部分河谷一样,玻璃沟的地势异常平坦。两侧的山上长满了弯曲结瘤的柞树,山坡陡峭难行。平原和山川界限分明,这种现象说明此处曾发生过强烈的剥蚀作用。河谷肯定曾经相当深,后来逐渐被河流的冲积物淤积填满。

越往山上走,植物就越丰茂。稀疏的柞树林逐渐被浓密的针阔叶混交林取代,其中有不少雪松。我们沿着中国猎户和挖参人踏出的一条羊肠小道前行着。走了两天后,我们找到一处镶着玻璃的碓子房,可惜眼前所见只剩一处旧址。路况越来越差,看得出已很少有人踏足这条小道了。这条小

---

① 旧时指活动在深山老林中结伙打劫的土匪强盗。
② 普尔热瓦尔斯基(Н. М. пржвalьcкий,1839－1888),俄罗斯探险家、地理学家、博物学家,1864年加入俄罗斯地理协会。1867－1869年普尔热瓦尔斯基曾到乌苏里地区考察探险。
③ 指供猎人临时居住的房子。

道上荒草丛生，多处被大风摧折的断木堵住。走了不久，小道也不见了。我们有时会碰到野兽踩踏而成的小路，要是这些小路与我们所行方向一致，我们就沿其而行，不过大多数时候我们踏足的都是荒郊野岭。到了第三天傍晚，我们来到大尖山山脊，这里地势呈南北走向，平均海拔约700米。我吩咐其他人留在原地，自己登上了旁侧的一座山峰，想要眺望一下从这里到山口的大致距离。从高处望去，附近的山峰清晰可辨。原来，我们距分水岭还剩2～3公里。显然天黑前根本到不了那里。即便勉强赶到，也有可能要在没水的地方过夜，因为在现在这个时节，山上的泉眼都已几近干涸。我决定就地宿营，休整人马，明天再赶往山口。

通常我很少到黄昏时分再歇脚宿营，而是尽量提早赶在天黑前支起帐篷，准备好过夜的柴火。趁着士兵们忙活宿营事宜的空当，我出去考察了一下周边地区的情况。和我同行的是波利卡尔普·奥连季耶夫，一位出色的猎手，更是我的好伙伴。他大约26岁，中等个头，身材健硕，长着一头淡褐色头发，蓄着山羊胡，面部线条棱角分明，这些大概会给我们的读者留下一点关于他的印象。奥连季耶夫天生是个乐观者，无论处境多么艰难，他都会露出一副豁达的笑脸，努力劝我"在这样的人间仙境，一切都会向好的方向发展的"。我向士兵们吩咐了些事情，就扛上枪支，和他一同出去了。

太阳刚刚落山，余晖还闪耀在群山之上，河谷中却已是一片灰暗暮色。在苍白天空的映衬下，飘着飒飒黄叶的树顶清晰可见。在鸟群、虫鸣、干枯的草叶中，甚至是空气中，时时处处都能感受到渐浓的秋意。

我们翻过一座矮坡，踏进另一处布满密林的河谷。条条山溪已经枯竭，只剩还算宽阔的河床横穿河谷。我们就从这里分开走了。我沿着遍布卵石的砾石滩向左，奥连季耶夫则往右走去。没走两步，从他的方向就传来一声枪响。我急忙转过身，看见一只动作敏捷、毛色斑斓的动物猛地一闪而过。我赶忙向奥连季耶夫那里跑去。他本来正急着往枪膛里上子弹，不巧的是有颗子弹正卡在弹匣里，导致枪栓推不上去。

"你打了什么？"我问他。

"好像是只老虎。"他答道，"它趴在树上，我打得挺准，肯定打中了。"

卡住的子弹终于取了出来。奥连季耶夫装上子弹，我俩小心地朝那只野兽藏身的地方挪动。落在枯草上的斑斑血迹说明它的确是被打中了。这时,奥连季耶夫突然停下来,支起耳朵听着什么。在前方右侧离我们不远处,传来一阵呼哧呼哧的声音。地上杂乱生长的一丛丛蕨草挡住了我们的视线,一棵倒伏在地的大树又挡住了我们的去路。奥连季耶夫正要翻过这棵倒木,这时那只受伤的野兽猛地朝他飞扑过来。刹那间,奥连季耶夫还没来得及扛起枪托,就直射一枪,他枪法奇准,子弹正中兽头。那只野兽顿时扑倒在那棵倒木上,脑袋和前爪在前,后半个身子在倒木后面。垂死的野兽挣扎抽搐着,啃起地来,这时重心改变,它的躯体开始前移,最后重重栽倒在了奥连季耶夫脚下。

我一眼就认出这是一只远东豹,当地人又称为雪豹。这是一种身姿俊美的大型猫科动物,从鼻到尾长约1.4米,体侧、背部的毛皮为黄褐色,腹部雪白,全身遍布着老虎条纹样的均匀黑斑。头爪和身侧的斑点小而聚拢,脖子、背部和尾部则分布着宽大的环斑。

雪豹只生长在乌苏里地区的南部,主要在绥芬河、波谢特和巴拉巴舍夫等地区存活,以梅花鹿、狍子和野鸡为食。雪豹狡猾而谨慎,为了躲开猎人的捕杀,它会爬上大树,挑一处与它落在地面的脚印相对又恰好直面猎人的树干静静卧下。雪豹紧紧地趴在树干上,脑袋埋在前爪间,可以一直静默地保持同一个姿势很久。它很明白,贴着树干将脑袋冲向猎人,比将身体冲着猎人更难被发现。

我们花了快一个小时才剥下豹皮,回去的时候夜色已深。走了很久后,我们终于望见宿营地的丛丛篝火,很快又在影影绰绰的树林间发现了人影。士兵们正在宿营地里来回走动,他们的身影不时遮掩住跳动的火光。几只猎犬欢快地吠叫着跑出来迎接我们。士兵们都围在豹子周围,一直观察、谈论到深夜才睡。

第二天,我们接着前行。河谷越来越窄,行进也越来越难。我们走的都是荒郊野岭,满脑子都在琢磨怎么少走点弯路。

中午时分,我们终于走到一条山脉跟前。上山的坡陡峭难行,那些驮马费了很大劲儿才爬上陡坡,大张着鼻孔喘着粗气,四蹄哆嗦乱颤,老是失蹄摔倒。为了减轻难度,我们只好盘旋而上,还得时不时停下整理弄乱的驮包。最后我们终于艰难地爬上了山,停下来休息了半个小时。在这样密林遍布的山上行走,必须小心翼翼,不时停下来察看,不然很容易迷失方向,尤其是在大雾天的时候。我还记得,从前有几次我就是这样迷了路。为了不再弄错,我挑了一棵高高的雪松,吩咐大伙在树下停留,自己先行爬上山顶眺望一番。

从高处看去,整座大尖山清晰可见。它坐南朝北,略向东拐。眼前这一段山脉有些模糊不清,再往前东面那一段山脉(大约在刀毕河、乌拉河上游)则显得高耸雄壮。西坡陡峭险峻,东坡略缓。远远望去,左边是麦河、济木河,右侧是复杂的苏昌河水域。此处地形受切割作用严重,以至于我一直弄不清河流流向与所属水域。前方大约5公里处,耸立着一条圆顶山脉,我将这条山脉定为下次测定方位的地点。

生长在大尖山山顶的树木较为高大茁壮,林下空地较多,我们的驮队走得飞快。有一次我们撞见了一公一母两只马鹿。看到我们,两只鹿先是飞快逃走,随后又呆呆地停下,回头望向我们。有一个哥萨克本想开枪,被我拦住了。我们携带的食物充足,驮马本身已负重较多,无论如何都没法将这两只鹿带走。我正欣赏它们美好的身影,公鹿没再停留,发出一声轻巧的鹿鸣,转过头尽力跳跃,斜奔下了山坡便迅速没了踪影。

生活在滨海边疆区的赤鹿被称为马鹿。这种体态匀称的美丽动物身长大约1.9米,高约1.4米,体重可达197公斤。夏季毛皮呈浅褐色,冬季呈灰栗色,臀部有浅黄色斑点。公鹿的脖颈修长健壮,生着俊美的鬃毛,头部优雅,耳朵很大,呈管状,能灵活转动。双角分叉,前方生有一对眉叉,上面生着几个分叉。鹿角冬季脱落,春季重新萌出,每年会多长一个新叉,根据这一点就能判断鹿的年龄,不过要多数一岁,因为初生的幼鹿当年不长角。分叉数量也有限,一只成年公鹿角上的分叉最多不超过7个,再往后随着年岁的增大,鹿角也随之长大、增重和变厚。春天刚长出的嫩角,血气丰盈,还没有钙化,就是鹿茸。

马鹿栖居在乌苏里地区的南部,乌苏里江的整个河谷及其支流都是其栖息地,最远可至锡霍特山脉的针叶林区。从沿海一带直到奥林匹克角,都有马鹿的踪影。

夏季,马鹿在森林茂密的背阴山坡上栖息,冬季则喜爱生活在阳光充足之地、河谷里以及间或生长在平原上的丛林中。夏季它们喜食胡枝子,冬季则常以山杨、甜杨或是矮种白桦的嫩枝为生。

中午,我们多休息了一会儿。据我判断,我们已经快到那条圆顶山脉了。

在长途跋涉期间,需要考虑周详,不仅要考虑人,还要考虑驮物的牲畜们。我们的驮马负担不轻,因此,一旦有较长时间的休整,就要给它们卸下驮包,减轻重量。

我们一卸下马鞍,就让马儿自由地歇息吃草,树下的青草正好可以让它们吃饱。

初遇德尔苏

休息过后,我们的队伍重新上路了。这回因为我们不时会碰到被风摧折的倒木,所以前进得相当缓慢。将近四点的时候,我们走到了一座山前。我吩咐人马留在原地,自己先行察探一番。

上树瞭望这件事,不能随意托付给士兵,只能亲力亲为。无论士兵描述得多么详细,都没法根据他的话作出精准的方位判断。

我一爬到树上,登高所见立刻打消了我的满腹疑团。眼前的这条圆顶山脉,正是我们想要寻找的山结。从此处向西延伸出一座高耸的山岭,山岭的北面全是陡崖峭壁。这条分水岭北边的河谷都是西北走向,大约这就是勒富河的源头了。

从树上下来,我返回了队伍。太阳西沉,暮色将至。人马都干渴疲乏,得快点找到水源。从圆顶山上下来的路上,下坡起初较为平缓,随后猛地陡峭起来,驮马都屈起后腿,慢慢地下山。由于坡度陡峭,驮包直往前滑,要不是马鞍上有后鞦固定,驮包都要滑到马头上了。我们不得不迂回前行,在遍地倒木之间行走,真是异常艰难。

翻过山口后,我们就进入了峡谷。此处地势尤为崎岖难行。遍布倒木的深谷、湍急的水流、长满绿苔的悬崖,这一切都使我想到女妖五朔节①的场景。很难想象,在这个世界上还有比这个峡谷更野蛮、阴森与凄凉之地。

有时候,高山和森林则完全是另一幅画面,引人入胜,乐意融融,让人身处其中,流连忘返。有时则恰恰相反,山脉使人感觉到阴森、凄冷和荒蛮。

---

① 指5月1日前夜,据德国中世纪传说,此夜有女巫在德国布罗肯山峰上狂欢集会。

这是多么奇怪！这并非个人感觉，整个队伍都感觉得到。我有好几次都验证过，事实的确如此。现在也是一样，我们周围的环境满是荒凉，让人感觉恐慌和压抑。大家都感同身受。

"没什么的，"士兵们说道，"就在这儿将就过夜吧。我们又不在这里待多久，明天准能找到快活点儿的地方。"

我不想在这儿停留，却毫无办法。黄昏临近，得抓紧时间准备宿营。谷底溪流喧响，我朝那里走去，选了块平坦的地方，吩咐士兵们支起帐篷。

森林的静谧立刻被刀斧砍削声、士兵的喧闹声打破了。他们拉来柴火，卸下马鞍，准备晚饭。

可怜的马儿！这里到处都是石头和倒木，今晚它们只能挨饿了。要是明天能找到农舍，一定让它们饱餐一顿。

森林的黄昏来得总是特别早。透过浓密的针叶林，尚能望见西方灰白的天，森林的地上却已覆上暗夜的漆黑。隐入黑夜的灌木和树林猛地被熊熊的火光照得通亮。一只栖在山麓碎石中的鼠兔被吵醒了，正要大声尖叫，却像被什么骇到一般，急忙躲回岩洞，再也没有露头。

宿营地终于安静下来。喝过茶后，大家都各自忙起自己的事来：有的擦枪，有的修马鞍，还有的缝补衣服。这样的活儿有很多。完事后，士兵们就躺下睡觉了。他们盖着大衣，彼此倚靠着，很快便沉沉睡去。马在森林里没找到食物，返回宿营地，垂下头打起盹来。只有我和奥连季耶夫还警醒着没睡。我在旅行日志上记录下走过的路线，他在修补鞋子。大约十点的时候，我合上旅行日志，裹紧了毡斗篷，到篝火旁躺着。我们躺到一棵老云杉下，黑烟伴着火光向上升腾，熏得树上的枝叶时时摇晃。在树枝的摇曳婆娑间，暗夜中的星星不时闪现。层层树干如同长长的柱廊，伸入密林深处，逐渐融入漆黑的夜色。

马儿突然抬起脑袋，先是警惕地竖起耳朵，随后放松下来，又打起盹来。起初我和奥连季耶夫没有在意，接着聊天。过了片刻，我向奥连季耶夫询问一件事，却没得到回应，便扭头向他望去。他正站着，用手遮住火光，向一处观望。

"什么事？"我问他道。

"有动物正在下山。"他小声说道。

我们开始留神细听,但周围依旧一片静寂。只有在森林里,清冷的秋夜才如此寂静。突然,从山上滚落下一些小石子儿。

"大概是熊。"奥连季耶夫一说完,就开始给枪装子弹。

"不要开枪!我是人!"静夜中响起了人声,过了几分钟,一个人走近了我们的火堆。

他穿着一身鹿皮衣裤,头上扎着头巾,脚着翁得①,背着一个大背囊,手里拿着架枪用的支架和一支颇为老旧的别丹式步枪。

"您好,长官。"来人向我说道。他将步枪靠在树上,卸下背囊,来到火边坐下,用袖子擦着满脸的汗。我好好地端详了他一下。他看起来大约45岁,身材矮壮,似乎颇有气力。胸膛突出,双手结实有力,肌肉发达,腿略微有些罗圈。他那晒得黝黑的脸有着典型本地人的特征:高颧骨、塌鼻梁、细细的单眼皮,一张大嘴里长着满口结实的牙。他蓄着褐色的唇髭,下巴上有一撮微红的小胡子。最引人注意的是他的眼睛,不是褐色而是深灰色的,看起来既平静安详,又带着些许天真纯朴,闪耀着坚毅、直爽与善良的光。

这位陌生人并未像我们一样端详我们。他从怀里掏出烟袋,塞满自己的烟斗,就默默抽了起来。我没有问他究竟是谁,是从哪里来,就请他吃东西。在泰加林里,人人都是这样。

"谢谢您,长官。"他说道,"我很饿,今天我没吃饭呢。"

在他吃饭的时候,我又端详起他来。他的腰上挂着一把猎刀。显然,这是一个猎人。他的手很粗糙,上面有许多小伤,脸上也是如此,只不过伤痕比手上的还深:一道在额头,还有一道在耳旁的脸颊上。陌生人摘下头巾,脑袋上是一头浓密的淡褐色头发,乱蓬蓬的,很长,一缕缕地垂了下来。

看起来,我们的客人不太喜欢说话。奥连季耶夫没能忍住,向来人问道:

"你是什么人?"

"我是赫哲人②。"他简单地答道。

"你大概是猎人吧?"我跟着问道。

---

① 翁得是指一种北方和西伯利亚地区常用的软底毛靴。
② 赫哲族,中国东北地区一个历史悠久的少数民族,历史上主要居于松花江下游、乌苏里江流域和黑龙江中下游直至库页岛的广大地域内。

"是的。"他答道,"我常去打猎,没有别的,不会捕鱼,只会打猎。"

"那你住在哪儿?"奥连季耶夫又问道。

"我没有家。我就住在山上,生上火,支个帐篷就睡觉。我老去打猎,哪能住在家里?"

随后他说,今天是去打马鹿,他射伤了一只母鹿,不过伤得不重。他去追赶逃走的猎物时,偶然间发现了我们队伍的足迹,他便循着这些足迹来到了峡谷。天黑时,他望见篝火,便循着火光而来。

"我不作声地走,"他说道,"我想着,谁能到这深山老林来呢?我一看,有长官,还有哥萨克,我就奔这儿来了。"

"你叫什么名字?"我问这个陌生人。

"德尔苏·乌扎拉。"他答道。

我对这个人很感兴趣。在他身上有一种特别而新奇的东西。他讲起话来平静安详,举止谦逊,不巴结任何人。我们渐渐地聊起天来。他给我讲他的打猎生活,他说得越久,我就越感觉到他的可爱。在我的眼前渐渐浮现出一个半生都生活在泰加林中的质朴猎人的形象,他没有沾染丝毫城市文明带来的恶习。我从他的话里得知,他以打猎为生,靠猎物换得生活所需的烟草、子弹和火药,这长枪是他同样当猎人的父亲留下的。他今年53岁,总是露天休息,从未住过房子,只有到了冬天才会用桦树皮搭个临时的窝篷。小河、窝棚、篝火、父亲、母亲还有妹妹——都是在他童年里闪着光芒的珍贵回忆。

"早都死了。"说完这句话,他就陷入了沉思。沉默了一会儿,他又继续道:"我以前也有老婆、儿子和女儿,因为一场天花,他们都死了。现在只剩我一个……"

他陷入过往的回忆,脸庞现出悲戚难抑的神色来。我想安慰他,但也明白,我的些许宽慰,对于这个悲伤的人来说算什么呢?这个人曾被死神夺走了整个家庭,他已失去了老来唯一的慰藉。他没有再说话,只是更深地垂下了头。我想说些什么或是做些什么来表达自己的同情,却感到无能为力。

最后我终于拿定主意,想换给他一支新枪,却被他拒绝了,他说这支枪对他来说很珍贵,是父亲留下的纪念,还说他已习惯这支枪,它打得又快又准,说话间,他还将手伸向靠在树上的步枪,爱抚地摸了摸枪托。

天上星斗有所移位，证明子夜已过。时光飞速，而我们一直坐在篝火旁谈天说地。德尔苏说得多些，而我总是愉快地听着。他对我讲述他怎么打猎，有一次被红胡子抓住，又是怎么逃出来的。他还谈到自己同老虎对峙过，说无论如何都不能伤害它们，因为那是保护人参的神灵，还说到邪恶的妖怪、洪水等。

有一次，一只老虎袭击了他，他伤得很重。妻子一连找了他好几天，循着脚印才找到他，当时他已经因失血过多而毫无气力了。在他养伤的时候，妻子就出去打猎养家。

我向他打听我们现在身处何方。他说这里是勒富河的源头，明天我们就能到达最前面的碓子房了。

一个睡眼惺忪的士兵醒来，惊讶地看着我俩，小声嘟囔了几句，又沉入了梦乡。

天地仍是一片漆黑，只有在新的星星升起之处，才会感觉到黎明的临近。满地露水如珠，预示明天将是个艳阳天。周围一片安宁静谧，大自然也入睡了。

过了一个小时，东方开始泛红。我看了看表，正好是早上六点，该把轮值的司务长叫醒了。我摇了摇这个士兵的肩膀，他坐起来，伸了伸懒腰，火光照得他眯起了眼。他看到德尔苏，笑了笑说："好怪啊，这是个啥人！"随后就穿起靴子来。

天空先是由暗黑变为深蓝，随后变为雾蒙蒙的灰白色。夜色开始向灌木丛和峡谷里隐去。很快，我们的宿营地又活跃起来：人们说着话，马儿睡醒了，一只鼠兔在旁边吱吱地叫，另一只立刻在下面响应起来；还有啄木鸟的啼声和黑啄木鸟笃笃的啄木声。整个泰加林苏醒了。天色变得越来越亮，明亮的阳光猛地冲出山间，照亮了整个森林。我们的宿营地现在已是另外一番模样。明亮的篝火已然化作一团灰烬，地上各处散落着空罐头盒；支起帐篷的地方只剩几根杆子。

打野猪

喝过茶后,士兵们给马装上驮包,准备出发。德尔苏也收拾起来,他背上背囊,拿上枪架和别丹式步枪。片刻后我们就出发了,德尔苏也与我们同行。

我们沿之行进的峡谷绵长而曲折。一样的峡谷从左右两边伸展开来,水流喧响着从里面涌出。这条狭窄的山沟逐渐变深,后来成为一座山谷。这里的树上常有一些砍伐的记号,我们循着这些记号发现了一条羊肠小道。德尔苏走在前面,一直专注地看着脚下,他不时弯向地面,用手拨开地上的落叶。

"怎么回事?"我向他询问道。

德尔苏停下来说,这条路不是马走的,而是人用来步行的,沿途下了捕貂的陷阱。几天前曾有一个人路过此地,很有可能是个中国人。

德尔苏的话让我们都很惊讶。他看到我们面露疑惑,便出声说道:

"你们怎么不懂?自己看吧!"

他说了几样证据,我所有的疑团便立刻烟消云散了。原来一切都是如此明了简单,奇怪的是我怎么就没注意到呢。首先,小道上没有任何的马蹄印。其次,小道两旁的树枝没被人砍掉,驮马经过时总会被树枝钩住驮包,很是艰难;小道的拐弯很急,马转不开身,只好绕着走过去;几条溪流都铺设了独木桥,没有一处小路是浸到水里的;挡道的倒木没被挪走;人可以自由行走,而驮马却只能从旁绕着走。这一切都说明,这条小路不是供马队行走的。

"很久前有个人走过这条道,"德尔苏自言自语般地说道,"人刚走,雨就来了。"接着他开始计算上一场雨是什么时候下的。

我们沿着这条小道走了两个来小时。渐渐地针叶林被混交林替代。杨树、枫树、白桦、柞树越来越多。我本想在这里再休息一次,但德尔苏建议我再向前走一段。

"我们能很快找到窝棚。"德尔苏指着道两旁那些被剥掉了皮的树木说道。

我立刻就明白了他的话。就是说,附近应该就有那些被剥下树皮的用武之地。我们加快了脚步,过了十分钟,就在小溪旁看见一处不大的单面顶子的窝棚,大概是猎人或挖参人搭建的。我们这位新相识绕着窝棚走了一圈,证实几天前确实有一个中国人路过,他就是在这个窝棚里过的夜。有雨滴落的灰烬、仅够一人休息的草铺和扔掉的旧护膝都说明了这一点。

现在我才意识到,眼前的德尔苏并不是普通人。站在我面前的是位识踪辨迹的高手,我不禁想起了库柏①和麦因·李德②笔下的主人公。

得喂马了。趁着这段时间,我躺到一棵雪松下,打了个盹。大概两小时后,奥连季耶夫把我叫醒。我醒来的时候,看到德尔苏劈了柴,收了些桦树皮,把这些都堆到窝棚里。

我以为他想烧掉窝棚,就劝他不要这样做。他没有回答,反而向我要一撮盐和一把米。我想知道他为何如此,就吩咐士兵们给他。德尔苏用桦树皮小心地包了些火柴、盐和米,挂到窝棚里。随后他还把窝棚上盖着的树皮修补好,才收拾自己的东西准备动身。

"你还想返回这里吗?"我问德尔苏,他否定地摇摇头。于是我问他,为什么要往窝棚里放大米、盐和火柴。

"其他的人来,"他回答道,"窝棚找到,柴火找到,火柴找到,吃的找到,就死不了!"

我还记得,当时我怎么震惊到说不出话,陷入了思索。德尔苏,他关心着那个他毫不相识的人,他不会遇见那个人,而那个人也不会知道,是谁为

---

① 詹姆斯·费尼莫尔·库柏(James Fenimore Cooper,1789—1851),美国民族文学奠基人之一,代表作有边疆传奇小说《皮袜子故事集》《最后一个莫希干人》等。

② 托马斯·麦因·李德(Thomas Mayne Reid,1818—1883),英国冒险小说家,代表作有《无头骑士》《老练的小航海家》等。

他准备了柴火和粮食。我还记得,从前我的士兵从宿营地离开的时候,总是玩笑般地在火上点燃树皮,而我也从来没制止过他们。这个远离城市文明的人,比我们更为博爱。他多么关心路人啊!为什么那些城市人早早地就消逝了这种美好的感觉、这种对他人的无私关怀呢?毫无疑问,这种感情在从前也是存在的。

"马备好了,该走了!"奥连季耶夫凑近我说道。

我从一片思绪中醒了过来。

"是啊,该走了,上路吧!"我对大家说道,率先沿着小道向前走去。

傍晚的时候,我们来到两条河流的交汇处,这里是勒富河的河源所在。在这里河宽6～8米,流速为每分钟120～140米,河深30厘米～60厘米不等。

吃过晚饭,我很快就躺下睡了。

第二天我醒来的时候,所有人都已经起来了。我吩咐士兵们备马,在士兵们张罗驮包的时候,我拿着图囊和德尔苏先起程了。

一离开宿营地,河谷就开始略往西拐。河谷左坡很陡,右坡略缓些。越往前走,小道路况就越好。在一处地上,躺着一棵被砍倒的树。德尔苏走近,端详了一番后就说道:

"是在春天砍的,两个人干的:一个高点儿,钝斧子;一个矮点儿,利斧子。"

对这个高手来说,泰加林里是没有秘密的。他洞察力极强,只消看上一眼,就能知晓这里发生的一切。我决定集中精力,自行分析一下这些痕迹。很快我又看到一个砍过的树墩,周围有很多沾了松香的木屑。我明白,有人在这里砍过引火的柴。但是,接下来还有什么呢?我怎么都想不出来了。

"快有房子了。"德尔苏像是回应我的思索般说道。

确实,我们很快又发现了被剥落树皮的树木(我已经知晓了这意味着什么)。在距离这些树木约200米处,在一块河边不大的空地上有一座碓子房。这是一座小房子,黏土墙,树皮顶子。看得出来,这是一处闲置的房子,因为门是从外面用木棍顶住的。碓子房附近有一片菜地,已经被野猪拱得乱七八糟,左边是一座木搭小庙,庙门照例朝南。

小屋的内部陈设简陋,环境粗糙,里面放置着一口砌在矮炉上的铁锅,矮炉通过烟道用热气烘炕取暖;两三个凿出来的小木盆、两个水舀、一把菜刀、一个饭勺、一个饭帚、两个落了灰的瓶子、几条破布、一两条板凳、一盏油灯,还有扔在地上的几块兽皮,这些就是小屋的全部家当了。

从这里沿着勒富河上行有三条小道。一条我们刚刚走过,一条往东通向山区,另一条朝西。朝西的路适宜驮马行走,很多人走过,我们也选了这一条。士兵们把缰绳套到驮马脖子上,让它们自由行走。这些聪慧的动物腿脚灵便,总是千方百计地避开容易钩住驮包的树枝。遇到沼泽地和乱石滩,驮马们不是迅速跳过,而是小心翼翼地在蹄子落下前试探一下,这是已惯于在泰加林中驮包行走的本地驮马的专长。

从碓子房出来,勒富河逐渐向东北弯折。走了大约 6 公里,我们来到几所农房前。这些房子坐落在河流右岸,位于一座高山脚下,本地人称这座山为"土顶子山"。

我们这支武装队伍的出现让中国人感到害怕。我让德尔苏告诉他们,不要害怕,接着干自己的活儿。

我想观察一下,中国人在泰加林中是怎样生活的,都干些什么。

摊开晾晒的鹿皮,堆在粮仓里的鹿角,悬挂着的晒干的鹿茸、熊胆、胎鹿皮、猞猁皮、鼬鼠皮、貂皮、灰鼠皮,还有一些捕鱼工具——这一切都说明,比起种地,本地的中国人更多从事的是打猎和捕鱼。在这些农房周围有小块的耕地,种着小麦、小米和玉米。中国人向我们抱怨,说不久前有一大群野猪跑下山来,糟蹋庄稼,他们不得不把那些还没成熟的蔬菜收了。现在橡实熟透落了地,野猪群又都跑去柞树林找食了。

太阳高挂天空,我决定上到土顶子山上眺望一下周边地区,德尔苏也和我一起,我们轻装减行,随身只带了步枪。

土顶子山面向勒富河河谷的那一面山坡较为陡峭,北面有几道深谷。泛黄的树叶飘落一地,森林隐隐透出些许光亮,凌寒坚挺的柞树也枯萎了颜色。

山坡很是陡峭,我们停下休息了两次,接着又向上爬去。

周围的土地都被拱得坎坷不平。德尔苏常常停下研究地上的足印,他能根据这些足印猜出动物的年岁和性别。他发现了一头瘸腿野猪的足迹,还找到两头野猪打斗、一头赶走另一头的地方。听完他的讲述,我的眼前也浮现出了一幕幕场景。令我感到奇怪的是,我从前怎么没能发现这些足迹,就算勉强发现,也只能判断出野兽去往的方向而已。

一小时后,我们到达了满是乱石的山顶。我们坐到石头上,向四周眺望起来。

东面,在勒富河水域和刀毕河水域之间耸立着一座高高的分水岭。另一条山脉由东延伸向西,成为勒富河和麦河的分界线。在东南方,两座山岭交汇之处耸立着一座圆顶子山脉,就是大尖山。

从土顶子山山顶,我们可以很清楚地看到勒富河上游的整个水域。勒富河由三条同样大小的河流组成,其中两条在之前已然汇合,自东北流向至此。第三条河就是我们现在所沿之行进的河流,南北流向。每条河流的源头都是几条山溪汇聚而成。

从这条山脉的地形方面来看,勒富河的上游都是带有陡坡的平坦高地,覆盖着浓密的混交林,其中大部分是针叶林。

勒富河在这片农房周围拐了个小弯,因为从南部山区延伸出一条支脉,随后勒富河向南流去,绕过土顶子山,又转向东北,并一直保持这一流向直至注入兴凯湖。勒富河在土顶子山对面又纳入一条支流即奥特拉德纳亚河,沿着这条河有一条通往麦河的驮马小道。

"快看,长官,"德尔苏指着溪谷对面的山坡问我道,"那是什么?"

我朝他指向的方向望了望,发现了一个昏暗的斑点。我猜想那是云彩落下的影子,就对德尔苏说出了自己的推测。他笑起来,指了指天空,我向天上望去:天空万里无云,无垠的空中没有一片云朵。过了几分钟,斑点的形状有所变化,向一旁稍有移动。

"这是什么?"我向德尔苏询问道。

"你不明白,"他回答道,"得凑近看看。"

我们下了山。很快我就注意到,斑点也朝我们移动了。过了大约十分钟,德尔苏停下来,坐到一块石头上,打手势叫我也坐下。

"我们在这里等,"他说,"得不出声地等,什么也不要动,也不要说话。"

于是我们等待起来。很快我又看到了那个移动的斑点,它正在不断增大。现在我看得清楚了:原来是一群跑动着的动物。

"野猪!"我喊起来。

确实,这是一个野猪群,约有一百头野猪。有些野猪跑偏了,但很快又返回了野猪群。很快就能清楚地看到每一头野猪。

"一个人真是大。"德尔苏小声说道。我不明白他说的是哪样的"人",不解地看着他。

在野猪群之间,有一头很大的野猪,它的脊背像小山似的非常明显。它比所有野猪都大,看起来有250公斤重。野猪群逐渐靠近了。现在可以很清楚地听到数百只蹄子踩踏枯叶时的沙沙声、踩断树枝的声音、公猪的尖叫、母猪的哼哼和小猪的吱吱声。

"大的人不走太近。"德尔苏说。我又没弄明白他的话。

那头最大的野猪位于猪群中间,有一些野猪在野猪群边上移动,还有一些离野猪群相当远,所以,当那几头离开野猪群的野猪靠近我们的时候,那头野猪王还在我们的射程之外。我们几乎一动不动地坐着。突然离我们最近的一头野猪猛地昂起了拱嘴,嘴里咀嚼着什么。直到现在我还记得它那大大的猪头、警觉的耳朵、凶狠的眼睛、带两个鼻孔的灵活的拱嘴和白色的獠牙。这头巨大的凶兽突然一动不动,不再啃食,而是用凶恶的眼睛询问似的盯着我们。后来它觉察到危险的气息,发出一声尖厉的嚎叫。刹那间整个野猪群喧闹着,打着响鼻往一边逃去。在这一瞬间,骤然响起了枪声,一头野猪轰然倒地。我转过头,看到德尔苏的步枪还冒着烟。森林里折断树枝的咔嚓声响了片刻,一切又归为沉寂。

生活在乌苏里地区的野猪同日本野猪类似,体重可达295公斤,体形最大的野猪可达2米长、1米高。野猪周身呈棕褐色,背部和腿部为黑色,幼崽浑身是纵向条纹;身体呈椭圆形,两肋略向内收,四肢强壮发达,脖子短而有力,头部呈楔形,脸部前方长着坚硬而灵活的拱嘴,野猪常常用它来拱地。野猪属啮齿科动物,除去满口用来咀嚼的牙,公猪还长有两支尖锐的獠牙,这两支獠牙会随着年龄增大而不断长长,向前弯折,最长可达20厘米。由于野猪喜爱拱蹭云杉、红松和冷杉的树干,它那坚硬的鬃毛上常常沾上松香。到了秋寒之时,野猪会跑到泥地里打滚,随后鬃毛会结冰,天气愈冷,上面的冰柱就越大,最终形成一层妨碍运动的东西。

在乌苏里地区,野猪的分布同红松、胡桃木、榛树和柞树的分布密切相关。野猪分布的最北界自洪加里河起始,经阿努伊河中游、和罗河上游和比金河源头,从那里翻越锡霍特山脉向北,直达乌斯佩尼亚角。在科皮河、哈季河和图姆宁河流域也有野猪零星分布。野猪十分灵活健壮,视力听力俱佳,嗅觉也很好。受伤的野猪非常危险,要是有不明智的猎人临时起意去追逐受伤的野兽而不采取任何预防措施,肯定会遭大难。在这种时刻,野猪往往会就地卧下,面朝追捕者,一看见猎人,野猪就会猛扑过来,猎人往往来不及拿起枪来。

被德尔苏猎杀的野猪是一头两岁大的母猪。我问德尔苏,为什么不猎公猪。

"他是老的人,"他指的是长有獠牙的公猪,"他不好吃,肉不好闻。"

德尔苏竟然将野猪称为"人",这一点使我相当震惊,我向他询问为什么。

"那毕竟是人,"他肯定地说道,"只不过披着毛皮罢了。他们知道欺骗,知道生气,知道周围的一切!那肯定是人。"

对我来说一切都瞬时明了了。在这个近乎原始的人看来,在大自然中万物皆是有灵的,于是他将大自然中的一切都人化了。

这一天我们在山上待了很久,时光过得飞快。西边的云朵团团聚集,被霞光照亮了边缘,如同熔化的金水般灿烂,晚霞透过云彩洒下扇形般的光辉。

德尔苏很快把猪剥了皮,扛到肩上,我们向宿营地赶去。过了一个小时,我们已经在宿营地了。

中国人的房子里地方不大,还烟气腾腾,我决定和德尔苏露宿。

"我觉得,"他望了望天空,"今天晚上暖和,明天晚上要下雨……"

这一夜我很久都没睡着。整晚我都觉得好像看见了长着大鼻孔的猪脸,除了这两个大鼻孔,我什么都没看见。它们先是几个小点,随后又突然变大,那也不是野猪的脑袋,而是高山和洞穴,洞穴里好像又出现了同样的长着鼻孔的一个个猪脸。

人脑的构造好奇怪。从一整天的印象中,从落入眼中的无数五光十色的现象和千变万化的事物之中,有一样东西,常常不是主要的,而是偶然发觉的东西,而它往往比其他所有东西都要令人印象深刻!那些没有什么奇遇的地方,反而比发生了一些事情的地方更让我难忘,不知为什么会清楚地记得和其他树木没有任何不同的一棵树、一丛蚁冢、一片泛黄的叶、一种苔藓等等,甚至可以画下它们的所有细节。

朝鲜屯见闻

早上我比其他人醒得都晚,一睁开眼,便看到满天的乌云,不见一丝阳光。我看到士兵们都在收拾东西,防止被雨水打湿。德尔苏说:

"不用着急。我们白天好好走,晚上才下雨。"

我问他为什么这样看。

"你自己看,"德尔苏说道,"有好些小鸟在那里蹦跶找食吃。要是快要下雨了,它们就悄悄藏起来,很早就睡觉。"

的确,我想起来,下雨前总是又闷又静,而现在整个森林都生机勃勃:啄木鸟、松鸦、星鸦都在啼叫欢唱,闲不住的鸭鸟也在不住啼鸣。

向一个中国人打听了路之后,我们便上路了。

一过了土顶子山,勒富河的河谷便立刻宽阔了(从 1 米变为 3 米)。从这里起,就有住家户出现了。

两点左右,我们到达了尼古拉耶夫卡村,这里共计有 36 户人家。稍事休息后,我吩咐奥连季耶夫去买些燕麦,好好喂喂马儿,自己就同德尔苏往前走了。我想赶快到达最近的卡扎克维切沃村,在那里好好休整一番。

在阴暗的秋季,天总是黑得特别早。五点左右,稀稀疏疏地下了几滴雨,我们加快了步子。很快道路分为两条,一条通往河边,另一条好像通往山里,我们选择了后者。随后我们还遇到了来自不同方向的同我们所走的路交叉的路。当我们来到卡扎克维切沃村时,天色已经黑了。

这时,走在后面的士兵们走到了一个十字路口,他们不知道往哪儿走,就开了两枪。我担心他们迷路,也打了两枪回应他们。突然,在离我们最近的一所房子里响起一声尖叫,紧接着从窗户里向外打了一枪,接着是第二枪、第三枪，过了片刻，整个村子都陷入了一片枪响。刹那间雨声、尖叫、枪响混杂在一起，纷乱不堪。我不明白究竟发生了什么，给朝鲜人造成了这样的恐慌。

忽然在一所房子里亮起了灯，一个朝鲜人一手拿着煤油点燃的火把，一手拎着一支别丹式步枪冲了出来，边跑边喊。我们向他跑去，火把上泛红的火光照亮了地上的水洼，照亮了他满是惊惧的脸。一看到我们，朝鲜人就扔下火把，朝德尔苏开了一枪，随后迅速跑了。扔到地上的火把烧起一阵黑烟。

"你没受伤吧？"我问德尔苏。

"没有。"他说着，捡起了火把。

我看见朝鲜人朝他开枪的时候，他还直直地站着，挥手向他喊着什么。

奥连季耶夫听到枪响，以为我们遭到了红胡子的袭击，留下两个士兵看护驮马，便和其他人赶来救援。最后，那所离我们最近的房子终于不再射击。德尔苏试图同屋里的朝鲜人对话，但不知为什么，无论怎样劝说，他们就是不开门，甚至辱骂我们，威胁着还要开枪。

我们没有办法，只好就地宿营了。我们在河岸上升起一丛丛篝火，支起了帐篷。附近有一所老旧的、快要坍塌的房子，旁边堆着朝鲜人过冬用的柴火。村里的枪声久久没有停息，离村较远的房子里也传来阵阵射击声。到底是谁开的枪呢？大概朝鲜人自己也不知道吧。士兵们对此真是感觉可笑又可叹。

第二天休息一日。我吩咐士兵们晒干马鞍，擦拭枪支。雨终于停了，从西北面吹来凉爽的风，驱散了乌云；太阳也出来了。

我穿好衣服，便去察看下这个村子。

我本来觉得，经过昨夜的互相射击，朝鲜人应该会来我们的宿营地看看是否有人被射伤，但是他们什么都没做。这时，从旁边的房子里走出两个朝鲜男人。他们穿着有宽大袖子的白上衣、白棉布灯笼裤，脚上穿着草鞋。他们漠然地从我们身边走过，没有正眼看我们一眼。在另一所房子附近坐着一个正在搓绳子的老者，当我走近的时候，他抬起头看了看我，他的目光里既没有好奇，也没有惊讶。路上有一个女人向我们迎面走来，她穿着白衫白裙，敞着怀，脑袋上顶着一个水罐，步子平稳，眼神朝向地面。就在我们走到她正对面的时候,她既没有闪躲,也没有抬眼,就那么直挺挺地走了过去。在这个村子里,不论我去到哪里,我感受到的都是朝鲜人特有的冷漠。我想起有人曾经给朝鲜起过一个别称,叫作"拥有静谧早晨的国度",然而这种静谧在我看来如同迟钝一般,我甚至觉得这里并没有生命存在,有的只是机械的运动而已。

朝鲜人的农舍都是独门独户,彼此间隔很远,每一处农舍周围都是自家的田地和菜园。这就是一个人口稀少的朝鲜屯子会占据好几平方公里土地的缘故。

返回宿营地的时候,我走进了一间朝鲜房子。它的墙壁很薄,里外都糊着黏土。房子有三扇门,门上带有格子窗户,窗户上糊着窗纸,稻草铺就的四面屋顶用干草编织的网子网住。

朝鲜人的屋子内部陈设都差不多。房子里都有一个土炕,土炕很大,几乎占了房子的一半。土炕下面打通了烟道,烘暖了炕,也把整个房子都烘得暖和起来。一棵中空的大树被抵作烟囱将烟气引走。朝鲜人住在有炕的一半屋里,另一半屋里是泥地,养着鸡、马、牛。一个房间住着妇女和儿童,另一个房间住着男人和外客。

我在屋里见到了那个在路上与我们擦肩而过、头顶水罐的朝鲜女人。她正蹲着用木舀往锅里倒水。她的动作很慢,也很是奇怪,只见她高高地抬起舀子,反手向右倒水。她冷漠地看了我一眼,便默不作声地继续做自己的事了。炕上坐着一个将近 50 岁的男人,正在抽烟斗。看到我进来,他一动没动,也没有理会我的问候。我干巴巴地坐了片刻,随后就出门找士兵们去了。

午饭后我到附近地区察看了一下。过河之后,我登上了一处高地。这是一块古时的阶地,高约 20 米。阶地的底层都是砂岩,上层由疏松的熔岩构成。熔岩上布满了大的气孔,这一点说明在岩浆喷发时也有大量气体溅出。许多气孔里填满了黑色或蓝色的矿物。

站在高高的阶地上,展现在我们眼前的是一幅勒富河河谷的雄伟画面。卡扎克维切沃村所在的右岸地势较为低洼。在这一带有四条支流注入勒富河:小勒富河和皮城子河从左面注入,伊凡诺夫卡河和卢下卡河从右面流入。在伊凡诺夫卡河、卢下卡河两河河口间的古老阶地上,有一座人口众多的伊凡诺夫斯科耶村,其中约有200户人家。再往下看,勒富河谷地就变得模糊不清,略高出地平线的丘陵上生长着稀疏的橡树和黑桦树。

我在周围溜达了两小时,后来又回到了河边的高地上。

临近傍晚,天空逐渐布满了轻纱般的绯红色云彩。远处的山峦在最后的晚霞照耀下成了紫罗兰色。落尽树叶的树木成就了一片单调灰色的背景。朝鲜屯里依旧和从前一样笼罩着沉寂,从农舍里长长的树木烟囱里蜿蜒出的淡白的炊烟,很快又在清凉的晚风中消散了。路上星星点点地闪现出朝鲜人身着白衣的身影。再往下走,河岸边燃着一丛篝火,那是我们的宿营地。

当我返回宿营地的时候,天已经黑了。河流已融入黑夜,平缓的河面倒映出火光和眨着眼睛的星子。士兵们正坐在篝火旁聊天说笑。

"开饭!"司务长大喊一声,谈笑声立刻停下来了。

喝过茶后,我坐到篝火旁,在旅行日志上记录自己的所见所闻。德尔苏正在整理背囊,不时去拨拉一下篝火。

"越来越冷了。"他缩缩肩膀说道。

"去屋里睡吧。"我向德尔苏建议。

"不用,"他回答,"我总是这样睡。"

随后他在自己身后插了几根柳枝,把帐篷搭在上面,往地上铺了块羊皮,坐到上面,往肩膀上搭了件皮袄,抽起烟斗来。没过几分钟,我就听到了微微的鼾声。德尔苏已经睡着了,他的脑袋低垂到胸前,双手垂下,熄灭的烟斗从嘴里掉到了膝盖上。"他就这样过了一辈子,"我不禁想道,"为了维持生计,这个人付出了多么沉重的劳动,遭遇了多少艰难困苦啊!"但又转念一想,这个捕兽为生的人最爱的还是自由,他有自己的幸福。

旁边,河水发出低沉的水响,村庄外不知哪里有狗在吠叫;不知谁家的房子里传来婴孩啼哭的声音。我裹上毡斗篷,背靠着篝火便沉沉睡去。

早上天刚放亮,我们就都醒了。昨天晚上驮马在朝鲜人的田野里没找到食物,就去山上寻再生草①吃了。在士兵们出去找马的时候,司务长烧好了茶,还煮了粥。士兵们领着驮马回来的时候,我已做完了手头的工作。八

---

① 再生草,指饲料作物或牧草被刈割、放牧后重新长出的绿色株丛。

点我们就出发了。

从卡扎克维切沃村沿勒富河河谷前行,共有两条路:一条较为迂回弯曲,通往伊凡诺夫斯科耶村;另一条则少有人走,位于河流左岸,很多地方都是泥泞沼泽。我们选了后一条路。越往前走,河谷就越像草甸。

种种迹象表明,我们即将走出山区了。山脉逐渐移向一边,取而代之的是宽阔平缓、满是灌木的垄岗。垄岗上三三两两地生长着树梢已经冻死的柞树和椴树,只能用作柴火。河边生长着茂盛的柳树、赤杨和稠李。这时,我们的小路向左转去,通往山里,将我们引向距勒富河约 4 公里处。

这一天,我们没有走到利亚利奇村,在离村 6 公里处宿营。

晚上,我和德尔苏坐在篝火旁,谈论着沿勒富河前行的路线。德尔苏说,再往前走有大片的沼泽,难以通行,建议我把大部分人马都暂时留在利亚利奇村。我觉得他的建议很是明智,便听了他的话,只是变动了下队伍的驻地。

勒富河下游

第二天早上我同奥连季耶夫和士兵马尔钦科一起上了路,吩咐余下人马去切尔尼戈夫卡村,在那里等我们回来。在村长的帮助下,我们很快搞到了一条相当结实的平底船。我们花了20卢布还有2瓶伏特加当船钱。这一天我们就用来修理这条小船了。德尔苏亲自动手修整船桨,将小木桩安作桨架,调整座位,准备船篙。在此过程中,我一直观察着他手边进展神速的活计。他总是不疾不徐,所有行动都预先考虑,毫不耽搁。看得出来,在生活上他也是此等行事,精力充沛,从不白白浪费时间。我们在一间农舍里偶然发现了一些做饭用的面包干,这正是我们需要的,其余的比如茶叶、糖、盐、大米、罐头,我们都备得很足。我们听从了德尔苏的建议,当晚就把所有物资都转移到船上,自己到岸上过夜。

这一晚风大,很冷。因为柴火不够,烧不起大火,大家都冻得没怎么睡着。我狠狠地裹紧毡斗篷,但冷风还是往斗篷缝隙里钻去,我的肩膀、腰、后背都不时冻得要命。捡来的柴火不好烧,总是噼啪作响,往四面乱迸火花。德尔苏的被子竟然被烧出了洞,我在睡梦中听到他在骂一块劈柴,叫它"小坏蛋"。

"他老是这样烧,老是这样喊。"他一边对别人说,一边用自己的声音模仿着柴火怎样噼啪作响,"他应该赶走。"

随后我听到了河水飞溅和焦木浸入水中的咝咝声。显然,德尔苏最后把这块木头扔到水里了。后来我暖和起来,就睡着了。

晚上我醒过来,看见德尔苏正坐在篝火旁拨拢着火堆,从四面八方吹来的风吹旺了火焰。我的毡斗篷上盖上了德尔苏的被子——是他给我盖上的，这就是我变暖和的原因。士兵们也被他补盖上帐篷。我提议德尔苏躺到我睡的地方，但他拒绝了。

"不用，长官，"他说道，"你睡吧，我看着点火堆，它很危险。"他指着柴火说道。

越是观察这个人，我就越喜欢他，每天我都能在他身上发现新的优点。从前我觉得，野蛮人尤为自私，而人道、仁爱和对他人利益的关怀是欧洲人所特有的。难道是我错了吗？伴着一腔思绪，我进入了沉沉的梦乡。

天放亮后，德尔苏叫醒了我们。他已经烧了热茶，烤好了肉。早饭后，我派队伍携驮马去往切尔尼戈夫卡村，随后我们放船下水，出发了。

我们的小船用船篙一撑，快得浪花飞起。行驶了5公里后，我们到达了铁路桥，就在那里停下休息。德尔苏说，他从前来到这里的时候还很小，是和父亲一起来猎羊。他听中国人说起过铁路，但从未见过。

小休之后，我们接着乘船前行。在铁路桥附近，山脉已将到尽头。我下了船，上到最近的一处山岗，想要再俯瞰下整个地区。在我面前是一幅美景：向后，就是东边，山峦交汇起伏；南边是平缓的丘陵，上面长着稀疏的阔叶林；北边，目光所及尽是无垠的草原。无论我怎样肆目而视，都看不到这片低地的尽头，它直达远方，又消逝在地平线之后。风不时吹过草原，青草便如海浪般颤动起来。草原上三三两两或是成群成簇地立着已枯的小白桦树和其他树木。从我所站的山岗，目光沿着勒富河边郁郁葱葱的赤杨和河柳，可以眺望到奔涌向前的勒富河。勒富河起先一直为东北流向，还没流到向西8公里处的一座小山丘，便向北转去，略向东斜。两侧有无数条河汊、暗流、河湾和小湖。这片低地毫无生机，显得荒凉落寞。阳光照亮了草地上的低洼处，证明勒富河谷地在雨季极易被淹。

在这片舒朗的空间中，勒富河从右岸纳入了两条支流，即三道岗河和灰泥河子河。后者的河谷同勒富河河谷类似，分布着许多低地和沼泽。

中午，我们乘船到达了一处紧靠河流左岸的小山。这座小山高120～140米，上面稀疏生长着柞树、白桦、椴树、槭树、胡桃木和洋槐。从这里有一条小道出来，大概通往西边约12公里处的沃兹涅先斯科耶村。

下午行驶的路程和上午差不多，我们很早就宿营了。

老是坐船很是无聊，大家都想下船活动一下发僵的身体。我想去田野

勒富河下游

上走走，奥连季耶夫和马尔钦科着手搭建宿营地，我便和德尔苏去打猎了。四周满是茂密的青草。这些青草长得如此高耸丰茂，以至于人几乎要陷入其中。脚下是草，前后是草，周围都是草，只有头顶才是湛蓝的天空。原来，我们正身处草海的海底。当我们爬上小草丘眺望，看到草原怎样如海浪般翻滚狂舞，这种印象就愈加深刻。我小心地下来，又潜入草原接着走下去。在这样的地方，和在森林里一样容易迷路。我们有几次几乎迷失了方向，好在立刻纠正了过来。一碰到土墩，我就爬上去看看前方。德尔苏用手分开一大把大叶樟和艾蒿，将它们弯向地面。我向前望去，望见一望无垠、令人心潮澎湃的宝石般的海洋。

这里的草类植物有高达 3 米的芦苇、1.5 米高的大叶樟、2 米高的艾蒿等。长在河边的树木有灌木藤、山杨、白桦、赤杨等。

栖息在这片沼泽遍布的草原上的主要生灵是鸟类。没有在迁徙季节去过勒富河下游的人，很难想象这里波澜壮阔的画面。无数只鸟儿成群地向南方迁徙。有些鸟儿往回飞，有的在斜面儿上飞。成排成队的候鸟时而向上翱翔，时而向下俯冲，或近或远的鸟儿都投影于天幕之上，尤其是在地平线附近，如同织就了一片片冗杂的蛛网。我看得几乎入了迷。

飞得最高的是鹰。它们张开强有力的翅膀，在天边打着旋儿地翱翔。距离对它们来说又算得了什么呢？有的鹰飞得太高，以至于很难被发现。鹰下面是大雁，它们依旧飞得很高。这些谨慎的鸟儿排成人字形飞翔，沉重地挥舞着翅膀，清澈的鸣叫响彻云霄。飞在大雁旁边的是黑雁和天鹅。再往下更靠近地面处，是匆匆忙忙的野鸭在鸣叫着飞行，其中有身体笨重的绿头鸭（根据它们扇动翅膀时发出的哨音很容易辨认出来）在成群地飞翔。在水面上飞翔着成千上万的白眉鸭和其他种类的野鸭。在空中到处都能看见鸢和红隼，这些隼科鸟类的代表在空中优雅地盘旋着，它们可以拍打着翅膀一直留在空中，机警地搜寻着地上的猎物，有时又飞往一旁，盘旋着，突然折起翅膀急速地俯冲向下，又在几乎触碰到野草时重又飞上天际。灵活迅捷的海鸥和优雅小巧的燕鸥在蔚蓝的长空下不时闪过一抹抹雪白。杓鹬飞得轻巧平稳，在飞翔时还能惊艳地拐个大弯。尖喙的秋沙鸭在飞翔时不时察看，想要寻找适合降落之地。金鸻总是飞在沼泽洼地的上空，看起来，那些并不流动的小水洼就是它们确定方向的路标。大批的鸟儿飞奔向南，真是一幅波澜壮阔的画面！

突然，不知从哪里窜出两只狍子，它们离我们大约十六步远。在这样浓密的草丛中很难看清它们，只有它们的小脑袋、支棱的耳朵和后腿上的白色斑点隐约闪现。这两只狍子往前跑了约150米就停了下来。我开了一枪，没有打中。枪声伴着隆隆的回声在河面上传荡得很远，惊得河面上无数只鸟儿四处飞散。受惊的狍子迅速跑开，大步跳着逃走了。这时德尔苏瞄准了它们，就在一个狍子从草中冒出头来的一瞬，他扣动了扳机。当烟消散的时候，两只狍子已经不见了。德尔苏装上子弹，不急不缓地走上前，我默默地跟在后面。德尔苏环顾了一下，便转过身来，走到一旁，又折返回来。看得出，他是在寻找什么。

"你在找什么？"我向他问道。

"狍子。"他回答。

"已经跑了吧？"

"没有，"他坚定地说，"我打中了他的脑袋。"尽管我并不完全相信这个赫哲人的话，觉得他大概弄错了，还是去找被猎杀的狍子。过了十分钟，我们找到了那只狍子，它的头部确实已被射穿了。德尔苏将狍子扛到肩上，慢慢地往回走。到我们返回宿营地时，已近黄昏了。

晚霞起初还试图同袭来的黑暗斗争，却终究没能胜利，消失在地平线之下。夜幕下星星眨着眼睛，像是为落日终于给了它们自由而欢欣鼓舞。在一处河汊附近，有一丛暗淡下来的小树林，已经无从分辨是何种树木，它们彼此都很相像。透过树林的缝隙，我们看到了宿营地的篝火。夜晚静谧而凉爽。我们听到附近有一群野鸭扑腾着游下水去。看它们的行动方式，这是一群白眉鸭。

晚饭后，德尔苏和奥连季耶夫给狍子剥皮开膛，而我忙着自己的事儿。写完旅行日志，我躺了下来，但很久都没有睡着。只要我一闭上眼睛，眼前立刻出现了一张摇晃的蛛网，那上面是一片激荡人心的草海，还有无数的大雁和野鸭。快到早上的时候，我终于睡着了。

第二天我们起得相当早，匆匆忙忙喝过茶，把行囊放入船中，便沿着勒富河航行起来。越往前走，河流就越是蜿蜒曲折。勒富河的河湾（当地人这样称呼河流绕弯的地方）几乎遍布整个附近地区，又突然往回拐，随后又折返回去,河水都没有一点径直流淌的地方。

勒富河下游从右侧纳入了两条不大的支流,即莫纳斯蒂尔卡河和切尔尼戈夫卡河。还有许多支流和断流的长河汊,纵横交错,曲折往来,造就了这一地区相当复杂的水域系统。从莫纳斯蒂尔卡河向下约8公里处,群山将尽,在勒富河不远处是最后一座海拔约280米的无名山丘,哈勒基顿村就位于那座山脚下,是附近的最后一所村落。从这里往北直到兴凯湖都不会再有住家户。

我们携带的粮食即将告罄,需要马上补充。我们把小船拖到岸上,便去到村子里。村子中间是一条宽阔的街道,房舍彼此间隔很远。几乎所有村民都是老户,都有100俄亩的份地。我走进了迎面第一所农舍,屋里屋外都不算太整洁,随处可见的垃圾、扔得乱七八糟的东西、吱吱扭扭的栅栏、从合页上掉下来的门、脏得发黑的脸盆,都说明这间屋子的主人不太讲究整洁与卫生。我们走进屋里,迎面走来一个怀抱孩子的妇女。她有些惊恐地让到一边,胆怯地回应了我们的问候。

我不由自主地望了望窗户。这里的窗户都有双层框,镶了四片玻璃。两片玻璃之间的空隙里满是灰黄的末子,几乎有半块玻璃那么高。起初我以为那是锯末,就向女主人询问为什么要往那里撒锯末。

"哪里是锯末啊,"她回答,"那是蚊子。"

我走近一看,确实都是些死蚊子,至少堆积有半公斤重。

"我们就靠这两层窗户挡住蚊子。"女主人接着说道,"它们钻到窗玻璃中间,就死在里头了。我们在屋里放烟熏,还得在蚊帐里睡觉。"

"您可以把沼泽里的草烧掉。"马尔钦科对她说。

"我们烧过,但是不管用。蚊子是从水里生出来的,烧没有用!再说,夏天草太湿,也点不着。"

这时奥连季耶夫走进来,告诉我们粮食已经买好了。我们又在村里转了转,就回到小船那里。德尔苏已经烤好了狍子肉,烧好了茶。一群村里的小孩跟着我们跑到河边,站在一旁好奇地盯着我们看。

过了半小时,我们接着上路了。我回过头,看见那群孩子还和刚才一样站在岸上,目送着我们。河流转了个弯,整个村庄便无从可见了。

在勒富河无数支流组成的迷宫里,很难发现勒富河的河床。这里的河流宽度在 15~18 米上下。勒富河一侧还有大量断流的河汊,从这些河汊里又分出一些狭长的深水沟,连通了许多湖泊、沼泽和在下游注入勒富河的小河。随着我们朝向兴凯湖的行驶,河水流速也变得逐渐缓慢起来。士兵们撑船前行的船篙,常常深陷河底,拔不出来。在这里,勒富河变得深浅不均。小船时而将近搁浅,时而驶过极深之处,这时船篙几乎要没入水中。

两岸的泥土十分坚硬,但只要往旁边走远一点,立刻就会陷入沼泽。灌木丛间隐藏着一些长长的小湖泊。这些小湖泊以及成排的柳树林和赤杨林,说明勒富河过去的流向与现在不同,历史上曾数次改变流向。

临近傍晚,我们行驶到离切尔尼戈夫卡河不远处。我们在切尔尼戈夫卡河与一条小河汊间一块狭窄的地带上宿营。

今天有一场盛大的迁徙。奥连季耶夫打了几只野鸭,我们饱餐了一顿。天色暗淡下来,所有鸟类都不再飞行,周围立刻一片静谧,简直可以想象在这些草原上了无生机,然而实际上这里的每一个湖泊、每一处河湾、每一条河汊上都有天鹅、大雁、秋沙鸭、野鸭和其他水鸟过夜。

晚上,马尔钦科和奥连季耶夫早早躺下了,我和德尔苏还是按老规矩坐在篝火旁聊天。茶壶吱吱作响,提醒我们它还在火上烧。德尔苏把茶壶挪远一点,它还是呜呜作响。德尔苏又往边上挪了挪,茶壶就只剩微小的声音了。

"他怎么老是叫!"德尔苏说,"瘦的人!"他跳起来,往地上倒了点热水。

"什么人!"我不解地问。

"水,"他简单地回答,"他会叫,会哭,还会玩。"

这个质朴的人跟我谈了很久他的世界观,他说他在水里望见了活生生的力量。他曾见过水无声的奔流,也听过洪水到来时水的怒吼。

"看啊,"德尔苏指着火苗说,"他也是人。"

我望向篝火,木柴闪着火花,噼啪作响。火舌时而狭长,时而短小,时而明亮,时而暗淡;熊熊的火炭建起了城堡、山洞,随即摧毁它们,接着重建起它的江山。德尔苏没再吭声,而我一直坐着,看着德尔苏口中那"活生生的火焰"。

河里的游鱼喧闹地拍起了水花。我冻得哆嗦了一下,看向德尔苏,他正坐着打盹儿。草原上一如既往地平静安宁。天上的星辰说明现在是子时。

我往火里添了把柴，叫醒了正在打盹儿的德尔苏，我们俩都躺下睡了。

第二天大家都醒得很早。大家能自然而然地一同醒来，这一点倒是很少见。

朝霞刚一升起，迁徙的鸟群就腾空而起，喧闹鸣叫着又向南方飞去。最先飞走的是大雁，跟着是天鹅，随后是野鸭，再然后是其他候鸟。起初它们沿着地表低低地飞行，随着天色越来越亮，它们也就飞得越来越高。

我们赶在日出前从宿营地行驶出8公里远，到达长满了榆树和杨树的柴顶子山，山脚下流淌着一条小河"小河子"。此处勒富河河谷的宽度超过40公里，河谷左侧延伸出一大片沼泽。勒富河分出了无数条数十公里长的支流，支流又分出无数条河汊。这些河汊大片绵延在河流两侧，形成了一个迷宫。若是不循着主河道，而是指望少绕路而往支流上行驶，就会很容易迷路。除了上面提到的小河子河，还有两条小河注入勒富河：从右边流入的柳甘卡河和左边流入的萧家沟河。再往前直到兴凯湖都没有任何支流了。

我们沿着主河道向前行驶着，只有在必需的时候才转入旁边的河汊，只要一有机会，就尽快回到主河道上来。河汊里长满了毛柳和芦苇，快要挡住我们的小船。我们就这样离水鸟很近地悄悄行驶着，有时我们特意停下，观察它们许久。

起先我注意到一只黑腿、黄绿喙儿的白鹭。它正优雅地在岸边来回踱步，脑袋合着步子的节拍摇来晃去，聚精会神地盯着河底。看到我们的小船，这只鸟儿跳了两下，笨重地飞到空中，又落到旁边的河汊上。随后又发现一只麻鸭，它的羽毛呈灰黄色，长着暗黄色的鸟喙、黄色的眼睛和同样颜色的腿部，看起来麻鸭并不讨喜。这只丑兮兮的鸟驼着背在沙地上走着，一直追捕着一只伶俐可爱却四处奔逃的蛎鹬。这只蛎鹬往不远处飞去，一旦落下地来，麻鸭立刻飞奔去猛啄它。看到小船驶近，麻鸭跳入草丛，伸着脖子高高地昂起头，如同石化般僵立在那儿。当小船驶过的时候，马尔钦科朝它开了一枪，没有打中，子弹擦鸟身而过，碰到了鸟儿旁边的芦苇，麻鸭却依旧一动不动。德尔苏笑起来，说："他是狡猾的人，老是这么骗人。"

的确，没过一会儿我们就看不见那只麻鸭了，它那黄色的鸟羽和高高昂起的喙已彻底隐没在草丛中。

接着我们又看到了另一幅画面。一只翠鸟孤独地立在水面的柳枝上。

这只长着大脑袋、大喙的小鸟儿好像在打盹儿。突然,它猛扑入水中,潜了进去,再出来时嘴上已叼了一只小鱼。翠鸟把小鱼吞下肚去,又栖到树枝上打起盹儿来。听到小船驶近的水声,它啼叫了一声冲回河里,满身翠羽闪过一道亮丽的蓝色。它飞远一点儿,又落到灌木丛中,接着又飞走,拐了个弯就消失了。

我们有两次碰见了栖息在沼泽地上的骨顶鸡,这是一种黑色、善潜水的小鸟,腿长,可以轻快自如地在水生植物的叶片上行走,但在空中飞行时却显得软弱无力。看起来,天空并非它们熟悉的环境,它们飞行时捯饬双腿的行为也显得很奇怪,我觉得它们像是刚从鸟巢里走出来的幼鸟一般,还不会好好飞行。

在小水洼里栖息着䴙䴘,它们的耳羽向一侧竖起,脖颈上长着一圈鲜艳的彩羽。䴙䴘不会飞行,常常匆匆忙忙地藏到草丛里或是潜入水中。

今天天气很适宜出行。这是一个温暖的秋日,这样的日子在十月的乌苏里南部地区是很常见的。天空万里无云,明澈干净,有微风从西边吹来。但是这样的天气往往也不足为信,之后往往会刮起凛冽的西北风,而且温暖的时候持续越久,后面的天气变化得就越大。

上午十一点左右,我们在柳甘卡河附近进行了一次大休。午饭后,大家都躺下休息,而我去岸边走走。目光所及尽是野草与沼泽。在西边勉强能看到雾蒙蒙的群山。在一马平川的平原上只有小丛的灌木,如同沙漠里的绿洲一般。

我费力地走向一处灌木丛,吓跑了一只很大的短耳鸮。这种鸟被称为"旷地上的夜猫子",白日里总是隐身于草丛之间。只见它惊恐地迅速窜开,飞远一些后又落到沼泽里。我在灌木丛旁坐下休息,突然听到一声轻微的沙沙声,不禁哆嗦了一下,环顾起四周。原来是虚惊一场,发出声音的是一群苇莺。它们正在芦苇间来回移动,一刻不停地转动着尾羽。随后发现了两只鹪鹩,这两只长着浅红色斑驳羽毛,看起来尤为可爱的小鸟一直藏在草丛中,随后突然跳了出来,又躲到枯草下面。和它们一起的还有一只芦鸡,它一直在芦苇间钻来钻去,歪着脑袋疑惑地看向我。我在这儿还发现很多种叫不上名字的小鸟。

过了一个小时,我返回了宿营地。马尔钦科已经烧好了茶,等我回来。

勒富河下游

喝足茶后,我们上到船上,接着行驶起来。我想完善一下旅行日志,便向德尔苏询问从他走出山区进入沼泽地起,在勒富河河谷都见过哪些动物的足迹,他回答说,这一带有狍子、貉子、狼、狐狸、兔子、鼬、水獭、水貂、田鼠和鼩鼱。

下午我们又行驶了20公里,在众多岛屿中选了一个登岸宿营。

今天我们有幸观赏到了东方现出的大地暗影。晚霞闪耀出五光十色的光芒,先是纯白如雪,随后翠绿如碧,而在一片澄澈碧绿的天幕下,从地平线上升起两道亮黄色的光芒,如同两根分开的巨柱。过了片刻,光芒消散了。碧绿的晚霞先是变为橙色,又变为红色。最后,血色的天际转为暗淡,犹如罩上了朦胧的轻烟。同时,随着太阳的下落,东边现出了弧形的暗影。这弧形一边触及北边的地平线,另一边触及南边的地平线。弧形阴影的外部呈紫红色,太阳落得越低,弧形升得就越高。这一片紫红光带很快就同西边嫣红的晚霞两相交汇,夜色便降临了。

我几近狂喜地欣赏着这一胜景,这时听到德尔苏喊了起来:

"不懂!"

我猜他这句话是冲我说的,就问他是怎么回事。

"这不是好事,"他指着天空说,"我以为,很快会有大风。"

昨天晚上,我们在火旁坐了很久。今早又起了个大早,我们一整天都很疲倦,一吃过饭就都早早躺下了。黎明前,大家都睡得不甚踏实,全身都感觉昏沉沉的,没有气力,行动也迟缓起来。既然大家都是这种感觉,我担心我们有可能得了寒热或是食物中毒,但德尔苏安慰我们说,这是换季常有的事,于是我们勉强接着行驶下去。

天气很暖和,没有一丝风,芦苇一动不动,如同休眠了一般。原本清晰可见的远处的山峦现在已完全没入了黑暗之中。灰白的天空上飘荡着纤薄的云彩,太阳周围出现了一圈日晕。我注意到周围已不像前夜那样生机勃勃,那些大雁、野鸭和许多小水鸟都销声匿迹,只有海雕还翱翔在天际。大概只有海雕能不受天气变化的影响,生活在大地上的其他所有动物都会因气候变化而变得萎靡不振、昏昏欲睡。

"没什么,"德尔苏说,"我以为,半天是太阳,接着就有风了。"

我向他询问,为什么鸟儿都不飞了,他便给我上了一堂关于鸟类迁徙的大课。

据他的话说,鸟类都喜欢逆风行进。天朗气清时它们会卧在沼泽上。若是顺风而飞,风会穿透它们的鸟羽,它们就会冻坏,于是它们就躲在草丛里。只有在突然降雪时,它们才会不顾严寒和大风,继续向前飞行。

随着我们向兴凯湖挺进,沼泽变得越来越多。河汊沿岸的树木都消失不见,取而代之的是稀疏纤细的灌木。变缓的流速立刻对植被造成了影响,有野百合、睡莲、五虎草、菱角等植物出现。有时那些水生植物长得太密,以至于小船根本没法通行,我们不得不绕个大弯。有一回我们迷了路,导致无路可通。奥连季耶夫本想下船,刚一上岸就陷入了及膝的泥沼。于是我们掉头原路返回,进入一个湖泊,却恰好在那里找到了想要去往的河汊。满是水草的迷宫终于被抛在身后,我们都为终于能够脱身而欢呼雀跃。但是,判断方向的难度也变得愈发困难。

之前,根据树木就能够远远地望见河流,现在连灌木丛都没有,即使是在几步开外,也无从断定河汊的流向,不知是向左还是向右。

德尔苏的预言实现了。中午刮起了南风,风力逐渐变大,随后转为向西。大雁和野鸭又开始飞起来,飞得不高。

有一处有很多从森林里漂出的树木,是被洪水冲来此地的。在勒富河上无论如何不能忽略这一点,否则就有可能无柴过夜。过了几分钟,士兵们从小船上卸下货物,而德尔苏点燃篝火,支起帐篷。

距离兴凯湖的路程已所剩无几。我知道,勒富河在这里将偏向东北,注入利比亚日湾的东角。这座河湾在迁徙季节总有许多天鹅飞来。利比亚日湾长6~8公里,宽约1公里,水量不大,经由一条细长河汊与兴凯湖相通。因此,要想乘船去往兴凯湖,还须行驶15公里,若是照直徒步前去,只要走上2.5~3公里即可到达。我们决定明天我和德尔苏一起步行去考察,到黄昏时分返回,奥连季耶夫和马尔钦科则留在宿营地等我们回来。

晚上大家都很清闲。我们坐在篝火旁喝着茶,彼此聊着天。干柴发出了明亮的火光。芦苇摇曳着,喧响着,让人觉得风比实际上大一些。天空一片漆黑,只能看清大颗的星星。湖里传来水波的喧响。晨起,天空堆满了层层叠叠的云,风向转为西北,天气稍有变差,但不会影响我们考察。

兴凯湖暴雪

兴凯湖（赫哲语念为"肯卡"）形状类同鸡卵，位于北纬44°36′至45°2′之间，椭圆的大头部分位于北面，末尾的小头位于南面，两侧略有收紧。兴凯湖的最大宽度可达60公里，最窄时为30公里，长约85公里，圆周约260公里，整个湖泊面积为2400平方公里。

兴凯湖的北面还有一条"支流"——小兴凯湖（汉语称之为"小湖"，赫哲语为"达布库"）。小兴凯湖长约15公里，宽约25公里，与兴凯湖仅隔一座沙坝，从前这座沙坝曾是满洲里通往乌苏里地区的一条道路。兴凯湖的上游（大约四分之一）属于中国，中俄两国以从土尔河河口（汉语称之为"百名河"）到松阿察河（汉语为"松阿禅河"）的直路为界。松阿察河发源于兴凯湖，地理坐标为费罗经线东经150°10′，北纬45°27′，海拔86米。

在辽代，兴凯湖又被称为"北琴海"，现在又被称为"汉卡""欣凯"和"兴凯湖"，意为"兴隆凯宁之湖"。值得注意的是，汉卡一名来源于汉语中的"瀚海"，为"盆地"之意。中国人用这一名词称呼所有地势低洼之处，无论这些地方是干燥还是积水，他们也这样称呼塔克拉玛干沙漠的西部地区。兴凯湖及其周围的沼泽地区的确是盆地，所以"瀚海"这一名称完全符合其地形构造。

兴凯湖的北部、西部和南部都是泥泞沼泽，这一点说明兴凯湖以前要大得多。勒富河河口原先位于哈勒基顿村附近，也有可能偏南一点。松阿察河当时大约并不存在，兴凯湖直接同乌苏里江的一条河汊相汇。现在，兴凯湖海拔不超过50米，将绥芬河与兴凯湖两相分开的山脉平均高度为180米。这一点可以解释为何内部流域的河谷地区有大量沼泽存在。兴凯湖最古老的岸是西岸。在这里的地表裸露处可以发现第三纪的黏土。湖边最古老的村子有图里罗格村和卡缅雷博洛夫村。

同所有有河流流经的湖泊一样，兴凯湖正处于淤浅期，最深处可达10米。这个水底淤积的缓慢历程，直到现在也在进行。由于水浅，湖泊变得浪势迅猛，不大的波浪已经触底，所以浪势不仅在岸边出现，在湖心亦可观察得到。

吩咐了几句之后，我和德尔苏便出发上路了。我们打算在傍晚前返回，需要轻装简行，便将所有赘余之物留在了宿营地。为保险起见，我在外套里又套了件毛衣，德尔苏则带了一顶帐篷和两双毛袜。

沿途他不时望向天空，自言自语着什么，随后向我问道：

"怎么样，长官，我们早些回去还是不回去？我以为，夜里不会太好。"

我回答他说，这里距兴凯湖已经不远，我们不会在那儿待太久。

德尔苏是个好商量的人，总是可以轻松说服。他觉得自己有责任提醒即将到来的危险，但若没人听从，他也就不再坚持，只是默默走路，不去争辩什么。

"好的，长官，"他回应我，"你自己看，我都可以的，都可以的。"

末尾那句就是他表示让步时最常说的话了。

我们沿着支流和湖岸边行走，因为在这些地方，地面还算干爽。我们沿着宿营地附近河汊的左岸走了很久，随后它突然向后转了个弯，又折了回去。我们不得不放弃原路，越过一处沼泽，来到另一条狭长纵深的河汊。越过这条河汊后，我们在芦苇丛中向前走去。我想起来，后来在我们左旁又有一条河汊，我们沿着这条河汊的右岸走过一段，发现它向南弯折后，我们便没有再继续走那条路，而是在荒郊野地里走了一段，绕过了几个水洼，还跳过了几个土墩。我们就这样走了大约3公里。最后我停下来，好确定接下来的方向。风正从北面刮来，恰好从兴凯湖那面吹来。芦苇丛剧烈晃动着，发出一阵沙沙的响声。有时大风将芦苇弯折向地，那正是眺望前路的好时机。北面的地平线被如烟的黑色雾气笼罩，透过布满天空的乌云勉强能看到朦胧的日光，我觉得这是个好兆头。最后我们终于望见了兴凯湖，只见那里浪花滚滚，惊涛拍岸。

德尔苏让我留意一下这里的鸟，他说在它们身上觉察到一些不安。这里的鸟儿不像是在平静迁徙，倒像是在匆忙逃散，用猎人们常用的话来说，就是"鸟像浪般乱飞"。大雁飞得如此低，几乎要贴近地表了。它们向我们迎面飞来的时候，样子很是怪异，看起来倒像远古的翼龙一般，既不见腿，也不见尾——只看见一只只瘦小之物挥动着颀长的翅膀向我们火速飞来。发现我们后，这群大雁立刻飞上天空，越过它们所认为的危险地带后，又排成之前的队列，贴近地面飞行。

中午时分，我和德尔苏来到了兴凯湖边。这个淡水湖如同一个狂躁的人，湖水如同煮沸般跳跃翻滚着。在沿着野草遍布的沼泽地行进了许久后，辽阔的湖面风景着实让人心旷神怡。我坐到沙滩上向水里看去，阵阵激浪引人入胜，简直可以坐上数小时欣赏这大浪拍岸的胜景。

湖上荒无人烟，既不见帆，也不见船。我们在湖边大概溜达了一小时，打了几只鸟。

"野鸭不走了。"德尔苏出声说道。确实，鸟儿们一下子就都不飞了。这时，一直笼罩在地平线上的黑色雾霭突然向上腾起，完全看不到日头。暗淡的天幕上，灰白的云朵像被扯碎了边的旧棉絮一般来回奔突。

"长官，我们要快点回去，"德尔苏说，"我稍稍有点担心。"

我们确实也该返回宿营地了。我们把鞋里的沙石抖了抖，便往回走。走到芦苇丛边，我停下又往湖泊里看了一眼，此时的兴凯湖如同一只被俘的困兽在奔腾咆哮，阵阵浪头掀起了淡黄的水沫。

"水多起来了。"德尔苏望着河汊说道。

他是对的。大风将河水冲入勒富河河谷，因此河水溢出了岸边，逐渐漫上了平原。很快我们又遇到了一条大河汊，挡住了去路。我不熟悉这里，德尔苏也是一样。他停下来想了一会儿，就向左走去。这条河汊转了个弯，向一旁流去。我们没再管它，照直往南边走去。过了几分钟，我们碰上一处沼泽，只好原路返回。当我们向右拐的时候，意外地发现了另一条河汊，便蹚水过去。我们从这里朝东面走去，结果又遇上了泥潭。我们好歹找到一块干些的土埂小道，它如同一座架在泥潭上的小桥一般。我们用脚慢慢试探着地面，小心翼翼地前行着，就这样走了大约半公里，猛地踏上一处满是野草的干燥地，泥潭已然落在身后了。

我看了下表，现在还没到下午四点，黄昏却似乎已经来了。成团的乌云压向地面,飞速向南方移动着。据我盘算,这里距勒富河不到 2.5 公里了。远处有一座孤立的小山,小山对面就是我们的宿营地,这是我们判定方向的重要标志。我们不太可能迷路,倒有可能晚些回去。突然,我们意外地碰上一个大湖泊。我们决定绕过去。但这个湖泊相当狭长,我们便向左走去。走了大约 150 步,面前又出现一条河汊,其走向垂直于这个狭长的湖泊。我们去往另一方向,很快又走近了原先那个泥潭。我决定往右边碰碰运气,但很快在我们脚下就扑哧扑哧地响起踩到泥水的声音,接着就碰上了几个大水洼。很明显,我们已经迷路了。事态紧急,我向德尔苏提议往回返,回去找到当初那条土埂小道。德尔苏同意了。我们往回走去,却无论如何都找不到那个地方了。

  风突然停了。在这里还能听见兴凯湖的阵阵涛声。天色暗淡下来,空中飘舞起了雪花。天气短暂平静了一会儿,随后就刮起了旋风,雪也大了起来。

  "我们得在这里过夜了。"我想着,突然想起在这座小岛上连柴火都没有,这里既没有树,也没有灌木,除了遍地野草与河水之外,别无他物。我不由担心起来。

  "我们做些什么?"我问德尔苏。

  "我很怕。"他回答道。

  这时我才明白我们现在的处境有多么可怕。在下着暴雪的夜晚,我们既没有篝火取暖,也没有暖和衣物加身,只能待在一片沼泽之中。我唯一能指望的就是德尔苏,我期待着他能够拯救我。

  "听着,长官!"他说,"好好听着! 我们应该快点干。要是不好好干,我们就得被风吹跑。要赶快割些草下来。"

  我没有问他为什么要这么干。现在我的脑子里只剩下一件事,那就是要快点割草。我们迅速除去身上所有装备,急迫地投入了战斗。在我单手搂起一抱野草的工夫,德尔苏已经割下两抱了。阵阵大风吹来,吹得人无法站立。我的衣服都冻成了一坨。我们刚把割下的草放到地上,上面立马盖满了雪。德尔苏告诉我有些地方的草不能割。我不听他的话,硬要去割,他显得非常生气。

  "你的不明白!"他喊道,"你的应该听话、干活。我的明白。"

德尔苏解下了枪上的绳子和腰带，还在我的口袋里找到一小根绳子。他把这些都卷起来，塞到自己的怀里。天色越来越暗，也越来越冷了。借着雪的反光，勉强还能看清地上的东西。德尔苏体力惊人，依旧行走迅速。我刚一停下手头的活儿，他就朝我大喊，说得抓紧。从他的声音里听得出恐惧与饥饿。于是我又拿起刀，一直割到头昏眼花。我的衬衫上落了很多雪，雪一融化，冰凉的雪水就流下我的脊背。我感觉我们割了将近一个多小时的草。刺骨的寒风、扑面的大雪都让人痛得刀割一般，无法忍耐。我的双手都冻僵了，我哈气暖了暖手，又不小心弄掉了刀。这时德尔苏注意到我又停手，对我吼道：

"长官，快干吧！我特别害怕！很快就什么都看不到啦！"我告诉他我弄丢了刀。

"用手拔吧！"他大声喊道，尽量想盖过风声。

我机械地、几乎是毫无意识地拔扯着芦苇，有时割伤了手，却又不敢停下，只得接着干，最后我终于精疲力竭了。我眼前打起了旋儿，像得了寒热般牙齿上下打战。湿透的衣裳冻得硬邦邦的，来回响动，睡意却阵阵袭来。"这是要冻死了。"这个想法在我脑海中一闪而过，随后我迷糊起来。我昏了多久，这倒不知道。后来，我突然感觉有人在使劲摇着我的肩膀，我一下就醒了。德尔苏正低下身子站在我身边。

"跪起来。"他对我说道。

我听了他的话，用双手撑着地。德尔苏把帐篷给我盖上，跟着便往上面堆草。帐篷里立刻暖和了，滴下水来。德尔苏在周围忙活了很久，把雪搂成一堆，又把雪踩实。

我的周身暖和起来，随后不知不觉地睡着了。突然我听到德尔苏的声音：

"长官，挪一下！"

我使劲往边上挪了挪。这个赫哲人爬进帐篷里，在我旁边躺下，把皮袄盖在我们身上。我伸出手，在脚上摸到了那双熟悉的毛皮靴。

"谢谢你，德尔苏，"我对他说，"你自己盖好吧。"

"没什么，没什么，长官。"他回答，"现在不用害怕了，我把草捆得紧紧的，风吹不透了。"

雪往帐篷上落得越多,这个临时的小窝棚就越暖和。水也逐渐不滴了。外面风声阵阵,不知从哪里传来汽笛声,又像是给逝者送葬的钟声。后来我梦见了一些舞蹈,感觉我自己在逐渐深陷、下沉,最后沉入了一个又长又深的睡梦。我们就这样睡了大概十二个小时。

我醒来的时候,周围又静又黑。我突然发现只有我自己在躺着。

"德尔苏!"我惊恐地喊道。

"懒熊!"我听到德尔苏的声音从外面传来,"懒熊,该爬出来了!应该去找自己的窝,哪能老趴在别人的窝里。"

我急忙爬到外面,不自觉得用手遮住了眼。周围雪白。空气很清新,天气寒冷,空中飘着薄云,露出了蔚蓝的天。周围虽然还是暗沉沉的,却能感觉到太阳即将升起。有些地方青草被成片压倒了。德尔苏捡拾了些枯草,点起一小丛火,正烘着我浸湿的鞋袜。

现在我才弄明白,为什么德尔苏不让割掉有些地方的草。他是把那些地方的草捆扎起来,用皮带和绳子从上面把窝棚缠紧,好让它不被大风吹毁。我要做的头件事,就是多谢德尔苏救了命。

"我们一起出来,一起干,不要谢谢。"

接着,他好像想要转移话题似的,说道:

"今天夜里好多人都死了。"

我明白德尔苏所说的"人"是指那些迁徙的鸟儿。

随后我们拆了那顶草窝棚,拿上枪,又去找那条土埂小道。原来我们的宿营地离那里很近。越过沼泽后,我们又朝着兴凯湖方向走了一小段,随后向东去往勒富河。

暴雪过后,整个草原都变得了无生气。大雁、野鸭、海鸥、秋沙鸭都不见了。黄褐色的土地上是成片成片落了白雪的沼泽。泥泞的土地已被冻住,足以承受人的重力,我们走起来都轻快有力。我们很快就走到勒富河边,过了一个小时,我们已经身处宿营地了。

奥连季耶夫和马尔钦科并没有担心我们,他们以为我们会在兴凯湖附近找到住处过夜。我换下靴子,喝足了茶,一躺到篝火旁便沉沉睡去。睡梦之中,我梦见自己又身处沼泽,周围尽是狂风暴雪。我尖叫起来,扯下自己身上的被子。原来已经是晚上了。天空中闪耀着明亮的星辰,银河绵延成一条闪光的带子。夜风吹旺了篝火,将点点火星撒向田野。在火的另一旁,德尔苏还在酣睡。

第二天早上,严寒来了。有水的地方都结了冰,河里都是冰碴。我们花了一整天才渡过勒富河的诸多河汊。我们常常行驶到一条不知名的河汊上,不得不原路返回。我们沿着河汊走了大约2公里,又拐到旁边一条狭窄曲折的河汊上。在这条河汊汇入勒富河的地方,耸立着一座锥状的孤峰,上面生长着柞树林。我们就在这里过夜。这是我们最后一次宿营,之后我们就得步行去切尔尼戈夫卡,队伍里的其余人马都在等着我们。离开宿营地时,德尔苏请奥连季耶夫帮他把小船拉上岸来。他冲净上面的沙子,用草擦拭一番,随后把小船翻转,底部朝上,放到一排倒木上。我已经知晓,这是为了在有人需要的时候用得上。

早上我们离开了勒富河,当天下午来到德米特洛夫卡村,这个村子位于乌苏里铁路线一侧。越过铁路的时候,德尔苏停下来,用手摸着铁轨,往两边看了看,说道:

"嗯,我听说过这个。周围的人说过,现在才明白了。"

我们都到村里的房子里睡觉,但是这个赫哲人不想去房子里,按他的老习惯在露天地里睡觉。晚上我突然很想念他,便去找他。

夜色很黑,幸亏有落雪还能勉强看得清楚。各家各户都生着炉子,一缕缕微白的炊烟从烟囱里飘散出来,又平缓地向上升起。整个村子都笼罩在蒙蒙炊烟之中。各家各户窗里的光透到外面,照亮了地上的雪堆。在另一边,村后的一条小溪旁闪耀着火光。我猜到这就是德尔苏露宿的地方,便径直走去他那里。这个赫哲人正坐在篝火旁想着什么。

"到房子里喝茶吧。"我对他说道。

他没有回答我,而是向我问道:

"明天去哪里?"

我回答说,要去切尔尼戈夫卡,从那里转道去符拉迪沃斯托克,还邀请他与我同行。我允诺很快会再来泰加林,还提议给他些报酬。我俩都陷入了默默的思绪之中。我不知道他在想什么,心里满是苦涩。我又向他讲起城市生活的方便与舒适。德尔苏默不作声地听着。最后他叹了口气,开口说道:

"不了,谢谢,长官。我不去符拉迪沃斯托克。我能在那里干吗?打猎不能,捕貂不能,在城里生活,我很快就完蛋了。"

"说得是,"我想道,"森林里的居民没法在城里生活,要是我非要让他离开从小就习惯的路,这难道不是犯错吗?"

德尔苏沉默起来。看起来,他是在思索接下来做什么。随后他好像回应自己的想法一般,说道:

"明天我直接就走了,"他用手指向东方,"走上四天,找到刀毕河,然后去乌拉河,再到伏锦、祖勃根和大海那里去。我听说,在海边有好些东西,有貂,也有鹿。"

我和他在火旁坐了很久,聊着天。夜晚静谧而寒冷。有时吹来一阵微风,吹得柞树上还未掉落的枯叶沙沙作响。村里的人早就睡了,只有我和同伴借宿的房子里还亮着一盏微弱的小灯。猎户座的位置显示已是半夜了。最后我终于站起来,同赫哲人告别,走回自己的屋里睡觉。我有些不安,也有些难受。在我们相处的短暂时间里,我已经深深依赖上德尔苏。现在即将同他分别,我的心里涌起一阵遗憾和苦涩。我这样想着,不知不觉就睡着了。

早上我刚一醒来,就想到今天要同德尔苏分别了。喝过茶后,我向房主人表示了感谢,就走到外面。

士兵们已经准备好出发了,德尔苏也和他们站在一起。

我一眼就看出,德尔苏已准备好远行的行装。他的背囊塞得满满的,腰带紧紧系在腰上,脚上的翁得也穿得利利索索。

从德米特罗夫卡走出一公里左右,德尔苏站住了。令人难过的分别还是到来了。

"再见了,德尔苏,"我紧握着他的手,对他说,"愿上帝保佑你。我永远不会忘记你对我所做的一切。再见了!希望有朝一日,我们还会见面。"

德尔苏同士兵们告了别,随后冲我点了点头,就往右向着灌木丛走去。我们一直站在原地,目送着他。在离我们约200米左右的地方,耸立着一座长满了矮株灌木丛的山岗。过了五分钟,德尔苏走到了那座小山岗脚下。在明亮天空的映衬下,他那身背行囊、手拿猎枪和枪架的身影尤为清晰。明亮的太阳在这个瞬间涌出山头,照亮了赫哲人的身影。上到小山岗上之后,他停下来，面朝我们挥了挥手，便消失在了山后。我顿时感到胸腔里好像有什么东西撕裂了一般，感到失去了一个无比亲近的人。

"是个好人。"马尔钦科说。

"是啊，如今这样的人不多了。"奥连季耶夫回应他。"再见了，德尔苏，"我想，"你救了我的命，我永生都不会忘记。"

黄昏时分我们到达了切尔尼戈夫卡，和那里的队伍会合。当晚我就去了符拉迪沃斯托克，赶往我常驻队伍的所在地。

集结上路与考察装备(1906年)

四年时光匆匆而逝。在这段时间里,我的任职情况发生了一些变动。我被派往哈巴罗夫斯克后,俄罗斯地理协会的阿穆尔分会希望我组织一次围绕乌苏里地区的锡霍特山脉及其周围地区的考察,路线从奥尔加湾向北起始,若是时间允许,还要再考察一下乌苏里河与伊曼河的上游。Г. И. 格拉纳特曼、阿诺弗里耶夫和 А. И. 麦尔兹亚科夫被任命为我的助手。此外还有6个西伯利亚士兵(季亚科夫、叶戈罗夫、扎古尔斯基、麦梁、图尔蒂金、鲍奇卡列夫)和4个乌苏里地区的哥萨克(别洛诺日金、埃波夫、穆尔津、科热夫尼科夫)加入了考察队。

除了以上任命的这些人,还有一些人参加了此次考察:时任军区参谋长的 П. К. 鲁特科夫斯基中将和时任林务员的植物学家 Н. А. 帕利切夫斯基。本次出行的目的是从历史、自然角度对乌苏里地区的锡霍特山脉及周围地区展开考察。据1889年印制的1英寸比10俄里的地图,本次的路线拟定于乌苏里江、乌拉河、伏锦河沿岸地区,滨海地区则采用1英寸比40俄里的地图。

当时关于锡霍特山脉中段地带的信息极为匮乏,都是偶然勘探所得。至于从奥尔加湾向北的沿海地区,那里只有一点由专门前去测量港口、海湾的海军军官告知的点滴信息。

我们对考察工作的准备始于3月中旬,一直持续了大约两个月。我授命从军区所有部队(工程兵和要塞炮兵除外)挑选优秀士兵参与考察,因此得以吸纳许多优秀的人进入考察队伍,其中大部分是托博尔省和叶尼塞省的西伯利亚人。确实,那里的人都有些生性忧郁、不善交际,但他们从小都吃苦耐劳，不畏艰险。

有许多人申请参与考察。我给所有人都登了记，随后去他们的连长那里逐个询问，最先排除掉来自城里的人和经过商的人。经过筛选，队伍里只剩下擅长打猎与捕鱼的人。我在挑选的时候特别注意，确保所有参加考察的人都会游泳，还通晓一门手艺。

除了士兵们，还有很多旁人申请参加考察。这些"老爷们"不明就里，以为出去考察就是轻松愉快的游玩，根本不知道其中的艰难。他们脑海中的考察只是驮队、帐篷、篝火、丰盛的午餐和好天气罢了。

但他们不知道，还有暴雨、蚊虫、饥饿和其他种种艰难，而这些对远离村落、深入荒无人烟之境的考察者来说是很常见的。

想去的人有很多，但真正去集合点集合的只有两三个。在出发前我会收到如下信件，上面写着"由于情况有变，无法成行，兹祝愿一路顺风……"等。在集合点也收到了类似内容的电报。最后只来了两个人，一个像个非常活跃的猎人，另一个则谦虚谨慎，愿意照看一切。头一个总是滔滔不绝，对所有坏事都深恶痛绝，只要他还没有无聊透顶或是天气晴朗，他总是一副过来人的模样昂首挺胸地走在队伍前面。一旦下起大雨或是飞来蚊虫，他便立刻后退，嘴里诅咒着他决定要来考察的那一天。另一个我称之为"谦虚的人"的考察队员，总是默默地走路，在背地里悄悄干活。大家很快就习惯有他，因为这样的人总会给人留下美好回忆。确实是这样：有很多人准备成行，但只有这两个人真正来了。

现在有必要谈谈怎么组织考察的驮队。考察队伍里共有12匹驮马。人马都需要彼此熟悉，这对整个驮队来说很重要。应当提前让士兵们熟悉驮马、备鞍和马具，还要让驮马学会驮物等。整个队伍应在出发前30天集结完毕。

驮马已经适应了带有胸革带和后鞧的驮队鞍，既可载物，也可骑行。但所有的考察队员都宁愿步行，没人骑乘驮马。尤为值得注意的是马鞍架。鞍桥很高，鞍帮挺直，用上好毡布制成的鞍垫又厚又软。在这种情况下无须计较花费。必须记住，一旦在集结地准备东西时有任何疏漏，路上根本没法补充。此外，还有带铁环的结实笼头、粮秣袋、襻绳、锻铁工具、铁钉、备用马蹄铁（每匹马配3对），还给每匹马都缝制了一顶带护耳的头罩，若是没有这顶头罩,驮马会饱受蚊虫之苦。蚊子会钻进驮马的耳朵,将它们生生咬出血来。

做驮包的是帆布袋和行军箱,行军箱外面包上皮革,刷上油漆。这样的箱子驮马担负起来较为方便,放置在船上、雪橇上也能方方正正,还可以用来坐或是当桌子使用。若是箱子里的东西没有弄乱,未有挪动,很快就能想起在哪里放了什么,在需要的时候,只要从那匹驮马上卸下箱子就可以了。

考察队里除了驮马,还有两只狗,一只是我的阿利帕,另一只是队里的莱希,莱希体格很大,体形特征上与狼类似。

考察队里的科学装备包括如下:什马利卡利杰尔罗盘仪、计步器、秒表、两个无液气压计、沸点温度表、测量气温和水温的温度计、风速计、地质锤、高山罗盘、卷尺、照相机、笔记本、铅笔和纸等。还有收集昆虫的箱子、制作标本的工具、压力机、植物烘干纸、罐装福尔马林等。

除了上面提到的工具,队伍里还收集了许多行军用具,比如煎锅、茶壶、斧子、横锯、工兵铲、焊烙铁、刨子、锉刀等。

所有士兵都配备一支带皮套的三管步枪(不带刺刀),每人配300发子弹,其中有50发随身携带,其余的都运往海边的食物储存基地。除了步枪,考察队里还有一支毛瑟式步枪、一支温彻斯特式步枪、一支小口径弗兰科特猎枪和一支索尔双管霰弹枪。

士兵们的装备如下:芬兰短刀、腰带式子弹带、约两米的带环长绳和放零碎的小皮包(比如针线、小钩、钉子等)。士兵们把盛有衣服的麻袋背在背上,在麻袋上缝上背带做成背囊。每个队员的驮包都有12~15公斤重。士兵们夏季的衣物是草绿色衬衫、马裤和一顶单军帽。系在手肘附近袖上的套袖,夏季可以抵御蚊虫,冬天则用来防止冷风。为考察队员们准备的是本地常见的翁得,而不是靴子,因为这种鞋子最为合用。确实,翁得很容易湿,但也很容易干。除此之外,还有缠在从膝盖到脚部的呢绑带,起初士兵们不太会裹,绑带老是从腿上掉下来,稍微裹得紧些,又会勒紧腿肚,但穿得多了,绑带就会押开,士兵们适应了这种穿法,走很长的路都不用整理。过冬准备的衣物有大衣、棉袄、毛衣、驼呢马裤、毛袜、风帽、手闷子和毛皮高帽。冬季鞋物准备的也是翁得,但是都大一些,以便到时在里面塞上干草,裹上暖和的包脚布。

从昔年经验可以得知,只有夜里睡得充足,白天才能好好工作。白日里还能预防蚊虫,晚上却没法躲避。这些可恶的虫子整夜都让人没法闭眼。人被蚊虫咬得烦躁不安,只想等着天亮。这时唯一的防护物就是蚊帐了。这些蚊帐都是用透气的白纱缝制而成,挂蚊帐的时候,先在里面挂上一根横杆,再把帐角的圆环系在树上,就能把蚊帐撑成一个小帐篷,可以在里面躺、坐,还能在里面干活。下雨时就在蚊帐上盖上一层两面顶的帆布篷。每个人都有几条铺的薄毡子,毡子的底部缝上一层不透水的油布,把蚊帐角塞到毡子底下。这样,人待在蚊帐里就能躲避蚊虫和风雨。进行科考工作的考察队员们每人都有一顶蚊帐,士兵们则两人一顶,所以给士兵们准备的蚊帐需要缝制得大些。随着秋季蚊虫渐少,在天气转凉的晚上可以用蚊帐搭成单面的帐篷,在帐篷前生起篝火,既能照明,又能取暖。

现在说说食物储备的情况。要准备足够食用6个月的总粮食储量,包括面粉、饼干、大米、小米、出口黄油、压缩干菜、盐、胡椒、豌豆粉、浓缩蔓越莓汁、糖、茶等。食物箱被提前运往储存基地,发往饮食基地,在大柞树河河口、捷丘贺河河口、吉基特湾和捷尔内伊港卸货。如果卸货处附近有人居住,那么就把食物箱就近放置在他们的房子里,若是卸在海边无人烟处,就把食物箱堆成一堆,盖上防水布,并用标杆标记出地点。

我们只在干燥季节储备一些面包干,比如秋冬两季。在夏季,面包干容易吸收空气中的水分,用防水布盖着也极易腐烂。肉粉也是这样,打开肉粉罐子二十四小时后,肉粉会结块成团,再过一夜就会变色发霉。我们把肉切成薄片烘干。确实,这样很占地方,也没法避免发霉,但可以拿来食用。在下锅前先把肉片放在火上烘一下,这样就会烧掉霉菌,肉也变得柔软可食。为紧急情况准备的干蛋粉和巧克力,专门储存在特制的小锌箱里。白面比较容易储存,只要把面粉袋提前在外面略微浸湿,湿麻袋和面粉就会混成约一指厚的糨糊,可以防潮防气,面袋也会变得很硬,沿途不会破损。

考察队配备了一只精心挑选的行军药箱、一套外科医疗器具(包括剃刀、剪刀、镊子、针、丝线、持针器、耳瓶、洗眼杯、普拉瓦茨注射器)和大量包扎材料。

5月14日,一切都准备就绪,15日驮队和整队士兵乘铁路先行,16日考察队员全员从哈巴罗夫斯克出发。规定的集合点是什马科夫卡车站,火车越过乌苏里江,向南一点即是。

我对每位考察者都提出如下要求:需要有能力组织考察,在出发前就应提前做好各项准备工作,要收集标本,写旅行日志,知道应该注意些什么,知道去芜存菁,有本事收集、处理所需的标本和材料等。

考察是什么,考察队员的工作又有哪些?令人遗憾的是,我们对此无法给出标准。这既取决于考察队员本人,也取决于他为此次活动提前进行的各项准备工作。

最初的准备工作我们已经完成,即将出发考察了。出发前总是忙乱不堪,要仔细思考回忆,别落下东西,还要拍电报、收拾东西、打电话通知别人等。我整日都在城里奔忙,要见上级长官,还要做最新的安排。临行前的一晚都用来写信,几乎彻夜未眠。我脑子里只想着,是不是所有事都做完了,是不是所有东西都拿好了。第二天,天蒙蒙亮我就起了床。在车站售票处又忙乱了一阵。最后车站的铃打了起来,汽笛声响起,火车终于开动了。这时我才感觉如释重负,所有不安与烦恼都抛在脑后了。整整一年都可以远离公事,不必服从上级命令和受电话骚扰的想法,让我整个人都心平气和起来。我感到自己前所未有地自由自在,做起事来也心情舒畅,连我自己都感到惊讶。

我们有一节挂在火车车尾的专用车厢,没人跟我们挤,我们便和在家一样随意起来。白天,我们愉快地交谈、查看地图、制订以后的考察计划,时间不知不觉就过去了。

天色有些阴暗,一直都在下雨。铁路两旁都是大片凹凸不平的沼泽,被雨水浸没了,沼泽边上是萎蔫的植物。窗户外飞快闪过一棵棵树木、电线杆和土洼。景色十分单调,这一天又长又乏味。后来天色暗淡下来,我们便在车厢里点上了蜡烛。

伴着车厢摇动和车轮富有节奏的撞击,近日里被出发事宜搞得焦头烂额的大家很快就睡着了。

第二天我们到达了什马科夫卡车站。由此本次考察正式开始。昨夜的雨停了,天气开始放晴,太阳散发出耀眼的光辉,沾雨的树叶如同上了绿漆般闪着光,地上升起一层雾气。士兵们赶来接我们,给我们指明住处。

这一天余下的时间便用来分拣物资、收拾驮包了。明天,也就是5月18

日，交由士兵们自由支配。他们会改制翁得、缝制护膝、备好子弹带等，总之是最后一次为自己上路整装。最开始是没法一切齐备的，在这种情况下全凭个人经验。重要的是把最主要的事办好，小事总会解决的。

趁着空余时间，我和鲁特科夫斯基一同出去考察周围地区。

在这一带，乌苏里江十分蜿蜒曲折。若是将这一段在地图上拉直，其长度大概要达到之前的两倍。这一带的支流不算很多，诸多的河流弯曲之处使乌苏里江在地图上呈现为网状。

几乎所有乌苏里地区的河流在沿着纵向的蜿蜒谷地奔流之时，河床流向一直向前。然而，一旦从山间流入低地，便变得蜿蜒曲折起来。更令人惊讶的是，河岸的构成成分几乎都是一样的：草皮下面是一层不厚的黑土层，接着是沙壤土，再接下来是夹杂着砾石的厚重淤泥层。我觉得可以这样解释：当河流在山间流动时，河流偏斜度有限，倘若溪线陡然下降，河水流速加快，会冲刷掉沿途一切，保持河流的流向。这时河流如同锯子和锉刀，对地质进行了改造。在平原上则是另一番景象。在这里河流流速骤然变小，深度较为平均，河岸更是千篇一律。在这样的情况下，一处偶然堆积而成的黏土堆或砾石堆都会使河流改变流向，形成"曲流"。这也可以解释为何这样的"曲流"极不稳定：在每次发过洪水后，河流都会形成新的"曲流"，流向都会发生变化，沙石会淤积先前流淌之地。陈旧河床的河口常常因此被堵，形成不短的断头河汊，正如我们常常在乌苏里地区见到的一般。在冲来的淤积物中有大量黏土，这一点可以解释河谷的沼泽化成因。

1906年的夏季尤为多雨。到处都有积水的水洼，若不是耸立在水洼之中的树木，几乎可以把它们认为是湖泊了。从下米哈伊洛夫斯基村到卡巴尔加河，乌苏里江右岸都布满沼泽，而自下罗曼诺夫斯科耶村（乌斯片卡）向上，两岸皆多沼泽，左岸沼泽尤多。这一带平原上耸立着两座带有过去测量的三角符号标志的小山，北面的小山（高370米）被称为"麦德维日亚山"，南面的小山（高250米）被中国人称为"汉德顶子寺山"。两座小山之间是什马科夫卡泉。看起来，麦德维日亚山的东北部从前曾与第二顶子山脉相连，但后来被乌苏里江阻断了。

在乌苏里江沿岸的沼泽间有许多土质肥沃的鬃岗，农民经常开垦来种地。在距乌苏里江向东5公里处延伸出数条山脉。十年前这些山上都遍布森林，现在却只剩些许痕迹。我们在乌苏里江河谷见到的这些树木，已经称不上森林了。生长在这里的稀疏树木主要有柞树、黑桦树、白桦树和算得上是半灌木的赤杨和河柳，还有一种类似胡枝子般的多枝灌木。

焦黑的树干、树桩及幼林的缺失，都说明这里常有火灾发生。这在铁路附近是不可避免的。

开花植物在这里成片单一地生长，好像根本不存在生态群似的。我们不时见到大片生长的艾蒿、白花三叶草、芦苇或铃兰。

由于鬓岗周围环境比较潮湿，这里就成了许多小动物的栖息地。我看到了两条黄颌蛇和一条矛头蝮蛇。在另一座鬓岗上聚集了一些啮齿动物和食虫动物，有红背䶄、根田鼠和大鼩鼱等。

道路旁有个大水塘，在水塘附近栖息着一群灰椋鸟。这些平日里叽叽喳喳的鸟儿现在都悄无声息。它们正浮在水塘里嬉戏，使劲儿用翅膀往身上撩水。在耕地附近还能见到赤胸鸫，这些小鸟在小路上随意蹦跶，有时离人很近，要是发现狗朝它们扑去，便立刻鸣叫着冲天而起，又落到附近的灌木丛或树上。在林边我还看见一只灰色的小鸟，鲁特科夫斯基开枪打中了它。原来这是一只东方角鸮，中国人称其为"鹞"，传说它能将挖参人从埋参处引开。

几只灰蓝色鸟羽的阿穆尔隼正在追逐昆虫，它们在空中迅疾地打着弯。还有几只鸟儿卧在土墩子上，呆呆地注视着走过的人。

我们返回车站时，已经是晚上了。在温暖的春日空气中，到处都是生机勃勃。沼泽里正上演着蛙鸣演奏会，有狗在村里汪汪地叫，野地里还传来了铃铛声。

明天就要出发了。前方究竟有什么在等待着我们呢？令人期待。

考察队的工作是这样分配的：格拉纳特曼负责管理财务和驮马饲料，麦尔兹亚科夫负责完成路线之外的任务，我负责民俗研究和路线测量，而帕利切夫斯基将径直去往奥尔加湾，在那里等待考察队到来。他决定趁此机会收集一些植物标本，然后同考察队会合，沿着海岸线共同开展考察。

出行时的日程安排计划如下：每两周选出一个轮值的司务长，由他负责早起事宜，包括煮饭、烧茶，早饭做完后把所有人都叫起来。早上队伍的集合需要花上个把小时，大约在七八点之间，随后就起程上路。中午时分进行一次大休。这时需要给驮马卸下驮包,放它们去自由吃草。每天早晚做两顿热饭,白天休息时则喝点茶,吃点面包干,或是吃点前一天晚上烙的饼。一点时接着上路,一直走到四点左右。

在一天之内我们可以走15~25公里,行路长短视地点、天气和路上的工作而定。宿营地通常选在小河旁。趁着煮饭、撑帐篷的当儿,我要绘制路线图,其他考察队员们也都忙着风干植物标本,制作鸟类标本,把采集的昆虫放入昆虫箱,还要给地质材料画上编号。下午五点时分,我们将午饭、晚饭并作一餐吃饭。饭后我拿上猎枪去周围地区转转,有时走得太远,黄昏时赶不回来,在返回的路上天就黑了,这种在月下森林中独行的经历绝对让人刻骨铭心。到了晚上九点,我们会喝一天里的最末一顿茶,随后大家就各忙各的:有的擦枪,有的缝衣补鞋,还有的整理马鞍。这时我往往会在旅行日志上记录下自己一日来的见闻。

出行考察时是绝不会感到无聊的。一天下来,都得走到筋疲力尽才会宿营。这时候帐篷、篝火和暖和的被褥就是最好的享受,这是城里任何一间豪华宾馆都比不上的。赶紧喝下一杯热茶,爬进睡袋便香梦正酣,不劳动的人无论如何也不会睡得这样香甜。

我们每天都会上路,很少休息一整天,除非是驮马生病或是马鞍损坏了。若是附近地区十分有趣,我们就停留两天或是更多。经验证明,冒雨赶路十分不便,前行十分困难,人马也很快疲乏无力,马鞍、图囊都会被淋湿。这样做的结果,往往是在阴雨天气赶路,在阳光普照时则坐在帐篷里整理测绘图、写写旅行日志或是做些核算,总之是做之前没能完成的工作。

出发那天也就是5月19号,我们都起得很早,但出发较晚。这是很正常的事情。第一次集合总是要花些时间的。上路之后,大家都会慢慢适应旅途作息,每个人都会逐渐熟悉分配给自己的驮马、驮包,这些驮包里放置着从前置办的沿途、宿营时的必需用品。

考察第一天,我们所有的考察队员都精神抖擞、开开心心地上路了。

这一天阳光充足,十分炎热。天空中没有一片云彩,空气却较为潮湿。

在什马科夫卡和乌斯片卡村间的乡间土道较为泥泞,横贯汉德顶子寺山的山岗上面所有的桥都被春天的野火烧毁,想要渡过沿途湍急的小河,并不是件容易的事。

高地生长的植被特点和生长在铁路旁的类似,都是由椴树、柞树和白桦组成的稀疏林地。

周围都是荒地,这种稀疏林地也勉强算得上是一片浓密的森林了。

大约三点时,我们的队伍走近了乌苏里江。明眼人一眼就看得出来,这是我们的头次出行。马队拖得很长,不是马鞍滑落,就是马肚带松了,人还得不时停下来整理一下靴子。经常旅行的人都知道这是很正常的。随着出行时间变长,沿途的卡顿就越少,一切都会逐渐步入正轨,接下来的行动都会顺风顺水,毫无阻碍了。当然这也需要个人经验。

若是打算长途旅行,在前几天不用走得太远。相反,需要少走路,多休息。在所有人都适应行路环境后,不需催促也会加速行进了。

考察队进入乌斯片卡村这件事轰动了整个村子。孩子们放弃了游戏,蜂拥而来趴在门后偷看;窗户里露出女人受惊的脸;农民们也都没再干活,一直打量着我们的队伍。

乌斯片卡村坐落在乌苏里江左岸高高的阶地上。村子建于1891年,现在大约有180户人家。

因为还在假期,我们被安置在一所小学,驮马停在院子里,所有行李、马鞍都堆到了棚子里。

晚上来了几个农民,他们都是这里的老户了。他们跟我们聊了聊村里的生活,指了指路,还给我们出了些好主意。

第二天,我们接着上路了。村后的一条路直接通往乌苏里江沿岸。整个谷地都被大水淹没,高地成了小岛。在这大片汪洋之间,水流尤为湍急、河岸两旁生长着树木之地就是乌苏里江的主河道了。乌苏里江平日水位为约200米宽,4米来深,每小时流速3.5公里。送我们前来的农民们说,在洪水期这里到邻村的路被大水阻断不通,他们只能行船去邻村。

我们商量一番后,决定溯源而上,找到万川归流之处,在那里试着带驮马泅渡过去。

黎明时,天阴森森的,像要下雨一般。快到十点的时候,天气转晴。这时我们终于看清了前路。在距我们约5公里处,乌苏里江所有的支流都汇聚于此。我们可以踏着尚且干硬的鬃岗走近河流,不过要先绕过沼泽,在卡巴尔加山附近下到河谷里。

马已经合群，不再尥蹶子，也不再厮咬了。只要牵着头马，其余的驮马就会自行跟上。每个士兵都轮流走在队伍后面，追赶那些走偏或是落下的驮马。

来到卡巴尔山附近时，我们转向东方，向着位于乌苏里江对面、石头河河口附近的一所房子走去。我们踏过一座座鬃岗，绕过沼泽地，很快到达了河对岸的森林。幸运的是，在中国人的房子里还有一条小船。虽然它一沾水就漏得像个筛子，但毕竟是条船，能够让我们过河。我们花了快一小时去修补。我们把船上的裂缝勉强堵上，将船板钉牢，又用两个拴着活结的木桩代替桨叉。一切准备就绪，我们就着手渡河了。先运马鞍，再送人渡河，最后再让驮马游过去。驮马自己不敢下水，需要有人领着一起游过来。哥萨克科热夫尼科夫自告奋勇去完成这件相当危险的事。他脱下衣服，骑着一匹脚力最快的白马，勇敢地率先下了水。士兵们立刻赶着其余的马跟在他后面下了水。科热夫尼科夫的白马刚从河中浮起，他立刻跳下马来，用手揪住鬃毛，在旁边随着游动，其余驮马也都跟着游了起来。我们在岸上望见科热夫尼科夫用手摸着白马的脖子，鼓励它向前游。驮马们游得呼哧呼哧的，鼻孔大张、露出牙床不断换着气。尽管汹涌的江水几乎要将它们冲走，它们依旧游得相当迅捷。

科热夫尼科夫能否将马儿成功地领到对岸呢？

再往下，水边长着丛丛灌木和树木，江岸很是陡峭，满是被暴风刮倒的树木。过了十分钟，马掌就试到了河底，接着水里依次出现了驮马的肩、背、臀和腿。到鬃毛和尾巴也露出水面的时候，水如断线珠子般从马儿身上洒落。哥萨克爬上马背，骑上岸来。

有的马壮，游得快，有的马弱，就游得慢些，整个洇渡的马群就蔓延了整条江。科热夫尼科夫的白马上到对岸时，最后一匹马还在江心挣扎，眼看江水就要把它卷走。它使劲挣扎，汹涌的江水却把它冲得越来越远。科热夫尼科夫也注意到了这一点。等所有驮马都上了岸，他立刻沿着岸边跑到下游，选了一处平坦的地方，穿过灌木丛，站在能望见那匹马儿的地方，朝它大声呼唤着。江水的喧嚣淹没了他的呼喊。这时科热夫尼科夫骑乘的那匹白马警觉起来，高昂起脑袋望向江中。一声响彻整条大江的马嘶突然响起，那匹在江中挣扎的马儿听到马嘶，立马转变了方向。过了几分钟，它已经上到岸来。哥萨克让它喘口气歇息了一会儿,给它套上缰绳,领到马群里。这时小船也已把其余的人和驮包运过了河。

在后店房子附近过江之后,考察队沿着石头河向前而行,希图绕过沼泽,快点走出山区。

石头河为东西流向,有50公里长,大部分支流都位于左岸。石头河本身是一条小河,但在距乌苏里江不到3公里处变为一条又宽又深的运河。

刀毕河和乌拉河在这里汇合(据加莫夫测定,此处地理位置为格林尼治经线东经133°34′,北纬44°58′)。这里便是乌苏里江的源头,乌苏里江向下至松阿察河从右侧汇入了两条小河,即基尔马必拉河和库尔马必拉河。

乌拉河有一段流向为自南向北,其源头位于大尖山,大尖山又通向苏昌河和勒富河的山口。乌苏里江的上游地区由三条河汇合而成,即头道沟、二道沟和三道沟。随后乌苏里江纳入了一系列支流:右边是四道沟、汉泥盒子、阳进沟、朝阳沟子;左边是蛤蟆盒子、刀毕河子、石头河和五个顶子。刀毕河长超250千米,深1.5~1.8米,流速可达每小时5公里。

乌拉河流向先是自南向北,随后在林大炮房子所在高地上骤然转西。乌拉河河水在这里汇入刀毕河,水势之大甚至刀毕河河水推向了左岸,因此在乌拉河口对面形成了一条长长的河湾。这条河湾、两条河流(即刀毕河和乌拉河)及乌苏里江一起,恰好形成了十字地形。在洪水季节,这里积了很多水,因此把乌苏里江的谷地淹没了。从乌拉河向西到我们刚刚提过的石头河的运河附近,沼泽之间有一个个连缀的、同乌苏里江平行的湖泊。这些湖泊和石头河的运河正是乌拉河旧有的河道。从前乌拉河同刀毕河汇合之处比现在低出许多。

感受到脚下坚实的大地,人马都走得斗志昂扬,精神抖擞。中午时分,我们路过了一个旧教徒村的村落。村子位于山脚下,共有25户人家。见天色尚早,我们不打算在此停留,沿着石头河一直向前。左边是森林,右边是一片满是水的草地。沿途我们又得越过一条小河,小河流经的河谷较为狭窄,满是沼泽。人们从一个土墩上到另一个土墩,驮马则更为艰难了。看到它们行路感到很可怜:它们一走就陷到马肚处,还一直磕倒。一些驮马陷得太深,没有人的帮助根本站不起来。我们不得不减轻重量,扛起它们背上的驮包前行。

等到最后一匹马越过沼泽的时候,太阳已经西沉了。我们又稍稍走了些路,就在一条清澈活泛的小溪边宿营。

晚上,士兵们和哥萨克们坐在篝火旁,唱起歌来。不知他们从哪里弄来一只手风琴。看着他们无忧无虑的脸庞,很难相信,就在两小时前他们还深陷泥沼,焦头烂额,疲惫不堪。看得出来,他们并不为明天焦虑,而是享受着当下的美好时光。在另一旁,还有几个人在火旁查看地图,讨论接下来的路线。

第二天我们决定大休一天。要晒东西,擦净马鞍,让驮马歇息。士兵们从早上起就忙活起来。他们每个人都明白,谁的哪里不太对劲,有什么东西需要修理。

今天我们偶然看到哥萨克怎样找寻蜂蜜。在我们喝茶的时候,哥萨克穆尔津拿出一只杯子,里面剩了些蜂蜜。很快,宿营地就出现了蜜蜂,先是一只、两只、三只,随后又陆续出现了好几只。一些蜜蜂飞来,一些取了蜂蜜匆匆飞走后,又回来取蜜。这时,穆尔津前去找蜜。他发现了蜜蜂飞往的方向后,面朝这个方向站着,手里拿着盛蜜的杯子。过了片刻,又一只蜜蜂飞来了。在这只蜜蜂往回飞的时候,穆尔津一直盯着它,直到它消失不见。

随后他就走到蜜蜂消失不见的地方,再等一只蜜蜂来,接着又走过去,再等第三只蜜蜂,依次类推……他就这样缓慢地朝蜂巢移动,靠蜜蜂给他指路。想要这样获得蜂蜜需要极大的耐性。

过了半小时,穆尔津回来了,告诉我们说他找到了蜂群,还在蜂巢附近看见了蜂群同蚁群将要作战,他急忙跑来告诉我们。我们马上带上锯子、斧子、锅和火柴赶去,穆尔津走在前面指路。很快,我们就看见了一棵大椴树,树身45度倾斜,树木周身都有蜜蜂在飞来飞去环绕着。几乎整个蜂群都倾巢出动了。蜂巢入口在树下的树根旁边。向阳的树根彼此交错缠绕,形成了一个缓坡。在蜂巢入口附近密密麻麻地聚集着一群蜜蜂,对面则满满地集结了一群黑蚂蚁。蜂群同蚁群彼此僵持对峙着,谁也不敢轻举妄动,这样一幅画面简直太有趣啦!蚁群中的兵蚁来回穿梭着,蜜蜂从上方进攻起蚂蚁来,蚂蚁则以腹部为后盾,大张蚁钳,激烈防卫起来。有时蚂蚁实行迂回战术,想要从后面攻击蜜蜂,但被空中侦察的蜜蜂发现了,一些蜜蜂便飞来挡住了蚂蚁的去路。

我们兴致勃勃地注视着这场战争。

谁会将谁打败？蚂蚁是否能够进入蜂巢？哪一方最先退却？或许，一旦太阳西沉，这两群势不两立的对手就会返回巢穴，第二天再战；又或许这场蜂巢围困战已不是一天两天了。

要不是哥萨克们赶来相助蜜蜂，这场战争还不知谁胜谁负。他们烧好了水，一下浇到了那些蚂蚁身上，只见蚂蚁抽搐起来，想要四散奔逃，却成千上万地死了。蜜蜂也十分紧张。这时候不知是谁错把开水浇到了蜜蜂身上，一瞬间整个蜂群都飞到空中。真该看看这些哥萨克是怎么屁滚尿流地跑走的！蜂群追着它们，蜇了他们的后脑勺和脖子。椴树附近立刻毫无人影了。人们躲远了，笑骂着，开起了同伴的玩笑，突然又惊恐起来，用手奋力驱赶着，又向远处逃去。

我们决定先不去蜂巢那里了。傍晚的时候，两个哥萨克又去了蜂巢那里，但那里既没有蜂蜜，也没有蜜蜂了。蜂巢已被熊捣毁。我们就这样结束了猎取野蜜的行动。

25日夜里下起了大雨，直到快天明雨才停。清晨的天空很是阴暗，黑压压的乌云低低地压向地面，笼罩了山顶。又快下雨了。

走远路时不必视天气而行。今天湿了，明天干了，随后又会湿，总是这样。事实上，如果总是在下雨的时候停滞不前，那么一整个夏天都走不了多远。我们决定碰碰运气，事实证明这是正确的。快到十点的时候，天气已经放晴。当然在一天之中，天气变了好几次，有时阳光普照，有时刮风下雨。干了的路变湿，路上就又出现了水洼。

渡过石头河后，我们来到克雷洛夫卡村，那里有66户人家。下一个村子是麦日戈尔纳亚村（有16户人家），这个村子粮食贫乏，我们连4公斤粮食都凑不到。农民们一边叹气，一边抱怨自己命苦，最近这场洪灾可把他们吓坏了。

沿乌苏里江溯源而上

考察队接下来的路是要穿过山区。路上我们又面临考验，需要穿过五个沼泽遍布的狭窄山谷。头一个山谷就在村外，最后一个也是最大的山谷距乌拉河不远。有一条村民自己开辟的道路，上面既没有排水沟，也没有木桥，更没有任何铺垫材料，泥泞难行。哥萨克们想尝试领着马走荒地看看，但是结果更糟。为了让沼泽好走一些，士兵们砍下柳条垫在驮马脚下。确实，这样人走起来会轻松些，但对驮马而言没起多大作用，这种不甚牢固的铺垫物只能给驮马造成假象，让它们踩空跌倒，还是得卸下驮包我们自己扛着。最后我们终于费劲地走过了这些沼泽。

据村民们说，接下来的路要从森林中穿过。一踏上坚实的土地，队伍立刻停下来休息。

这时不知从哪儿的灌木丛里蹿出一只野兔。大家瞬间纷纷扑上去抓这只野兔。真该看看整个考察队是多么手忙脚乱！有的吹着口哨，有的大声吆喝着，还有的用小树枝、小石子或是任何能抓到手的东西扔向慌乱奔跑的兔子。这个不幸的小家伙胡乱奔逃着，想要藏进灌木丛中。要不是扎古尔斯基朝它射了一枪，估计这个小家伙就能逃之夭夭了。这一枪正好射中了它的脑袋旁边的地上，把它射晕了。这时候另一个士兵赶紧跑过去，抓住了它。这只野兔先是在他手里乱窜，吱吱叫了一阵，随后把耳朵紧贴到背上，一动不动了。这只可怜的小动物已经被吓坏了，它那分成两瓣的上唇迅速翕动着，心脏怦怦直跳，被图尔蒂金抓在手里，不时东瞧西望着。

这只兔子很小，皮毛是灰栗色的，这种东北兔冬夏都是这种颜色。在阿穆尔河附近地区，东北兔在乌苏里江及其支流的河谷地区及沿海地带皆有分布，它们的分布最远可达别尔金角。除了这种兔，在乌苏里地区还有雪兔和黑兔，黑兔究竟是什么模样，至今未见述说。那种兔子遍体纯黑，很少见到。也说不定这只是雪兔的变种，毕竟这世上也有黑褐色的狐、黑色的狼，甚至黑色的兔子。

俄罗斯人都喜欢追赶、逗弄兔子，当然这只是因为兔子是一种既胆小可爱，又没有攻击力的小动物。这并不是作恶，只是单纯的玩乐消遣罢了。

这只小兔子让整个考察队都开心起来。大雨、沼泽和疲惫不堪统统被置于脑后了。士兵们大声吵嚷着，争着告诉彼此谁最先发现了兔子，兔子是怎么逃跑，又是怎么把它逮住的。没有任何其他动物能引起这么大的兴趣。人们都围在图尔蒂金周围，大家都想对这只小动物表达自己的关心：有的抚摸它的背，有的轻拽它的短尾巴，有的用香烟戳它的小鼻子，还有的拉扯它的耳朵。士兵们不知道给兔子起了多少个名，开了多少玩笑，又有多少次讲述怎么把它抓到手。不仅是俄罗斯人，在中国人、阿穆尔本地人的词汇中，"兔子"都意味着那些畏畏葸葸、害怕起来什么蠢事都做的胆小鬼。

我吩咐士兵们给马备鞍，他们又忙活起来。士兵们稍微商量了一下，决定把小兔子放生。只见兔子脚一沾地，立马绝尘而去。士兵们打着呼哨、喊叫着目送它跑走，嬉笑打闹着直到兔子不见了才停下。

给驮马备好鞍后，队伍又接着前行了。小路绕上了斜坡，绕过山泉，逐渐通向山口。稀疏的柞树林逐渐被枫树、椴树和黑桦树所替代，在有些地方还零星闪过红松、云杉和冷杉的尖顶。

走了大概半小时，我们到达了山口。在这里的一棵大柞树下，立着一个小小的、用石板盖成的小庙，大概是猎人和挖参人捐建的。小庙的正面有红色布条装饰，上面写着几个汉字"山林之主"，为"山林统治者"（老虎）之意。

站在山口顶部，展现在我们面前的是一幅乌拉河的壮美风景。太阳刚刚落下，一朵朵云彩和如黛的远山都染上了绯红的霞光。在道路右边，河流蜿蜒成明亮的银带。远远望去，一些农居隐约可见。农舍里冒出的炊烟，并非向上升腾，而是弥漫在地面，好像一动不动似的。附近有一个湖泊，我们就在这个湖泊旁宿营。

同往常一样，大家先是围坐在篝火旁兴致勃勃地谈天说笑，随后渐渐安静下来。晚饭过后，士兵们都躺下睡觉，而我们一直坐在篝火旁，交流最近几天的种种印象,计划未来几天的行动。

夜里静得出奇,甚至听得见驮马嚼草的声音。一只鸱鸺在山间啸叫,沼泽里传来经久不息的蛙鸣。

第二天我们起得很早,就早些上路了。昨夜我们从山口望见的那些房子,原来是赫哲人的。这地方叫作中带子,汉语的意思是"山间小溪"。住在这里的赫哲人属于尤科米克氏族,他们曾因天花肆虐险些被灭族。从前他们住在阿穆尔河附近现在哈巴罗夫斯克的所在地。

由于受到俄罗斯人排挤,他们迁来了乌苏里江,在那里又被哥萨克压迫,只好来到乌拉河定居。现在这个村子只剩下12个人,有三男五女,还有4个孩子。

这里的男人们按中国人的穿法,穿着蓝布短袄和蓝布裤子。妇女的衣服则更多地保留了本民族特色,衣襟和边角绣着花,下摆垂着叮当作响的饰物。几个脏兮兮的孩子从房里跑出来,胆怯地看着我们。他们的皮肤难以描述,上面不仅有晒斑,有污垢,还有烟熏的痕迹。生活在这里的赫哲人并不通晓本族语,只会说汉话,孩子们更是一句赫哲语都不懂。

参观完房子后,考察队继续前行。小路在这里紧贴山脚。乌拉河由此从东西流向转为西北流向,此处宽度约为170米,平均流速每小时5公里。需要注意的支流包括右边我们已经知道的石头河,随后是中带子河、夹皮沟河、纳恩图河、王八河子和伏锦河,左边是黄泥盒子河和弯沟河。

从赫哲人的农舍那里,有两条路延伸出来。一条需要绕行,沿着乌拉河左岸延伸通往纳恩图河,另一条为东南走向,路过黄泥河子山和一个顶子山。我们选了第二条,决定请赫哲人撑船溯乌拉河而上运送所有辎重,我们自己在渡过乌拉河后,沿黄泥河子河谷地去往扎戈尔纳亚村,从那里带着轻便驮包直奔科克沙罗夫卡村。

从中午就能预感到明天将是个雨天。在乌苏里地区,有一种干雾气候经常是恶劣天气的预兆。起干雾的兆头在头天傍晚就会显现。到次日临近清晨之时,干雾会变浓重,到了中午即使是近处也非常明显。若是有观察者提前记住远山的轮廓,这时还能勉强辨认出来。看起来,空气中充满了烟尘。天空微微泛白,一轮黄色太阳周围出现了日华,层层轻薄的云彩犹如纤细的蛛网,变为深灰色。随后空气突然变得澄澈透明,远山则变为深蓝色,显得晦暗不明。随后太阳落山了。大自然的一切都静谧无言,只有争先恐后的蛙鸣声,似乎是青蛙在为这坏天气雀跃不已。

我们原本以为,将近清晨的时候雨不会再下,却盘算错了。黎明时,雨反而下得更大了。为了不让篝火被雨水浇灭,只好往篝火上多添些柴。柴火烧得不好,冒着阵阵浓烟。人都钻进蚊帐里不肯出来,日子变得很是难挨。

在乌苏里地区,降雨面总是很大,而且下得很是持久。雨水会遍布数个流域甚至是整个地区,这就可以解释大洪水的由来。

德尔苏有个经验之谈:若是在下雨时节,山间出现了烟雾,而且雾气一直徘徊不散,那就意味着雨很快就会停。若是雾气移动很快,那就意味着大雨、狂风即将到来。

清晨,在太阳还没出来的时候,雨停了,但河水却开始猛涨起来,应该赶快渡过河去。赫哲人给我们提供了很大帮助,他们迅速把所有辎重运到了乌拉河对岸。赫哲人牵着一匹驮马随同过河,其余驮马则自己泅渡过去。

早上八点,阳光透过乌云照射出来,金色的光芒照亮了云雾。看到这幅画面,我不禁想起远古时期灼热的地表升腾起沉重湿热的气息。

雾气终于开始散去。由于连日阴雨而生机骤停的大自然活跃起来,云雀的歌声又响起来,许多昆虫飞舞在空中。

运送辎重的小船起航后,我们也上路了。现在山脉在右,河流在左。沼泽虽已过去,但潮气仍在。由于最近持续降雨,地上满是积水,溪流溢出岸边,在河谷间肆意流淌。

由于路上有些耽搁,驮马有些落后,人走在前面。在森林边上有一所老旧坍塌的房子。我们在附近的石头上坐下,等待驮马到来。突然,一条暗色的细长东西从旁一闪而过。士兵们冲向它爬行的地方去看,原来是一条大蛇。它迅捷地从草地上滑过,直奔灌木丛而去。士兵们在旁边跑着,不敢离它太近。蛇实在太大了。过了片刻,它已经爬到一棵横卧于地的倒木旁边,一下钻了进去。这是一段大树树干,里面已经烂空,长约4米,直径约15厘米。麦尔兹亚科夫拿起一根棍子往树洞里捅去,却在树洞里听到一阵嗡嗡声,随后从里面飞出几只熊蜂。原来这里是一处蜂巢,但是那条大蛇又藏到哪里去了呢?难不成它爬进了野蜂巢?为什么蛇钻进去之后,没有引起熊蜂的骚动,而我们往树洞内捅了一下,它们却嗡嗡而起？大家都很想知道。士兵们砍起树来,它已经腐烂不堪,一下碎成了好几截。树干刚一被劈开,我们就看到了那条蛇。它缓慢蜷曲着,极力想钻进土里,然而无济于事。哥萨克别洛诺日金用斧子一下砍下蛇头,接着整条蛇都被拖到外面。这是一条棕黑锦蛇,长约1.9米,直径约6厘米。

树洞起初很是狭窄,至根部时逐渐变宽。藏在里面的鸟类绒毛、小片兽皮、碎干草和蛇蜕,说明这里就是大蛇的巢穴,而在蛇穴边上,靠近树干出口处就是蜂巢所在。大蛇无论是从树里爬出来,还是爬入巢穴,都要经过蜂巢。很明显,它们彼此已经和睦相处,各自安稳了。

士兵们都惊奇地观察着这条大蛇。

"它肚子里有东西。"别洛诺日金说。

确实,蛇腹胀得鼓鼓的。我们都很好奇这种大蛇究竟以何为食。

当我们剖开蛇腹,看到蛇胃里竟然有一只相当大的长着长喙的鹬时,不禁都大吃一惊。它是怎么生生吞下这么大一只鸟却没被噎死呢？

赫哲人说,乌苏里地区的蛇基本都以猎禽为生。蛇高高地盘在树上,伺机等鸟落巢,一旦鸟飞回巢里,蛇立刻扑去捕杀。若是鸟巢在树洞之中,那蛇就更容易成功,这是显而易见的。但它又怎么能灵巧地抓住这样一只善飞会跑的鸟儿,又是怎么吞下这只鹬的呢？鹬的喙这么长,障碍简直太大了。

"得抓紧了,快下大雷雨了。"麦尔兹亚科夫望着天空说道。

如同确认他的话一般,远处正好响起一声闷雷。我们在兴致勃勃抓蛇的时候,竟没有注意到乌云。只见云头灰白的乌云迅速飘来,成团缭绕在上空,旁边的云朵也四散飘动,仿佛要同乌云赛跑一般。

我们没能避开这场大雷雨。我们刚一上路,先是落下几个大雨滴,随后倾盆大雨就下起来了。闪电在天边一闪而过,雷电同地表相触之地清晰可见,但当闪电在近处迸发之时,却不再闪耀出火花。闪电在空中四处喷溅,简直能令人感受到大气都颤抖不已,而且每次震颤后,雨都下得更大。

通常这种阵雨持续时间不长,但在乌苏里地区却不是这样。一道惊雷后,往往是连绵不绝的大雨。此刻也是如此。雷雨过后,太阳迟迟不出来。漫天覆盖着层层乌云,下着毛毛细雨。人马都明白,现在往农舍赶已毫无意义。

前方一条河汊的对岸有几所中国房子。想要去到那里,必须转个大弯。我们决定直接去旧教徒村。

弯沟河河谷四周尽是一些不高的山峦,山峦之间是深深的峡谷。艳阳高照时这里风景如画,现在却是凄风冷雨。

指望天气转晴是不可能了。下雨时又刮起了大风,还起了雾。雾气时而遮住山顶,时而笼罩谷地,随后又突然升腾起来,雨却下得更大了。

弯沟河不算大河。它宽约4～6米,深40～60厘米,但现在水量暴涨,势如破竹。河水漫上了森林。人在这里行走倒还好,驮马就十分费劲,它们只能凭运气向前走着,有时会失足跌入大坑。

这时森林将尽,展现在我们面前的是一块很大的林中空地。在这块空地边缘,山脚下是一座小村扎戈尔纳亚村。旧教徒们修建的过河小桥已被大水冲毁,所以去到那里并不容易。

我们花了两个多小时才修好桥,没人顾得上躲雨,大家都痛快淋漓地洗了场雨水澡。

最后过桥的困难终于被克服,我们顺利进了村。

村里有八户人家,看起来干净整洁,木屋都建得结实有序。看得出来,旧教徒们在建房之时有条不紊,正如俗话所说,"不受鞭子赶,但凭良心催"。在一户人家门前,一个妇女从窗里探出头来张望了下,随后一个男人走出门来,原来他就是村长。在询问过我们的身份和想去的地方后,这位村长盛情邀请我们来吃饭,还提议晚上就在他家过夜。大家都浑身透湿,赶快卸了马就走进屋里。

这位男主人中等个头,大约45岁,一双褐色明亮的眼睛看起来很是睿智。他蓄着大胡子,有一头修剪平直的长发,穿着宽大的印花衬衫,松松地系了一条布当作腰带,底下是绒布裤子,脚着小短靴。

屋子里有两个房间,其中一个房间生着很大的俄式火炉,火炉附近摆着几排餐具架,上面用布盖着防止落灰,还有一只擦得很干净的铜脸盆。靠墙放着两张椅子,角落里有一张盖了白桌布的木桌,桌子上放着一个样式古老的神龛,里面的圣象头部较大,面庞黝黑,胳膊细长。

这位旧教徒的家眷有妻子和两个小孩子。他的妻子穿着白短衫和鲜艳的萨拉凡,这种裙子穿戴时在胸部系紧,后背有系成十字形的细背带。她的头上戴着一方方巾,如同传统的盾形头饰一般。我们进屋后,她按旧式礼仪向我们深鞠了一躬。

屋里的另一间房则宽敞一些。墙边摆着一张大床,上面挂了一顶印花帐子。窗户下面又放了一排长凳。两扇窗户之间的间壁上挂着一只挂钟,旁边是书架,书架上摆满了皮质封面的老旧书籍。旁边角落里放着一台津格尔式手摇缝纫机,门边的钉子上挂着一支小口径毛瑟枪和一柄蔡司望远镜。房子的地板擦得锃亮,天棚刨得很光滑,墙缝也堵得平整严实。

我们一脱下外衣就把屋里弄脏了,感到很不好意思。

"没什么,没什么。"男主人说道,"看看这天吧,从泰加林里出来没有人会多利索的。"

没过几分钟,桌上就摆上了热面包、蜂蜜、鸡蛋和牛奶。我们纵然不是狼吞虎咽,也是津津有味地大吃起来。

余下的半天我们都用来打听去科克沙罗夫卡的路了。原来,再往下没有路通了,只有一个姓帕纳切夫的旧教徒可以送我们经荒郊野岭走到那里。

村长一派人去找他,帕纳切夫就来了。他看上去大约四十来岁,也蓄着络腮胡,但因为未加修剪,胡子显得不甚齐整。他给人的印象好像是刚从床上爬起来,还没来得及梳洗。看得出来,这个人很善良,毫无恶意。走进木屋后,帕纳切夫向神龛画了三次十字,又深鞠了三次躬,每次手都触地了。由于弯下腰来,长发钻入了他的眼睛,他使劲摇了摇脑袋,把头发甩到后面。

"大家好。"他轻轻说着,退向门边,揉着自己的帽子。

听到村长向他提议送我们到科克沙罗夫卡,他很乐意地答应了。

"好的,可以去。"他直率地说道,在这一声"可以"里,既听得出他准备提供帮助、听从提议,也包含着他对只有自己才熟知道路的骄傲。

我们当下决定,等雨一停,明天就出发。

然而外面的天气越来越坏了。大雨夹杂着风声拍到窗户上,暗夜里传来一阵阵风雨的呼啸,像狗在哀号,又像有人在顶楼上呻吟。伴着这些声响,我们甜蜜地进入了梦乡。

翻山越岭向科克沙罗夫卡村进发

第二天即5月31日,天蒙蒙亮,我就跑到窗户那里察看。雨已经停了,天气却依旧阴暗湿冷。白茫茫的雾气覆盖了整个山峦。透过阵阵雾气,勉强能看清谷地、森林和河边的建筑。

要是还没下雨,那就意味着可以上路。但是我们却遇到了另一个困难,那就是粮食还没准备好。

到了早上八点,突然村里所有的鸡都啼了一声。

"天气要好起来了,还得是个干爽的晴天。你听听鸡叫,这是很明显的兆头。"哥萨克们彼此交谈着。

我也知道,家养的鸡对天气变化是很敏感的,不过有时候也会搞错。有时天刚一放晴,公鸡就会此起彼伏地啼叫。这一次它们没有搞错,雾气很快便开始上扬,露出了湛蓝的天,随后太阳也出来了。

早上十点,我们的队伍以帕纳切夫为向导,从扎戈尔纳亚村出发,沿着弯沟河溯源而上。我们需要越过刀毕河和乌拉河的分水岭,再沿着一条无名河流去往伏锦河河口。

一出村外,大路就成了一条羊肠小道。我们顺着这条小道来到了帕纳切夫的养蜂场。

"伙计们,来个人跟我一起去吧。"这位旧教徒向哥萨克们说。

随后帕纳切夫爬过栅栏,打开养蜂桶,从里面拿出几块蜂巢蜜递给了他们。嗡嗡的蜜蜂盘旋在他周围,落到他的肩膀上,钻进他的大胡子里。帕纳切夫同它们交谈,用各种爱称叫唤它们,把它们从胡子上捏下来放回空中。过了几分钟,他走出来,我们又接着上路了。

天气转晴了。雾气消散了，地上流淌着涓涓细流，湿答答的花昂起了头，空中又现出蝴蝶翩翩飞舞的身影。

帕纳切夫走在前面，靠着辨认他从前砍斫的记号，领着我们走出了这片荒郊野地。我们刚一深入森林，立马就要动斧头给自己砍出一条路了。

读者诸君若是将泰加林想象成小树林的样子，那就大错特错了。乌苏里的泰加林，是尚未开垦的尤为原始的森林，里面的树种有红松、黑桦树、臭冷杉、榆树、甜杨、西伯利亚云杉、糖椴、落叶松、水曲柳、蒙古栎、刺楸、黄檗（叶片类似水曲柳，有软木树皮，触感软滑如丝绒）、核桃楸（叶簇较大，像棕榈叶般聚于树顶）以及许多其他树种。林下灌木由许多浓密的灌木丛组成，最常见的有刺五加、东北茶藨（尖叶）、修枝荚蒾（开小白花）、金银忍冬（皱皮窄枝）、石蚕叶绣线菊（带有短小的锯齿形尖叶）和欧白英（随树蔓生）。这些灌木都被野葡萄、狗枣子和各类藤本植物缠绕着。狗枣子的藤蔓有时竟能和人的手臂一样粗。

帕纳切夫说，他曾从扎戈尔纳亚村轻装简行到科克沙罗夫卡村，只用一天就可到达。他说的一天是指从黎明到黄昏。因为我们领着驮队，走得相对缓慢，所以指望在两天内走完，只在森林里过一个晚上。

中午时分，我们进行了一次大休。大家立刻脱掉衣服，互相为对方抓身上的虱子。帕纳切夫显得很是难受，一直抓挠个不停，他的胡子里和脖子上都是。哥萨克们给自己捉完虱子后，又给队伍里的狗检查一番。这两只聪明的狗很快就明白了人要干什么，耐心地任人翻来覆去地察看。驮马更不好受，它们晃动着脑袋，痒得使劲踢撞着。我们费了很大劲儿才除掉这种吸附在它们嘴唇和眼睑上的寄生虫。

喝完茶，帕纳切夫又在前引路，士兵们拿着斧子跟在后面，他们砍了大概 25 分钟，驮队也能前行了。

"快要下大雨了。"穆尔津说。

"不会下太久的！"这位旧教徒回答，"上帝保佑，傍晚就会停了。"

据他的话说，连雨天后若没再刮风，太阳也很快就出来，傍晚就还会下场小雨。被阳光晒热的湿地会冒出许多热气，热气升到大气上层后会遇冷凝结，于是又会下起小雨来。

帕纳切夫的话是对的。傍晚五点，下起了蒙蒙细雨，快到黄昏时雨就停了,乌云也散去了。晦暗不明的阳光洒满了整个森林。这是太阳在一日里最末一次展露微笑了。森林里涌现出勃勃生机:花鼠跑动起来,金黄鹂和戴胜动人地啼叫着。夕阳渐渐暗淡下来,暗夜的阴影爬上了老云杉和灌木丛。篝火显得更明亮了,大家都围坐在篝火前……帕纳切夫坐在一边,默不作声地啃着面包,连面包渣都不忘捡起来。哥萨克们卸下驮包,撑起蚊帐,烧了晚饭。有几个哥萨克脱得精光,一边捉衣服上的虱子,一边恶狠狠地骂着。

"大叔,到科克沙罗夫卡还有多少俄里?"别洛诺日金向旧教徒问道。

"谁知道呢?难道还有谁能丈量泰加林吗?这可是泰加林啊!明天就能到了。"帕纳切夫回答说。

从这一声"能到"里面,我们听出来,他已经没有了当初的自信。

"这一带你很熟吗?"这个哥萨克还是想刨根问底。

"也不是很熟。我来回走过两次,没有迷过路。没什么的,上帝保佑,我们会慢慢走到的。"

晚饭后,帕纳切夫没有在意其他人的在场,虔诚地祈祷起来。随后他拿起自己的斧子在石头上磨了起来。

第二天是6月1日。早上太阳出来后,夜雾立刻就消散无踪了。帕纳切夫最先从宿营地上路了,只见他摘下帽子,画了个十字,靠从前的记号前行。两个士兵跟在他后面清路。

在泰加林中行进总是相当乏味的。今天是森林,明天是森林,后天又是森林。我们需要蹚过几条清澈的小溪,这些小溪无一例外都是灌木丛生、满是石头;还有长满苔藓的倒木和蕨丛,总之,所有景物都千篇一律。我们有时在快撞上时才发现前面有树,目光不自觉地想要搜寻空旷地带。人一旦感到视觉不适,就会不由自主地想要眺望远方。

有时在一片幽深的森林中,突然会出现一道光线。这时没经验的旅人往往会奔去那里,却只能找见一片倒木。在多数情况下,森林中的光意味着沼泽、野火迹地或是倒木所在之处,而成片倒木是很难走过的。

若是倒木不大,可以用斧子砍断,但若是巨大的倒木将道路堵塞,就得从侧面和上方砍斫平整,以便驮马走过。这些都会影响驮运,所以带领驮队在泰加林里行进总是很缓慢。

若无任务在身,只是在泰加林里闲逛的话,人很快就会厌倦这场旅途。

只有整日有事忙活,在泰加林里人才能走得下去,那样时间会过得飞快,人也会克服种种困难,忘却不适。

旅行日志必须在当地写完。若是不及时写下,新的画面和观感立刻就会遮蔽从前的印象,从前所见之物立刻就会被忘却。旅行日志可以随手写在测图板边上或是随身携带的小本子上。永远不要把今天该做的事放到明天——明天有明天的事。

森林里的小道总是弯弯曲曲,有许多小小的弯绕,因为太小不能涂绘在测图板上。这时测量员总是后退一段距离,只要能在树林间看到队尾就行。方向根据最后一匹驮马的走向来辨别。若是队伍前进得比测量所需要的要快些,为了不妨碍驮队,就让驮马先行,让一个士兵走在测量员与驮马足迹之间,好使测量员不至于丢失方向。在密不透风的密林之中,需要根据一些特殊的声音互相交流,比如铃铛、敲树声、呼喊和口哨等。

沿途我们的队伍分成了三段。由格拉纳特曼带头、帕纳切夫领路的先遣队走在前面,随后是驮队,接着其余的考察队员都走在后面。我们走得很慢,常常得停下等着路被砍出来。到了中午,驮马突然全都停了下来。

"走啊!"有急性子的说道。

"等等!旧教徒找不到记号了。"前面的人回答。

"他在哪儿呢?"

"去前面找路了。"

又过了20分钟,帕纳切夫终于回来了。只要瞧上他一眼,就猜得出发生了什么事。他满脸是汗,很是疲倦,头发蓬乱不堪,眼神简直是张皇失措。

"怎么样,有记号吗?"格拉纳特曼问他。

"没有。"旧教徒回答道,"那些记号应该再往左一点,我们应该往那儿走。"他说着,用手指向东北。

我们只好接着前行。现在帕纳切夫已经没有之前那么自信满满了。有时他说往左,有时向右,有时又急向后转,因为我们走着走着,发现原本面朝太阳,结果背朝太阳了。看得出来,他是在瞎蒙乱走。我有几次叫他停下,向他询问,结果问得他更加慌乱了。后来,帕纳切夫又有个提议,说即使没路他也能走过去,只要上到山口眺望下方向就行。

得让马儿歇歇了。我们给驮马卸了鞍,放它们去自在吃草了。哥萨克们煮起茶来,帕纳切夫和格拉纳特曼则爬上临近一座小山。过了半小时,他们回来了。格拉纳特曼说山上都是密林,他什么都看不见。帕纳切夫显得很是窘迫,他极力想让我们相信这地方他很熟悉,但语气却犹犹豫豫。

我们从休息的地方走出不远,就进了一道山沟,一直走到晚上都没能走出去。帕纳切夫引的路很是奇怪,一会儿爬山,一会儿走斜坡,一会儿又下到谷地。通常人在迷路后,只会漫无目的地瞎走。我们走了整整一天,夜晚来临后便原地宿营了。

今天夜里的宿营并不愉快。所有人都意识到走迷了路,都感到垂头丧气。帕纳切夫显得尤为忧愁。他叹着气望向天空,乱揉着自己的脑袋,要么就是用手拍着自己厚呢上衣的下摆。

"你抓抓胡子上的虱子嘛。"士兵们对他说。

"真是倒霉!"他却自顾自地说,"怎么就能把记号弄丢了呢!"

现在得说说我们的存粮了。离开扎戈尔纳亚村的时候,我们只携带了三天的口粮。也就是说,要是明天我们还走不到科克沙罗夫卡,就得断粮了。我们晚上商议决定,明天一直向东走,不再听帕纳切夫的提议了。

第二天,太阳刚一出来,我们就起来了。从目前的处境看,我们必须加快速度。

从宿营地走出2.5公里后,我们在路上突然发现了一些记号。由于比较老旧,这些记号已经变得很浅。

"这是谁刻的记号?"麦尔兹亚科夫问。

"中国人。"帕纳切夫回答。

"这么说,在你们这儿的泰加林里也有中国人?"哥萨克们问他。

"哪儿没有中国人?"旧教徒回答,"泰加林里到处都有中国人。无论你去哪儿,哪儿都有中国人。"

这样的记号很多,而且通往我们想要去的方向,于是我们决定尽可能沿着这些记号前进。帕纳切夫之所以会迷路,就是因为他的记号彼此相隔太远。他没有顾及的是,年深日久,砍在树上的记号会模糊暗淡,而且间距太大也不好找到。

沿着这些记号形成的路线,我们很快就找到几处捕貂的机关。有几处很老旧,还有几处很新,看起来像是刚搭成的。有一处陷阱挡在了路上。科热夫尼科夫拾起一棵倒木,扔到一边。倒木下面露出了什么东西——原来是一堆貂骨。

显然,这只可怜的小兽在掉落到陷阱中以后,落雪就将它盖上了。奇怪的是,猎人并没有在离开时前来察探一下自己设下的陷阱。也许他遍搜过这些陷阱,但是猛烈的暴风雪没能让他走到这里,又或是他生了重病,再也没法干打猎的营生了。这只被捕获的貂一直没能等到它的主人,到了春雪融化之时,乌鸦啄光了这只珍贵的小兽,现在只剩下些微皮毛和几块碎骨。

我不由想起了德尔苏。要是他现在和我们在一起,我们就能知道,为何这只貂会身陷囹圄了。这个赫哲人肯定会找到路,领我们走出艰难困境。

中午的时候,我们登上了丛林密布的山脊,它在这里的走向为从北—北—东到南—南—西,平均高度约为半公里。透过树木可以看到另一条类似的山道,在这条山道后面还有一座座山峦。从高处望去,山脊如同一只大杯的边缘,河谷类似一个深窨,底部弥漫着重重雾气。

商议过现在的处境,我们决定下到河谷,沿着水流前进。东边的山坡很陡,遍地是倒木和碎石。我们不得不盘旋而下,花费了不少时间。我们沿着小溪前行,很快小溪便偏向了南方。我们只好走那些无名的荒郊野地,又越过几道支脉。

帕纳切夫和之前一样,默默地走在前面,我们跟在他后面。现在怎么走已经无所谓了。之前错误的走法已经无从改正,现在只能沿着河流走下去,一直走到乌拉河。大休时,我又检查了一下剩下的粮食,发现面包干只够今晚一餐了,于是吩咐缩减白天的口粮。

这座我们行进其中的浓密的混合针叶林,有很高的观赏价值。有的树木大得惊人。这些森林巨擘高度可达20～30米,周圆可达2～3米。地上长着绣线菊、榛树、胡枝子等,其间倒木遍地,上面长满斑驳的地衣和苔藓。在潮湿的地方生长着大量硕大蓬松的蕨类植物,其叶形枝可达0.9米长,看起来如同一朵朵巨大的青翠百合。

乌苏里地区的泰加林中生长着许多开花植物。最引人注意的是毒藜芦,叶片粗糙、尖头,长有皱褶,开白色花朵。随后是大茴香,其叶为卵状披针形,开亮红色花朵,能散发芳香。乌头叶片呈多裂状,长有蓝紫色花萼,甚是娇艳。旁边还有长着大批针形叶片的枸兰、花朵艳丽而枝叶娇嫩的唐松草、巨大的火红色剪秋罗(长有丛生卵状批针形叶片),以及丛丛生长的橘色金莲花。

尽管我们遭遇了小小的困境,却也沉醉在这大自然的美景中了。无论是谁,无论他是画家、植物学家还是一个简单的爱好自然的人,都可以在这里找到不竭的观赏宝藏。

傍晚前我们头一次发现了蚋,当地居民都称这种虫子为"小咬"。乌苏里地区的蚋简直是泰加林里最大的灾难。人和动物一旦被蚋叮咬,立马就会出现小口,流出血来。伤口奇痒无比,而且越挠越痒。在蚋很多的地方,绝对不能除下脸上的防蚊罩,否则蚋会叮咬人的眼睛,还会钻进人的头发、耳朵、袖子里,急不可耐地叮人的脖子。一旦被咬,脸会像得了丹毒似的肿得厉害。两三天后机体产生免疫力,才会渐渐消肿。

人可以戴防蚊罩,驮马却不行。蚋咬烂了它们的嘴唇和眼睑。这些可怜的牲畜只能时刻摇晃着脑袋,却对这些微小的折磨者无能为力。

最好的防护措施是防蚊罩,但不能戴金属制的防蚊罩,让太阳一晒实在太热了。我们宁愿受蚊蚋叮咬,也不愿被罩子捂得汗流浃背。薄纱制的防蚊罩又不太结实,容易被树枝刮碎。要是小虫钻进了罩上裂开的小缝里,只能把罩子拿下来。

最好的防蚊罩是用鬃毛编织的,这样的罩够结实,也不会像金属罩一样被太阳晒得滚烫。有的人建议我抹点凡士林。我曾试过,可以负责任地说,一点儿也不好用。小虫子粘到凡士林上,在上面挣扎乱动,让脸很痒。而且凡士林很容易融化,随后就被汗水冲掉了。其他如丁香油一类的就更不好用了。天一热,人的毛孔就会张开,这些油就会渗进去,像被荨麻扎了一样疼得很。最好的防蚊方法就是忍耐,忍不了的人会被小小的蚊虫折磨得涕泪横流。

我们忍耐着前行,一直走到太阳落山。帕纳切夫又去探察了。当他返回宿营地的时候,天已经彻底黑了。他告诉我们说,从山上已经能看到乌拉河河谷,明天中午我们就能走出森林。听到这个消息,大家不由得精神一振,都欢呼雀跃、嬉笑打闹起来。

我们的晚饭很简单,大家平分了最后的已碎成末的面包干。

到了晚上八点,西边划过闪电,远处传来一阵闷雷。在这一闪之下,整个天空都被照亮了,每片云彩都清晰可见。有时数道闪电同时亮起,在这一瞬间,天空对面也电光四射。随后一切又进入了暗夜。士兵们支起帐篷,用帆布盖住马鞍,原来都是虚惊一场,这场大雷雨并没有下到我们这里。晚上在地平线上还打了很久的闪电。

早上我们刚离开宿营地,就发现了一条小路。那是一条打猎小路,通往山里。帕纳切夫领着我们沿着这条小路前进。起初我们还有些担心,但事实证明这次他是对的。这条小路通往一座硷子房。在这里,混交林已被稀疏的阔叶林所取代。驮马嗅出道路将尽,也加快了步伐。后来终于有了亮光,随后我们就走到了林边,乌拉河谷地终于出现在了我们面前。诸多征兆说明,村子就在前面。

过了片刻,我们走到河边,望见了对岸的科克什罗夫卡村。旧教徒们帮我们把马鞍和驮包运到了对岸。我们催着驮马加快步子,这些富有智慧的动物明白,对岸有丰富的食物和水。它们主动跳下河,泅向对岸。

经此一行,人马都疲乏不堪,亟待好好休整。我们决定在科克什罗夫卡村休整三晚。

趁着这段时间,我去了距纳恩图河河口不远的纳恩图沟子村一趟。纳恩图河的名称来源于中国话"猱头",意思是"貉子"。中国人这样称呼这条河,是因为从前曾有许多貉子栖息于此。

纳恩图沟子村是乌苏里地区最古老的中国村庄之一。在维纽科夫[①]考察时期(约1857年),他曾亲眼见到淘金者、挖参人、猎人和捕兽人纷纷汇集于此。乌苏里江畔的中国人去往奥尔加哨所的古道即路经此地,他们的驮队经由纳恩图河,沿着伏锦河翻过锡霍特山脉向海边进发。这一次我们也走这条路线。

俄语中的"乌拉河"(Река Улахе)这一词语由三部分组成,包括一个俄语词、一个满语词和一个汉语词,这三个词均为"河流"之意,若是翻译过来就有些古怪,为"河—河—河"之意。

乌拉河沿着纵向不平的谷地流淌,流向为北—北—东,宽约120米,平均深度为1.8米。流入乌拉河的纳恩图河下游及其支流斜布岔儿河的谷地是乌拉河谷地的延伸。

---

① 指米哈伊尔·伊万诺维奇·维纽科夫(Михаил Иванович Вьюков,1832—1901),俄罗斯少将、旅行家、军事地理学家,曾在青年时期徒步考察从乌苏里江河口至锡霍特山脉(路线长度约700公里)的广阔地区。

乌拉河的大支流为大把河子和西南岔河。西南岔河因其流向而得名（意即岔向西南的支流）。有许多小河从右侧流入乌拉河，如杨木沟子、头道沟、二道沟、三道沟、四道沟等。再往下是我们刚刚提过的伏锦河和纳恩图河。这些河流都发源于锡霍特山脉。乌拉河最大的支流毫无疑问是杨木沟子，它被认为是乌拉河的源头。沿着杨木沟子一直走，可以到达汪清港和瓦连京港。乌拉河谷地两侧耸立着诸多山脉，这些山脉又延伸出长长的、满是浓密混交林的支脉，支脉末端在河边形成了400~500米高的小山丘。

乌拉河谷地是乌苏里地区最肥沃的地区之一。在这片谷地上零星生长着高大的榆树、椴树和柞树。为了防止这些树木挡了地里的阳光，中国人把树根附近的树皮剥掉，树木就会逐渐枯萎，随后被当成柴火烧掉。

这一天天气很热。天穹如同盖在地上幼苗的杯盖般罩住大地，显得又闷又热。地上没有吹来微风，天上也没有一丝云彩。灼热的空气浮于路上，树木、灌木都热得纹丝不动，耷拉着枝叶。河水悄无声息地流淌着。太阳倒映在水中，如同有两个太阳在发光一般，一个在上，一个在下。所有动物都藏到自己的巢穴里，只有鸟类还算有活力，云雀勉强在空中兜着圈子，响亮啼叫着迎接这灼热的夏季。路边的稀疏树林里，我看见两只灰喜鹊灵巧地在树叶间跳来跳去，同时胆怯地左顾右盼。在另一处布满沼泽的老河汊中，我惊起了一只鹅鸰，这种小鸟鸟羽灰绿，脖子、腹部均为黄色。它飞到空中，正要飞远，突然见到一只蜻蜓，便没有在意我，立即飞向了它的猎物。

午后又出现了许多蚊虫。我停下工作，往村里走。路上碰见了一群农民养的马。这些马不安地刨着蹶子，晃着脑袋乱抽尾巴。牛虻、马蝇成团成团地跟在这群马后面。看到道边的灌木丛，一整群马都跑向那里，用腿和腹部蹭着灌木枝，这是唯一摆脱这些会飞的小吸血鬼的方法了。村里有人在等着马群，在院落周围点着熏蚊子的火堆。这些马一跑到火旁，几乎要把面部伸入火中了。看到它们真是不忍心。它们张着鼻孔，使劲儿地喘着粗气，全身都被咬出了血，尤其是臀部、嘴唇、脖子和肩隆，就是马尾扫不到、牙齿也咬不到的地方。

次日更是闷热。我们哪儿都没去，就待在屋里，向旧教徒们询问村庄和附近地区的情况。据他们说，科克什罗夫卡村建于1903年，共有22户人家。

伏锦河谷地

6月7日，我们辞别了科克什罗夫卡村。尽管蚊虫和昨日一样肆虐，我们的驮队依然精神抖擞。走在队尾的驮马最为遭罪，因为蚊虫最常聚集在驮队后面。我们只好让人马轮流走在后头。

从科克什马罗夫卡村起，道路一直沿乌拉河右岸走向，只有在一处被河流冲刷造成的悬崖处折向山间，很快又去往谷地。伏锦河为东西流向，在下游地区逐渐向北，在距离河谷左岸下游约2公里处同乌拉河两相交汇。

映山红正值花期，峭壁上尽是一片姹紫嫣红，美不胜收。

伏锦河谷地可以称得上是草地谷地，上面有老柞树、多枝的椴树和弯曲结瘤的黑杨零星分布。河谷周围耸立着一些小山，上面长满了冷杉、云杉等树种构成的混交林。

这一片野地美景因为人马的出现而柔和动人起来。林间处处看得到灰色的中国房子，如同躲避猎人的雌鹌鹑一般。这些中国房子看起来相当舒适。房子四周弥漫着安宁、静谧和勤劳的气息。房子附近有大片的田地和菜园。这里什么都种：小麦、玉米、小米、燕麦、罂粟、大豆、烟草，还有很多作物我叫不上名字来。靠近房子种着豆角、土豆、萝卜、南瓜、香瓜、白菜、生菜、芜菁、黄瓜、西红柿及各种葱类和豌豆。田地里到处都能看到中国人穿着蓝色衣裤的身影。他们放下手里的活儿，一直看着我们。看来，我们这支武装队伍的出现让他们受到了不小的惊吓，队伍里的驮马意味着我们从远方而来，还要前行很远。

我走向其中一所房子。房子旁边的菜园里有一个老头正在干活。他正在给菜畦除草，每弯一下腰都痛得呻吟一下。看得出来，他已经年迈，干起活儿来非常吃力,但他还是不想只吃不干,变成他人的累赘。旁边和他一起的还有一个年纪轻点儿的老头,他正在平整菜地,想让蔬菜长得规矩些。他不时整理着菜叶,再砍下多余疯长的叶子。当我们走近的时候,两位老人用中国方式跟我们打了个招呼,随后用一块脏兮兮的布抹了抹脸,让我们先走。

我们来到的这所中国房子由三间屋子组成,卧房在中间,边上是两间厢房。院子在两间厢房中间,收拾得干净整洁,用和厢房一般高的栅栏围了起来。几只狗嗅到生人气息,冲我们狂吠起来。听到狗叫,房主人也出来了。他立刻吩咐雇工帮我们卸马。

中国房子是一种奇特的建筑。墙壁由黏土砌成,两面倾斜成人字形的房顶上盖着芦苇。纸糊的格栅窗户占了房子前部一大面,但是后墙和两边却一扇窗户也没有。窗框可以任意开合,也可以自由取下。谁家都没有落锁,关门不是为了避人,而是为了防止狗偶然进入。

进了屋,房门两边有用石头砌成的矮灶,上面放着铁锅。这种炉子的烟路深入墙里,直达火炕取暖。火炕由薄石板砌成,作睡觉用,宽约两米,上面铺着草席。烟路通过长烟囱通往外面,烟囱也是用石块砌成,位于房子一边,不会高于房顶。中国人总是裸着睡觉,头在炕沿上,脚冲着墙。

房子用木隔板分成了两间。房主人和妻子安置在较小的一间里,大的那间留给雇工。房子中间的三角桌上放着一个带点裂纹的旧锅,里面装满细沙和炭灰,这就是火盆。要是饭熟炕热,中国人就把灶里的热炭掏出来,放进火盆。再要热饭的时候,他们就直接从火盆里取火。房子没有顶棚,房顶直接搭在墙上。房上的木梁、盖屋用的松树皮和干草都被烟气熏得黑亮。所有被放得一人多高的东西也都被熏得乌黑,还落了一层厚厚的灰。

房主人邀我们去他房里小坐,这里比雇工的房间要干净整洁些。靠墙摆着几只大箱子,上面贴着祝愿新春快乐的红色春联。正对门口处摆着一座神龛,神龛附近的桌上摆放着插了红烛的烛台、几个黄色小盒子和一个灰扑扑的瓶子。旁边的墙上挂着几幅粗犷的画作,这种画作为中国艺术所特有,特点在于对远近景之间距离的消解。从画上的人物衣着、生硬姿态和涂彩面目可以辨认出,画里描绘的是一处历史场景。

房主人往炕上铺开一床新棉被,支上小炕桌,给我们每人倒了一杯茶。

中国茶的汤汁为淡黄色，闻起来有淡淡的芬芳。喝茶的时候也不加糖，这种茶并不合适加糖饮用。

这里的中国人抛向我的第一个问题是：

"你们有多少人？"

"后面还有人来吗？"

起初我对这样的问题感到很是窘迫，觉得里面满是恶意，随后才弄明白，原来他们这样问是为了准备足量的晚饭。

我们像在自己家一样安顿了下来。中国人尽量满足我们所有的愿望，只求不要随便放马儿出去吃草，因为怕它们会踩踏田地。他们喂驮马吃燕麦，还拿来很多青草，这些青草都够比我们多上两倍的马队吃到早上了。总之，一切都友好利落，毫不拖拉。

饱餐了一顿炖鸡、鸡蛋、煎土豆和豆油烙饼后，我出去参观了一下厢房。

有一间厢房的一半被用来酿酒。里面有两个麦芽浆窖、一些蒸馏器具和容器。房顶下面的大架子上放着成排的"苏里"①砖。在需要的时候，它们又会被放入坑中，用水浸湿后涨大、散开，等到略微发酵，中国人就把它们铲进锅里，在锅上摆上一个无底的木桶，桶上再放一个盛着冷水的铁锅。蒸腾的酒气遇上铁锅的冷底就会下沉滴落，再沿着引流器流到外面。

厢房的另一半放着一个石磨，这个石磨由两个磨盘组成，下部的磨盘固定不动。磨盘靠马拉的力量运转。把马的眼睛蒙上，让它围着石磨走圈，这样就能转动上面的磨盘。过筛后，面粉和糠麸就分开了。筛子放置在一个特殊的柜子里，靠人腿蹬着运动起来。人跟在马的后面，好把粮食撒到磨盘里。

磨盘旁是储物间，里面储存着粮食和各类物品，有兽皮，鹿茸，熊胆，貂皮，松鼠皮，香烛，茶叶，新斧头，木工工具，菜园用具，打猎用的弓箭和长矛，火绳枪，背负重物的工具，衣服，没用过的新餐具，中国蓝布、白布和黑布，几床被褥，新乌拉，编草鞋的干草、细绳和装油的嘟噜子。中国人就用这样的小嘟噜子在出行时携带豆油，他们常用缠着布条的玉米瓢作塞子。之所以制作小嘟噜子，是因为玻璃器皿和瓷器在这里很缺乏。

---

① 朝鲜人将酒称为"苏里"。

院子右侧是马厩和牛羊圈。食槽和柱子都被啃坏了,说明给驮马过冬的干草不多。中国人用碎麦秸拌大豆喂马。尽管如此,他们的马却总是膘肥体壮。

从房子旁边延伸出一条小道,我踏足其上,原来它通往一座薄木板搭成的小庙,木板上刻着花纹。庙里挂着一幅画,上面描绘着自然界的神祇"龙王爷",在他周围簇拥着其他神祇。他们都涂着五彩的、好似暴怒的脸颊。神祇前面放着几只小瓷杯,大约是祭祀时往里倒酒用的。庙前两根雕花立柱,房后一侧放着一堆劈得很是平整的柴火,整整齐齐地堆成一个圆垛子,像是草垛一般。

在旁边的房里,有人正在熬煮鹿茸。我走过去想参观一下是怎样操作的。熬煮是露天进行的。他们把一口盛满水的锅架在石头上,中间生起火来。熬煮的师傅认真地看着火,好让水一直保持热度却不沸腾。他手里拿着一柄木勺,上面用细绳绑着柔嫩的鹿角。他把鹿角放到水里轻蘸一下,马上拿出来吹口气让它凉下来,然后再把它放进热水锅里,再拿出来吹气放凉。通常,每天都会熬煮鹿角,直到它们变得又黑又硬,这样制成的鹿茸可以保存很多年。若是鹿角受热过大就会炸裂开来,毫无价值了。

当我回去的时候,日头已经偏西了。太阳刚一落山,所有的中国人如同服从命令一般,齐齐放下手里的活儿,悠然自得地回家去了。田地里一下一个人都没有了。

回去以后,我写起旅行日志来。有两个中国人马上坐在我旁边观看起来。他们盯着我的手,十分讶异于我书写的快速程度。那时我恰好正随手写写画画着什么,连纸都没瞅一眼。我听到这两个中国人嘴里发出一阵惊呼,随后立马又有几个人从炕上跳下来。过了一小会儿,我的周围已经满是这屋子的住户,他们每个人都请我再示范一遍,我简直要写上无数次了。

小米稀粥、咸菜和几个黑面馍就是长工们的晚饭。他们蹲在小炕桌前,静悄悄地把饭吃完了。通常晚饭后这些中国人就散了,回去躺到炕上睡觉。有时有人吸烟,还有人喝茶。不过今天大家都聊起天来,因为有两个从纳恩图河来的外村人在。他们热切地大聊特聊着,听众们不时用"啊、嚼"的呼和声表达着自己的惊叹。这场谈话持续了一个小时。后来说话声逐渐沉寂下来,不知不觉地变成了鼾声。只有屋里一角还亮着一盏小油灯——这是一个中国老汉正在吸大烟。

对于所有人都睡下之后,我还在埋头写旅行日志这件事,中国人有着自己独特的见解。他们认为我不过是个文书,头儿应该是阿诺弗里耶夫。他们之所以这样想,只不过是因为阿诺弗里耶夫脾气不太好,动不动就朝他们呵斥辱骂,还把他们从那间干净的房间往长工住的屋子里赶。我不禁回忆起来,从前在其他人的房里借宿时,阿诺弗里耶夫也是这样。中国人简直像怕火一样怕他。要是考察队里有人想向中国人求助却没能成功,找阿诺弗里耶夫准行,因为中国人立刻就会变得恭顺无比,毫不迟疑地听从吩咐。很明显,谁是头儿的消息已经传遍了整间房。我对此简直是无可奈何。第二天早晨我醒来后,跟中国人说我想喝茶,他们指着还在呼呼大睡的阿诺弗里耶夫,小声告诉我说要等"长官"亲自起来。于是我叫醒阿诺弗里耶夫,让他下个命令。他懵懵懂懂地冲中国人吆喝了一声,那些中国人立刻忙活起来,很快就给我端来了茶水和蒸包。

向房主人付过钱后,我们继续溯伏锦河上行。

河谷左侧的山丘是由玄武岩的熔岩形成的,裸露的熔岩在大气作用下呈现为红褐色。能望见山顶斜坡上的碎石堆。远远望去,这些碎石堆如同灰蒙蒙的不毛之地。这些山丘峡谷横生,上面覆盖着稀疏的柞树林。

从伏锦河右侧延伸出一座绵延不绝的低矮山岭,有茂盛的针叶混交林生长于上。

中午,我们的队伍到达了一处谷地急向北转的地方。我们朝北走了大约3公里后,谷地又转向东方。

河流对岸有一座房子,里面住着两个中国人:一个是跛子,另一个是盲人。

此处河水暴涨,根本没法蹚水过河。我们从中国人那里找到一只小船。我们靠着这只船运送马鞍和重物,自己则领着驮马泅渡过河。

最近这段日子,队里的驮马瘦得厉害。白天它们得驮运重物,晚上又饱受蚊虫之苦。它们不愿在草地上吃草,总是往烟堆边上凑。为了减轻它们的负担,我决定派两名士兵用船运走部分辎重。中国人很愿意以便宜的价格把船卖给我们,但它注定没法完成这次航行。小船刚驶到河流中央,有一个士兵就失去平衡落到了河里,小船立刻就翻了。士兵们都会游泳,他俩没太费劲就游回了岸边,但是猎枪、斧头、备用马蹄铁、锯子和锻铁工具都沉入了河底。

小船很快就被拦住了,但匆忙之中我们没记住翻船的地方。

队里有两个人(就是穆尔津和麦梁)会潜水。他们一直在水里游走直到黄昏,用杆子摸索,又用带钩细绳不断探物,结果却一无所获。

第二天,6月8日,我们又去水里打捞枪支。我们指望在阳光下能够看清河底,但是天气好像故意作难一般,又变坏了。天空满是乌云,不久又下起了毛毛细雨。到了中午,麦梁摸到了两支枪、锻铁工具、马蹄铁和铁钉。我感到很满意,决定不再耽搁,即刻上路。

祸福总是相依。最近两夜,蚊虫逐渐变少,驮马都能休息好,也能尽情吃草了。我们把那只破船还给主人,两点时上了路。

此刻的天气对我们来说也很有利,变得凉爽宜人。天上成团云彩飘动着,遮住了炎热的阳光。

再往下伏锦河转了个弯,像是俄文字母"П"一般。从这里起,小道向右转向山里,极大地缩短了路程。路上还要越过两座小山丘,途经一眼水量丰沛的泉水。

中午,我吩咐在小溪边休息。喝过茶后,我没有等驮马备好鞍,做了一些必要吩咐后,就沿着小路向前走去。

到了下午,天气没怎么变化,但感觉不会下雨。应该好好利用这么凉爽的天气。这种时候既可以做许多事,也可以走很多路。身上不知从哪里涌出了无数气力,根本感觉不到疲倦。蚊虫也消失不见了。有风的时候甚至可以徒手抓蚊子,要是在无风的晴日,蚊虫就会很多。比起阳光,它们更喜爱潮湿的空气,这就是为什么蚊虫总在雨前和黄昏时分出现。

在过了支脉的第二道山口处,小路分为两条。一条向左,另一条径直通往森林。我觉得第一条小路少有人走,第二条平坦些,于是选了后一条。

这一天我发现了生长在乌苏里地区的斑啄木鸟。这是一种机敏好动的鸟儿,鸟羽有黑、白、红三色,总是在枝杈间飞来飞去,用喙敲击树皮,好像是在根据声音判断树木是否中空。一看到我,这只斑啄木鸟藏到树后,但立马又从另一侧冒出头来。它小心地露出一半脑袋观察着。发现我走近了,它便啼叫着飞远,很快消失在森林深处。

旁边响起了布谷鸟咕咕的叫声。这只谨慎胆小的鸟儿总是活泼好动,不时从一根树枝蹿到另一根树枝上,像打着节拍似的点头翘尾。它丝毫没有注意到危险的临近,悄悄飞近我身边,又落到一棵树上咕咕叫了起来,突然它像被什么吓到一般收了声,匆忙飞走了。

我在旁边的灌木丛中追上一只丘鹬。

起初它离我很近,随后突然迅速跑开,贴地而飞,灵巧地在树木之间穿梭。在树木稠密的地方还有一群灰色的伯劳。一注意到人的靠近,它们就发出一阵响亮的唧唧声。这种身材小巧的鸟儿却目露凶光,长着猛禽一般的喙,时而飞上树枝,时而落到地面好像想要啄食什么一般,随后又向上飞起,灵巧地躲藏在树叶之间。

在林边靠水处,栖息着黑枕黄鹂和红喉歌鸲。这两种鸟儿都歌喉动听。黑枕黄鹂有美丽的橙黄色鸟羽,如鸽子大小,栖身于高耸的枝头。尽管这种鸟个头不小,羽毛艳丽,但想要发现它们却总是很难。红喉歌鸲颈部呈红色,全身灰羽,喜欢栖息在浅水边的草丛中。红喉歌鸲不像欧洲夜莺那样啼声多样,只听它短暂啼鸣几声,就响起了叽叽喳喳的叫声。听到它的声音,我起初甚至没有认出那是歌鸲①,经过仔细辨认,才认出这位鸟类音乐家。

我踏上的小路越来越向南岔。我越过一条小溪,又爬上一座山。在一处我还发现了宿营地的痕迹。仔细观察后,我认为有人在此过夜是很久以前的事了,这些人很有可能是猎人。

森林变得越来越浓密粗壮,不时闪过雪松粗壮的树顶和云杉尖尖的树顶,云杉的存在总是让森林感觉阴沉抑郁。我不知不觉又翻过一道山脊,下到旁边的谷地。谷底流淌着一条潺潺的溪流。

我感到有些累了,便坐到一棵很大的红松树下休息,连带着想观察下林中的灌木。只见这里生长着开小白花的矮型鼠李(有椭圆形叶)、多刺蔷薇(枝条多刺的小灌木)和长着亮金色花冠的树锦鸡儿。各处生长的灌木还有伞形当归、四叶重楼(其狭披针形叶向四周散开)和一种特殊的蕨类植物,这种蕨草的叶子如同张开的鹰翅一般,故俗语又称其为"老鹰翅"。

突然从远处传来一阵单调而凄凉的声音。这声音逐渐趋近,随后我听

---

① 歌鸲亦称夜莺,分布于世的歌鸲有 90 余种。

到头顶传来一阵鸟雀扑扇翅膀之声和一阵闷哑的咕咕声。我悄悄抬起头来,发现是一只山斑鸠。匆忙之中,我碰掉了手里的东西,惊到了这只小鸟,它迅速藏到了密林深处。随后我看见一只灰头绿啄木鸟。这只极善攀缘的鸟儿长着灰绿色羽毛,头部有红斑,总是灵巧而奔忙,大概是发现我一直坐着不动,显得尤为不安,它跟刚才那只啄木鸟一样,从一处飞到另一处后藏到了树后。根据另一声尖锐的啼叫,我认出一只星鸦。很快我就见到了这只星鸦,这是一只头部很大、羽毛斑斓、样子笨拙的鸟儿。不过它比看上去要灵巧许多,只见它迅捷地爬到树上,一边啄着云杉球果,一边大声叫着,仿佛想要向整个森林告知有人在似的。

最后我终于不耐烦待在原地,决定往回走迎接自己的队伍。这时一阵簌簌声传到我的耳边,听起来好像有人在小心沿着密林行走一般。"大概是野兽。"我一边想着,一边摸出猎枪。簌簌声逐渐临近了。

我屏住呼吸,极力想透过繁茂的枝叶看清正在靠近的动物。我的心猛地一沉——原来这是一个偷猎者。旧日经验告诉我,和这样的人狭路相逢是多么危险。

在乌苏里地区的泰加林中行走,总是要为遇见野兽做好准备,但最危险的却是遇见人。兽类见到人会忙不迭地逃跑,只有在被追捕时才会奋起自卫。在这样的情况下,猎人和野兽都有自知之明。遇见人则是另外一回事。在莽莽的泰加林中只有苍天做证,这样会使人养成一种特殊的习惯:一旦发现有生人出现,立马就得手握猎枪藏起来。

在泰加林中,所有人都需武装前行,无论是本地土著、中国人、朝鲜人,还是猎兽人。猎兽人纯粹以打猎维生,由于经常外出,大多数情况是由他们的父辈、兄弟或是其他亲人为他操持家务。和猎兽人一起出去打猎是很有意思的,他们什么都懂,有多年的猎兽经验。他们知晓野兽生活在哪儿,怎么避开凶兽,又怎么去找受伤的野兽;还能辨认方向,在任何恶劣天气都能安顿过夜,迅速无声地发现野兽踪迹,还极善模仿各类野兽叫声,这些都是猎兽人的优秀品质。

猎兽人不是盗猎者。与其说大部分猎兽人为人正派,不如说务必尽量避免同盗猎者会面。盗猎者去泰加林不是为了打猎,而是为了"干营生"。他们除了携带猎枪,还携带工兵铲和各种酸液。他们到各处淘金,逮到机会就狠敲"乌鸡"（中国人）和"天鹅"（朝鲜人）一笔竹杠，随意开走别人的船只，宰牛作鹿肉售卖。

比起野兽，盗猎者要危险得多。人应该懂得如何自卫。在泰加林中，哪怕是一个极其微小的疏忽都会让一个尚需历练的猎人丧命。富有经验的老猎人一眼就能看出他在同谁打交道——是和一个正派人，还是和一个强盗土匪。

在我眼前正是一个盗猎者。他的穿着很是奇怪，既不是中国式的，也不是俄罗斯式的。他一边拱背弯腰地走过我身边，一边四下扫视着。突然他猛地停了下来，匆匆忙忙从肩上取下猎枪，和我一样藏到了树后。我明白他是发现了我。我们僵持了一小会儿。后来我决定退走，便悄悄地沿着灌木丛往后爬，片刻后便退到了另一棵大树下。那个盗猎者也迅速走开，藏到了灌木丛中。

于是我明白他也在害怕。他大概猜不到我是只身到此，还以为附近有不少人在呢。我知道若是我开枪，子弹会射穿这家伙躲避的树干，将他一枪打死。但又一个念头闪入了我的脑海：他已经害怕而离开，若我执意开枪，那就是犯下杀戮。我走出几步，又回头望了望，在郁郁葱葱的树林间瞬时闪过他那蓝色的衣角。不知为什么我顿时轻松了许多。

我小心地从一棵树到另一棵树，再从一块石头到另一块石头后退着，慢慢远离那个危险之地，当我感到已退到射程之外时，便踏上来时的小路，急忙朝自己的队伍走去。

过了半小时，我已经处于道路分岔的地方了。

我想起德尔苏的话，凝神察看这两条分岔的小道，只见左边的小道上有马蹄踏过的崭新痕迹。

我加快步伐，半小时后来到了伏锦河边。我发现河对面有一座用栅栏围起的中国农舍，我们的队伍正在房子附近休息。

这地方被称为腰砬子。这里是最后一所农家房舍。再往前走，是一大片野生、荒凉的泰加林，只有在冬天的捕貂时节才会有些人烟。

考察队正在等我到来。我吩咐卸下马鞍，支起帐篷。我们需要在这里补充粮草。

穿越泰加林

稍事休息后，我去参观同中国房子相邻的鞑子房舍。乌苏里地区的原居民生活在锡霍特山区的中部和北至乌斯佩尼亚角附近的滨海地区，他们自称"乌德海人"。生活在国家南部的乌德海人逐渐汉化，现在他们已经和真正的中国人没太大区别。中国人喊他们作"鞑子"，为"异族人"之意（既非俄罗斯人，也非朝鲜人，更非中国人）。俄语"тазы"一词正是由汉语"鞑子"词音变化而来。这些被中国人同化的本地土著生活得简直贫困潦倒，衣食住行样样低劣缺乏。

当我走近他们的住处时，朝我迎面走出一个鞑子。他一身破衣烂衫，满脸病容，头上长癣。我在他的问候里听出了胆怯与恐惧。离房子不远，有一群孩子正在逗弄狗，他们身上竟然未着寸缕。

房子比较老旧，很是窄仄。有些地方的墙泥已经剥落，老旧泛黄的窗纸看上去补过多次，还是破了好几处。落满灰的炕上铺着几张破烂的草席，墙上挂着几片褪色发黑的破布。总之，满目都是荒凉、肮脏汇聚而成的贫困气息。

以前我认为，鞑子之所以如此乃是因惰所致，随后我弄明白也有其他原因，这是他们在中国居民中所处的地位造成的。我从询问中了解到，腰碇子的房主是个中国财主（即伏锦河主人）。所有住在伏锦河边的本地人都从他那里赊取鸦片、酒精、粮食和布匹，为此他们必须贡献给他所有的猎获物，比如貂皮、鹿茸、人参等。也正是因此，鞑子们陷入了填不平的债务累累的泥潭。为还债而卖妻鬻女已不是一次，欠债者本人也老是被辗转转卖。这些同中国文化相遇的异族人，无法与其水乳交融，反而受到中国人的支使。他们不会像农民那样耕种收割,也不再干猎人和捕兽人的营生。中国人钻了鞑子无依无靠的空子,让他们不得不依附自己存活。从那一刻起,鞑子们就彻底失去了任何自由,变相沦为奴隶。

从他们那里返回时,我走岔了路,来到伏锦河边。在河边我看到有两个中国人正在捞珍珠。其中一个站在岸边,用尽全力用一根竿子撑到河底,另一个人顺着竿子下到水里。他左手抓住竿子,右手下去摸捞河蚌。急流的浪花使得人必须撑竿作业。憋气本来可以在水底撑得更久,但河水刺骨的冰凉让他不得不快些浮上水面。中国人总是带衣潜水。

我坐到岸边,观察起他们如何打捞。中国人在下潜一会儿后,会爬上岸边晒太阳。他们是轮流作业,结果是在一个小时内每人下水不超过十次。在这段时间里他们只捞了 8 个河蚌,里面没有一个是含珠的。对于我的提问,这两个中国人回答说大约得剖 50 个河蚌才能得到一颗珠。他们在一个夏天里总共捞到两百来颗珍珠,卖了五六百卢布。这两个中国人不满足只在伏锦河打捞,他们走遍了整个乌苏里地区,翻遍了背阴的老河汊。他们总结出来,产珠最多的地方是瓦库河。

中国人很快就不再下水,他们换上干爽的衣物,喝了点热酒暖身子。随后他们坐到岸边,用锤子敲碎河蚌,寻觅里面的珍珠。我记起来,从前我在岸边也碰见过这样一大堆被敲碎的河蚌。当时我没法给出解释,现在才弄明白。当然,寻找珍珠是掠夺大自然的行为,破碎的河蚌被随意扔在了原地。一番忙活后,中国人从 80 个河蚌中找到了两颗珍贵的珠。无论我怎么察看,都没法找到珍珠,直到他们指给我。原来珍珠是一种不大的增生瘤状物,呈现出明亮的暗灰色,河蚌的珠母层倒是比珍珠本身还要光亮好看许多。

蚌壳风干后,中国人用小刀小心地把珍珠从蚌壳上撬下来,收入小皮口袋里。我在鞑子那里参观后,又观察中国人打捞珍珠,不知不觉就到了晚上。我回去时,借宿的房子里已亮起了灯。

晚饭后,我向中国人询问去往海边的路。但是他们或是不想指给我去碓子房的路,或是有其他隐藏真相的理由,我发现他们回答得都支支吾吾。他们说,早就没有人沿着里伏锦河去往海边了,小路长满野草,还被大风刮倒的断木堵住了。中国人指望我们返回,但是发现我们还是要前行,又开始给我们编造一些莫须有的理由,什么狗熊老虎会伤人啦,还有红胡子出没啦等等。晚上格拉纳特曼去了鞑子那里一趟,想要雇个向导,但中国人抢在头里,不准鞑子们指路。我们不得不靠自己,仅凭听来的不知真假的消息前行。

第二天我们很早就从腰碇子动身了。我们一直沿着一条小路前进。这条小路最初从伏锦河左岸的山坡上开始,经过一座满是沼泽的小森林,重新下到谷地。被冲刷过的土地、遍地的卵石滩和坑洼,都说明河流经常溢出河岸,淹没谷地。

这一天我们又累又热,全身都虚弱乏力。一丝凉风也没有,灼热的空气仿佛凝固了。没有任何动物出没,都躲了起来。只有路旁卧着一只大张着嘴的猛禽。看得出来,它也热得要命。

随着我们离当初借宿的房子越来越远,路况也变得越来越差。行到森林附近,小路分成了两条:一条径直向前,平坦些;另一条勉强可见,通往泰加林。我们有些不知所措,究竟要往哪里走呢?

这时,从密林中走出一个中国人。看起来他40岁左右。晒得黝黑的面庞、破烂的衣衫和脚上磨损厉害的鞋子,都说明他是远道而来。他背着一个沉重的背囊,肩上扛着一支枪,手里擎着一根聊作枪架的棍子。看到我们,这个中国人吓坏了,正想逃走,哥萨克们喝住了他,他只好提心吊胆地走近我们。发现我们没有伤害他的意思,他很快平静下来,回答了我们的问题。从他的话里我们得知,沿着一条平坦的小路可以走到大柞树河。大柞树河在奥尔加湾北边注入大海。我们现在踏足其上的小路,先沿着朝松子河向前延伸,经过一座高山后通往西南岔河,这条河最后注入伏锦河上游。在西南岔河附近,小路又分成两股,有一条马道通往杨木沟子河(这是乌拉河的一条支流),而另一条在经过6个涉水可过的浅滩后,向左通往山里。那正是我们想要走的道路,但要小心环顾,以免错过。

向这个中国人道过谢后,我们勇敢地上路了。房子、草地、耕地和广阔的谷地一下都落在了后面。

每一次即将踏进连绵数百公里的森林之时,总会不由自主地感到一丝莫然的胆怯。如此原始的森林本身就是自然力的化身,因此也难怪那些常在森林行走的本地土著在迈入这神秘的、将人与世界割裂开来的森林之界时都要向神祈祷,祈求得到神灵庇护,好躲避这莽莽丛林中的凶兽。

越向前走,森林中的倒木就越多。山上的植被层非常稀薄,树木的根系没有扎入土中,只是在地表延展。因此树木扎地不是特别牢固,极易被风刮倒,这就是乌苏里地区的泰加林倒木遍地的因由。倒地的树木树根朝上,往往把根系旁的泥土和石头一同带出。像这样倒木形成的路障常常高达4～6米。这就是森林中的小道总是那么曲折蜿蜒的原因。人行走其上,不得不一根又一根地跨过遍地的倒木。要是将这些弯路计算在内,那就得将地图上标绘出的距离扩充1.5倍。那些生长在谷底的树木,由于淤积的泥土较厚,反而扎根更为牢固。

在这里可以看到高达25～35米、宽至3.7～4.5米的巨树。老杨树常常被熊当成窝,有时猎人在一个树洞里能找到两到三个熊窝。

河谷的树林如此浓密,以至于透过密不透风的枝丫根本望不见天空,树下潮湿荫凉。森林里的清晨和黄昏同开阔地方的并不一样。哪怕有一片乌云遮上太阳,森林里立刻会像下雨天一样阴暗得很。若是天气晴朗,被阳光照亮的树干,绿宝石般的树叶,闪闪发光的针叶、花朵、青苔和斑驳的地衣就是森林最美的饰物。

遗憾的是,无论多么美好的天气都会被小飞虫糟蹋。人在夏季的泰加林中所受的苦楚,只可意会,不可言传。

我们马不停蹄地走了三个小时,直到听到喧响的水声。大概这就是那个中国猎人提到的朝松子河了。太阳升到当空,阳光晒得厉害。驮马沉重地喘着气,耷拉着脑袋往前勉强迈着步子。空气太过炎热,即使是在很大的雪松林树荫下也难以乘凉。没有任何鸟兽的声响,只有一些虫子在空中飞舞,阳光越足,它们就越来劲儿。

我本想停下休息,但驮马都不肯吃草,尽往烟堆边上靠。在这种情况下,在原地待着比往前走更加艰难。于是我吩咐套上马鞍,继续前进。大约下午两点,我们沿着小路走到一处满是碎石堆的山脉,从这里要开始上山。一切都和那个中国猎人说的一样。

山口立着一座小庙。读者诸君大概会认为这是个巨大的石质建筑。但要不是旁边树上挂着的红色布条,我们简直会视而不见地直接走过了。你们可以想象下,两块立起来的扁石条,上面再搭上一块一样的石条,这就是庙了!小庙里放着几幅粗糙的神像画,有时还有题着经文的小木匾。若是留心小庙周围,会发现有香烛头、香灰、一撮米、一小块糖等,这是献给保佑财富的"森林与山脉之神"的供品。

翻过山后,我们沿着小路走到西南岔河左岸,在这里发现了一座碓子房。房主人暂时出去了。我决定等主人回来,命令士兵们安排宿营。

大约到了下午五点,房主人回来了。一看到士兵,他吓坏了,本来想要跑走,但哥萨克们抓住了他,领他来到我面前。很快他便弄清了,我们不想给他惹祸,便很乐意地回答我们提出的各种问题。这个30岁左右的鞑子满脸麻子。从他的话里,我弄清他也要给腰碓子房子的财主干活,因为欠了他的债。他自己也不知晓债务多少,但他感觉自己是受了骗,被欺压了。我们想请他领我们去锡霍特山脉,但他不愿意,说中国人要是知道了肯定得杀了他。我没再坚持,从他的口里我至少知道了我们没有走错。我给了他25颗伯丹步枪的子弹作谢礼,他不禁高兴得手舞足蹈,随后声明他会领我们到下一所房子那里,那里住着两个中国猎户。

离黄昏还有很长时间,我拿起步枪出去察看下周围。离开宿营地大约1公里,我坐到一个树墩上倾听起来。黄昏时分,泰加林里的鸟类总是比白天更为活跃。这些小鸟儿飞上树顶,好在那里欣赏逐渐暗淡下来的夕照,向它道声再见。

我痴迷地观察着大自然,全然忘记了自己孤身在此,远离宿营地。突然我听到旁边传来了沙沙声,在这一片沉寂中尤为强烈。我以为是一只大型动物前来,正准备拿枪自卫,却发现只是一只胡獾罢了。它迈着小碎步快速移动着,有时停下来,在草丛里搜索着什么。它离我是如此之近,以至于用枪头都能扫到它。这只胡獾奔向一条小溪,舔了几口水又摇摇摆摆走开了。周围又寂静下来。

突然从我背后传来一阵尖锐、刺耳又断断续续的吱吱声,就像剪刀的咔嚓声一样。我转过身来,发现了一只鼠兔。这种小动物在西伯利亚东部和东北部都有广泛分布。它长得就像一只小兔,但没有兔子的长耳,周身披着褐灰色皮毛。鼠兔喜爱的栖息地是山坡上的碎石堆和河谷里生了一层薄藓的石滩。这种动物昼出夜伏,异常地警觉胆小。很难完整取到它的皮毛,因为一个枪子儿就会把它打得七零八落。

我动弹了下,这可把这只小动物吓坏了,它立马躲回了洞里。从它极善躲藏的样子看得出来,危机重重的森林已教会它时刻保持警惕,不肯轻信森林静谧的假象。随后我又看见一只花栗鼠。这是一种毛皮斑驳的地鼠,身姿敏捷,总是活蹦乱跳,伶俐地在树上奔跑,或是在树干上下奔突,又突然藏到草丛里。花栗鼠毛色淡黄,背部和两肋有5道黑纵纹。

花栗鼠在整个乌苏里地区都有分布,无论是在浓密的混交林中,还是在疏朗树林旁的田野上都能见到它们活泼的身影。它们在逃跑时有时会不管不顾地叫出声来,反而暴露了自己的行踪。中国人有时会用花栗鼠的皮毛给帽子镶边。

我注意到,这只花栗鼠老是往一个地方跑,每次都倒腾些东西回去。它跑走的时候,颊囊总是鼓胀着,等它返回地面的时候,嘴里就空了。我不禁感兴趣起来,凑近了观察。原来在倒木上摆放着一些蘑菇干、草根和松子。现在森林里还没有蘑菇和松子,很明显这些食物是花栗鼠自己倒腾出来的。这是为什么呢?我想起德尔苏的话,他说花栗鼠会偷偷存上许多食物,有的都够吃上两年的。它们担心食物会腐坏,时不时就会把食物拿出来晒干,傍晚再倒腾回洞里。

我稍坐了一会儿,接着往前走去。沿途我一直碰到刚被翻动的倒木,我认出来这是熊的杰作。熊顶喜欢这么干。它们常在泰加林里闲遛,翻腾倒木,好搜寻倒木下面的吃食。中国人开玩笑说那是熊在晒木头呢。

返回路上,我自然而然地又踏上了来时的路。我认出了那棵我曾在下面小憩的雪松,又踏着一棵我熟悉的倒木越过了小溪。经过碎石堆时,我不知不觉靠近了之前那棵花栗鼠拿来摆放食物的倒木。花鼠洞现在竟然成了一个深深的大坑,松子和蘑菇撒得到处都是,在刚被掘刨过的土地上看得出熊的足迹。一切都显而易见:熊一把捣毁了花栗鼠的洞,吃光了它的存货,也许花栗鼠此刻也已葬身熊腹。

夜色降临了。天边晚霞逝去,一切都暗淡下来。远近的树木都换上了同样的色彩,不是墨绿,不是银灰,也不是漆黑。周围的一切沉寂入夜,耳朵里却像嗡嗡作响。黑暗中一只甲虫嗡嗡从我身边飞过。我小心行走,尽量不摔倒。突然旁边响起一声很大的响动,一只大型动物站在前面,正发出呼哧呼哧的喘气声。

我本想开上一枪,但放弃了这个念头。受惊的野兽可能会逃走,也可能会为了自卫反扑过来。这个瞬间对我来说比永恒更难熬。我认出那是一头大熊,它正使劲嗅着空气。我一直站在原地,没法下定决心去挪动半步,最后没能忍住,小心翼翼地向左挪了一步。我还没来得及迈出第二步,就听见了熊的吼声和树枝折断的碎裂声。我的心吓得缩成了一团。我本能地举起枪,冲着熊的方向开了一枪。远处的响动证明熊已跑远。过了片刻,从宿营地方向响起了回应我的枪声。

于是我沿着之前的方向往回返。过了半小时,我已经看到了宿营地的火光。熊熊篝火照亮了地面、层层灌木和周围树木。士兵们在篝火旁忙活着。驮马在草地上吃着草,大家在它们周围点了几个烟堆。我一靠近,狗儿们都汪汪叫着扑了过来,认出是我,又羞赧地跑了回去。随着太阳落山,蚋也消失了,取而代之的是蠓。这是一种极其微小、肉眼几乎不可见的小虫。要是耳朵烫得很,多半就是这种小虫子出来的兆头了。随后人会觉得脸上好像有带刺的蛛网一般,这种强烈的痒痛感有时在额头也会出现。蠓会钻进人的头发,爬进耳朵、鼻子和嘴巴里。大家都不满地咒骂着,不时用手蹭脸。士兵们把手绢塞到帽子下面,哪怕护一下脖子和后脑勺也行。我感到特别渴,就去要茶。

"没法喝。"哥萨克埃波夫说道,递过来一个杯子。

我刚把杯子靠近嘴唇,就看到茶水表面覆盖着一层灰尘样的东西。

"这是什么?"我向他问道。

"小虫。"他回答,"被热气一烫,就落到热水里了。"

起初我试着用嘴吹走,随后又用勺子舀,但只要我一停,杯里就又落满了小虫。哥萨克是对的,根本没法喝。我把茶泼到地上,爬进了蚊帐。

晚饭后,大家准备过夜。有的人懒得支起蚊帐,就盖着被子躺在露天地里睡觉。他们一直在翻来覆去,不时哀叹着,有的用被子蒙住头,但都无济于事。这些小飞虫只要是个小缝就能钻进去。最后有人终于挺不住了。

"给给给,吃去吧,见鬼去吧!"他尖叫着,敞开被子,把两只胳膊都伸了出来。

大家都哄堂大笑起来。原来不只是他,大家都没有睡着,不过谁也不想先起来,点上几丛烟堆。过了两分钟,篝火就点燃了。士兵们彼此逗趣取笑,又猛地被咬到哀叹咒骂起来。渐渐地宿营地完全安静了下来。数百万的蚊蠓糊在了我的蚊帐上。伴着这些小虫的嗡嗡声,我很快沉入了梦乡。

大森林

早上我在谈话声中醒了过来，才不过五点。我听到驮马打着响鼻、甩动着尾巴，还有哥萨克不时的呵斥声，就猜到蚊虫一定很多。我赶忙穿上衣服，爬出了蚊帐。一幅非常有趣的画面展现在了我面前：在我们整个宿营地上空盘旋着不可胜数的蠓，如同乌云一般。可怜的驮马极力把面部往烟堆上靠，摇头摆尾地甩个不停。

篝火的灰烬上面是一层密密麻麻的蚋。无数蚊蚋扑落到火上，直到烧成灰烬。

要想摆脱蚊蚋，只有两个办法，那就是生几个大烟堆和迅速活动起来，万万不能待在原地。我吩咐给马备鞍后，走近一棵树想要拿枪，猛然之间竟没看出来。枪身上覆盖着一层密密麻麻的烟灰色之物，原来是黏附在油上的小飞虫。我迅速收拾好自己的用具，没等驮马备好就踏上了小路。

小路在大约距离房子1公里远处分成了两条。右边小道通往乌拉河，左边小道通往锡霍特山脉。那个鞑子在这里停了下来，指着那条我们要走的小路，对我说：

"长官！好好看路。马走的有，你走的有；马走的没有，你走的没有。"

对于听不惯的人来说，他的话只是一串毫无意义的词，但我立刻就明白了他的意思。他说，应该沿着马道走，不要走人行的路。

驮马赶上来后，鞑子折返了回去，我们则沿着新路溯西南岔河上行。

这里生长着浓密的混交林，主要是红松。被剧烈冲刷过的河岸、被水冲来的倒木、四处的坑洼、倒伏的树木和卡在灌木丛中的一团团干草，都说明这里不久前曾遭遇过一场大洪水。

乌苏里地区的河流有个特点，那就是每次洪水过后，能够涉水而过的浅滩都会挪移位置。想找到被大水冲过的小路并不容易。士兵们都被派出去四处找路了。后来我们终于找到了小路，满心欢喜地接着前行了。

沿途我们发现了野兽的足迹，在这些足迹里发现了老虎的足印。我们有两次惊走了野鹿和野猪，开了枪但没能打中。士兵们都太过急迫，反而妨碍了彼此。

乌苏里地区的森林总是让人觉得很是荒凉。之所以会有这样的感觉，是因为这里丝毫没有鸟鸣啾啾。我在一处看到了乌苏里松鸦。这种胆大、好动的鸟儿在树枝间来回穿梭，一看到我们便尖声啼叫起来。我试着走近一些，想要好好观察一下这种鸟。这些松鸦起初隐藏在树枝中间，不过在发现我有意跟踪时就飞走了。飞翔着的松鸦露出蓝白相交的翅膀，倒比往常俊上许多。

在森林里不时听得到奇怪的鼓声般的声音。很快我们就发现了这种声音的始作俑者，原来是一只黑啄木鸟。这种鸟儿性情多疑而胆小，黑羽红头，远远望去好像乌鸦一般。这只黑啄木鸟尖声叫着，从一处飞到另一处，同其他啄木鸟一样藏到了树后。

在小河边潮湿的丛林里生活着一群花尾榛鸡。队里的狗一靠近，它们就吓了一跳，飞去了森林深处，用口哨般的声音彼此呼应着。季亚科夫和麦梁本想打上几只，但这些榛鸡很是警觉，不肯靠近他们。

我劝士兵们不要白浪费时间，接着赶路。

一只身形巨大的猛禽从树上飞起，这是暗夜之王雕鸮。它卧在一只枯立的云杉上，威吓般地环视着四周。我们刚一靠近，这只雕鸮就飞走了，再也没有出现。

西南岔河谷地的地质构造相当简单。这是一个地壳运动形成的谷地，起初为西南走向，随后北折至锡霍特山脉。在河流中段左侧的一道沟子附近，可以看到细粒花岗岩的碎石堆，再往下是霏细斑岩、强风化细晶岩和夹杂了方解石、玉髓的杏仁辉绿岩。

越往山里去，河流的石滩就越多。小路不时在两岸来回出现。倒木成了天然的桥梁。这说明这条小路是供人行走的。我记起那个骰子的话，说要沿着马行的道往前走，于是集中注意力观望起来。毫无疑问，我们走错了路，没有走到该走的那条路上。我们走偏了才踏上这条小路，另一条平坦些的无疑是通往乌拉河源头的。

傍晚，我们到达了一处碓子房。小屋的主人不在，我们也就无从问路。我们一致决定，把驮马留在宿营地，大家都四散开去找路。格拉纳特曼径直往前，麦尔兹亚科夫向东，我则往回折返，去寻找那条走失的小路。

傍晚时分，风刚一止息，蠓又出现了。这些长着翅膀的小吸血鬼执着地扑向了人和驮马。

一日将尽。晚霞的余光已在天边寂灭，天气却并没有变得凉爽。白日里晒热的大地到了晚上还会吞吐热气。森林里的草地散发出阵阵芬芳。河里升起浓重的湿气。哥萨克们在宿营地附近生起一圈烟堆，人马都蜷缩在烟堆旁，不敢去空气清新的地方。宿营地里的活儿忙完后，我吩咐给我支起帐篷，随后就钻到了这救命的帐子里面。过了一个小时，天完全黑了。月亮升上了天空，月色清冷地照着森林。晚饭后大家都睡了，只有狗、驮马和轮值的哨兵还警醒着。

第二天天还没亮，我和别洛诺日金就从宿营地出发了。天色很快亮了起来。月色褪去，夜晚的黑暗不见了，取而代之的是一片朦胧的澄明。清晨的微风拂过树顶，唤醒了森林里的鸟。太阳缓缓地向上爬着，只见太阳猛地从山里冒出头来，瞬间照亮了布满露珠的整个森林、灌木丛和草地。

在头一所碓子房附近，我们确实找到了一条小路。这条小路通往另一所差不多的碓子房。我们在这里碰见了两个中国人，一个是年轻人，另一个是位老者。年轻的是个猎人，看上去大约25岁，体格壮健；老者是个挖参人。从年轻人那无忧无虑的脸庞看得出来，他很满意当下的生活和命运，十分幸福。他的脸上时不时地流露出一抹笑意，老是开心地做出孩子般的举动。老者个头很高，瘦弱干枯，比起活人来更像个木乃伊。他那满脸的皱纹、晒得黝黑的脸和花白的头发，都说明他已年逾花甲。这两个中国人都穿着蓝布衣裤、护膝和乌拉，只不过年轻人的衣服崭新考究，老者的衣物则比较陈旧，打了补丁。两人都戴着帽子，年轻人戴着一顶买来的草帽，老者戴着一顶桦树皮帽，望去像是自己做的。

一开始这两个中国人吓了一跳，得知原委后便平静下来。他们请我们吃小米粥，喝茶。询问过后，我们弄清原来正身处锡霍特山脉脚下，再往前根本没有通向海边的路,考察队刚才走过的小路通往注入乌拉河上游的朱家麻沟河。

我爬上一棵大树,在高处所见同老者在地上用棍子比画的完全相符。从东面已能看到锡霍特山脉齿状的山脊。据我估算,要到达那里还需两日行程。往北极目远眺,是一片缓缓隆起的丘陵低地,上面长满了巨大的野生林子。在这样巨大的森林中总是会有神秘、可怕的东西存在,人显得既渺小又孤独。向南和向西,整个地域特征又变为多丘陵地貌。还有一座山脉同锡霍特山脉平行,后面汩汩奔流的大概是乌拉河,不过暂时望不见。这样的地形让我很是惊奇。起初我觉得,离分水岭越近,山区的特征就该越集中。我原本期待的是看到崇山峻岭,路转峰回,结果却发现在锡霍特山脉附近都是流淌着小溪的缓坡,这是风蚀作用产生的结果。

确定好方向后,我从树上下来,立刻派别洛诺日金去找鲁特科夫斯基,告知他路已找到,自己则和这两个中国人待在一起。得知我们的队伍要傍晚才会到达,他们想要先去干活。我不想独自待在房里,就和他们一起出发了。

老者举止谨慎,言谈不多,年轻人却喜爱聊天。他对我说,在泰加林里有他们自己的参场,现在就是要去那里。我听他说话入了迷,以至于走丢了方向,要是没有中国人的帮助,大概找不到回去的路。我们沿着山坡走了大概一小时,爬过一座悬崖,随后下到谷地。沿途我们还看到了倾泻的山溪和纵深的峡谷,峡谷底部的雪还没有融化。最后我们终于到达了目的地。那是一个朝北的山坡,上面长满了浓密的森林。

读者诸君若是将参场想象成栽满人参的空地,就大错特错了。只要能在不同时间多次找到人参的地方,就被认为是合宜的参场。还有许多人参被人为移植到这里来。映入我眼帘的第一件物事是用松树皮搭成的凉棚,它是为了保护人参免受阳光灼晒。为了保持土地荫凉,旁边种着蕨草,还从边上小溪引来一条小水沟,引水浇灌。

一来到参场,老者就跪了下去,双手合十,靠近额头,磕了两次头。他低声默念,大约是在祈福。随后他站起来,又把手靠近额头,随后才做起活来。这时年轻的中国人往树上挂了几条写有汉字的红布条。

人参!原来它是这个样子的!

世间没有任何其他植物能像人参一样产生这么多的传说和故事。不知是受文学作品还是中国人祈福的影响，我的内心也涌起了对这种并不美观的五加科植物的虔敬之心。我跪下来，想要凑近些观察下这种植物。那名老者误以为我也是在祈福。直到这一刻，他才把我当成了自己人。

这两个中国人开始做起活来。他们收拾起从树上落下的干树枝，种下两株灌木，往上面淋了点水。发现水往苗圃里流得少了，就往里多注入些水。随后他们拔起草来，但并没有拔掉所有的草，就拔了一小部分，尤其是发现刺五加时，他们显得很不满。

我没有打扰这两个中国人，让他们去干自己的活儿，便在泰加林里溜达起来。我担心走迷了路，就沿着溪流前进，指望还能沿着溪流返回。当我回到参场时，中国人已经干完了活计，正在等着我。我们从另一边返回了房子，于是我断定返回时走的不是来时的原路。

快到黄昏的时候，考察队到达了这所房子。中国人分给我们一些吃食，尽管他们自己也所剩无多。晚上我说服他们领我们翻过锡霍特山脉，去到外伏锦河的源头。老者同意送我们去，但是因为身体虚弱，他只能送我们到分水岭。年轻人同意接着做我们的向导，他要到农民那里买些面粉和小米。老者领路的条件是，不能对他大吼大叫，也不能同他拌嘴。第一条并不是问题，第二条我们也都欣然同意了。

天刚暗下来，小虫又出来了。中国人在房子旁升起了烟堆，而我们躲进了自己的蚊帐里。

因为知道有人会帮助我们越过锡霍特山脉，我们都心里安稳，很快就睡着了。现在要操心的是粮食是否还够。

第二天早上八点，我们已准备好出发。老人走在前面，后面是年轻的中国人和两个手执斧子的士兵，其余人马跟在后面。老人手里拿着一根长拐杖。他什么也不说，只是默默地指引着方向和需要收拾的倒木。尽管路上常有耽搁，考察队还是走得很是迅速。中国人一直往西南方向行进，只是到了下午才向南拐。

离锡霍特山脉最近的山麓由残斑变岩和斑岩凝灰岩构成。表面的山石已崩解为碎块，形成了碎石堆，上面覆盖着苔藓和灌木。

在乌苏里地区很难见到干燥的针叶林，就是那些树下土地洒满了落下的针叶、不生野草的针叶林。这里到处都很潮湿,处处长满蕨草和绿苔。

今天首次下令伙食减半。但就算这样,粮食也只够两天的。要是翻过锡霍特山脉不能马上找到住家户,就得忍饥挨饿了。据中国人说,从前在外伏锦河源头有一所碓子房,但现在他们也不知道还在不在了。

我本想停下来打猎,但老者坚持说不能在路上耽搁,要接着往下走。我想起曾对他许过的诺言,就服从了他的要求。

公正地说,他领路领得很好。在一处他停下来,指了指一条荒草丛生的旧路。这就是从前乌苏里地区的中国人去往奥尔加湾的路。布季谢夫和马克西莫维奇在19世纪60年代也曾走过这条路。我的眼前立刻浮现出他们的身影和他们绘声绘色的描述。从这条路的踩踏程度来看,这里曾有一派车水马龙、熙熙攘攘的盛景。但在军港从尼古拉耶夫斯克迁往符拉迪沃斯托克后,中国猎人便不再踏足其上,这条小路便彻底荒芜,完全失去了它的意义。

最近以来,大家的衣服都已破烂不堪,衣服上都打了好几个补丁,破碎的防蚊罩也完全没了作用,脸上被小虫叮咬得尽是血痕,额头和耳朵附近也都出现了湿疹。

粮食不足迫使我们尽快赶路。我们将大休减至30分钟,从下午一直走到傍晚。

这样的长途跋涉对老人来说是很吃力的。我们刚在宿营地停下,他就呻吟着坐到地上,没有旁人的帮助根本站不起来。

在我的行军水壶里还有几口朗姆酒,我一直留着,以防路上有人生病时用。现在这种情况恰好用得着。老人是为了我们才来的,明天还得继续走,随后还得往回返。我把朗姆酒都倒进一个杯子,递给了老人。老人的眼睛里闪过一丝感恩。他不想自己喝,要跟大家分享,但我们全都劝他。最后老人把朗姆酒喝了,爬进蚊帐睡了。我也去睡了。

听着蚊虫的嗡嗡声,我想起《圣经》中关于埃及受罚的传说:"埃及遍地,就因这成群的苍蝇败坏了。"在气候干燥、白蛉不生的国度,这种虫子的出现被认为是可怕的惩罚。而在阿穆尔河畔地区,这是很正常的。

天蒙蒙亮,中国老人就把我叫醒了。

"该走了!"他简短地说道。

大家简单吃了些昨晚剩下的冷粥就上路了。现在我们的中国向导直拐向东。从宿营地一出来,我们就来到了锡霍特山脉山前的冲蚀地区。这里都是一些不大的、坡度平缓的矮岗。无数小溪四处流淌,一时之间难以判断溪水的流向。

离山脉越近,森林就越茂密,倒木也就越多。我们在这里第一次见到了赤柏松,这是曾在整个阿穆尔河附近都有分布的亚热带植物群的残留代表。这种树的树皮为红色,木质微红,果实为红色,样子类似云杉,但树枝的长势同阔叶树相似。

这里的林下植物主要有狗枣子(不知为何俄罗斯移民称其为"无核葡萄")、金银忍冬、伏牛花、毛榛(有不规则锯齿形叶)和地桂(叶上有淡色柔毛,开白花)等。开花植物中最常见的是白芍药,这是中国巫医常用的药用植物,还有集生草(掌形锯齿叶,开紫色花朵)和七筋菇(叶片大而多汁,形似莲台)。

快到黄昏时我们终于走到了分水岭。大家都饿得很,驮马也亟须休息。它们已经走了一整天,既没有吃食,也没有休息。宿营地附近一点青草都没有。驮马累得不行,刚卸下驮包它们立刻就卧倒在地。这些驮马已不是当初从什马科夫卡车站出发时那些膘肥体壮的驮马了,它们瘦骨嶙峋,饱受饥饿和蚊虫折磨。

中国人用蕨叶和仅剩的一点儿小米煮了些稀粥,大家分着吃了。吃过这餐哄不饱肚皮的晚饭,为了不再受饥饿的折磨,大家都早早躺下了。这样是对的,因为明天出发得要比今天还要早。

翻过锡霍特山脉去海边

第二天即 6 月 16 日,我们早上五点就从宿营地开拔,随即攀爬起锡霍特山脉。山坡陡峭,爬得较为缓慢。我们的向导尽可能直走,但在陡处也得盘旋前进。

爬得越高,山间的溪水就越枯竭,最后完全消失不见了。但山岩下沉闷的喧响说明这里的水源水量丰沛。奔涌的水声逐渐沉寂下来。听得出来山底下还有小股的水流在奔流,如同从茶壶中缓缓倒出一般,这些溪流逐渐变为水滴,直至最后悄无声息。

过了一个小时,我们上到了山脊。在这里坡度骤然变陡,但很快就舒缓了下来。

行至山口附近,一棵大红松下立着一座树皮搭成的小庙。中国老人在庙前停下,跪了下来。随后他站起来,用手指向东方,只说了四个字:

"外伏锦河!"

这意味着我们已经处于分水岭了。随后老人便坐到地上,打着手势说让大家休息一下。

趁着这个空,我沿着山脊向南走了一段,来到一处巨石耸立的地方,站到一块大石头上眺望起来。

毗邻锡霍特山脉地区由石英斑岩构成。在这里,分水岭由西南走向转为东北走向,最高点可达海拔 1100 米,锡霍特山脉北面高度降低,西面坡度较缓,东面更为陡峭。整座山脉都由浓密的针叶混交林覆盖。仅在部分山顶和碎石堆上耸立着秃峰。在中国古代地图上,锡霍特山脉被称为"锡霍特岭",还有"老岭"之称,即"老山口"之意。经由对我们所处山口的测量,高度达980米。我用 K. И. 马克西莫维奇的名字将其命名为马克西莫维奇山口,此人是最先对乌苏里地区展开研究考察的先驱之一。

从分水岭往东,目光所及之处一片雾气蒙蒙,旁侧的山峰如同一座孤岛。雾浪向山脉移动,刚经过山坳就停滞不前了。自分水岭向西,空气清新明澈。据中国人说,这是很常见的。后来我也多次有机会确认,锡霍特山脉正是沿海地区与乌苏里右侧支流流域相当严格的气候分界线。

大约是我离开太久,从考察队方向传来喊我的呼唤声。

哥萨克们已经烧好了茶,都在等我回来。当茶水倒入各人杯里时,鲁特科夫斯基说:

"哎,要是有点糖就好了!"

"有啊!"别洛诺日金回答他,随后从衣袋里摸出一块脏得发黑的糖。

"伙计,你从哪里带来的?"鲁特科夫斯基问道。

"它也翻过了锡霍特山脉。"这个伶俐的哥萨克说着,大家都笑了起来。

用热茶勉强哄哄肚饥后,我们就接着上路了。

正如我所说的,从山脊下到外伏锦河时,坡度很是陡峭。在我们面前是一个深深的峡谷,满是倒木和石头。如瀑布般流泻而下的水流冲出了许多坑洼,上面长满了蕨草,简直就是一个个天然的陷阱。格拉纳特曼不小心推落了一块大石,大石下落时带动了其他石头滚落,形成了一场崩塌。

沿着这样的峡谷往下行走很是艰难,对驮马来说尤其如此。若是用图示来描绘我们下山的路径,那么可以用一条小小的弯向东面的线条来表示。下山用了两个小时。在一处槽沟里流淌着一条小溪,它隐藏在草丛之中,几不可见。溪流欢快地流淌着,仿佛是在得意它终于冲破地表,奔向自由。再往下去,溪流就平静了一些。

还有一条类似深谷从右边蜿蜒而来。峡谷现在已变为狭窄的谷地,当地中国人将其称为"新光大沟"。一越过山口,针叶混交林迅速转变为阔叶林。向阳的斜坡上多为柞树,谷地上的植株就更为丰富多样。在这里可以看到小叶椴树(常长在林边、空地上)、花楷槭(有浅绿裂片)、灰柳(半灌木半乔木)、卫矛(树干和纸条长有软木翅,形同灌木)。纯灌木类植物包括柳叶绣线菊(开亮金色花朵)、一种样子特殊的野山楂(刺短而稀,叶背浅白)、4米多高的金银忍冬(开大量粉色花朵)和遍地攀爬的百里香(长有披针形小叶，开紫红色花）。路旁还有别的灌木，我本想观察一下，但饿得只能抓紧前行。触目所及一片姹紫嫣红，简直让人眼花缭乱。有五彩斑斓的鸢尾花（从淡蓝到深紫）、风姿各异的兰花、驴蹄草、北疆风铃草、芬芳的铃兰、堇菜、貌不惊人的野草莓、粉红的矢车菊、娇美的石竹花和红、橙、黄色的野百合。

从浓密的针叶林一下来到稀疏的柞树林，又来到各色花朵争奇斗艳的空地，大家不由得一阵惊呼。我们在锡霍特山脉西麓需要三四次渐变才能见到的景色，在山脚立刻显现出来。

此外，我还注意到，那些生长在西边、花朵都已凋落枯萎的植物，在这里花朵却尚是蓓蕾。

在里伏锦河流域有很多蚊虫，鳞翅目昆虫很少。这里则恰恰相反，到处飞舞着光彩熠熠的红褐色的荨麻蛱蝶、淡黄色带黑红斑点的阿波罗绢蝶和翅膀宽大的深蓝色凤蝶。凤蝶经常落在水上，铺开翅膀，顺水漂动。我以为这些蝴蝶是偶然落到水面，被水打湿了翅膀没法飞到空中。有好几次我想抓住一只，但刚一伸出手来，它们就悠闲自如地飞到空中，飞远些后又落回了水面。

蜜蜂和黄蜂在花朵上到处盘旋，腹部夹杂黑、橙、白三色的毛茸茸的熊蜂在空中嗡嗡飞动。步行虫在草丛中匆匆奔走，这种聪明的小东西简直称得上是"虫中老虎"。小路上还爬行着黑色的埋葬虫和三色的斑蝥，斑蝥移动得太快，简直分不清是跳是飞。在伞形科植物上爬着象鼻虫和绿椿象，在水边和潮湿处还有蓝眼睛的蜻蜓挥舞着透明翅膀飞来飞去。

观察完昆虫后，我又观察起鸟儿。最先映入眼帘的是山鹨。这些鸟儿从树下跳出来，在一堆枯叶中翻捡食物。当我走近的时候，它们朝一边飞远一点儿，又落到草地上。在山间小溪旁，山鹡鸰摆动着小巧的尾羽，从一块山石跳到另一块山石上。这种小鸟对人并不十分设防，只在我离得很近的时候才会不紧不慢地飞走。太平鸟常在野蔷薇旁活动，它们只愿灵巧地在这种灌木的枝叶间穿梭，不愿飞到开阔之地。我在另一处发现了长尾山雀，它们在树叶间乱窜，不太注意周围发生了什么。在长尾山雀旁奔忙的是活泼的山雀，这种小巧的鸟儿有着小小的喙和尾。

根据地上的不少足迹可以判断，这里的哺乳动物有狍子、野鹿、野猪、熊和老虎。

尽管疲惫不堪、肚饥难忍,但大家都走得斗志昂扬。成功翻过锡霍特山脉,从荒无人烟的泰加林到生机勃勃的森林,再到碰见这条小路,大家都受到了很大的鼓舞。傍晚时分,我们赶到一所空置的碓子房,房子周围有一个不大的菜园,长着芜菁、生菜和葱。

同我们在伏锦河看到的蔬菜相比,这里菜园里的植物在个头上要小得多。换句话说,落入我们眼帘的一切都说明锡霍特山脉的东西坡有着巨大差距。很明显,生长在乌苏里河流域之外的植株其生长周期要比乌苏里河流域的长得多。

我们没有再往前走,而是选择在这所小房子附近宿营。中国人从八月份起用驮马往泰加林里运送粮食,而在最偏远的房子里,盐、面粉和小米都是用背囊背上去的。存粮放置在椴木凿成的木桶里,上面盖着树皮盖子。哪里都没有落锁,把桶盖盖上也只是为了防止老鼠和花栗鼠爬入。

在泰加林里不能随意碰别人的粮食,只有在极度饥饿的情况下才能借用一二,但条件是一遇到农房就得立刻补上。若有人不遵从这一习俗,会被认为是强盗,将会受到残酷惩罚。确实,窃走碓子房里的粮食会逼得捕貂人在泰加林里待不下去,甚至会让他陷入万劫不复的境地。

晚上,中国老人对我们说,他没法再接着往下走了,他要留在这里等同伴回来。

第二天,6月17日,我们同老人分别了。我赠送给他一把猎刀,麦尔兹亚科夫也送给他一个小皮囊。现在我们已不需要斧子开路,从碓子房向下沿河有一条小路。越往前走,路况就越好。最后我们到达了新光大沟河与头道沟河两相交汇处。头道沟河流向宽阔,与锡霍特山脉组成了个锐角。它比新光大沟河大得多,简直可以称得上是外伏锦河。1860年布季谢夫曾沿着这条河下山。据说在这条河的源头有几座中国房子,里面的居民都以打猎为生。上述两条河的交汇之处是外伏锦河的源头,俄罗斯移民称其为阿瓦库莫夫卡河。

森林将尽,辽阔的山景骤然出现在我们面前。从左侧在谷地高处覆盖着稀疏的柞树林,其间夹杂着椴树和黑桦树。斜坡上垂直分布着碎石堆,上面长满了野草和小灌木。

外伏锦河谷地满是阶地,这些阶地彼此呈阶梯状分布,就像巨大的楼梯一样,这是所谓的"准平原"。在远古地质时代,这里曾发生强烈的剥蚀作用(从剥蚀一词可知,这是在空气、水和冰川共同作用下产生的山体磨损与破坏作用),随后整个山体隆起,接着又发生了水流的侵蚀冲刷。河水既是锯,也是锉。

在头道沟河对面,一条多石滩河流叫作躺牛沟子的,从右侧注入了外伏锦河。再往下有四条大小相似的河流:哈尔钦基纳、黑木大沟、宽井子和沃罗特纳亚河。它们之间彼此的距离都差不多。沿着头一条河有一条通往里伏锦河、直达向阳碇子的道路。有俄罗斯移民曾在黑木大沟附近找到一座基督徒的坟墓,因此又称它为十字架河。听本地人说,宽井子的河床相当蜿蜒,那里水量丰沛,石滩众多。沃罗特纳亚河的谷地周围都是高耸陡峭的高山,被认为是当地最好的狩猎之地。

在哈尔钦基纳沟和新光大沟之间,有外表像是山羊的青羊栖息在山岩和碎石堆上。这种动物属羚羊科,体长约2米,最高能达0.8米。皮毛为暗灰黄色,头部、背部和尾巴呈深褐色,喉咙和肚子为白色。青羊脖子处的毛相对长些,形成了一圈鬃毛,头上长着两只不大的、向后弯曲的角。在乌苏里地区,青羊的分布区域可达伊曼河,沿海地区可至捷尔内伊港(库家河)。它们小群生活在那些一面是针叶混交林,另一面是无法攀登的山崖交界处。青羊在白天都待在森林里,夜晚下到谷地里饮水。哪怕感觉到一丝危险,青羊都会迅速跑到悬崖上。熟知青羊习性的猎人会分成两拨狩猎,一拨去往森林里,另一拨则在山石上等候。由于青羊只在猎人事先了解清楚的固定范围内活动,它们注定会有灭绝风险。

上午十点,我们在小路上看到了马车的痕迹。我以为我们很快会走上大路,但给我们领路的中国人说,人们只在秋冬季打猎时来这里,真正供马车通行的道路要在二道沟河河口附近才能见到。

驮马都疲惫不堪,它们勉强挪动着腿,迈着步子。必须安排一次大休了。趁着大休的间隙,我登上一座小山,好确定方向。

外伏锦河的总流向是朝东南。它在一处向南折去,但随后又折返回原本方向,并一直保持这一方向直到海边。向西能清晰望见锡霍特山脉。我期待发现一座雄伟高耸的山脉和奇石林立的山峰,可望见的却是一道山脊平直的山脉,一座逐渐由尖顶山峰转变为阔朗山顶的鞍部山脉。这是时间流逝与水流冲刷交互作用的结果。

外伏锦河的谷地呈纵向,从它那些同海岸、锡霍特山脉两相平行的支流来看,那里发生过剥蚀作用。

锡霍特山脉的东部山麓由花岗岩、正长岩和石英斑岩构成,我们看到的石英斑岩沿着分水岭方向一直延伸至此。外伏锦河左侧高耸古阶地的基底也由石英斑岩构成,在哈尔钦基纳河口附近尤为突显。

过了半小时,我返回宿营地,叫醒了同伴们。士兵和哥萨克们很是疲倦地醒了过来,其实他们并没有睡够。他们穿上靴子,走在驮马的后面。驮马听话地任人套上缰绳,并不闪躲,平静地跟在哥萨克后面。

中国人说,要是我们能坚持走上一整天,傍晚就能找到农舍。确实,傍晚我们已赶到了二道沟河的河口。这是一条石滩众多、流速很快的河流。它从西南流向东北,沿途流经厚重的斑岩层。有几处石坎上的急流如同瀑布一般。附近山脉由角页岩和石英岩构成。由此至海边约有78公里。

一过了河,在一棵大榆树的荫蔽下就有一所中国房子,我们看到这所房子比看见一家高档宾馆还要兴奋。好客的中国房主得知我们这两天都没怎么吃饭,立刻为我们准备了晚饭。豆油烙饼、咸菜和小米粥对我们来说胜过任何精致的城里菜肴。我们得到默许可以留下过夜。中国人收拾好自己的床铺,把一大半炕留给我们。炕烧得很热,但我们宁愿热得难受,也不愿再挨蚊虫的叮咬。

由于房里的人太多,屋里比较闷热,房里所有的窗户也都挂着棉布门帘,显得更为闷热。我穿上衣服,走到外面透口气。

夜晚静谧而温暖,正是夜虫尤为喜爱的。眼前的一幕让我惊讶地忘了蚊虫,只顾瞧着这迷人的景色。空中充满了闪烁的淡蓝色小星星,是萤火虫在飞舞。它们发出的光断断续续,每次发光都超不过一秒。跟随着这样一只星子,就是跟随着一只萤火虫。这些萤火虫不是立刻出现,而是渐次地、一个接一个地出现。据说,从俄罗斯来的移民在第一次看到这样闪烁的光芒时,用枪射中了一只萤火虫,随后吓得逃跑了。现在这里不是一只两只,而是成百上千、成千上万的萤火虫了。它们在草丛中低低地飞着,有时在灌木丛间徘徊,有时又飞上树梢。这些小精灵不停闪烁着,天上的星星也忽明忽暗,汇成了一场流光之舞。突然一道白光划过,瞬间照亮了整个大地,只见一颗拖着长尾的巨大流星划过天际。随后流星散落成无数耀眼的火花,洒落到山下,光芒随之熄灭。转瞬间那些散发着萤萤草光的小虫也跟着消失了。过了两三分钟,灌木丛中又突然亮起一小颗星子,随后是第二颗、第三颗……过了片刻,这些爱发光的小精灵又成百上千地在空中旋舞起来。

无论这个夜晚多么美好,无论萤火虫和坠落的流星是多么美妙,我都没法一直待在外面了。蚊虫纷纷糊在我的脖子、胳膊和脸上,钻进头发里。我走回房子,躺到炕上。一阵疲倦袭来,我睡着了。

第二天休整一日。原本也应该让人马休息一下的;最近这些日子大家都太过疲倦,仅仅靠夜晚的睡眠是不够的。送我们翻过锡霍特山脉的年轻的中国人买了些必要的补给后,一大早就踏上了返程的路。

昨天我们太过疲倦,以至于根本顾不上好好观察一下周围。美餐了一顿早饭后,我决定到周围散散步。阿瓦库莫夫卡河谷地的中段地区宽约半米,右侧延伸出两层阶地,左侧是粗面岩、砾岩和角砾岩构成的陡峭小山。在阶地附近可以看到一条长长的沼泽。从前这里是一条小河。在一次大洪水时,小河易道,此处就逐渐干涸了。

我发现了云雀。海边还是春天,它们的啼声到处响彻。它们时而落到地面,时而高高地飞向空中。在柳林附近盘旋着一只小斑啄木鸟,这种鸟身形很小,与其他啄木鸟近亲一样,羽毛斑驳多彩。层层树叶间还闪过柳莺的身影。它们一直蹦跳飞行,欢快追逐着昆虫。道路两旁的灌木丛中闪过绿鹀的身影。它们同野麻雀一同啄食马粪,在灰尘里扑腾。此外,在近岸地区还栖息着鹌鹑和野雉。鹌鹑样子类似山鹑,生活在河谷的平原上。我的狗追上两只雌鹌鹑,它们尖声叫着从狗鼻子底下飞到空中。这两只雌鹌鹑飞了大约二百步远,又落到草地上。在返回路上,我还看到两只野雉。当雄雉从灌木丛中飞起的时候,他先向上飞大约 3 米,激烈地叫着。它的尖叫有点像寻常公鸡恐惧时发出的叫声。在另一个地方猎犬追赶着领着一群雏鸟的雌雉。在追赶野雉时,猎犬很少伺伏,而是卧地俯爬,时而缓慢,时而迅猛。这只受惊的鸟儿起先在尽力逃跑;它耍着滑头,弄乱足迹,经常返回原处。而猎犬在找不到足迹后,开始往各个方向乱窜。野雉会趁着这个时刻飞到空中。同雄雉不同,雌雉总是悄悄飞起,然后飞远。但这次这只雌雉的表现却不同寻常,它缓缓地贴地飞着,不是循直线飞行,而是只在附近盘旋,我的狗几乎可以咬到它的尾巴。我立刻明白了事情的原委：原来雌雉有一窝雏鸟，它是在努力将狗引开。

我抓起阿利帕的皮带，领着它往回走。中国人已做好了午饭，正等我回来。

我们喝茶的时候，一个中国人进了屋。他背着一个沉重的背囊，那晒得黝黑的脸庞、穿破的鞋、略微褴褛的衣物和熏得乌黑的铁锅，证明他曾走了很长的路。来人放下背囊，坐到炕上。主人立刻招呼他，把自己的烟袋递给了他。

"这是谁？"我向主人询问道。

"过路的。"他回答道。

"你认识？"

"不认识。"他说完就去找厨子，让他给这位赶路人做饭。

在过路人吸烟的工夫，中国人一直向他问东问西。他很乐意回答他沿途看到了什么，又要去哪儿。原来，这个中国人从纳恩图河来，要往普松河去。晚上到吃饭的时候，中国人先自己坐到桌旁，再邀请客人入座。所有的中国人都热情地招待他。他的饭碗刚一空下来，立刻又给他盛满。随后这些中国人把炕上最好的位置留给他，还给他两床被子：一床作褥子，一床当枕头。这个过路人第二天也留在这里休息了。

当地的中国居民非常关照旅人。任何过路人都可以免费在中国人的房子里住三天，但若还想继续住，就得做些活计或分摊伙食费了。

第二天，7月19日，我们同好客的中国人辞别，接着起行了。从这里开始有了马车道。为了减轻驮马的负担，我雇了两辆大车运送辎重。

外伏锦河谷地的下游风景如画。右侧的悬崖峭壁怪石嶙峋，形状如同巨人、锁头、尖塔。左侧延伸出高高的黏土页岩构成的双层阶地，向北逐渐转变为山峰。

这里只有一条不大的支流——卡萨富诺瓦沟，当地中国人称其为瞎迷沟子河。它长约15公里，流向先向东南，随后向正南。卡萨富诺瓦谷地的右侧是山地，左岸是缓坡，有几处丘陵。这个谷地比较狭窄，只在中间区域格鲁舍瓦河注入之后才有所变宽。要是溯河而上，从右岸就能看得到悬崖，随后逐渐变为宽阔的阶地。附近山区生长着可作薪柴的稀疏阔叶林。

距海边大约 18 公里处，我们发现了裸露的石灰岩层。距离卡萨富诺瓦沟往下一些，从右侧流出两条河——三道沟河和梨下沟河。梨下沟河发源于鞑子山，这座山我们接下来还会详细介绍。三道沟河的上游是由许多山间小溪构成，流成了狭窄的水流。从前这里是野兽遍地的大森林，是打猎的好去处，但后来频繁发生的森林大火让这里变得荒凉起来。

要走完中国人沿外伏锦河谷地铺设的车道，需要蹚两次水，这在发水期间很是艰难。为了避过这些浅滩，需要走小路绕行。小路在阶地附近起始，从左侧起谷地升到山上，沿着阶地向前。在这里小路有长约 300 米的一段简直是悬空的，需要贴着悬崖前进。

40 年前，在卡萨富诺瓦河河口附近的阶地上曾居住着乌德海人，1881 年有很大一部分人死于天花。

这些乌德海人总是去周边一座最为高耸的山上打猎，那座山因此也被称为鞑子山。

在外伏锦河的整个谷地上，从二道沟河河口到鞑子山散落分布着许多房子。房子的住户夏季耕作捕鱼，冬天则打猎捕貂。

外伏锦河最大的支流是阿尔扎马索夫卡河，它从左侧流入外伏锦河。阿尔扎马索夫卡河的河口再往上，在一处高地上坐落着一个不大的俄罗斯小村维特基诺村。1906 年在这所村子里总共只有四户人家，村民是从俄罗斯人中最先迁进来的。这个小村落有它自己的特点，村里那些陈旧却干净的房子一看就很舒适，村民都生活得快快乐乐，也都是善心肠。他们友好地接待了我们。

晚上老人们聚了起来，他们讲述了移民初期在异国土地上遭受的苦难。1859 年他们被带到这里，在奥尔加湾上岸需要，自己安排生活，谁能干什么，谁又会干什么。起初他们在远离海湾 1 公里处定居，建了一个叫作"诺文卡"的小村庄。很快村民们注意到，离海越远，雾气就越少。于是他们就搬到外伏锦河的谷地上生活。到了 1906 年，诺文卡村只剩一个人了。至今还能看到从前的村子所在地。

一开始他们在搬来的地方并不顺利。因为没经验，他们在谷地里种下的粮食都没收获。头场洪水把所有粮食都冲毁了，第二场洪水又冲走了干草。老虎吃光了所有家畜，攻击起人来。农民们只有一支火枪，还是老式的。为了不被饿死,他们给中国人当雇工,酬劳是每天 400 克小米。一月结算一次,还得走 68 公里将小米背回家。

老人们一直都没适应新的地方,他们心里还怀着对祖国的回忆。但是年轻人很快就适应了,他们中还出现了出色的射手和猎人。湍急的河水吓不倒他们,很快他们就学会了游泳。在俄罗斯的欧洲部分,能独自猎到一头熊被认为是英雄的功勋。而在这里每个青年都能单独猎熊。涅克拉索夫曾歌颂过一位打死 40 只熊的农民,而在这里的皮亚蒂什金和米亚基舍夫兄弟,他们中的任何一个都单独打死过 60 多只熊。还有西林兄弟和沃洛夫兄弟,他们猎杀过好几头老虎,猎过的熊也不计其数。有一次他们打算将熊绑起来取乐,结果差点赔上了性命。每个猎人身上都有虎牙和野猪獠牙撕咬的印记,他们都不止一次曾与死神擦肩而过。

伏锦河的村民对待打猎是非常严肃的。他们不仅猎兽,也关心兽类的延续,他们知道这件事意义重大。农民们在村会上聚集起来,一致决定不猎母兽和幼崽,也不猎杀发情期的公兽。他们还亲自划定了禁猎区,给那里设立了明确的界限,彼此发誓永不去那里打猎。后来有从俄罗斯来的移民不想遵守这条约定,开始滥捕滥杀起来。因为禁猎区是由私人倡议在公家土地上设立的,官员根本没法前来制止。偷猎者正是利用这一点,伏锦河村民们的美好愿望也就此化为了泡影。

在奥尔加地区每副鹿茸的价值可以达到 1200 卢布。在佩尔姆斯卡娅村的农民皮亚蒂什金家里,我曾见过一对高 52 厘米、直径达 22 厘米的鹿茸(根部双角间距为 8 厘米)。这对角在末端才分了叉,重达 4.4 公斤。这对鹿茸卖出的价格很低,只有 870 卢布。据皮亚蒂什金兄弟说,1905 年他们曾卖出 4 对鹿茸,卖得 2200 卢布。

正在聊天的时候,有个人走进了屋子。这个人看起来大约 45 岁,中等个头,身材枯瘦,留着小胡子,头发很长。来人鞠了个躬,仿佛犯错般地笑了笑,坐到了角落里。

"这是谁?"格拉纳特曼询问道。

"卡什列夫,'虎见愁'。"屋里的人异口同声地答道。我们向他问话,但他不愿多说。坐了一小会儿后,卡什列夫站起来。

"杀野兽并不难,这没什么奇特,难的是找得到。"他说完就戴上帽子,走了出去。

关于卡什列夫的事迹,我们也从其他农民那里得知了一些。他之所以被称为"虎见愁",是因为他一生中最常猎的就是老虎,没人能比他更善于发现这种野兽的踪迹。卡什列夫总是独自在泰加林里游荡,在露天地里过夜,常常连火也不生。没人知道他去了哪儿,又是什么时候回来。这是个真正的森林浪子。在三道沟河边,他曾找到一处悬崖,那里是老虎惯常经过之地,他就在那里伺机守候。

在农民中也有猎虎能手。他们既不用捕兽笼,也不用陷阱。他们亲手擒住老虎,用绳子绑上。一旦发现携着几头一岁龄幼虎的雌虎的踪迹,他们就放出许多狗来,喊叫着往空中射击。迫于声响,老虎会胡乱奔逃。这样的猎取往往需要勇敢与灵巧必备。

我们一直聊着天。大家聊得津津有味,以至于我们都准备听到天亮了。到了半夜,村民们各自回了家。

第二天我们出发去到佩尔姆斯科耶村,这个村子距离伏锦河大约4公里。

佩尔姆斯科耶村村民的福利算是最好的,这个村子在各个方面都堪称典范。村民们在村里自愿捐造了一所小学,孩子们有许多俄罗斯自然学和地理学方面的书籍可以看。所有村民都会读书识字。有的村民对技术颇感兴趣,还能运用到农业中去。在这个村里没有酒馆。有个刚搬来的人在我们面前骂了一句下流话,你们真应该看看那些老村民们是怎么怒斥他的。佩尔姆斯科耶村的村民和伏锦河的人一样,都是个顶个儿聪慧的猎人。这里的村民生活富裕,没有债务,对自己的命运心满意足。

外伏锦河谷地的土地相当丰产。村民们都不记得哪一年是歉收荒年,尽管在这40年期间他们都在同一个地方耕种,也从未施过肥料。

在雨季,从周围山上流下的水灌满河流,浇灌了整个谷地。最大一次洪水发生在外伏锦河的下游,在左右两条支流同时注入之时——左侧是四道沟河,右侧是阿尔扎玛索夫卡河。照佩尔姆斯科耶村村民的话来说,适度的洪水不仅不会带来灾害,反而更为有益,因为洪水会给大地留下相当肥沃的淤泥。但过大的洪水会彻底冲走庄稼地,带来极大危害。

从四道沟河河口起,外伏锦河的谷地就变宽了。从这里能望见大海。

从佩尔姆斯科耶村出来的道路先是通向阶地山脚下谷地的左侧边缘,随后向右偏,逐渐靠近河边。这里生长着可以作为薪柴的稀疏林子,有矮种黑桦树、柞树、长有螺旋状树干的赤杨和长白落叶松。沙质泥土上覆盖着一层薄薄的淤泥,上面长满了野草。有的地方在植被层被破坏的地方有沙石裸露出来,正是因此,佩尔姆斯科耶村到海边的路很是难走。

走上驿路后,我没有测量,将图囊交给随行兵士,拿起了枪。尽管已走了一段长路,我的狗一直都在沿着灌木丛奔跑,寻觅鸟儿。有一次它凭着听觉停了下来。我走近它,只见它跳入草丛中,一口咬住什么,晃着脑袋扑向一边。原来它抓住了一只黑线姬鼠,这种动物在整个乌苏里地区都很常见,大小类似家鼠,毛皮呈玄褐色,爪子为白色。这种鼠不像家鼠那样善于跑动,极易成为猛禽的盘中餐。它以各类植物种子、橡实和树根为食。我捡起这只猎获物,接着向前走去。

在佩尔姆斯科耶村和奥尔加哨所之间的路上,左侧耸立着一座悬崖,当地居民称其为"鬼崖"。再走上15分钟,就会走到大海了。读者会明白我们油然而生的那种兴奋与快乐。我们坐到礁石上,愉快地聊起观赏海浪拍打岸边的场景。

我们这段路途终于结束了。

在这里,海沙形成了沙丘,上面长满了野蔷薇、青草和矮种柞树(比起树木,这种植物更像是灌木)。在沙丘表面植被层被破坏的地方,移动的海沙会吞没路上的一切。

我们于6月21日到达奥尔加哨所,分配到各家住下。所有辎重正用轮船海运过来。在等待辎重时我决定考察下周边地区。

奥尔加湾

奥尔加湾（地理位置为费罗经线东经 152°57′，北纬 43°）是由法国航海家拉佩鲁兹在 1787 年发现的，当时将其命名为赛姆尔港。在克里米亚战争期间，有数艘英国舰船追击一艘俄罗斯战舰。借着大雾，战舰驶入了一个港湾。英国人跟丢了那艘战舰，只好无功而返。这次事件发生在 7 月 11 日，恰逢奥尔加日，于是俄罗斯人决定用奥尔加这个名字给拯救自己的海湾命名。为了纪念对敌人追击的成功逃离，他们在一座高山上竖起了一个十字架，从那时起那座山就被称为十字架山。

在进入奥尔加湾时，右侧高耸着一座悬崖，它被水手们称为奇哈切夫岛。在这座悬崖上竖立着一个信号塔，为船只引导入口。但因为夏天在这一地区沿岸几乎一直都有雾，于是它就变得毫无用处，因为从海上根本望不到它。

奥尔加湾三面环陆。它长约 3 公里，宽度与长度等同，深度约为 25 公里。冬天北面有三个月的结冰期。海湾的东北部形成了一个特殊的港湾，当地人称其为"逸港"。这座海湾仅靠一条狭窄水道与主湾相通，冰冻期要更长一些。逸港（中段为 10～12 米深，长约 1 公里，宽 500 米）正逐渐被奥尔加河的淤积层所淤塞覆盖。

在海湾的东岸有一个中国村镇叫作"石门"，俄罗斯人称其为"科什卡"。以前这个村镇是乌苏里地区主要的中国贸易点。每年有数百艘平底小驳船从珲春驶来。乌苏里江的猎人们向石门运去貂皮、珍贵的鹿茸和昂贵的人参，换取海鲜等物。坐落在海岸边储藏货物和不同原料的一排长长的市集，证明了中国人在奥尔加湾贸易流通的规模之大。

在奥尔加湾的一个角落有个俄罗斯村落，从前被称作奥尔加哨所。1854年这里出现的首座建筑是一个水手营。1878年一位守林人和一位医生来到这里，在那之前，一位当地警察替代他们履行了职务：他既做老师，又当医生，还要当法官进行审判和裁决。

1906年在奥尔加湾有一座木质教堂、一所移民医院、一个邮电站和几间小铺子。现在奥尔加湾已不是一个村落或是村镇了。奥尔加人大部分是小官吏知识分子和租赁官地的储备士兵。没人种植蔬菜、耕种田地，也没人播种割取、收粮入仓，但所有人都宁愿欠债也要造房子。所有人都指望奥尔加湾最后能变成城市，那样他们房子所占的土地就会成为私有财产，到时再售出，就会获得丰厚利润。

日俄战争给了这个俄罗斯小村镇不小的打击，因为道路阻断，它被迫与乌苏里其他地区断了联系。一些生活必需品如煤油、蜡烛、肥皂、茶叶和糖等，花多少钱都没法搞到。现在居民仅靠面包和克瓦斯过活，快要受不住了。有的居民干脆放弃了奥尔加湾，迁居符拉迪沃斯托克。许多房子被弃，钉上板子封了起来。许多房主很乐意把房子租赁出去，甚至让别人免费住，只要有人帮他看住房子免遭抢掠就行。

哨所附近有一处古老的公墓已完全荒废，多年后它将无从辨认。里面埋葬着1860年死于坏血病的水手。

哨所的另一处名胜古迹是一座不大的生铁大炮，位于一座坚挺的木质炮架上。开始我没有注意到护林员房子附近广场上的这处名胜古迹。据老住户们讲，它之所以被运到奥尔加湾，是为了在大雾天里给那些位于露天海域的船只打信号。

最后还要谈一下当地的居民，他们在很大程度上促进了俄罗斯远区一角的繁荣发展。尤其要说说农民 И. А. 皮亚蒂申。因为有一个大家庭要负担，他一直勤勤恳恳，忙里忙外。起初皮亚蒂申在奥尔加哨所做点小买卖，但他心地单纯，容易轻信他人，把所有货都赊了出去，破了产。后来他去打鱼，一场大水又把他的渔网冲走了。再后来他还捞过海带，但他手下的中国工人预支完薪水就跑了。他搞木材，木材又都被洪水冲走了。皮亚蒂申用最后的一点钱建了个砖厂，但烧出的砖却找不到销路。他还采过大理石、烧过石灰，也都半途而废了。皮亚蒂申最后一件没能干成的事儿，就是在奥尔加湾承包的房子建设和街道划分。要是有人像他这样命途多舛,早就破罐子破摔了,但他毫不气馁,又干起了捕鱼的营生。他不抱怨任何人,虽然觉得命运不公,但不向命运低头。许多贫苦的俄罗斯移民都在皮亚蒂申这儿挣到了工钱,他倾注了太多精力和金钱来建设奥尔加湾。遗憾的是,他在绝境中无人支援,只好放弃一切迁居到涅尔马河,最终死在那里。

头两天我们都用来休息,什么也没干。这时"无声号"雷击舰从符拉迪沃斯托克来接鲁特科夫斯基。晚上鲁特科夫斯基同我们告了别,登上了军舰。第二天在黎明时分,雷击舰出海走了。鲁特科夫斯基给整个队伍都留下了美好的回忆,我们很久都没法适应他不会再出现在我们身边的事实。

我在奥尔加湾周边地区的头次出行是去十字架山。

上面说过的十字架还竖立在原地,但已经倾斜了。曾经有一块带题词的金属板嵌在上面,现在已不见了,留下的只有凹处和钉子的痕迹。

站在十字架山上,周边的地区一览无余。一侧是外伏锦河的宽阔谷地。因为在三道沟河附近,这个谷地转了个弯,所以看不见它的末端。锡霍特山脉遮蔽了其他山脉。阿尔扎玛索夫卡河延伸向西北方向,它弯向北方,一直延伸到山里。奥尔加河风景如画的谷地与逸港相通,流向与海岸保持平行。

海湾周围地区的山脉并不高耸,但棱角分明,大部分是由灰色花岗岩、石英斑岩、砂岩、角页岩、长石砂岩、花岗质砂岩和绿色碧石构成,绿色碧石中交杂分布着细条质的石英矿脉。在周围地区能够找到许多铁矿、铜矿和银铅矿。

大部分山丘都覆盖着岩堆,这是大气活动导致山间岩石被破坏而造成的结果。这些碎石的形成可以追溯到从悬崖上裂缝出现之时,到后来这些碎石就散裂成了小碎片。若是用锤子击打大石块,或是用力将其扔到地上,大石块就会碎出裂缝,里面渗出水来。无论这些石头碎成多么细小的碎块,都不会再出现新的裂口了。在奥尔加港口,我同一位乌苏里南部地区的行家 Б. Н. 布宁相识,他曾走遍这一地区。1901年他被红胡子的鹰炮重伤,此后就瘸了一条腿。

有一天他到山区办事,就邀我同行。6月24日早上我同他一起上了船,经过姆拉莫尔内角,在奇哈切夫岛对面的岸上了岸。这趟行程让我有机会了解一下奥尔加湾和外伏锦河河口。

成片的沼泽与细长的湖泊延伸向海边，与海岸平行，彼此被沙土堤隔开。向海岸走得越近，沙土堤就越新，形状也越为分明。沿着这些沙土堤，成列地生长着矮赤杨（这种树木长着短小、带有茸毛的枝条，叶子略微下垂）和桦叶绣线菊（一种开白粉色花朵的灌木）。在远离沙堤的许多地方都没有留下痕迹，只有植物点明了它们曾经的方向。在一些地方挖掘出了海洋贝壳的残骸。在这里河流和海洋同时促进了陆地增长。河流冲来现成的泥沙，而海洋将其加固为沙堤。现在在河流的下游区域形成了许多小岛。这些小岛刚刚被冲出水面，都是沙子，还没长草。

地质学家们曾描绘出遥远过去的画面。从前奥尔加海湾同现在完全不同。它有现在的三倍大，深入西侧陆地很远。从海的一侧能看到远古海湾的边缘，外伏锦河、三道沟河和阿尔扎玛索夫卡分别注入其中。阿瓦库莫夫卡谷地下游的沼泽地、支流、小湖泊及与大海两相联结的干枯河汊都说明了这点。在河口附近，河水的流向几乎注意不到。甚至相反，在刚刮来的东风中，在涨潮时刻能发现水面的反向运动。在"鬼崖"上能看到海浪拍岸的痕迹。这一无声的见证向我们诉说着它曾一度被大洋的波涛所冲刷。

得需要多少个世纪才能破坏坚硬的山石，将其变成沙砾！又得需要多长时间，才能一粒接一粒地填满海湾劈开海水！漂木也大大填补了河谷。河床和岛屿被成百上千的松岭与树桩填满。树干已被沙砾掩埋，表面只剩树梢和树根竖立着，这个掩埋过程还在持续。每场洪水都冲来新的倒木，不断在其上堆积，随后又被沙子掩埋。长此以往，海洋逐渐退去，陆地则不断增长，最后外伏锦河终于不再注入奥尔加湾，而是直接流入了大海。

上午十点我们在海湾南岸登陆，吩咐小船返回，然后自行上了山。沿途有个中国人加入了我们，他是个淘金汉。他背着一把无柄铁铲、一把洗沙的木槽和一把短把的轻便铁锹。这个中国人年近中年，身材干瘦，长着一脸麻子，头戴一顶草帽。他很乐意回答我们提出的各种问题，这让我有机会了解了中国的淘金方式。首先他要尽力找到河口对面有小岛的河流，这是河谷有金的可靠征兆。在沿河上行之时，他会寻找河谷对面有垂直悬崖的支流，而且新河谷的方向应同悬崖平面严格垂直，不应少于2公里长。若是这一距离过小，或是谷地完全没有面向悬崖的直角下面，那就不适合。这个中国人一直向前走，不断寻找新的支流，但支流间的距离先是从2公里缩减到1

公里，随后又缩减到半公里。最后一条小河只有200米长。中国人停下来，说要在此地寻找金子。他察看了下小河支流中的卵石与沙砾，看起来有一条支流令他感到满意，于是他决定停在此处找寻。他的许多解释让我不明就里，比如他说有的人能感知到地里的金子，他自己就是。

在地形方面，我们所行进之处是一处带有缓坡、被剧烈冲刷过的山脉。有些地方竖立着悬崖，这些悬崖即将崩塌，大部分悬崖已变成了碎石。

植被的特征与奥尔加港口附近的相同。柞树、白桦、椴树、黄檗、白杨、椋树、柳树时而成丛成林，时而单独生长。有各种各样的灌木，主要是胡枝子、佛头花和绣线菊，夹杂混有野葡萄和草藤，这使得有些地方相当难走，尤其是混有刺龙牙的地方。热天里在这些灌木间行走很是艰难，唯一的安慰便是清凉流淌的溪流了。

到了中午，我们到达了分水岭。太阳高悬于空，灼热的光线洒满了大地。热得让人受不了。就是在树荫下也寻不到凉爽。在山顶休息了一会儿后，我们开始往西下到小河边。我们面前是一幅相当单调的画面，无论向哪里看去，到处都是小山丘，到处都是一色的植物。

地面飘浮着灼热的空气，湿度很大。树木和灌木丛低垂着叶子，显得毫无生机。

我们一整天都没有看到一只动物，尽管碰见了许多山羊和野鹿的蹄印。在路上我没有错过记录一些鸟类学方面的笔记。

先来谈谈红脑袋的绿啄木鸟吧。据说这种鸟在地面上也能步履如飞。它胆小而伶俐，喜欢啼叫，习性类似花斑啄木鸟。随后是云雀，它们的声音遍布四处。一些鸟儿从我们脚下轻快地飞出，飞出一点后又落到了地下。看起来，炎热并没有影响它们，它们高高地升上天空，响亮的歌声传遍四方。狗儿们从满是凹凸不平沼泽的低地里赶出了几只鹬，我打死了其中一只。原来是一只东西伯利亚田鹬。在另外一处，从密林中飞出一只漂亮的长嘴中沙锥。在倒木和树墩上能看到日本鹨。它们灵巧地沿着地面跑跳着，在太阳下取暖。人们靠近时，它们也并不飞走，而是灵巧地藏到灌木丛中，只有在确信危险过去的时候才会出现。根据这里有很多小鸟的情况判断，这里可能会有小鹞雀鹰。确实，我就从草丛中惊出一只这样的鹞鹰，我感到奇怪的是，它的腿完全不适应陆地行走。大概这类猛禽从经验得知，它们卧在枯立树木上的样子已足以吓到小型鸟类,要是藏身于草丛中,它们就能更快地有所猎获。

一天即将结束。太阳已西沉,树木延伸出长长的影子。应该停下来过夜了。选好一处有水的地方后,我们就着手进行宿营。

晚上我同布宁一起在火旁坐了很久。他向我讲述了自己的旅行、红胡子、打猎等。后来我感觉睡意袭来,就躺到火旁,裹紧毡斗篷,很快就睡着了。

第二天我们同那个中国淘金汉分别了。他向山口前行,而我们出发去四道沟河,再从那里返回奥尔加湾。

26日,天空开始阴暗起来。一阵阵风将乌云吹散成了浓雾。这不是好兆头。晚上开始下雨刮风,一直下了三昼夜。28号突然下起了倾盆大雨。水从山顶像瀑布般流泻;河水暴涨,溢出了河岸,奥尔加港同邻近村子的通信中断了。

在等待本应送来辎重的轮船时,我决定出发去探察下三道沟河,初步定出这样一条路线:在鞑子山附近翻越过分水岭,沿着三道沟河下来,再去往外伏锦河。要走完这条路线,需要整整六天。

6月1日队伍进行了集合。我将驮马留下休息,随同者只叫上了扎古尔斯基和图尔蒂金。我们得把所有东西都扛在肩上。

早上,暴雨后又下起了蒙蒙细雨。到了中午,大风吹散了乌云,太阳露出了笑脸,转瞬间一切都活跃起来,大地变得异常美好。石头、树木、青草、道路都变得十分美好,鸟儿们在灌木丛中唱起歌来,昆虫也飞来飞去,甚至山间瀑布流下的水花四溅的声音都变得无比悦耳。

我们骑马越过外伏锦河,随后沿着驿路前行,这条驿路将奥尔加港同苏昌河上的弗拉基米尔-亚历山大罗夫斯科耶村相连。

四道沟河长60公里,其上半部分同外伏锦河平行,随后转向东面,在佩尔姆斯科耶村对面流入外伏锦河。我们正好去到四道沟河转弯的地方。这条河有很多礁石,石滩众多。彼尔姆斯科耶村村民本想沿着这条河流运送木材,但木材总是磕到石头上造成损坏,只好放弃了这个想法。驿路经过的河谷下游广阔而适宜耕种,中游森林遍布,下游裸露多石。

四道沟河上的森林生长得气魄恢宏,相当原始。植物学家们在这里会发现,除了雪松、云杉、黑桦树和胡桃木之外,还有同柞树和色木槭(其拉丁名称为 Acer mono Maxim)一同生长的西伯利亚落叶松。мoнo 实际上是色木槭的鄂伦春名称,是马克西莫维奇院士为它命名的。在绣线菊、胡枝子、榛子和佛头花间,还生长着有灰色树皮、刺少叶稀(叶上有深裂)的野山楂、弯向地面的稠李丛等,它们与带刺的刺五加交杂而生。大树树干就是这些奋力向上的攀缘植物的支柱。这些善于攀缘的植物把茎叶探入树皮,在上面留下了深深的印迹。

在这些蔓生植物中,有我们已经认识的狗枣子和五味子(五味子的味道和气息都很像柠檬)。在略微潮湿的地方长着蕨草、紫萁(这种植物茎秆上的红色茸毛让它显得非常靓丽),以及成片生长的巨大的蜂斗叶款冬。这种植物有很大的波状疏锯齿形叶片,叶片表面浅绿,背面暗灰。这是熊在春天最为喜爱的食物。

我们刚踏入森林,迎面就碰见一条小路。刚下过大雨,森林相当潮湿。在河流附近的淤泥和沙子上到处都能看到野猪、野鹿、马鹿、山羊、麝、狼獾、猞猁和老虎的足迹。我们有几次惊动了藏匿的野兽,但是在密林中无法射击。有一次一只野猪在离我很近的地方跑过,这太出人意料,就在我从肩膀上拿下枪扣动扳机的当儿,它已消失不见了。

到了中午,我们沿着小路走到一所中国的碓子房。放置在谷仓上的不少兽皮说明房主是个成功的猎人。房子挺新,看起来是不久前刚建的。晾晒用的屋顶上摊着两张鹿皮,烟堆上的绳子上挂着一只熊胆。中国人饮用熊胆汁来治疗沙眼。他们用水将干燥的熊胆冲淡,用布擦到眼睑上。熊胆按其大小价值 2 到 5 卢布不等。

我们在一天里已走了 22 公里。

左岸的森林将尽,接着出现了烧焦的森林。环绕谷地的一圈山脉由闪长岩、正长岩、石英岩和长石斑岩构成,寸草不生,碎石遍布。四道沟河的上游似乎是一条不大的山间小河,有许多不大的小溪向右或向左流入其中。上一场洪水冲刷了宽达 100 俄丈的河床,所有空间都被沙子和卵石淤堵。右侧,在多石的浅滩尽头,立刻就出现了陡峭的岸。从其边缘看得出,谷地的土地是由混杂了淤泥的砾石构成的。

四道沟河在一处拐了个弯,河床靠近对岸,从我们所在的岸边延伸出一条长长的沙嘴，我们就在这条沙嘴上宿营。我们在峭壁岸的边缘支起帐篷，面朝河流，背靠森林，燃起了一大堆篝火。

这一天我有点不舒服，没有等到晚饭时候就躺下睡觉了。睡梦中我仿佛陷入了陷阱，腿部疼得厉害。等我醒来的时候，天已经黑了。

我张望了一下，终于弄明白了自己梦境的原因。两只狗都躺在我的腿上，望向人的样子如同害怕被打一般。我将它们赶走，它们就跑到帐篷的那边去了。

"真纳闷！"扎古尔斯基说道，"这两只狗不想到外面去。"这两只狗的行为的确有点怪异。尤其让我感到惊讶的是莱希。它总是钻到灌木丛中，躺在帐篷外的什么地方，现在却紧紧地贴着人们。最后我们还是将狗赶了出去，但过了几分钟，它们又溜回帐篷，卧在床头附近。

这时，森林里响起了一种沙沙声。狗儿们抬起脑袋，警醒地竖起耳朵。我站起来，下巴正好到帐篷边。森林里静悄悄的，任何可疑的东西我都没有注意到。我们坐下来吃晚饭。很快又出现了同样的声音，但在一侧更为强烈、遥远。于是我们开始再次察看，但是好像故意似的，森林中又弥漫出一片寂静。这样的情况持续了好几次。

"大概是老鼠。"图尔蒂金说道。

"要么是兔子。"扎古尔斯基回答。

最后所有人都平静下来。喝过茶后，士兵们开始商量几点轮值守夜。我已经休息得很好，不想睡，于是提议他们都躺下，自己则着手写日记。

"走吧！"士兵们将狗赶出了帐篷。狗儿们跑了出去，在火旁卧了一会儿，又爬回人们中间。莱希坐在图尔蒂金脚边，而阿利帕卧在了我刚才躺下的地方。

夜晚如此寂静，连山杨都静止了，没有再颤动树叶。在睡眼蒙眬的空气中听得到某种不甚清楚的声音，像有人在叹息，又像有人在私语，有一处在滴着水滴，几乎能听到蠡斯的唧唧声。繁星密布的夜空划过几乎能用手够到的闪电。篝火的火光沿着大地跳动闪耀，夜色显得更为暗淡。

我往火里添了把柴，开始写旅行日志。这时两只狗抬起脑袋，低吼起来。我从自己的位置上站起来，向四周察看了下，什么都没发现，不过听到远远传来一阵簌簌声。"大概是胡獾或是貉子。"我想着，又坐下写东西。过了半小时,我突然听到仿佛是在宿营地左侧有砾石纷纷落下的声音。好像有什么东西从悬崖下到了河边。我估计距我们的篝火约50米,不会再远了。我以手遮眼避开火光,尽力向河边看去。队里的两只狗看起来吓得要命。阿利帕钻到了帐篷最里面。随后我听到有什么东西在小心地沿着河滩走着,踩得卵石响了起来。这应该不是有蹄类动物,马鹿或是野鹿踩踏时更响一些;也不可能是小型动物,因为小的动物不可能踩出这种声响。这肯定是一种爪有肉垫的大型动物。踩石发出的响声沿着河流方向越来越远,突然我在河滩边发现了一个长长的阴影。"老虎!"我的脑海迅速闪过一个念头。我目不转睛地盯着这头野兽,伸手取枪,但是老天仿佛故意作弄一般,我的猎枪并不在手边。接下来是一片鸡飞狗跳。我推了推扎古尔斯基,才摸到自己的枪。士兵们睡眼蒙眬地推狗出去。阿利帕吓得要命,往一边扑,扑到了图尔蒂金脑袋上。在这个瞬间我开了一枪。立在河滩上的庞然大物发出了一声短暂的、如同打鼾般的吼声,便冲进水里,随后迅速爬上对岸,消失在灌木丛中。

这下无论如何都没法睡了,宿营地上响起一阵喧闹声,人声混杂着狗吠此起彼伏。每个人都在争着讲他看到了什么。扎古尔斯基说他看见一头野猪,图尔蒂金和他争论起来,想要证明那是一只熊。两只狗跑离篝火狂吠,马上又折返回来。到了快天亮的时候它们才安静下来。

过了两个小时,暗淡的天空开始泛蓝,已经看得清对面的河岸和河上被水冲来的倒木了。我们来到那只野兽出没的地点。水边的沙地附近能很清楚地看到一个巨大的猫科动物的爪印。很明显,这头老虎一直徘徊在宿营地周围,想要觅食,但狗们嗅出了它,躲进了帐篷。

生活在乌苏里地区的老虎,比起印度虎体形要大些,身长2.7~3米,高1.2~1.5米,重250~300公斤。其毛皮颜色同南部老虎一样斑驳,时见点缀有白色的稀疏暗色条纹。老虎是一种非常美丽的动物,皮毛的主要颜色为黄褐色,夹杂有黑色条纹,在前胸、脖子和前爪上分布较少,在背部和后腿尤为明显。头部毛色斑驳,没有颊须,腹部呈白色。这样的颜色对老虎来说是很好的保护色。当老虎在泰加林中奔跑时,在掉落树叶的灌木丛间,黑、黄、白融合起来,使野兽呈现为灰褐色。秋季在橘红的野葡萄与枯黄的蕨草间夹杂着不少变黑的落叶,即使在很近的距离也很难被发现。大概在更为细致的生物学研究中，长毛老虎一度曾是生存在欧洲洞穴的老虎的近亲，当时的乌苏里地区可被视为其发源之处。这种动物很喜欢爬入洞穴里。夏季我经常在洞穴中发现老虎的足迹和啃过的骨头。老虎很少受天气影响，它既不畏雪，也不惧冷。老虎生存在丛林遍布、食物充足的地方，主要以山羊、野猪和野鹿为食。在乌苏里地区，老虎生存在南部；在海岸沿线，其分布界限直达基利亚克角。其在乌苏里河的整个谷地及其支流以及从右边流入阿穆尔河的穆恒河、皮赫察河、阿钮伊河、洪加里河两岸都有分布。有些单只生活的虎甚至会再往东、往北跑得更远。在食物充足的时候，老虎不碰家畜，但在极度饥饿的情况下，老虎也会靠近村庄，袭击人类，尤其愿以猎狗为食。

我想起德尔苏的话，他曾对我说过，虎并不怕火，若是宿营地安静，它甚至敢靠近宿营地。今天我们算是有机会确认这点了。喝早茶的时候，我们又一次谈起了夜里这场惊吓，随后收拾起行装。

我们从宿营地一出来就向右拐，沿着一条小山泉进了山。上山的过程耗时又费力。我们爬得越高，植被就越稀薄。大树现在已经都落在了后面。替代这些大树的是弯曲的柞树、裸枝奇叶的花楸树、岳桦（树皮成层，大片剥裂）、有时冬季也不落叶的兴安杜鹃和白藓。图尔蒂金在一处灌木附近坐下，想要抽烟斗。他刚划亮火柴，灌木散发的香精油就燃烧起来，泛起咪咪的无色火焰。士兵们都很欢喜，在每株灌木旁都放起这样的烟花来，最后我以节省火柴为由制止了他们。若是有不习惯的人在大热天来到满是这种植物的地方，就会觉得憋闷不已。

从这里开始上山，我根据碎石覆盖的支脉确立了方向。观察长在岩石上的树木如何适应环境是很有趣的。它们看起来就像是有意识地寻找土地，依循着最短方向向其伸展根系。过了一个小时，我们踏入一片长满苔藓和地衣的地区。

这些无性生殖的孢子植物是从哪里获取湿度呢？在石头上是保留不住水分的，而苔藓却长得非常茂盛，摸上去也很湿润，若是用手一挤还能滴出水来。我认为那是雾的缘故，也是此处如此潮湿的原因。苔藓并不是从地里而是从空气中获取水分的。在乌苏里地区的夏季和春季，雾天比晴日要多得多，所以苔藓能在碎石上茂盛生长这件事完全可以理解。

走着走着,苔藓被落在后面,裸露的山峰出现了。但这并不意味着山顶的碎石上也寸草不生。这些石头覆盖着地衣,这种植物也是从空气中汲取水分的。根据季节的不同,地衣有时会变得干枯,用手一搓极易被捻为齑粉,有时却柔软湿润。干枯的地衣覆盖在土地表层,上面长出苔藓,随后长出草地和灌木。

我们上到山顶后,晨雾已经散去,在我们面前呈现出一幅波澜壮阔的图景。下面流淌着四道沟河。从上面能够很清楚地看到这条河怎样沿着森林蜿蜒曲折,在阳光下闪闪发光的。北方耸立着我们将要绕过的鞑子山。在西南部能够看到普松河流域森林茂盛的地区,东南部是大海,西部还有一些山峰。很难逐个分析这些山峰,这需要丰富经验。原本熟悉的山峰轮廓已经改变,难以辨认。比如斯托罗瓦亚山,从侧面望去如同一座尖顶子山。鞑子山是我们最好的定位点,我可以凭它准确定位。

到中午我给了个休息的信号。我们想喝茶,但哪里都没有水,下到谷地又太远。于是决定暂时忍住干渴,稍事休息再继续赶路。士兵们直挺挺地躺倒在悬崖的阴影下,很快就睡着了。大概我们睡得太久,醒来时太阳已经移位,照到岩石背后去了。我醒来看了看表,已经是下午三点,得要抓紧了。大家都知道,我们只有在黄昏时分才能赶到有水源的地方。没什么可做,只能忍耐下去了。

我们现在所沿行的这条山脉是由逐层叠加的秃峰组成的。前方大约12公里处,还有一条类似山脉与这条山脉互成直角,我们已经熟知的鞑子山就是前者的一部分。我们得到达两座山脉相接的山脚,从那里再下到三道沟河河谷。

天气好像故意似的,寂静无风,热得难受。有一次我们本想试着下山取水,结果水没找到,上山还累得够呛,我们再也不想尝试了。登上山顶时,我们每次都渴盼在山峰背面发现水源的兆头,但每次希望都落了空。前面除了毫无生机的碎石外,什么都看不到。如果这不是碎石而是悬崖,就可以指望找到一条充满雨水的裂缝。但是在这一大片碎石堆里又能找到什么呢?大家都沉默地走着,狗也耷拉着脑袋,吐着长长的舌头,静静地跟在人后面。

在山间行走很容易弄不清距离。我们走了一整天,但三道沟河和四道沟河的分水岭好像离我们越来越远了。我很想到那里,但很快我就发现今天无论如何是走不到了。天色近晚,太阳即将落山了。在一天里被晒热的石块散着热气,只有清风能带来一丝凉意。

在我们面前耸立着另一座高山,无论如何都应该登顶。四围的群山都已暗淡下来,只有这条山脉还在晚霞之巅。再爬一次已经很是艰难了。我们坐下休息了三次,随后又向上走,费力地攀登着。

我们到达山顶时,太阳正缓缓落下山。晚霞在云彩上调皮了一阵,很快就被轻纱般的夜雾遮蔽了。

我们担心夜晚找不到水源,只得加快步子。山后有一个深深的鞍状山脊,附近有一个洼地,周围长满了矮种乔木。我们准备下到这个洼地。我们越快找到水源,明天再上山时就能多省些力气。下山的时候大家都认真倾听着水声。很快洼地变成了冲沟,冲沟底部茂密地生长着喜湿的青草与灌木。我们从鞍状山脊那里下了大约两百米,依旧没能发现水源。突然我听到了地下的水流声。士兵们扔下背囊,掘起地来。这一次努力没有白费,水源终于找到了。大家第一件事就是扑过去喝水解渴,但泉水实在太冰凉,只得小口啜饮。

就在图尔蒂金生火的时候,我测量了下这条小溪,发现水温是0.9摄氏度。我把手伸进溪水表面的裂缝中,从那里掏出几块满是冰碴的石块。石块上的冰碴很是厚重,石头几乎冻在里面,冰层厚达数十厘米。

士兵们煮了好几次茶,在支起帐篷前、支起来后、睡前各喝了一次茶。晚饭后所有人都睡了,只有狗儿们看守着宿营地。

第二天还和前一天一样闷热。

在乌苏里地区,夏季很是湿热,因为季风从海上送来了湿气。

地上覆盖的草皮和大量的枯叶保持了相当大部分的水分,没有让水分流向谷地。白日里当太阳晒热的时候,这些水分就开始蒸发,直至空气中充满了水分。这就可以解释那些丰沛的晨露和夜露,它们落到植物上简直如同下雨一般。在相对高的夏季温度和乌苏里地区丰富的降雨气候下原本很适宜栽种果树,但冬季可怕的干旱和强风会对果树产生致命影响,使其无法好好生长。

湿热让人马都感到异常困乏。水分落到脸上、胳膊和衣物上,纸张都成了"瓦克哈",不再沙沙作响,糖块碎了,盐和面粉却结成了块,烟叶也没法抽了，我们有的人身上还长了湿疹。

两小时过去，我们又到了分水岭。现在要下山了。环绕着三道沟河源泉一圈山脉周围的树木都被野火烧尽了。通常在头场火灾后会剩下枯木，第二场火灾会侵蚀它们的根部，树根烧断后枯木会落到地上继续燃烧，直至被雨浇灭。第三场火灾会将整个森林的剩余部分全部烧尽，只有树桩附近的一些幼芽证明这里曾是巨大的森林。随着森林的消失，阳光会重新普照大地，这同样会影响到草类植物的生长。裸露的地表上总会长出茂盛的青草，这些青草甚至能长至一人多高。沿着满是倒木的草丛前行是非常费劲的。

下山并不比上山容易。大家老是摔倒，龇牙咧嘴地磕到石块和倒木的枯枝上。我们沿着一个枯干的河床下山，又很久都没能找到水源。水洼、水坑、大堆的石头、刺龙牙丛、蚊虫和酷热都让这段路走得异常艰难。

午后我们终于赶到了三道沟河，但河床上滴水全无。我们在灌木丛的荫蔽里休息了片刻就接着前行，快到傍晚才痛快地解了渴。在这儿的一个大深坑里有不少红点鲑。扎古尔斯基和图尔蒂金想捞多少就捞多少。这简直正是时候，因为我们的存粮即将告罄。

共有两条河在三道沟河的上游交汇，即发源于鞑子山的小三道沟河和大三道沟河，大三道沟河和二道沟河（外伏锦河的支流）系出同源。我们来到了二道沟的源泉所在。沿着这条河走了两三公里后，我们留在一处水洼边上过夜，这个水洼位于一处被冲刷阶地的边上。夜间好像又有不知什么动物靠近宿营地，大家又受了一场惊吓。狗儿们都吓坏了。扎古尔斯基朝空中放了两枪，赶走了那只野兽。

第二天是星期日。趁着只有很少一部分深水坑里有水，我们直接沿着河床前行。三道沟河中段附近也和四道沟河边一样，森林长势喜人，到处都能发现野兽的踪迹。河流在一处转了个大弯。

士兵们在前面走着，我稍落后于他们。拐过弯来，他们在一处河汊边上发现了梅花鹿，还是一只领着幼崽的母鹿。扎古尔斯基开枪打中了母鹿。幼鹿没有逃走，只是呆呆站着，疑惑地看着人们怎样对待它的母亲，弄不懂她为什么没有再站起来。我吩咐把它赶走。图尔蒂金赶了幼鹿三次，它又跑回来三次。我们不得不放狗来把它吓走。

我们就在打猎的地方宿营了。我们决定只带走一部分鹿肉，其余的都送给本地的中国人。

晚上天气转阴，到了早上像是要下雨的样子。我们急忙收拾好自己的东西，在快到中午时赶到一处悬崖，卡什列夫曾在这里等过老虎。这地方是介于悬崖和一条较深支流间的狭窄通道，即使在冬季也不结冰。经常有追击野猪的老虎在这里出现，卡什列夫就趁此机会跟在后面猎虎。

离开悬崖走出大约 5 公里，我们终于到达一所农舍，告诉主人放置鹿肉的地点。傍晚我们到达外伏锦河，又过了两昼夜返回了奥尔加湾。

阿尔扎玛索夫卡河畔的历险

7月7日起,天气又恶化起来,一直在刮风下雨。趁着这种不能出行的恶劣天气,我着手进行绘制路线、整理旅行日志的工作,光这项工作就花了三天。做完这些工作后,我准备去阿尔扎玛索夫卡河开展再一次考察。麦尔兹亚科夫授命对卡萨富诺瓦河河谷和卡巴尼亚沟进行测量,而格拉纳特曼则动身前往阿尔扎玛索夫卡河、大柞树河方向进行考察。

7月15日清早我出发了,随行的有穆尔津、埃波夫和科热夫尼科夫。我们在佩尔姆斯科耶村过了夜,次日接着前行。

阿尔扎玛索夫卡河在汉语中被称为"大东沟"。它长约45公里,河口附近宽约百米,河床附近水深约一俄丈。它的谷地最初较为狭窄,但往上在卡巴尼亚河注入后便明显变宽了。现在所有的中国名称和本地土语都被废弃,佩尔姆斯科耶村的村民用自己的方式给这里命名。厚重的河边阶地自宽沟一侧向阿尔扎玛索夫卡河的河谷突入,这片阶地有些地方时而还被冲刷。这里的山上有许多碎石,灰色的碎石在植物中间很是显眼。

位于宽沟对面的阿尔扎玛索夫卡群山的特征在于其形状的单一,读者诸君不妨想象下数个金字塔彼此挨靠的画面。金字塔的底部朝向河谷,顶部朝向分水岭,三个角成为高地,而金字塔之间的凹陷是山沟。这些山脉的三角底部同河谷呈60度角。

在外伏锦河谷地不时暴发的大洪水迫使佩尔姆斯科耶村的村民寻找更适宜耕种的地方。很自然地,他们最早注意到了大东沟。

从奥尔加湾到阿尔扎玛索夫卡河谷地有两条路。其中一条经过佩尔姆斯科耶村,另一条路是沿着波杰瓦洛夫卡河畔。这条河之所以被如此称呼,是因为在雨后冲刷过的道路上形成了很多陷阱般的深坑。这条路正好在宽沟对面。宽沟的确是一个较宽谷地，上面流淌着一条小河。在其略高处有三条河沟接连注入阿尔扎玛索夫卡河河谷：科雷瓦伊斯卡亚沟、乌格洛瓦亚沟和利斯特维尼奇纳亚沟。沿着这些河沟可以去到葫芦崴河，这条河最后注入弗拉基米尔湾。我们经过一些不高山脉，山口是由一整排圆锥形小山丘构成，这些小山丘是石灰岩构成的。

  第一天我们造访了中国人车凡的家。所有佩尔姆斯科耶村和伏锦的村民都对他交口称赞，说这个中国人尤为善良。他们头一次被洪水冲毁田地后，车凡曾赶去帮助他们，送给他们补种的种子。任何人有需要的时候，都会去找车凡，他也不会拒绝任何人。要是没有车凡，俄罗斯移民们是难以立足的。许多人利用他的善良占便宜，但他从未向任何人讨债要钱。

  第二天早上，我去察看阿尔扎玛索夫卡河右侧、乌格洛瓦亚河河口对面的洞穴。洞穴有两个：一个靠上面的山上，直直的如同矿井一般，长约100米，高2.4至3.6米；另一个洞穴位于山坡的下面，如同水井一般向下延伸约12米，随后倾斜约10度。从前这是一条地下河的河床。第二个洞穴深约120米，宽高不等：时而又窄又高，时而又低又宽。洞穴的底部堆满从上面落下的碎石，所以里面没有形成钟乳石。这些崩塌到处都会发生，这个洞穴如同是被垂直放置的。和所有这样的洞穴一样，里面有许多大耳蝙蝠和白色长腿的蚊子在飞舞。

  当我察看完这些洞穴，天色已经晚了。车凡在房里点起了灯。我本想露天过夜，又有些担心会有雨。车凡把炕上一块地方让出来给我睡。我和他聊了许久，他很乐意回答我的问题，但绝不是空谈瞎扯，而是真诚地讲述。从这次谈话中我得到的印象是：他确实是一个善良正直的好人。我还决定返回哈巴罗夫斯克后为他张罗一点奖励，以嘉奖他曾对俄罗斯移民们给予的帮助。

  黎明前从海上吹来了雾气。这些雾气沿着鞍状山脊漫上山间。可以等着下雨了。但太阳又突然出来了，雾气开始散去。这种气体从凝结向升温状态的转变，在乌苏里地区很难见到，总是发生得很迅速。我们还没来得及烧好茶，海上来的雾气已经散尽，只有湿润的灌木和青草证明它曾来过。

  7月15号、16号两天我用来察看乌格洛瓦亚河和利斯特维尼奇纳亚河。乌格洛瓦亚河（南东沟）在上游地区由三条山间小溪汇合而成。沿着这条河可以走到莫克鲁沙河（葫芦崴河下游的右侧支流）。这片谷地上淤积的泥土非常肥沃，保护其免遭致命海风袭击的一座座小山丘上覆盖着森林，背风面却几乎毫无植被，裸露着沙石。谷地上生长着矮种的多瘤柞树（比起乔木更像灌木），还有满是窟窿的椴树和黑桦树。在河流附近是河柳、榆树和赤杨，而在阳光普照的地方生长着胡枝子、绣线菊、佛头花、榛树、艾蒿、芦苇、葡萄和野豌豆。

到达分水岭后，我们向北转，前往利斯特维尼奇纳亚河行进直到山脊。这座山一派萧索，山坡上植被稀疏，山脊光秃裸露。山口后耸立着一座圆顶高山，当地居民都称其为"鲍利斯秃顶"。这条山脉相对利斯特维尼奇纳亚河河源高出 680 米。从分水岭到阿尔扎玛索夫卡河的坡度平缓而略微倾斜，至葫芦崴河方向时却猛地变陡。利斯特维尼奇纳亚河（小东沟）上游由两条大小一样的小河构成。左侧覆盖着阔叶林，其得名正是由此而来，右侧则稀疏生长着柞树和白桦，白桦在其木质植被中是最主要的树种，约占百分之七十。

根据地面上的足迹判断，栖息在这里的大型四足动物包括野猪、马鹿、梅花鹿和野山羊。我们射了两次，但都没有打中。

这里的鸟类也非常多。空中无声疾驰着两只鸢，它们一直在互相追逐着。其中一只努力想从上面扑打另一只，而后者总是灵巧地躲避开来。当上面的鸟儿由于惯性疾驰而过时，下面那只便向上飞升，一时之间竟然难以分辨，何者进攻，何者防守。随后这两只鸢落到草地上，张开翅膀继续彼此扑打。莱希扑上去惊走了它们，鸟儿们飞到空中，各自飞散了。在多石的岩堆附近，栖息着一群不爱热闹的石鹑。它们在石头上走动，沙沙作响，藏在裂缝之中，有时会出乎意料地从另一侧冒出来。即使是最小的危险信号出现，它们也会迅速努力地隐藏到灌木和岩缝之中。我在另一处发现了鹟鸟，它们能在飞行时捕捉蚊虫。这些鹟鸟忙着捕捉蚊虫，全然没有注意到人和狗，也没有注意到枪声。在高高的、浓密的草丛中，时而能够见到长尾的苇莺。这儿是苇莺适宜的栖身处。它们时而沿着芦苇跃动，时而卧在灌木丛中，时而在土地上奔跑。这种鸟惧怕开阔的不毛之地。有一只苇莺本想飞到大路上，但突然好像被惊吓到一般，飞了回去，只有在落到一枝芦苇上时才仿佛安下心来。在山间小溪附近干燥的土堆间,我的狗又追出一只鸟,我开枪打死了它。原来是一只孤沙锥。随后我又发现了一只鹡鸰,这是一种体态优美的小鸟,它不怕人,在水边跳来跳去啄食着什么。

7月17日一整天我们都用来考察阿尔扎玛索夫卡河、利斯特维尼奇纳亚河以及下游右侧的两条小河(当地居民称它们为"花鹿沟",该名来源于中国词语"花鹿",为俄文"鹿"之意)。阿尔扎玛索夫卡河从这里转向南方,一直保持这个流向。沿途阿尔扎玛索夫卡河自右侧有维莫伊纳亚河流入,而维莫伊纳亚河也得到萨利纳亚河、克雷什纳亚河和苏德诺瓦亚河汇入。苏德诺瓦亚河也有几条支流,右侧流入的是福尔托奇基纳河、苏哈亚河、科姆福尔基纳河,左侧是普罗斯特列利纳亚河流入。

在萨利纳亚河河谷能观察到相当有趣的地质构造。从山上流下的水沿着狭窄的洼地冲来大量沙子和碎石。在通往谷地的入口处,沙石堆积成很大的锥体,峡谷越深,这种锥体就越大。大约在倾盆大雨之时这些锥体是呈周期性增长,因为只有大量迅速移动的水才能冲击来如此巨大的石块。

到达阿尔扎玛索夫卡河河源后,我们爬上了分水岭,在山间往西南方向走了一段时间。

这一地区主要的山岩是石灰岩。在石灰岩同石英质山岩的大面积接触面上能够发现丰富的锌矿石和银铅矿石。

黄昏时分,海上又吹来雾气。我担心天气又会变坏,幸运的是,第二天尽管有些阴,却干爽宜人。

我注意到这里有紫花槭,是一种不太大的、树干匀称的树种,树皮为红褐色,有着星形散开的叶片。还有山荆子,它的果实很小,不像苹果,更像是野果,狗熊尤其喜爱它的果实。小河边生长着甜杨,树干敦实,枝条多节,旁边是总是迎风颤动的白杨,而在卵石滩上生长着竹林般的锐叶柳。小河附近的悬崖上生长着斑叶稠李(半灌木半乔木),还有浅灰色树皮、结红色果实的瑞香。接下来看到的是暴马丁香,这是满洲里植物群的代表,一种树皮呈灰色的巨大灌木。林边生长着穿地龙,这种植物雌雄异株,雄株与雌株的花朵与叶片皆有不同。

脚下这条土路已被踩得坚硬结实、寸草不生,一直通往锡霍特山脉。很快这条土路就分了岔,一条通往山间,另一条沿着利斯特维尼奇纳亚河右岸延伸向远方。我们决定在这里过夜,有两个人去打猎,另外两个留在宿营地。

夏天打猎只有在早上、黎明还有黄昏至黑夜这些时段能够成行。白日里野兽会隐藏在密林中,很难找到。趁着有空,我们躺到草地上打了个盹。

我醒来后,立刻发现太阳已经隐去了。天空堆叠着许多层云,仿佛黄昏一般。已经下午四点,可以去打猎了。我叫醒了哥萨克们,他们穿上靴子,准备烧水。

喝过茶后,我和穆尔津拿起自己的武器,分开往不同方向去了。无论什么时候我都牵着莱希和我一起。很快我就发现了野猪,跟踪起它们来。这些野猪行走不停,沿途一直用嘴掘土。根据野猪留下的足迹数量来判断,这些野猪有二十多头。我跟着跟着,发现野猪群在一个地方停下,没有再去掘土,而是四散奔逃,随后又聚集到了一起。我本想加快步伐,突然我发现了什么,让我不禁四顾而视。在一处水洼的泥淖中,有一处新鲜的虎爪印迹。我的脑海里顿时出现了一幅野猪前行而老虎默默跟在后面的场景。"往回撤吗?"我的心乱了下,立刻又镇静下来,小心地向前走去。

野猪上了山,随后又下到旁边山脉的一条山沟,从那里沿着斜坡又开始向上爬,但没有上到山顶,而是猛地转向一侧,又下到了山谷。我沉迷于追击这群野猪,以至于忘了要四处看路,记准地方。我的所有注意力都被野猪和老虎的足迹吸引,就这样又走了大约一个小时。

几滴上面落下的小水滴让我停下了脚步:开始下雨了。起初只是毛毛细雨,不久就停了下来。过了大约十分钟,又稀疏地落了几滴雨,随后又停了。这些间隔逐渐变得越来越短,而雨变得越来越大,直到最后变成了瓢泼大雨。

"该回宿营地了。"我想着,开始四处环顾起来,但森林挡着什么也看不到。于是我上到最近的一处小山丘,以便确认方向。

周围目光所及,整个天空都覆盖着层层乌云;只有在最西边的地平线上看得到狭窄的一道晚霞。云彩在向西运动着。那就意味着,根本没法指望天气转晴。现在看到的山脉我完全不识。去哪里呢?我意识到自己犯了巨大错误。我太沉迷于追踪野猪,根本没有注意到周围环境。要想沿着足迹回去根本不可能。我还没来得及走上一半,夜色就降临了。我想起来,因为我从不吸烟，就连火柴也没带。因为我本来指望在黄昏前返回宿营地，所以没有带。这又是一个致命错误。我放了两次空枪，但都没得到回应。于是我决定下到谷地，在便宜时沿水流前行。我心里还存着一个小小的希望，指望夜深前能发现小路。我没有浪费时间，开始往下走，莱希顺从地跟在后面。

无论森林里的雨多么小，总会淋得人浑身湿透。每一株灌木、每一棵树的叶片上都积满了雨珠，大颗大颗地向旅人身上洒来。很快我就感觉衣服都湿透了。

过了半小时，森林里变暗了。已经无从分辨坑洼还是石头、倒木还是泥土了。我被绊了一跤。雨越下越大，这回下得均匀又密集。走了大约1公里，我停了下来，好喘口气，狗也浑身湿透了。它使劲抖了抖身子，低声尖叫起来。我从它脖子上解下皮带，这正合它意，它又抖了抖，向前跑去，立刻就从我眼前消失了。一种彻底的孤独攫住了我，我大声唤它回来，却徒劳无功。我又站了两分钟，就向狗儿跑走的方向走去。

白日里沿着泰加林行走之时，能够绕过倒木、灌木和草丛。而在黑暗里行进时，仿佛故意一般，总是容易闯入密林之中。不知从哪里就会伸出树枝，不时钩住衣服，而蔓生植物总是钩住帽子、伸到脸上或是缠住双腿。

只身处于满是野兽的森林之中，没有火把，又逢着阴雨天，给人的感觉非常恐怖。我意识到自己孤身无助，行走得十分小心，支起耳朵听着每一个声音，神经简直绷到了极点。枯枝的沙沙声、老鼠跑过的簌簌声都被无限放大，让我不由得急遽转向声响发出的方向。

天色最后彻底变得漆黑，伸手不见五指。我浑身湿透了，从帽子流下的水流成股地顺着脖子直淌。在黑暗中，我东闯西摸地费力前行着，结果进了一片倒木中，在这样的地方即使是在白天也很难很快出来。靠着双手触摸着翻转的树木、翻起的树墩、石头和树枝，我竟然走出了这座迷宫。我疲倦至极，坐下休息，却立马感觉冷得要命。我的牙一直在打战，像得了寒热一般全身都在哆嗦。疲倦的双腿需要休息，寒冷又迫使我不得不继续前行。

爬到树上！这个愚蠢的想法总是第一个跳进迷途旅人的脑海中。我立刻把这个想法从脑子里踢了出去。确实，爬到树上会更冷，而不舒服的姿势会让双腿发麻变肿。藏到树叶里去！这并不会让我躲雨，只会加速我感冒。

我一直在咒骂自己,恨自己为什么不拿上火柴。我默默地发誓,如果离开宿营地永远都要拿上火柴,即使是只有几米远。

我开始爬过倒木,往一个斜坡下走去。突然从右侧听到了踩断树枝的咔嚓声和一阵急遽的呼吸。我本想开枪,但步枪仿佛是故意一般,枪筒被藤蔓钩住了。我用简直不是自己的声音尖叫起来,这时却感觉到这只动物舔了一下我的脸——原来是莱希。

我的心里混杂着两种感情:既有对吓着我的狗儿的怨怒,又有对它回来的满心欢喜。莱希绕着我转了一圈,轻轻叫了几声,又跑走隐没在了黑暗中。

我异常艰难地向前行进着。每一步都费了我好大力气。过了大约二十分钟,我靠近了一处悬崖。在下面某个地方有水的奔涌之声。我用手触摸着寻找到一块大石,将它推下了悬崖。石块飞了下去,我听到它重重地落入水中。于是我奋力转向一边,向右走去,好绕开这个危险的地方。这时候莱希又向我跑了过来。我没有再被它惊到,抓住了它的尾巴。它小心地用牙齿碰了碰我的手,小声叫唤起来,好像在求我不要抓着它,我便放开了手。狗儿跑出几步,又返回回来,在确认我是跟在它后面走的时候才放下心来。我们就这样走了大约半小时。

突然,我在一处滑了一跤摔倒了,膝盖狠狠磕到了石头上。我呻吟着坐到地上,揉搓着疼痛的腿。过了片刻莱希跑了过来,卧到我的旁边。黑暗中我看不到它,只能感觉到它喷着热气的呼吸。当腿上的疼痛过去后,我站起身来,冲着亮些的地方走去。还没来得及走出十步就又滑倒了,如此反复了好几次。

于是我开始用手摸索地面。

我不禁欢喜得尖声叫了起来。这是一条小路!尽管非常疲倦,腿上有伤,我继续前行着。

"现在可不会迷路了,"我想道,"这条小路总会通向什么地方的。"

我决定沿着这条小路走上一整晚直到天亮,但是做到这一点并不容易。在极度的黑暗中,我看不到路,只能用脚去感受,行动就极其缓慢。在找不到路的地方,我就坐到地上,用双手去摸索。尤为困难的是在拐弯处找路。有时候,我会停下来等待莱希返回,这时候狗儿就会重新指给我丢失的方向。过了大概半个小时,我走到一条小河边,河水喧闹着在石头边滑过。我把手伸入河中,以便弄清水流方向。河水是向右流动的。

蹚过山间溪流,我立刻来到一条小路上。要不是莱希自己跑出来,我是无论如何都找不到它的。狗儿就卧在那条路上等待着我。莱希注意到我正在走近,在原地打了几个转转,又向前跑去。黑暗中什么都看不清,只能听得到河里的水在喧响,雨在滴答作响,风在林间呼啸而过。小路将我引向了另一条路。现在又出现了一个问题,那就是往哪里走:往右还是往左。我思索了一会儿,开始等待狗儿,但是莱希很久都没有回来。于是我向右走去。过了五分钟,莱希出现了,向我迎面跑来。我向它俯下身去。这时它抖了抖身子,溅了我一身水。我不再骂它,只是摸了摸它,跟在它后面向前走去。

走路变得容易些了,小路直了一些,也不再是满地倒木了。途中我不得不再次蹚水过河。过河的时候,我滑了一跤,跌到水里,衣服更是湿透了。

最后我已经彻底筋疲力尽了,就坐到一个树墩上。我的手脚都因刺伤、碰伤而疼痛不止,脑袋昏昏沉沉的,眼皮不由自主地就闭上了。我开始打起盹来,梦到远处在树木之间闪现了一丛火光。我觉得这是幻觉,但是火光又出现了。我的困意顿时消失了。我没有再走这条路,沿着火光的方向直接走去。当夜晚在眼前有光出现的时候,无法确定火光是近还是远,离地是高还是低。

过了一刻钟,我已经走得离火光很近,可以看清火光周围的一切了。首先我发现,这并不是我们的宿营地。我感到震惊的是,篝火周围并没有人。他们不可能在下雨的深夜从宿营地出去。很明显,他们是藏到树后了。

我感到有些恐怖。到火光那里去吗?要是猎人就好,万一是红胡子的营地呢?突然莱希猛地从我身后的密林里跳出来,勇敢地跑向火光,停下四处环视着。看起来,狗儿对没有人在感到惊讶。它围着篝火转了一圈,嗅了嗅地面,随后走向最近的一棵树,停在那棵树周围,摇晃起尾巴。如果不是自己人,狗肯定会愤怒地吠叫起来。我决定往火光凑近,这时藏匿起来的人先我一步出来了。原来是穆尔津!他也迷了路,便生起篝火,决定等到天亮。他听到有人在泰加林里走动,不知是谁就藏到了树后。我靠近时的小心翼翼让他感到不安,尤其是发现我并没有向着火光前来,而是停在远处后,他更是有些担忧害怕。

我们马上着手烘干衣服，湿透的衣服上成团地冒出热气来。篝火冒出的烟被风吹得左右摇摆，这是雨水快要止息的可靠信号。的确，过了半个小时，雨就变为蒙蒙细雨，但从树上还是会流下大滴的雨水。

在生着火的大云杉树下还能干爽些。我们脱下衣服烘了起来。随后我们砍了很多冷杉，靠着树干沉沉地睡着了。

快到早上的时候我感觉有点冷。醒来的时候发现篝火已完全烧尽。天空还是灰白色的，山间飘浮着雾气。我叫醒哥萨克，出发去寻找自己的营地。我们过夜的那条小路通往别的方向，只好离开那条小路。我们在小河后面找到了另一条小路，顺着它走到了营地。

喝完茶吃过面包，我们恢复了气力，大约早上十一点钟时沿着萨利纳亚河上行。沿着这条河可以一直走到锡霍特山脉。在这里它最靠近大海。从阿尔扎玛索夫卡河那面上到锡霍特山脉很陡，而西面坡度较缓。整个山脉都覆盖着浓密的混交林。山口处于里伏锦河上，我们曾沿着这条河从乌拉河到达奥尔加湾。

午后天气又变坏了。担心又会下起连绵的阴雨，我暂缓了考察里伏锦河的计划，打算等有机会再去。晚上的确下起了雨，第二天也一整天都在下雨。7月21日我往回折返，两天后返回了奥尔加湾。

弗拉基米尔湾

就在我在阿尔扎玛索夫卡河考察期间，从符拉迪沃斯托克运来了我们等待已久的辎重。来得正是时候。奥尔加湾附近地区已考察完毕，应该要继续前进了。7月24号、25号我们用来准备下一次考察。趁着这段时间驮马进行了休整，恢复了元气。驮马的装备和人们的衣物都准备妥当，储备食物也进行了补足。

我们对接下来的考察进行了如下规划：格拉纳特曼受命考察阿尔扎玛索夫卡河与西北沟（大柞树河的支流）之间的山区；麦尔兹亚科夫从另一方向走遍阿尔扎玛索夫卡河。我们拟在大柞树河上游会合。我带着其余人马去到弗拉基米尔湾的沿海地区。我的同伴们在7月26日清早起程，我在28日下午出发。

这一天和煦温暖。天空中层层叠叠堆叠着云朵。阳光透过云朵洒射而下。阳光落到水洼上，在石头、杨树丛间跳跃，照亮了各个山坡。远处响起了雷声。

弗拉基米尔湾和奥尔加湾两相毗邻，相距约50公里。在这两条海湾之间坐落着一座小山，平均高度约为250米，最高处达450米，是奥尔加河（13公里）与流入同名海湾的弗拉基米罗夫卡河（9公里）的分水岭。这两条河沿着宽阔的纵向谷地流淌，这个谷地同大海相隔一条不高的山脉。这条山脉起自什科特角（奥尔加湾），延伸至瓦托夫斯基角（弗拉基米尔湾），一直向北去。

奥尔加河由两条同样大小、带有许多小支流的河流组成，其谷地像是一个被大力冲刷过的盆地一般。从前奥尔加湾的居民靠一条中国猎人开辟的小路同弗拉基米尔湾联络。1905年日俄战争期间,"绿宝石号"巡洋舰在弗拉基米尔湾被撞毁。为了将船上物资运至奥尔加港,人们赶修了一条车道。从那时起这两座海湾之间才有了正常的交通。

雷雨只下了一边,到了下午,天空放晴。阳光如此灿烂地照耀着,好像大地上所有东西都在散发光与热。天气变得闷热起来。

我们还没到达山口,就到黄昏了。白日将尽,从东边远处的海上逐渐出现淡蓝色雾霭,夜色降临了。明亮的闪电一直在天空中闪过,照亮了聚集在地平线上的成团云彩。一条山间小溪在另一侧喧响着,蛐蛐在草丛中经久不息地歌唱起来。

我正想打出暂休的信号,突然一个哥萨克说看到了火光。确实,在森林附近的一侧,大约离道路300步看到了星点火光。我们向那里走去,原来是一所中国人的房子。狗儿用吠叫告知房屋主人我们的到来。两个中国人走出来迎接我们。在他们的微笑与鞠躬之中,夹杂着恐惧与恭顺、谄媚与好客。中国人提议我到他们的房子里过夜,但夜色是如此美好,我和士兵们愉快地在篝火旁安顿下来。

通常在大休整后的头次宿营总是尤为活跃。所有人都力量充沛,物资也完备充足,所有人都感觉新生活将至,想做些事情。士兵们身边又响起了手风琴的声音。愉快的笑声和玩闹声在谷地上空传出很远。

这所中国人的小房子默默矗立了许多年,曾经陪伴它的只有河水流淌的喧嚣,此刻四周却充满了笑语歌声。中国人走出房子,也在一边生起一堆不大的篝火,蹲下来默默地看着我们这些初来乍到、打破了他们平静的人。士兵们逐渐不再唱了。哥萨克和士兵们又喝了一次茶,就准备过夜了。

我睡得不太好,有两次醒来,看到两个中国人还坐在火边。从旷野上不时传来不安分的马的嘶鸣和狗吠,随后一切就寂静下来。我裹紧毡斗篷,沉沉地睡着了。在太阳出来前,地里下了很多露水。在山间的一些地方还升起了雾气,仿佛害怕阳光一般,努力隐藏到谷地深处。我比其他人醒得都早,起来就叫醒了整个队伍。

同中国人告别后,我们起程上路。我付给他们一些柴火和蔬菜的钱。中国人本想送我们,但我坚持没让,这样他们就不必返回。大约早上九点,我们越过了分水岭,下到了弗拉基米罗夫卡河谷地。

沿途尤为值得注意的是那些风化了的石头,就像立在小台子上的光滑的柱子或是嵌在椭圆凹槽里的球一般。有的形状更是独特。有的像野兽,有的像廊柱,还有的如人形一般。这些构造之所以值得引起我们特别注意,是因为它们附近根本没有起到打磨作用的沙石。奥尔加河与弗拉基米罗夫卡河之间高耸的分水岭伸入大海,形成了海角,由砂岩、砾岩与玄武土构成。弗拉基米罗夫卡河如普通的山间小溪一般,沿着遍布沼泽的谷地流淌,周围环绕着高耸的山脉。

快到晚上的时候,我们的队伍到达了弗拉基米罗夫卡河河口,在海边扎营过夜。

黄昏时分,西边响起了隆隆的雷声。我们支起帐篷,但结果我们白担心了。雷雨又是在一侧下的。不过另一现象让我们感到不安。晚霞刚一落下,星星开始闪烁,天空不是被乌云遮蔽,就是布满雾气。凉爽的晚风从陆地吹向海边,而雾气从上方向相反方向逼近。这就是海岸风。在4月和9月,海岸上几乎每天都有海岸风。黎明时分,天空灰蒙蒙的,雾气一动不动地停滞在半山腰上。太阳上到地平线约15度时,雾气会移动,成团升起,又飘向海边,起初比较缓慢,后来越来越快。一开始我们很担心,这些现象表明将要下雨。随后我们习惯了这个现象,也就不再注意了。

接下来的一整天都用来考察弗拉基米尔湾。中国人称这座海湾为"葫芦崴"("葫芦"是一种圆形的瓜,"崴"为海湾或港湾之意)。一些俄罗斯人称葫芦崴为"花鹿崴",认为其发音来源于汉语的"花鹿",即梅花鹿之意,这是不对的。

弗拉基米尔湾(费罗经线东经135°37′,北纬45°53′,其天文点位于奥列霍夫角)是一个深达12米的巨大水体,周围环绕着平均高度为230米的花岗岩山脉。这座海湾比奥尔加湾大得多,由三部分组成:西北部最大,东南部稍小,中间部分是最小的。从开阔海洋那一边望去,这个海湾由两座多山的半岛所环绕,即瓦柳泽克半岛和瓦托夫斯基半岛。第三座半岛鲁达诺夫斯基半岛位于海湾中央。从上述提及的半岛之中,最大的是南部的瓦托夫斯基半岛。看得出来它们在不久前还处于水下呢。

在弗拉基米尔湾周围,在流入其间的河流河口附近,有一排不大的咸水湖。这些湖泊及其周围的沼泽说明,这座海湾从前曾更深地深入内陆。随后海水被排空,陆地逐渐包围了这座海湾。最大的湖泊位于南部,大小约 1 平方公里,深度为 3～6 米。这些湖泊在流经海湾后迅速变浅了。还有两个位于半岛连陆沙洲上的湖泊,它们生动地说明,当时这些半岛还是岛屿呢。海浪会将这些半岛逐渐推向陆地。

现在已经可以预知弗拉基米尔湾的未来,海水会逐渐退去。随着时间推移,海水不会再涌入弗拉基米尔湾,它会成为一个濒海湖,而这个濒海湖会逐渐被河流淤积物所填满,最终成为沼泽。河流会沿着低地流淌,而所有现在独立流入这座海湾的小河都会成为它的支流。

下所房子是打捞海带的渔民家,旁边盖了一座草棚,用来在下面风干海带。这里人很多。一些中国人用特殊的钩子从海底钩取海带,另一些人将海带拿到太阳下晾晒,观察其晾晒程度,好使其不会被晒裂,褪掉海带的绿褐色。最后还有一些中国人负责将海带捆成小捆,堆到草棚下面。

走到岸边时,我远远望到在对面岸上的浅水带,在水及膝深之处有中国人手持竿子行走。他们沉浸于手中的活计,只在我们紧靠向他们时才有所发觉。他们光着膀子,裤子及膝,小心地在水中移动着,窥探着水底的东西。有时他们会停下来,轻轻把棍子投入水中,再把东西抛到岸上。原来他们在打捞紫壳菜。中国人使用的棍子一侧有一个舀子形状的小网,另一侧是个小铁钩。一看到紫壳菜,中国人就用钩竿将其从石头上钩下来,再用小网捞出。这时中国人正在岸上把紫壳菜放进满是热水的锅里。贝类在濒死时会将贝壳打开。中国人用小刀将肉取出,用滚水煮熟,储藏起来备用。

中国人或是独自一人,或是两人结伴,远远地散落于海滩。我坐到石头上,望向海边。突然在我左边响起一阵尖叫。我扭头望向那一边,看到水里正在发生一场搏斗。中国人正奋力用棍子将某种动物挑到岸上,进攻着它,而同时又有点害怕,不想放走了它。中国人原来正与一只大章鱼奋力搏斗。它用强而有力的触手攀住石块,有时也在空中挥舞着触手,随后猛地扑向一边,想扑进宽广的大海。这时有三个中国人前去帮忙。

大章鱼离岸很近,我趁机仔细看了看。很难说它究竟是什么颜色,因为它的色彩老是变来变去:时而蓝,时而绿,甚至成了淡黄。中国人越把章鱼往浅滩上拉,它就越没气力。最后几个中国人合力将它拉上了岸。这简直是个带脑袋的大囊袋,上面伸着长长的触须,触须上带有许多吸盘。当它向上同时抬起两三条触须时，能看到它乌黑的大嘴。有时章鱼的嘴巴会用力向前伸，有时又会完全缩陷，这时嘴巴那里就只剩一个不大的窟窿。最有趣的是章鱼的眼睛，很难找到其他拥有如此像人眼睛的动物。

章鱼逐渐变得越来越衰弱，它的身体抽搐起来，颜色也开始暗淡，全身逐渐变成了红褐色。

章鱼终于不动了，可以不必小心翼翼而是直接走近它了。这只头足纲动物的代表体形十分大，带有内脏的囊袋约有 0.8 米长。章鱼运动所依靠的推进器官位于前面头部附近，略靠近侧面。章鱼的头部略宽，可达 28 厘米。它那角质的嘴就像鹦鹉的喙，沿着外面弧度测量可达 9 厘米，而从侧面测量能达 5 厘米。章鱼触须达 1.4 米长，头部附近腕足的宽度达 12 厘米。触须内部布满了吸盘，头部附近的吸盘有 3 戈比硬币那么大，而末端的吸盘则差不多有 5 戈比硬币大小。

这只有趣的章鱼满可以放置到任何一家博物馆中，但我当时没有合适的容器，也没有足够的福尔马林，所以只能保存一段触须作罢。我把切下的这段触须放到一个盛有寄居蟹贝壳的罐子里。晚上当我查看罐子的时候，不禁大吃一惊，那两个贝壳竟然不见了。原来，它们已被章鱼的断足深深地吸了进去。也就是说，触须的吸盘在被切下来并放到盛着福尔马林的罐子里后，竟然又活动了一段时间。

观察中国人的海事活动和捕猎章鱼花了将近一天时间。不知不觉黄昏来临，到了该考虑宿营地的时候了。我本想向前走一段再去寻找宿营地，结果得知我的人已在葫芦崴河河口附近安顿下来了。

晚上中国人请我们吃章鱼肉。他们把章鱼肉放进一个盛着海水的锅里煮。煮熟的章鱼肉呈白色，摸上去富有弹性，尝起来有股白蘑菇的味道。

第二天用来考察葫芦崴。这条河长度约为 20 公里，南北流向，从北面流入弗拉基米尔湾。在河口附近，葫芦崴的谷地较为狭窄，但到了高处就转宽。右侧高地具有明显的山脉特征，大部分都覆盖着碎石。从左侧延伸出宽阔的阶地，随后葫芦崴就由河变为垄岗，上面覆盖着由椴树、柞树和黑桦树形成的稀疏树林。这一侧有几条泉水流入葫芦崴，下雨时葫芦崴中的大量脏物冲入谷地，弄脏耕田。

在葫芦崴的支流之中，最值得注意的是右侧流入的静泉。沿着这条泉水有一条通往阿尔扎玛索夫卡河的小路。此泉与其名相得益彰，它的泉水总是处在沼泽地区特有的寂静笼罩之下。谷地里的植物低矮稀少，主要有白桦和矮种赤杨。前者总是独生或是小堆聚集，在整个谷地都有分布，后者则沿河生长为稍密的丛林。

此处一座高耸陡峭的山可以作为定位点，本地的老住户都称其为公鸡岭，这座山是大泡子河和葫芦崴河之间的分水岭。从葫芦崴的源头爬到山口的山坡既长又缓，但下到大泡子河的山坡却很陡峻。除了这座山还有另外一座山——扎罗德山，那座山里有马克鲁申斯卡亚洞穴，是一处最大也最为有趣的洞穴，至今未被探测至尽头。

洞穴入口呈三角形，坐落在离地相当高的地方（40～50米）。

最初有研究者曾进入第一所洞窟，其长约40～50米，高度达30米。在其尽头有一处深坑。这时向左转，进入崖孔，里面有一条很长的、时高时低的通道。在高处的顶端，通道缩在了两个石笋柱中间。接下来再走就得爬行前进了。这个通道长达50米，走完这条通道会进入一个阔朗些的长廊，这条长廊直通第二所洞窟。这所洞窟纯白如雪，精致美丽。从这里再通过一条狭窄的长廊可以到达第三所洞窟，这是目前为止最为雄伟的洞窟了。它比前两个加起来还要大得多。在这里钟乳石和石笋形成了华贵的柱廊。天然墙壁上形成了层层泉华，如同冷凝的瀑布般华丽壮美。

在一些凹处聚集了水，水清澈到要踏足其上才感觉得到。此处又出现一处深坑和几个侧洞。这个巨大洞穴中的声响令人震惊——每一次稍微大点的声响都有回声，有石头落下深井时会响起炮声似的轰隆声，就像发生倒塌或石柱崩塌一般。

距离河口5公里处，谷地逐渐变宽，变得适宜人居。这里有几座中国农民的房子，数量不多，就5座。最靠海的房子被称为小城子。

我在山上溜达了一整天，快到晚上的时候来到了这座房子。黄昏时一个哥萨克打死了一头野猪。我们的肉还很多，就分了一些给中国人。房主回赠了我们一些蔬菜和新鲜土豆。他把床铺让给我，但我怕中国人的房子里有跳蚤，还是选择露天过夜。

德尔苏·乌扎拉

我们上路后,太阳升起来了。

从弗拉基米尔湾到大柞树河有两条路。其中一条沿着葫芦崴河向上,然后沿着大泡子河和梨下沟河(大柞树河支流)向前延伸;另一条(靠海最近的一条)通往大泡子河,再沿着山脉通往大柞树河河口。我选了少有人知的后一条路。

弗拉基米尔湾和大泡子河之间的高地由石英斑状的凝灰岩构成,其间夹杂有石英斑岩、硅长斑岩和树脂岩的碎片。

大泡子河的名称来源于汉语词语"大泡子"(意即大潟湖)。确实,大泡子河不是径直流入大海,而是流入一个大沿海湖,湖的周边达10公里,由一行沙梁与大海相隔,还有一条小支流同大海相通。在这里我们看到早前曾被海水包围的这一地区海岸修平、陆地发展的变迁历程。用当地人的话来讲,早些年前这些地方曾栖息着许多梅花鹿。鞑子们带着狗将鹿赶到湖中,在那里有专门的猎人在船上等候,被驱入湖中的梅花鹿往往会被弓弩和梭镖射死。

大泡子河(鞑子称其为"卡伊亚"),长约25公里,同葫芦崴流向平行。实际上,大泡子河是由两条河交汇而成:大泡子河本身和城子沟河。在这两条河间露出一角的山脉由石英斑岩和长石斑岩构成。

弗拉基米尔湾通过一条步行小路同大柞树河的谷地相连,此路也适宜驮队行走。小路从葫芦崴开始,沿着靠大海最近的一条河一直到达山口。越过山脉后,小路又下到大泡子河的谷地。上山及下山的路途又长又缓,沿途生长着稀疏的柞树林。树木之间有许多树洞。哥萨克们在其中一棵树的树皮上注意到有牙齿与爪子的痕迹，说明熊曾试图在这里取蜜。有经过的猎人赶跑了熊，随后也用同样的方式获得了蜂蜜。

在山口后面，有一段路沿着大泡子河向上延伸，周围长满了茂密的柞树林。此处也延伸出高耸的河流梯地。走了10公里后，小路转向谷地左边，随后又沿着一眼无名泉水上至山脉之上。这个山口比之前的要稍高些。从大泡子河一侧上山，坡度陡峭，但下到大柞树河的坡度缓和了一些。接下来道路沿着小泡子河（在距大柞树河河口2公里处左右流入其中）延伸，这里几乎没有树木。总的说来，我们在这一天总共行走了约28公里，行进方向与海岸平行。

在森林中时常见到许多梅花鹿的足迹。很快我们就看到了这种动物，一共有三头，是公鹿、母鹿领着一头幼鹿。哥萨克们开了枪，但没有打中，我却有种说不出来的欣慰，因为我们的食物还很充足，而割取鹿茸的适宜季节也过去了。

大柞树河！这就是维纽科夫首次走过的河流。中国人就是在这里堵住他前行的路，要他返回。在大柞树河河口，维纽科夫曾立起一个巨大的木质十字架，并在上面题词，证明他曾在1857年造访此处。但我在哪里都没有找到这个十字架，大概中国人在这个俄罗斯人走后就将其销毁了。在维纽科夫之后，马克西莫维奇、布季谢夫和普尔热瓦尔斯基也曾来到大柞树河。

在乌苏里地区，河流、山脉和海岸上的岬角名称都不尽相同。这是由于当地人会给它们起名，中国人会按照中国方式称呼它们，而俄罗斯人同样也会给它们起名字。为了避免混乱，在中国人居住的地方就使用汉语名称，而在鞑子（乌德海人）生活的地方也不用俄罗斯人所起的名称。俄罗斯名称只在地图上标注，当地人并不知晓。

向中国人询问过道路之后，我制定了一条沿大柞树河向上，经过锡霍特山脉，去往里伏锦河流域，再从那里去往纳恩图河的路线。随后我想沿纳恩图河再次攀登锡霍特山脉，并尝试从那里去到捷丘贺河。若是此行成功，那我就能返回大柞树河，在那里等待格拉纳特曼的到来。

大柞树河在一些地图上被命名为"里-富列"，而在另一些地图上则被称为"雷焚河"，为"雷击"之意。鞑子称其为"乌齐"。一些东方学家试图证明"大柞树"一词的发音实际来源于"鞑子"一词，这是不正确的。中国人将其称为"大柞树",意为"巨大的柞树"之意。中国老住户们认为,这棵大柞树生活在锡霍特山脉附近河流的上游。这棵内部中空的树木是如此巨大,以至于里面能宽敞地容纳8个人。挖参人在里面修建了一座小神庙,所有经过的人都会在里面祈祷参拜。有一天,几个淘金人在树洞里过夜。他们将小神庙移到树外,在里面打起扑克来。于是神降下了一场残酷的雷雨。雷电击中了那棵树,将它劈成碎片,几个赌徒当场就没命了。由此这条河获得了两个名称"雷焚河"和"大柞树河",只是后来被以讹传讹弄错了。

大柞树河的下游地区是一片巨大的沼泽低地,这里曾是一个大海湾。河口比现在的诺沃塔图申斯卡亚村所在地还要高些。海岸上高高的梯地和山坡上的悬崖都证明了海岸线和海洋的退却。河流本身也起到了重要作用,在无穷岁月的流逝中,河流冲击来无数沉积物并将其沉积为巨大的沉积层。随后这些沉积层形成巨大的潟湖,与海仅隔一座土堤。现今停留在沼泽之中的湖泊是整个潟湖最深的地方;在这里最靠水边处我看到一大丛雪白色植物,近距离观察后才发现是火绒蒿。在海岸边看到这种美丽的高山花朵令人感觉有些讶异。

临近山脉的山坡几乎寸草不生,只有在背风一面才成丛生长着矮种柞树和弯曲桦树。

在大柞树河河湾处,秋季有许多红鳍鱼、哲罗鲑、红点鲑、驼背大马哈鱼和大马哈鱼,湖泊里还有鲫鱼和狗鱼。

大柞树河整条河长68公里,沿着一种典型的剥蚀型谷地流淌,这种谷地好像是由一系列宽阔的盆地组成,这一点在其支流附近尤为明显。在大柞树河的谷地中,河流梯地尤为突出,这些梯地从不同方向一直延伸,几乎直达河流源头。

若是沿着河流溯源而上,依次会发现以下这些河流:左侧(按照河流方向)是东沟、干河子和济木河。沿着济木河有一条通往捷丘贺河的小路。随后还有两条不大的小河——篱笆沟子和地塌沟子,还有通往金子河的山口。右侧是一些小河流——光大沟和小阳粒子,随后是小梨下沟和大梨下沟,有通往大泡子河的山口。再接下来就是右上沟(它隐藏的山口通往葫芦崴)和西北沟(其山口通往阿尔扎玛索夫卡河)。后者长30公里,由两条小河组成:黑瞎子沟和七面散子沟。所有大柞树河流域的原住民都居住在这两条河交汇处。

我们一直沿着河流左岸前行。在从前有古代河口的地方,小路一直通向山顶,沿着悬崖向上。从这里向东是一派通往大海的壮丽景致,向西则是一派沿着谷地前行的风光。左侧地区的山脉特征非常明显,尤为壮阔的是一座裸露的山丘,当地中国人习惯称其为"低塔山",乌德海人称之为"低塔-克亚莫尼",这座山表面都是粗面岩的碎石。据鞑子们说,从前上面栖息着许多梅花鹿,现在几乎都被猎杀了。向下在山脚处,几乎在小路上就能看到露天褐煤。

在大柞树河的右侧支流中,梨下沟河是颇为有趣的。它长约12公里,有一条小路沿着这条河一直通往阿尔扎玛索夫卡河。从南面上到山口坡面平缓,下到大柞树河的谷地陡峭秀丽,在这里这条小路是沿着悬崖开辟的。这是一条古道旧址,在古时直达海岸,现在直达基利亚克角附近。梨下沟河的名字说明这里曾长着很多梨树。在梨下沟河河口附近,一条高山支脉深入大柞树河谷地,有一条深深的鞍状山脊同旁边山脉相通,所以它看起来像是一座单独耸立的山丘。山脚下坐落着一所富丽堂皇的西杨房子,周围栽种着古老的黑杨。

一日将近,夜色降临大地,很快一切都陷入昏暗之中。

我们走近房子的时候,房主人在门口出现了。这是一个个头很高的老人,微驼,留着长长的灰白色络腮胡,仪表堂堂。只要看看他的衣着、宅子和下房,就能够知晓他已经在这里住了很久,生活十分富足。这位中国人用自己的方式欢迎了我们,他的每一个动作、每一个手势都透露出热情好客。我们走进了房子,里外都一样干净齐整。我对接受老人的邀请感到庆幸。

晚饭后,我向他询问关于大柞树河和通往里伏锦河的道路情况。起初他不太愿意回答,随后就活泛起来,回忆起旧时情景,谈了许多有趣之事。原来他是个满族人,叫作金柱,生于宁古塔。他在大柞树河边住了多年,准备回到故乡,想要埋骨桑梓。之后他向我讲了自己在异族人的荒凉地区生活时的最初岁月。从这个满族人口里,我头一次得知湮没已久的乌苏里地区的有趣传说。这里曾发生一场苏昌河边的宽雍王与宁古塔的成琊太子间的内讧。接着他讲了一场刀毕河和科乌切顶子山(位于奥尔加港附近)的战斗。老人讲述得既翔实丰富,又生动形象。听着他的讲述,我完全沉浸在那个渺远的过去,忘记了自己正身处大柞树河边。并不是只有我一个人沉迷于他的讲述,我注意到房子里所有的中国人都安静下来,倾听着老人的讲述。随后他还谈到一种可怕疾病,它几乎夺走了战后所有人的性命,当时这片地区几近荒废。

最先来乌苏里泰加林的中国人都是来挖参的,同他们一起来的就有金柱。后来他在大柞树河边病了,就留在了乌德海人那里,随后同他们部落的女人结了婚,同鞑子们一同过活,直到现在。

最后老人终于讲完了。我清醒过来,重新回到了现实。房子里很闷,我走到外面去呼吸一下新鲜空气。天空一片乌黑,星星在天空发着光,闪现出虹彩的光芒。大地也一片黑暗。马儿在旁边的马厩里打着响鼻。在附近的沼泽地里,麻鸭在哼叫,螽斯在草丛中吱吱作响。我在河岸边坐了许久。夜晚的静谧与大自然的安宁彼此相谐。我想起德尔苏,突然有点感伤起来。我站起来,走进房子,躺倒在铺好的床铺上,很久都没能睡着。

次日,同老人告别后,我们沿着河流溯源而上。天气很好,尽管空中布满了成团的乌云,太阳还是照得很是明亮。

大柞树河谷地的上半部分同下游部分有所不同。下半部分正如刚才所说是由一整排盆地组成,上半部分类似一个纵向谷地。大柞树河在这里自右侧流入一条小河清沟子,河边有一条小路通往位于西北沟河的鞑子房的小道,而左侧是一条大支流金子河。金子河比大柞树河还要长,水量也更为丰沛,事实上它应被视为主要河流,而大柞树河应被称为支流。关于金子河,我下面会再详细讲。

大柞树河边住着许多中国人。我数了数,共有 97 所房子。这里比乌苏里地区其他地方要富足得多,每所房子都是一个小烧酒厂。我还注意到大柞树河附近的中国人都穿得整洁干净,样子也健壮结实。房子附近到处都是菜园、庄稼地和成片的罂粟(为了收割鸦片)。南乌苏里地区有很大一部分异族人,其中包括大柞树河的居民,正是这种混杂了两种血统的鞑子。其中的许多人,尤其是妇女都抽鸦片,这也是他们贫困的主要原因之一。所有人甚至小孩都沉迷鸦片。我曾不止一次看到过那些刚会下地走路,还吸着母乳的孩子也抽鸦片。

大柞树河的谷地尤为多产,这一地区没有经历过太大洪水。即使偶尔有三条大河（金子河、西北沟和右上沟）流入其中，水也只是暂时溢上岸边。

在整个奥尔加湾地区，大柞树河附近地区是最好的移民地点。

在谷地中部地区的高山，比鞑子房小营子地势要高，由砂岩和带有许多石英夹层的页岩构成。在西北沟和大柞树河之间呈尖楔形嵌入一座高山支脉，那是由黑斑岩、斑岩和玻璃斑岩构成的。从其南部往下有带棱状节理的黑曜石。

午后，天气明显变坏了。空中出现了乌云，这些乌云距离地面很近，几乎触到山顶。我们眼前的画面立刻变了，河谷变得愁云惨雾。在阳光下曾如此美丽的悬崖，现在变得阴沉沉的；河水也暗淡起来。我知道得吩咐支起帐篷，为夜晚多备些柴火。

所有宿营地的活儿都干完后，士兵们要去打猎。我叫他们不要走远，早点返回营地。扎古尔斯基沿着金子河谷地向前走，图尔蒂金沿着大柞树河向前，我和其余士兵则留在宿营地。

太阳已经藏到地平线以下，周围突然变暗了。白日的光芒还同黄昏斗争了一段时间，但看得出来，夜色将很快占据上风，先是占据大地，然后吞没天空。

过了一个小时图尔蒂金回来了，报告说在离我们的宿营地大约两公里处一处陡峭山岭的山脚下，找到一个猎人的宿处。那人向他询问，我们是什么人，要去往哪里，我们是不是早就上路了。当得知我的姓氏时，那个人急忙收拾起背囊来。这消息令我非常激动，那个人会是谁呢？

士兵说，不用到那里去，因为这个他不熟的人说自己要来找我们。一种奇怪的感觉攫住了我。一种无法抑制的感情吸引着我去到那里，迎向那个不熟识的人。我拿起自己的枪，唤着狗，迅速踏上了小路。

远离火光后，夜晚的漆黑让我觉得它比实际还要更黑些，但是过了一分钟，我的眼睛就适应了黑夜，识别起小路来。月亮刚出来，沉重的乌云迅速从天空飘过，瞬间遮蔽了天空。看来，月亮是在迎着乌云飞过，穿越其中。周围所有的生物都寂静下来，草丛中只听得到螽斯的唧唧声。

我转身向后一看，宿营地上的火光已不见了。我站了片刻，接着走了下去。

突然我的狗向前扑去，狂吠起来。我抬起头，望见不远处有一个身影。

"是谁?"我呼喊道。

回应我的是一个让我战栗的声音:

"什么人来的?"

"德尔苏!德尔苏!"我惊喜地喊道,向他迎面跑去。

要是这时候边上有个人,他就会看到我们两个人紧紧地抱在一起,就像要打架一般。

我的阿利帕不知道发生了什么事,依旧狂吼着扑向德尔苏,但它马上就认出了他,凶狠的狗吠立刻变为了亲昵的哼叫。

"你好啊,长官!"赫哲人平静下来后对我说道。

"你从哪里来?你是怎么找到这儿的?你都在哪儿?去了哪儿?"我向他抛出一大堆问题。

一时间他没来得及回答我。最后我们终于平静下来,好好地聊起天来。

"我不久前来过大柞树河。"他说道,"我听说,有四个长官和十二个士兵在石门(奥尔加哨所)。我想到要去那里。今天看到了一些人,于是一切就都明白了。"

又谈了一小会儿,我们返回了营地。我走得很欢快,怎么能不高兴呢?德尔苏对我来说是尤其亲近的人啊!

过了片刻,我们走近了宿营地。士兵们闪出地方,好奇地打量着这个赫哲人。

德尔苏一点也没变,也没有变老。他还和以前一样,穿着一件皮外套和鹿皮制成的裤子。他头上系着头巾,手里拿着的还是那支别丹式步枪,只是支架好像新了些。

士兵们一眼就看出,我和德尔苏是老相识了。他把枪挂到树上后,也端详起我来。从他眼里的表情和挂在嘴角的笑容,我觉察他对这次重逢也是满心欢喜的。

我吩咐往篝火里添柴,烧茶,便向他询问这三年他都去了哪儿,做了些什么。德尔苏对我说道,在兴凯湖附近和我分别后,他就去了纳恩图河,在那里捕了一个冬天的貂,春天去了乌拉河上游地区,在那儿猎取鹿茸,夏天又去了伏锦河的向阳砬子山。从奥尔加湾来到此地的中国人告诉他,我们的队伍沿着海岸向北去了,于是他就来到了大柞树河。

士兵们在篝火旁没有坐很久,很快就躺下睡觉了,而我和德尔苏两个人坐了一整夜。我现在还清晰地记得勒富河,记得他第一次来到我们宿营地的情景,而现在又是此种情形,和上次一样,我看着他,听着他讲话。

昏暗的夜将尽,周围变成了深蓝色。已经能看到灰暗的天空、山里的雾气、睡意蒙眬的树木和被露水浸湿的小路了。篝火的光熄灭了,烧得通红的炭块转了白。在大自然中能感觉到某种莫名紧张的气氛,雾气升得越来越高,最后下起了清爽的小雨。

这时我们才躺下睡觉。现在我什么也不怕了,既不害怕红胡子,也不害怕野兽,还有大雪和洪水,统统不怕了。在我旁边的是德尔苏。我放心地沉沉睡去。

早上九点,我醒了过来。雨已经停了,但是天空还和之前一样阴沉。在这样的天气不适合出门,但待在一个地方会更糟,所以大家都很乐意听到套马的吩咐。过了半小时,我们已经上路了。

我和德尔苏达成了一种无言的默契,我知道他会和我一起上路,这是很自然的事,他是不会反对的。沿途我们顺便去了趟那座陡峭的小山,拿上德尔苏的东西,这些东西还和以前一样都放在一个背囊里。

现在我们左侧是一条河流,右侧是高达38米的河流阶地。过了金子河后,大柞树河谷地的阶地尤为突出。这些阶地都是由密度很大、带有层纹状节理的石灰岩构成的。

大柞树河的最末一条支流是弯沟河。沿着这条河可以经过锡霍特山脉去往纳恩图河。还没到纳恩图河河口的不远处,有两座悬崖伸入谷地。其中一座悬崖从左侧伸入,位于阶地脚下,地势低矮而风景如画,中间有一个类似壁龛的凹坑,中国人在那里建了一个神庙,而另一座悬崖从右侧伸入,正好面对弯沟河河口,被命名为烟筒砬子。悬崖附近有一眼小泉,叫作清沟子。

烟筒砬子悬崖高110米,里面有许多凹坑,有野鸽在里面筑巢。在层纹状山石的山顶上,中国人搭建了一座小庙。中国人对高处有着特殊的爱意,认为上达高山意味着离神更近。

小路将我们引向鹿窨,那里刚好位于通往纳恩图河和里伏锦河的道路的交叉口。从前这里的住户靠以深坑猎鹿为生,这所房舍也因此得名。当时它的作用是一个旅店。在这里总是能够碰到过路的中国人，不是从海边去乌苏里地区的就是从那里返回的。房主人给他们提供伙食赚钱，因此发了财。这所房子位于一处大阶地的脚下，这处阶地深入谷地，从右侧将大柞树河挤到山脚下。阶地的表面浸满了水，覆盖着成丛的纤细白桦。

我们经过鹿窖，去往锡霍特山脉。从早上起就阴暗起来的天气转晴了些。环绕着群山的雾气开始缭绕，团团升起；乌云沉重的帘幕消散了，太阳露出脸来，大自然又展开了笑颜。一切立刻活跃起来，从房子的一侧响起鸡鸣声，鸟儿在森林里飞来飞去，花朵上又出现了昆虫。

大柞树河的上游自西北流向东南，其源泉由一些小山泉组成，这些小山泉分布如下：左侧是岔儿沟子、绿甸子羊沟和沙田沟，右侧是无名泉和沙岭沟。这里坐落着经过锡霍特山脉的最低山口。

外表平滑的小山岭和被强烈冲刷过的溪床都证明这里曾有巨大的剥蚀过程存在。

从大柞树河经由锡霍特山脉有三条路：其中两条通往纳恩图河，另一条通往里伏锦河。第一条从我们已知的鹿窖起始，沿着弯沟河向前。那些想要去往大南岔河（纳恩图河支流）的中国人会走这条路。第二条路从绿甸子河河口附近开始。这条路一直沿着锡霍特山脉前行，随后下至东北岔河（里伏锦河的东北支流）的谷地，并流经谷地直达源头。沿途它还穿过三个山口，随后通往大南岔河。步行走这条路的通常是那些要去往纳恩图河下游的人。第三条路，也是我们想要走的路，沿着沙岭沟一直通向里伏锦河。

当地中国人用自己的方式表达了满洲里话语"锡霍特"，将其称为"西河大岭"，就是西边大河的山口之意。确实，从分水岭向西流淌的都是大河，有瓦库河、伊曼河、比金河、和罗河等。赫哲人称它为"祖勃-根"，乌德海人称它为"阿达索洛利"，他们还将西面山坡称为"阿达查扎尼"，东面山坡称为"阿达纳穆扎尼"，该词来源于"纳穆"一词，为大海之意。

我们在山脚下休息。咸鱼干、面包干和一杯热咖啡已经算得上泰加林里一顿尤为丰盛的午饭了。

上到锡霍特山脉的山坡在山脊附近比较陡峭。山口本身是一个宽阔的鞍状山脊，覆盖着沼泽和被烧毁的森林。其净海拔达 480 米，被以维纽科夫的名字命名。他曾于 1857 年来此，跟随着他的脚步，其他人也走上了这条踏出的路。永远纪念这位乌苏里地区的首位开拓者!

  小路附近的山口右侧立着一座小庙,是用圆木搭成的。里面放置着一幅树皮画,上面描绘的是中国的神祇,前面摆放着两只木匣,里面还有纸烛留下的香头;另一侧放置着几纸烟叶,还有两块糖。这是献给森林之神的祭祀。在旁边的树上挂着一张带字的红布,上面写着"山神之位,昔日齐国为大帅,今在大清镇山林",意即"献给真正的山脉之神(虎神)。在古代,在一个国家里他并不是大清王朝的主宰,而现在庇护着森林与山脉"。

  从维纽科夫山口向北,锡霍特山脉缓慢抬升,坡度看起来并不明显,以至于在行路时完全忘记了是在爬山,只有各侧的山坡使人记起正身处分水岭。这些地方覆盖着桦树林,树龄看去不超过40年。这座桦树林大概是在森林大火后重新长出的。

  下山的道路漫长而平缓。沿着草丛行走时,不时会碰到烧焦、倒伏的树木。走到这里,在山口后出现了覆盖着青苔的针叶林。

  快到下午三点的时候,我们到达了里伏锦河同东北岔河交汇之处,就在此处的砾石滩上宿营。

  东北岔河长40公里,一直流向锡霍特山脉。上游地区是由三条山间小溪汇合而成。侵蚀作用的痕迹在各处都能看得出来。山间的许多地方受到的冲刷是如此严重,以至于只见树木不见山形。我不禁产生一种印象,好像是在沿着一个微有丘陵的、覆盖着针叶林的低地在行进,针叶林的树种包括冷杉、云杉、雪松、白桦、赤柏松、槭树、落叶松和赤杨。不久前这片森林遭了大火,现如今整片谷地的烧焦之处一片绵延。当地中国居民往返纳恩图河的一条小路正好途经此地。沿途转弯处坐落着四座碓子房,里面的住户以猎人与捕貂人为主。

  我们第一件事就是生起烟堆,随后从森林里拖来柴火。士兵们本想在蚊帐里过夜,但德尔苏建议他们支起一面倾斜的帐篷。

  临近傍晚,天气开始变坏,雾气升了起来,变为成团的乌云。不论干什么活计,德尔苏都去给士兵们搭把手,他们很快对他交口称赞起来。他本想自己支个帐篷,但我劝他一起过夜。德尔苏拿起斧子,跑到泰加林中砍斫了些红松树皮。起初他在树木的上下两面劈开树皮,随后直接砍穿,再用一根削尖的棍子将树皮剥下来。他一连剥了六片树皮,其中两片他放到地上,还有两片放到帐篷顶上,其余的都放在侧面好躲避狂风。

　　黄昏时分下起了大雨,蚊虫立刻不见了。晚饭后,士兵们躺下睡觉,我和德尔苏一直坐在火旁聊天。他给我讲纳恩图河畔中国人的生活,讲他们怎么欺负他,比如直接拿走了他的皮子却什么也不付。

阿姆巴

次日浓厚而沉重的雾气笼罩了整个周围地区,一整天都晦暗不明,又冷又潮。

就在人们收拾东西、准备套马的时候,我和德尔苏匆忙喝完茶,往口袋里塞了点面包干,接着向前走。通常,每到早上我总是比其他人离开宿营地早些,每次进行线路测量的时候,又走得要慢些。大约走上两个小时,队伍就会超上我。在大休时我赶上队伍后,大家都已吃过饭,又要起程了。下午也是一样:我出发得早,晚饭时才赶到宿营地。

昨夜德尔苏就告诉我说,这里有些地方有老虎游荡,不建议我离考察队太远。

我们所行的道路位于里伏锦河右岸。有时这条小路通往森林深处,以至于一时之间很难确定方向指出里伏锦河在哪儿,有时又会意外地找到通往河边的路,我们便沿着岸边继续前行。

未曾到过乌苏里地区的泰加林的人,根本无法想象这是怎样茂密的、层层相依的林子。数步之外简直什么都看不见。我曾不止一次在距野兽4~6米时把它惊走,只能根据响声和树枝的咔嚓声判断出野兽逃跑的方向。我们就在这样的泰加林中一连走了两天。

天气对我们很不利。一直都在下着蒙蒙细雨,道路上到处是水洼,青草淋得透湿,从树上不时稀稀拉拉地落下大雨滴子。森林里总是惊人的寂静,一切都像阴间一般,连啄木鸟也不知道藏到哪儿去了。

"鬼知道这天气。"我对自己的旅伴说道,"又不是雾,又不是雨,弄不清楚是什么。你是怎么想的,德尔苏,天气会放晴还是会越来越糟?"

赫哲人看着天空，往周围眺望了一圈，沉默地接着往前走去。过了片刻他停了下来，说道：

"我是这样想的：这是大地，山丘，森林，跟人一个样。现在他正在出汗。听！"他警觉起来，"他在呼吸，和人一样……"

他又向前走去，一直跟我讲述自己对大自然的观点，那里一切都是有生命的，和人一样。

已经上午十一点了。根据时间，驮队应该早就赶上我们，可是在后面，在泰加林中，什么都听不到。

"得等一等！"我对旅伴说道。德尔苏沉默地停下来，从肩上卸下自己的别丹式步枪，将它靠在树上，支架插入地里，开始找自己的烟斗。

"唉，我的烟斗弄丢了。"他懊丧地说道。他想要往回走去找自己的烟斗，但我建议他再等等，指望走在后面的人找到他的烟斗，带过来。我们站了大约二十分钟。他看起来很想吸烟，最后他终于忍不住了，拿起枪说道：

"我想，烟斗离得很近，应该往回走。"我惦记着驮马很久没到，担心驮马会发生什么事，就和德尔苏往回走去。赫哲人走在前面，像往常一样摇晃着脑袋，自顾自地出声评论道：

"我的烟斗怎么丢了？要么就是变老了，要么就是我的脑袋坏了，是不是？"

他还没有说完就停住了嘴，随后往后退，低头察看起脚下。我走近他。德尔苏环顾了下四周，有些窘迫地小声说道：

"看啊，长官，这是阿姆巴。他在我们的脚步后面。这是很不好的。印子还是新的。他现在就在这里……"

确实，一只大型猫科动物的新爪印清晰地印在泥泞的小路上。我们走到这里的时候，爪印还没在路上出现呢。我很明白地记得这一点，德尔苏也不可能经过这些爪印毫无察觉。现在，当我们往回走，去迎接前来的队伍的时候，爪印出现了：它是向我们这一方行进的。显然，这只野兽一直跟在我们身后。

"他在近处藏着，"德尔苏说道，用手指向右边，"他一直在这儿，就在我们在那里找烟斗的时候也在这儿。我们往回走，他很快跳走了。看啊，长官，爪印里还没有水呢。"

的确,尽管周围到处都是水洼,水却还没漫上老虎脚爪所踏出的爪印之中。毫无疑问,这个可怕狡猾的动物刚才还在这里,听到我们的脚步声后就扑入密林,藏到了倒木后面。

"他不会走远,我很明白。等等,长官!"我们在原地又站了几分钟,指望听到某些声响发现老虎的存身地,但只有死一般的寂静。这会儿的寂静尤为神秘可怕。

"长官,"德尔苏向我说道,"现在应该好好地看着。你的步枪有子弹吗?应该不出声地走。要是草地上有坑或是树,应该好好看看,不用赶紧。这是阿姆巴。你的明白——阿姆巴!"

他一边说着,一边察看了每一处灌木和每一棵树。我们就这样走了将近半小时。德尔苏一直在前面走着,不错眼珠地盯着小路。

最后我们终于听到声音,原来是哥萨克在呵斥驮马。过了几分钟,人马都到了。有两匹马满身脏污,马鞍上也涂满了泥巴。原来在泅渡过一条小支流的时候,这两匹马失足陷入了沼泽。这就是他们迟来的原因,和我预想的一样。哥萨克们在路上拾到了德尔苏的烟斗,带了过来。

得收拾好驮包,将重物暂时卸下,给驮马擦洗下污泥,再继续赶路。

我本想煮茶休息,但德尔苏建议备鞍前行。他说,离这儿不远处有个猎人的窝棚,建议队伍在那里宿营。我想了下就同意了。

大家从疲惫不堪的驮马身上卸下驮包,而我和德尔苏又踏上了路。我们还没走出两百步,突然又发现了老虎的痕迹。这只可怕的野兽又跟在我们后面,和头一次一样,一感到我们靠近就离开了。德尔苏停下来,脸冲着老虎隐藏的方向,大声尖叫起来,在那声音里我注意到了一阵愤怒:

"什么在后面走着?你需要什么,阿姆巴?你想要什么?我们走路,你不要妨碍。你怎么走在后面?难道在泰加林中地方太小?"

他在空气中摇晃着自己的枪,我从没见过他这么激动。在德尔苏的眼中能够看得到一种深刻的信仰,那就是老虎,阿姆巴,听得见也明白他的话。他相信老虎或是听到了召唤,或是去到其他地方了。等了大约五分钟,德尔苏轻松地舒了口气,随后抽起自己的烟斗,将步枪扛到肩上,自信地沿着小路走了下去。他的脸又变成专注而平静的神态了。他震慑了老虎,迫使它远遁了。

我们在森林中走了将近一个小时。突然密林变得稀疏起来，我们面前展开了一大片空地。小路从这片空地斜穿而过。在泰加林中长时间的行走令我们十分疲惫，眼光都在搜索休息与空旷之处。可以想象得到，我们是带着怎样的欢乐从森林里出来，观察起这片空地的。

"这是光大沟，"德尔苏说道，"很快就会找到我们的窝棚了。"

我们现在所行进的空地上生长着矮种蕨菜丛。在森林北面，透过雾气隐隐可见覆盖着森林的高耸山脉。低处零星生长着树木，主要是枫树、柞树和黑桦树。空地的右侧有窄小的、含碱土的沼泽，据德尔苏说，那里夜晚经常会有马鹿和野羊来啃吃水毛茛和黑盐土。

"我们今天应该去打猎。"德尔苏说道，用支架指指沼泽。

快到下午三点的时候，我们确实找到了两面倾斜的窝棚。它是由猎人用雪松树皮制成的，里面的篝火冒出的烟沿着两面喷出，蚊子就不会进入窝棚。窝棚附近流淌着一条小河。我们得费劲地让驮马泅渡到对岸，最终这个困难也被克服了。

与此同时，天气还和以前一样，正如德尔苏所说，"在出着汗"。从早上起，阴沉下来的天空好像就开始转晴了。雾气向上升起，天空一些地方出现了明亮的缝隙，雨也停了，但大地还和以前一样湿润。

我决定在这里过夜。我想去碱土地打猎，我们早就没有肉食，已经四天都靠面包干过活了。

过了几分钟，宿营地上沸腾起来，大家快活而又匆忙地工作。这样的活计对任何一个一直游荡在泰加林中的人都是熟稔的。卸下驮包的驮马被放出去自由地吃草。我们刚卸下马鞍，它们就在地上打起滚来，随后抖掉身上的土，跑到草地上大嚼特嚼起来。

下雨的时候，所有驮包都会被放到一处，上面盖上毡布防潮。

就在牵来驮马、卸下马鞍的时候，有人已经生起篝火，往火上架上茶壶了。

在宿营地，德尔苏总是能显示出惊人的力量。他从一棵树跑到另一棵树，剥下桦树皮，砍斫树干和树枝，支起帐篷，晾自己和他人的衣物，努力生起篝火，以便大家能够在窝棚里坐着而不被烟火熏到眼睛。我感到惊讶的是，这个赫哲人是怎样能来得及一下干完几件事的。我早就脱下靴子休息，而德尔苏还在窝棚附近忙碌。

过了一个小时,旁观者就会看到这样的画面了:在空地上的小溪周围,驮马在吃草;它们的背都被雨水打湿了。篝火冒出的烟没有直着上升,而是低低地贴着地面弥漫开来,似乎不动一般。为了躲避蚊虫,大家都钻进了窝棚。只有一个人还在森林中匆匆跑动,那就是德尔苏:他在忙着准备过夜的柴火。

在8月份,尤其是在阴天,天黑得非常早。过去、现在都是这样。雾气仅停留在山顶,也有小片雾气在灌木丛间如同鬼魅一般游动着。

马马虎虎吃完晚饭后,我和德尔苏就去打猎了。我们先是踏上通往宿营地的小路,再从那里在森林附近斜穿向碱土地。许多马鹿和野羊的明显痕迹分布在草地各处。有点黝黑的碱土地上几乎没什么植物生长。环绕着这片碱土地的幼小低矮的树木萎蔫而病弱。在这里有些地方的土地被践踏得很深了。看得出来,马鹿经常来到此处,有时零零星星,有时成群结队。

选择了一处合适的地方后,我们坐下来等待野兽。我靠在树桩上,开始观察起来。夜色迅速降临到灌木附近和树下。德尔苏很久不能平静下来。他先是折断树杈好保证射击,随后又折弯了他后面的桦树。

森林里和空地周围弥漫着死寂,只有蚊虫单调的嗡嗡声不时破坏着寂静。这样的寂静对人的内心来说尤为压抑。人会不由自主地进入其间,臣服于它。仅仅是只言片语或是某个大大咧咧的动作是难以打破这份死寂的。

天空和大地变得越来越暗。灌木和树木的轮廓逐渐变得不再清晰:它们看起来如同活物一般,好像从一处往另一处移动。有时我会想象那是鹿,幻想弥补了看不见的缺失感。我握紧手里的武器,准备射击,但一看到德尔苏平静的面庞,我便镇静下来。幻觉瞬间消失,野鹿的黑色身影又变成了灌木和大树。德尔苏如同大理石雕像一般坐着。他好奇地看着碱土地附近的灌木丛,分外平静地等候着猎物的出现。有一次他突然警惕起来,默默抬起枪,眼神凝聚起来。我的心剧烈颤动起来,也向他瞄准的方向望去,但什么都没有看到。

很快我注意到德尔苏平静下来,我也就跟着平静下来。

天已经黑透,数步之外已然看不清黑色的碱土地和树木的黑影。蚊虫一直在叮咬脖子和手臂。我往脸上罩上了防蚊网。德尔苏没戴，好像完全没注意到蚊虫叮咬似的。

突然我听到一阵沙沙声，不会弄错的。声音从位于碱土地另一侧的灌木丛中发出，正好位于我们所在地方的对面。我看向德尔苏，他低垂着头，好像在极目穿过黑暗，弄清这阵声音的缘由。有时声音变大，变得非常明显，有时又沉寂下来，完全听不见了。毫无疑问的是，有什么东西正小心地穿过草丛靠近我们，大概是马鹿过来啃舔咸土的。在我的想象中已经出现了一头有着美丽分叉双角的体态匀称的鹿。我扯下防蚊罩，开始认真倾听和观察，完全忘了蚊子的事。我用双眼搜寻起鹿来，根据我的计算，它应该距我们不超过80步。

突然一阵类似遥远闷雷般的嗥叫响彻于空气中：

"嗷呜嗷呜——"

这时德尔苏一把抓住我的胳膊。

"阿姆巴，长官！"他惊恐地说道。一种恐惧立刻攫住了我的心。我本想说出我的感觉，却有心无力。

我感觉到某种倦怠与沉重下沉到我的腿，膝盖酸痛起来，像里面灌了铅一般。这种感觉，每一个意外碰见非常害怕之物的人都会有。与此同时，另一种混杂着对森林王者的好奇与崇拜，夹杂着打猎的激情充满了我的心。

"坏事了！我们白白到这里来。阿姆巴生气了！这是他的地盘。"德尔苏说道，而我不知道他是在自言自语，还是在对我说。我觉得他在害怕。

"噜噜噜噜噜！"寂静的夜又响起了老虎的吼声。

突然德尔苏迅速从原地站起来，我觉得他想要开枪。

令我非常惊讶的是，待我定睛一看，他并没有拿起枪来，而是在和老虎说话：

"好的，好的，阿姆巴！不应该生气，不应该！这是你的地盘。我们不知道这个。我们现在去另外的地方。在泰加林里地方很多。不要生气！"

这个赫哲人站立着，将手伸向野兽的方向。突然他跪了下来，两次向地上叩首，低声说着自己的土语。不知为什么，我突然可怜起这位赫哲人来。

最后德尔苏缓慢站了起来，走向树桩，拿起了自己的步枪。

"我们走吧，长官！"他坚定地说道，没等我回答就迅速穿过丛林踏上了小路。我下意识地跟在了他后面。

德尔苏非常平静，他那种毫不谨慎、无须环顾的自信也使我平静了下来，我感到老虎不会跟来，但没有下定决心袭击老虎。

走了大概200步，我停了下来，劝他稍等一下。

"不，"德尔苏说道，"我不能。我对你之前说过，永远不要成群结队地射杀阿姆巴！你这一点听得很明白。向阿姆巴射击——我的朋友就不是了……"

他又默默地沿着小路迈起步来。我本想独自留下，但一种可怕的感觉攫住了我，我跑起来，追上了赫哲人。

月亮升了起来，天空和大地立刻变得明亮了许多。在空地对面的远处，闪过我们宿营地的火光。火光时而止息，好像熄灭了一般，时而重新闪烁起明亮的火点。

我们一路上都没有说话，各怀心事。我感到遗憾没能亲眼看到老虎，我把这个想法说给了我的旅伴。

"噢，不！"德尔苏回答道，"他看到不好。我们是这样说的。从来没有见过阿姆巴的人是幸福的，他将会好好地活着。"

德尔苏深深地叹了口气，沉默了片刻，继续说道：

"我见过许多阿姆巴。有一次不应该向他开枪，现在我非常害怕。总有一天我会倒大霉的！"

在德尔苏的只言片语里，埋藏着这样的心情波动，我又怜悯起他，开始安慰他，努力把话题引到别的事情上面。

过了一个小时，我们走近了宿营地。被我们的到来惊到的驮马蹄向一边，打起响鼻来。大家都在篝火旁忙活着，有两个哥萨克跑出来迎接我们。

"今天马儿一直在害怕什么似的，"一个哥萨克说道，"不肯吃草，一直往一处看。难道有什么野兽在附近？"

我吩咐哥萨克们将马拴住，点燃篝火，还派出了持枪哨兵。

德尔苏一整晚都没有说话，遇见老虎这件事给他产生了尤为深刻的印象。晚饭后他立刻就躺下睡觉了，但我注意到他一直都没有睡着，翻来覆去，好像在自言自语着什么。

我向大家讲述了刚刚发生的事。哥萨克们活跃起来，纷纷回忆起自己在乌苏里地区的生活、打猎时的奇遇、看到了什么、发生了什么。我们的谈话一直持续到后半夜。最后疲倦终于向我们袭来:有的开始打哈欠,有的铺好床铺躺下过夜。过了几分钟,所有人都在窝棚里睡着了。四周一片静谧,只能听得到睡熟的人均匀的呼吸声和在篝火中燃烧柴火的噼啪声。空地上马儿不时打着响鼻,林子里响起猫头鹰的夜鸣,远处还有一只鸦鹃在号叫。

里伏锦河

天刚放明,我们的宿营地又遭到蚊虫的袭击,睡觉是想都别想。大家像服从命令似的立马行动起来了。哥萨克们迅速备好驮马。我们没有喝茶就上路了。随着太阳升起,雾气开始散去,显现出了蓝天。

从光大沟河河口起始,里伏锦河开始略向西北方向倾斜,随后河床变得曲折蜿蜒起来。陡峭的河岸和浅滩交替分布。在里伏锦河谷地生长着雄伟的混交林,这里可以找到满洲里地区植物群系的所有代表植物。除了红松、落叶松、冷杉、云杉、榆树、柞树、水曲柳、胡桃木和黄檗外,这里还有岳桦(长有黄绿色叶和柔软黄色树皮,但树皮不能完整剥下)和一种特殊槭树(此树枝叶繁茂,长有光滑的深灰树皮、嫩黄新枝,叶片有深裂)。还有榆树(一种高耸匀称的树木,树冠枝叶繁茂,尖叶粗糙不平)、千金榆(有暗色的树皮和如穗子般下垂的花朵)、黑樱桃(枝叶累累垂地)和卫矛(树干纤细,树皮有纵向成排分布的白色豆粒状凸起,叶片为纤长倒卵形)。在河边和光照较好的湿润地方生长着半灌木半乔木的黄花柳、长有锯齿形三瓣叶的东北茶藨子、石棒绣线菊(多枝灌木,喜多石土壤,其狭窄叶片极易辨认)、细叶山梅花(背阴植物,有红色尖心形叶片,开白花)和蔓生的五味子(长有黑色大叶和红色浆果)。

生长在水边的森林不仅没法加固河岸,反而加速了河岸的崩塌。被水冲倒的巨大树木在倒下时掘出了大量泥土,还有生长在近旁的其他树木。这种倒木沿河漂动,直至卡在某条支流之中。河水立刻会冲来沙子和卵石。经常会见到跌水,其便是白杨或红松的巨大树干陷落河中形成的。这种漂浮的倒木就算有幸能漂过浅滩,到达河口时也只剩下树干,被河水冲击得残破不堪，没了树皮和枝叶。

里伏锦河中游在一座被称为"黑山崖"的山脉脚下经过。里伏锦河在这里分为数条支流，河岸和河底都淤泥遍布。由于主河床被淤泥堵塞，河水无法流经各支流，灌溉整座森林。沿着小路的通信便停止了。那些偶然因恶劣天气滞留于此的旅人会爬过悬崖，在一天里走的路程不过三四公里。

中午，我们停下进行了一次大休，煮起茶来。

在奥尔加哨所的出口处，巴勒克曾送给我一瓶朗姆酒。我将这种酒视为一种珍贵的药品，在阴雨天时分给士兵们就茶饮用。现在瓶子里没剩几滴了。为了不白拿个空瓶，我将仅剩的朗姆酒倒入茶里，就将空瓶扔进了草丛。德尔苏却飞快地冲过去捡了起来。

"怎么能把它扔掉？在泰加林里去哪儿能再找个瓶子？"他打开自己的背囊，叫喊起来。

确实，对我这样一个城里人来说，一个空瓶没有任何价值。但是对一个生活在森林里远离人烟的人来说，它却是如珠如宝的存在。

随着他把东西从背囊里一件件掏出，我越来越惊讶。里面什么都有：空面粉袋、两件旧衬衫、一小捆细皮带、一捆细绳、一双旧软底毛靴、几粒子弹壳、一只火药袋、子弹、一小盒雷管、一顶帐篷、一块羊皮、混杂在烟叶里的一小块砖茶、一个空罐头、锥子、小斧子、小铁盒子、火柴、打火石、火镰、火绒、松明、桦树皮、小瓶子、杯子、小锅、一把本地弯刀、筋线、两根细针、一个空线轴、一把干草、野猪胆、熊牙熊爪、麝蹄鱼骨、穿在一根细绳上的两个铜纽扣，还有很多没太有用的东西。我认出这些东西里面有一些是我曾沿途扔掉的。很明显，他把这些都捡回来，还随身携带了起来。

看完他的东西，我将这些东西分成两部分，劝他把大半部分都扔掉。德尔苏吓得哀告起来。他求我别碰任何东西，极力说服我，这些东西将来都是用得着的。我不再坚持，决定以后不论扔什么东西，都要经过他的同意。

德尔苏的确担心我把他的东西扔掉，急忙收拾好自己的背囊，还尤为小心地把瓶子藏了起来。

在黑山崖附近，小路分成了两条，右侧一条绕过了危险地带，通往山区，而另一条通向河流对面。熟知此地地形的德尔苏指向右侧的小路。据他说，左侧小路仅通往碓子房的春荣沟，是一条断头路。

大休后，我们立刻开始上山，但小路并不是直达山顶。

小路沿斜坡延伸了大约一公里后，随后又下到谷地。

快到晚上的时候，天空又布满乌云。我担心有雨，但德尔苏说那并不是乌云，而是雾气，明天将是个大晴天，还会很热。我知道他的预言总是很准，就问他究竟是什么预兆。

"我的这样看，空气很轻，不闷气。"这个赫哲人深吸了一口气，指了指自己的胸膛。

他对大自然是如此熟悉，已然与之浑然一体，能够预知天气的变化，好像有第六感一般。

德尔苏很适应泰加林中的生活。他总是挑选树下两条粗根之间的地方过夜，这样可以利用树洞避风；他在身子下面铺上黄檗树皮作褥垫；将软底毛靴挂到树杈上，好让它们不被篝火烧着。枪也放在软底毛靴旁边，但不是平放在地上，而是放置在两根短支架之间。他捡的柴火总是比我们的好烧，既不往外迸火星，烧出的烟也只往一侧飘。若是风向改变，那么他会在背风一面支起遮蔽物。总之，他的所有安排都恰到好处，所有应用之物都在手边。

大自然对待人类是残酷无情的。在短暂爱抚后，它会突然袭击，好像有意强调人在自然面前的无助。人经常碰到各种自然力：大雨、狂风、洪水、蚊虫、沼泽、寒冷、大雪等。森林本身也是一种自然力。德尔苏比我们更能适应周围环境。

第二天是4月7日。太阳刚一升起，雾气就散了开来，过了半小时，天空中已没有一片云彩。黎明前的露水打湿了大片草地、灌木丛和树木。德尔苏不在宿营地。他去打猎了，但是空手而归，返回的时候正好赶上出发时间。我们立刻就上路了。

在路上德尔苏对我说，赫哲人历来居住在锡霍特山脉以西，东面居住着乌德海人，随后那里出现了中国猎人。确实，中国人打猎的窝棚随处可见。这样可以与所行路途相称，确保每晚都能夜宿在窝棚之中。

走了大约10公里，我们不得不再一次泅渡过河，这条河分成许多支流，形成了长满树木的低矮岛屿。多层淤泥、倒木、坑洼和垂向地面的灌木——这一切都点明，不久前这里曾有一次大洪水。

森林走到尽头后，我们来到中国人称为阳碴子的林间空地。这里共有三块林间空地：第一块长约 2 公里，第二块长约 0.5 公里，第三块是最大的一块，占地约 6 平方公里。旷地间彼此隔着小树林。这里是里伏锦河同西南岔河的交汇之地，我们从这里首次经由锡霍特山脉去往奥尔加哨所。走出森林后，河流先向左转，随后在一块较大的林间空地附近越过谷地，从右侧流向山区。我们没有再往前行，而是在河岸上稀疏的柞树林间宿营。

去勘察的哥萨克们回来说发现了许多野兽的足迹，请求我允许他们去打猎。

白日里，泰加林中的四足居民们隐藏在密林中，快到黄昏时会从藏匿之处出来。起初野兽会在林边徘徊，有时夜晚的雾气会笼罩大地，它们便会来到旷地吃草。哥萨克们没有等到黄昏，刚一卸下驮马，收拾好马鞍便立刻出发了。宿营地只剩下我和德尔苏两个人。

今天，我注意到德尔苏一整天都失魂落魄。有时他坐在一旁，神情紧张地想着什么。他垂着手，呆呆地望着远方。面对他是否生病的询问，他否定地摇摇头，抓起斧子，看起来他是在努力驱除自己某些沉重的想法。

过了两个半小时，大地上遍地的黑暗说明太阳已落到地平线以下。到了要打猎的时候，我喊住德尔苏，他像吓了一跳似的。

"长官，"他对我说道，声音里听得出恳求，"我今天不去打猎。那里，"他用手指着森林方向，"是我的老婆和孩子的墓地。"

随后他说道，按照他们的习俗，不能在逝者墓前打猎，不能近距离射击，也不能砍伐树木、收集浆果、踩踏草地，否则会惊扰逝者的安宁。

我顿时明白了他苦痛的因由，不由可怜起他来。我对他说，今天我也不去打猎，和他一起待在宿营地。

黄昏时分，我听到三声枪响，心情欢快了起来。从打猎的地方传来的枪声距离坟墓所在之地是很远的。

天色彻底暗淡下来后，哥萨克们回来了，还带回一只狍子。晚饭后我们很早就躺下睡觉了。夜里我有两次醒来，看到德尔苏孤独地坐在火旁。

早上有人向我报告说，德尔苏不知去哪儿了。他的东西和枪还在原地，这就是说他还会回来的。在等他的时候，我沿着空地逡巡，不经意地靠近了河边。在河岸上一块巨石附近我碰到了这个赫哲人。他一动不动地坐在地上,望向水里。我喊了他一声,他把脸转向我。看得出来,他度过了无眠的一夜。

"走吧,德尔苏!"我对他说道。

"从前我住在那里,从前那里是帐篷和谷仓。早就烧了。父亲、母亲从前也住在那里……"

他没有把话说完,站了起来,挥着手,沉默地走回宿营地。那里一切已准备就绪,只待出发。哥萨克们都在等我们回来。

在里伏锦河和西南岔河的交汇处,正是伏锦河的源头。左侧的山脉是由风化的凝灰岩和石英斑岩构成的。

临近谷地的部分覆盖着森林,森林遍地泥泞,满是倒木。因此小路在这里斜弯向半山腰,大约过了2公里又下至谷地。

很快,中午过后我们就走到了我们熟悉的腰砬子房。当我们经过鞑子的房子的时候,德尔苏顺便去看望了一下当地人。快到晚上的时候,德尔苏突然惊慌地跑来,告诉了我们一个可怕的消息:就在两天前,根据中国法庭的判决,一个中国人和一个鞑子被活埋了。这两个人之所以遭到惩罚,是因为他们杀了自己的债主泄愤。行刑就发生在森林里,在距最后一座房子大约一公里处。我和德尔苏跑到那里,看到已经堆起两座不高的小土堆。每一座坟墓上都立着一块牌子,上面用墨汁写着被活埋之人的姓氏。逝者无需我们的帮助,况且我们区区四人在一群荷枪实弹的中国猎人中间,又能做些什么呢?

我原本想在腰砬子房待两天,但现在这个地方已对我们敌意很深。我们决定接着往前走,在森林里休息一天。

我同德尔苏一起制定了前行方案:先从伏锦河到纳恩图河,一直上到其源头,翻过锡霍特山脉,沿着弯沟河再返回到大柞树河。德尔苏熟知这些地形,所以不必向中国人问路。

4月8日早上,我们离开了伏锦河这个可怕的地方。我们先从腰砬子房返回了向阳砬子山区,再从那里沿着一条叫作狍沟河的小河一路往北,这条河的名字在俄语里意为"狍子的谷地"。一个上年纪的鞑子自告奋勇要送我们。他一直都跟德尔苏一起走,低声说着什么。后来我才得知他们是老相识,那个鞑子正准备悄悄从伏锦河搬到海岸边的什么地方生活。

分别之际，德尔苏送给他一个玻璃瓶，正是我在里伏锦河边扔掉的那个。你们真应该看看，那个鞑子在收下礼物时露出了多么满意的笑容。

狍沟河的谷地是一个相当宽的地方。许多山间小溪从各个方向流入其间。许多低矮山丘和高高的山岗上面覆盖着稀疏的针叶林和灌木丛。这正是野狍子最喜爱的地方。

午后，德尔苏找到一条小路，这条小路通往覆盖着浓密森林的山口。这里有许多獾洞，有几个是老洞，还有几个是新的。从沙上的足迹看得出来，有狐狸在洞里生活。

考察队有些落后，我和德尔苏在前面走着，说着话。突然在离我大概30步左右，我看到草丛中有什么东西在动。原来是一只獾，这是日本獾的近亲，在整个乌苏里地区都有分布。它的皮毛呈灰褐色带点黑色，脸部泛白，眼部周围有深色纵向斑点。獾是杂食性动物，独自生活。中国人和异族人不会专门猎杀它们，但要是它们撞到枪口上也会被猎杀。獾的毛发坚硬，可以作为枪支的外套和袋子的镶边。

被我发现的獾一直用后腿直立起来，好像想努力够到什么东西似的，但是这意味着什么——我怎么都看不出来。它一直在忙乎，完全没有注意到我们。我们一直注视着它，最后我感到厌倦，就向前走去。

獾被声响惊到，冲向一边，迅速消失在了我们视野中。走到獾刚才所在之地，我停下来开始仔细察看。突然我听到了德尔苏的呼喊。他挥舞着手臂，想要让我快点往回走。这时候我感到肩膀上传来一阵剧痛，我用手摸向痛处，抓住了一只巨大的昆虫，它立刻蜇了我的手一下。这时候我才注意到在接骨木丛中，临近处有一个大黄蜂巢。我不由得怒骂一顿，狂奔起来，有几只黄蜂紧追不舍地跟在我后面。

"等一等，长官！"德尔苏说道，从背囊里抽出斧子。他选了一棵较细的树砍倒，把枝叶清理干净。随后剥了些桦树皮，绑到竿子顶上。等蜂群安静下来的时候，他点燃树皮，把竿子戳到蜂巢下面。树皮像纸一样燃烧起来。德尔苏一边烧着黄蜂，一边说道：

"看你还咬不咬我们的长官啦！"

赶跑黄蜂后，他又跑到森林里，采了一把草药，把它用斧子捣烂，给我敷在痛处，上面又盖上一小块柔软的桦树皮，用碎布条扎紧。过了10分钟，疼痛就开始减轻了。我求他给我看看这种草药的样子。他又去到森林里,拿回来一些,原来是铁线莲。德尔苏告诉我说,这种药草也可以治疗蛇咬伤,连狗也可以吃它。包扎完,我们接着往前走。我们的谈话现在就一直围绕着胡蜂和黄蜂进行。德尔苏认为它们是"最有害的人",说道:

"他老是自己咬。现在我总是用桦树皮烧他。"

过了两天,我们到达了分水岭。上山和下山一样陡峭。沿着山口的方向,我们立刻走上了一条通往以捕貂为生的中国人房子的路。察看过这所房子后,德尔苏说它的主人最近几天一直住在这儿,只是昨天才离开。我表示怀疑。房子里可能不是主人,而是工人或是偶然进入的过路者。德尔苏没有回答,而是指给我一些从房子里扔出去的、被新物件替换了的老旧物件。能够做到这一点的只有房主人,这样的理由让人没法不同意。

受诅之地

这一天快到晚上的时候我们到了纳恩图河,其源头大约位于北纬45°和东经135°交会处。此处也是瓦库河与伊曼河所有上游左侧支流的发源之地。

纳恩图河(乌德海人称其为"内恩图河")长约120公里。纳恩图河的上游由两条同样大小的河流组成,即大北岔河和大南岔河。这两个中国名称也点明了其不同的流向,大北岔河从北方而来,而大南岔河自南方而来。两条河的交汇处确立了森林、开阔之地和农人房舍的边界。若是沿着大北岔河向前,会到达瓦库河上游地区,再往前就是伊曼河边的猎户村西家屯。

纳恩图河上游被公认是乌苏里地区最荒凉偏僻的地方。这些散落在泰加林中的房舍既称不上是碓子房,也称不上是农家小屋。这里聚集了许多不安分的人,他们杀人越货,无恶不作。

纳恩图河下游的谷地似乎是大南岔河谷地的延伸。斜布岔儿河从右侧流入纳恩图河后,纳恩图河顺势向南流。流入乌拉河不远后,纳恩图河又向西南流去。这样,纳恩图河及其支流流域形成了构造河谷体系,同堤坝的剥蚀谷地两相交叉,几成直线。前者为平直谷地,顶部狭窄,向下逐渐拓宽,后者为断裂谷地,由一连串被山脉环绕的盆地构成,要想提前预知河流流向几乎是不可能的。盆地之间有狭窄小道相连。通常在这样的地方,河流流向会改变。因此常常容易把旁侧支流误认作主河谷,只有在走到近旁的时候才知道认错了。

纳恩图河石滩众多,在上面航行是很危险的。下游约60米宽,1米深,枯水期流速达每小时8公里。在雨季,山间流下的水漫过河床,向下肆意造成许多破坏。

我们在这里找到了被异族人扔掉的帐篷和已坍塌的夏天用的破旧窝棚。德尔苏对我说,从前在纳恩图河畔居住着乌德海人(总共有4个男人、2个妇女和3个孩子),但中国人把他们排挤到了瓦库河。现在只有中国人在纳恩图河谷地打猎、捕貂。

次日,我们沿着大南岔河向上而行。这条河长约50公里。

这里的森林里生长着许多赤柏松。有些树木可达10米高,怀抱起来约有1米。

在还差10公里到达山口处,小路分成了两条。一条向东,另一条转向南方。若是沿着前一条小路走,可以走到金子河,后一条则通往弯沟河(大柞树河支流)。我们选了后者。这是一条适宜步行的小路,拐弯较多,经常在两岸间穿梭来回。

沿途德尔苏总是认真地盯着自己脚下,他并不是在寻找什么,这是他的习惯。有一次他弯下腰来,从地上捡起一根树枝,上面有乌德海人用刀刮过的痕迹,刮痕早都变黑了。

坍塌的帐篷、树上的砍痕、从前架过鱼篓的树桩,还有这根刨光的树枝,都说明一年前有乌德海人在这里住过。

黄昏时候,我们在石滩上宿营,指望在水边不会受到蚊虫滋扰。

狍子肉快要吃完了,应该再弄些肉来。我和德尔苏说好了去打猎。我们决定在河流岔道处分手,我沿着河流向上,而他沿着小溪去往山里。

我们从宿营地出来的时候,太阳已经低低地落到地平线上了。金黄的光线从树枝间透出,洒向泰加林里最神秘的角落。这时候的森林美得惊人。巨大的红松似乎想用其浓密的针叶遮盖住幼树。树龄有300年的巨大白杨,看起来正同百年柞树比拼力量与威力。旁边高耸着巨大的椴树和挺拔的榆树。后面看得到黑杨敦实的树干,随后是黑桦树,再后面是云杉、冷杉、千金榆、黄檗等。再往后就什么也看不清了,一切都隐藏在鼠李、接骨木和稠李丛中。

时间过得很快,忙忙碌碌的一天结束了。森林里变得昏暗起来。现在阳光只能照到山顶和天边的云彩。阳光又照耀了大地一会儿,便逐渐暗淡了下来。

鸟类逐渐消失了，兽类活跃起来。

一阵沙沙声传到我的耳朵里。很快我发现了响声的来源——那是一只林狸，这种动物介于狗、貂和貉子之间。它身长将近80厘米，腿部很短，脑袋尖尖的，尾巴很长，通身灰白，部分身体呈暗色和白色，蓬松的毛发让这种动物看起来比实际要大了一圈。

林狸在整个乌苏里地区都有分布，大部分位于西部和南部，主要生活在沿河谷地。这种动物很胆小，多数都习惯夜间活动，尤为贪吃，称得上是杂食性动物，它不拒绝植物，但最喜爱鱼和鼠。若是夏天补充了足够食物，冬季林狸就会进入休眠状态。

目送它走远后，我又站了一小会儿才接着前行。

过了半小时，天空的光线又向西偏移了一些，先从白色变为淡绿色，随后变为黄色和橙色，最终变为暗红色。大地缓慢地完成了自己的转变，离开了太阳，迎向夜晚。

这时我听到树枝的折断声，随后伴随着一阵喘息声。我停在原地。从黑暗包围的密林中出现了两个深色的庞然大物。我认出那是野猪，正朝河边走来。根据这两只动物不紧不慢的脚步，它们并没有发现我。一只野猪体形大一些，另一只略微瘦小些。我选中略小的那只，向它瞄准。突然那只大野猪发出一声尖锐的叫声，与此同时我扣下了扳机。枪响声伴着回声在整个森林回荡了很远。那头大野猪奔逃而去。我以为没有打中，正想往前走，这个时候却看到了从地上爬起的受伤的野兽。我又开了一次枪，这头野猪扑倒在地，又想要爬起来。于是我第三次开了枪。野猪终于倒下，一动不动了。我走近它，这是一头中等大小的野猪，不会超过130公斤。

为了不让野猪肉变质，我把内脏掏净，正想去宿营地找人，又听到了树林里响起了沙沙声。原来是德尔苏。他是听到我的枪声赶来的。当他向我询问，我打中了什么的时候，我才感觉后怕：我有可能失手的。

"不，"他笑起来，"我非常明白，你能打中。"

我求他告诉我为什么会这样想。赫哲人告诉我说，他并不是根据枪声得知这些，而是根据枪声之间的间歇。单独一枪是很难打中野兽的。通常不得不再补上两到三枪。若是他听到只有一枪，那么就意味着我并没有打中。而他听到的是三枪，而且是连着三枪，那就说明野兽已经逃跑，连续开枪是在追击。若是断断续续的枪响,那就说明野兽受了伤,猎人补枪把它打死了。

我们决定先把猪肝、猪心和猪腰子带走,天亮前暂时把野猪留在原地。随后我们在野猪附近分别放置了火堆,就往回走了。等我们返回宿营地时,天已经彻底黑了。

篝火的光倒映在河里形成了一条明亮的光带。这条光带似乎在移动,时而中断,时而又在对岸出现。从宿营地传来斧子的砍凿声和人们的欢声笑语。架在地上的蚊帐,里面火光点点,就像一只只巨大的灯笼。哥萨克们都听到了射击声,等待着猎获物。拿来的野猪肉立刻被做成了晚饭,随后我们喝足了茶,躺下睡觉,只剩一个看守着自由吃草的马儿的值日兵。

11日,我们继续沿着大南岔河前行。这里生长着大量雪松。随着我们向锡霍特山脉的挺进,适合建筑用的森林越来越少,取而代之的是适合作手工艺用的树种,至源头附近则生长着满身青苔的稀疏云杉、落叶松还有冷杉。树根并不是深入地下,而是附着在地表,上面仅仅覆盖着一层苔藓。因此树龄都不会太过长久,竖立地并不坚挺。20年的幼树仅靠一个人的力量就能轻松推倒。树木的衰亡是从树顶开始。有时,已死去的树木还会长久地直立着,但只要轻轻晃动一下,树木立刻就会扑倒,摔成碎片。

在爬上陡峭的山脉时,尤其是背后有负荷时,总是要小心。得认真地察看抓取的树木,不然人在树木伏倒时会立马失去平衡。此外,枯木的碎片也有可能打破脑袋。白桦的木质总是比树皮损坏得更快,碎屑会飘洒出来,地面上只会留下桦树皮。

这样的森林总是空荡荡的,哪里都看不到野兽的踪迹,看不到鸟类,也听不到昆虫的嗡嗡声。绝大多数树干都是单一的灰褐色。这里没有灌木丛,也没有蕨菜和苔草。不论看向哪里,周围到处都是苔藓,无论是脚下、石头上还是树枝上。这样的泰加林给人一种忧愁之感,里面总是一片死寂,只有单调的、吹过干枯树顶的风的呼啸才会偶尔破坏这片死寂。这样的声音中含有某种凶恶和警告的意味。乌德海人认为,这样的地方是恶灵的居所。

快到傍晚时,我们还差一点距离才能到达山口,就在锡霍特山脉的山脚停驻了。我派几个哥萨克出去察探,自己和德尔苏留在了宿营地。我们很快支起了一个单面坡的帐篷,在火上挂上茶壶,等待人们回来。德尔苏不作声地抽着烟斗,而我在日记本上写着笔记。

在由白昼转向夜晚之时有一些神秘之物。这时候森林变得阴暗而忧郁,周围笼罩着可怕的寂静。随后出现了某种几难耳闻的声响,就像深深的叹息。声响是从哪儿来的?就像是泰加林自己在叹息。我停下手里的活儿,竟然陷入了周围环境的影响之中。德尔苏的声音将我从沉思中拉了出来。

"我们在这里很难睡。"他好像自言自语地说道。

"为什么?"我向他问道。

他用手指向团团雾气,这些雾气出现在山间,好像鬼魅般在森林里游荡。

"你,长官,不明白。"他继续说道,"他毕竟也是人。"

接下来从他的话里我明白,从前那是人,但是他们在山间迷了路,饥饿而死,现在这些亡魂常在泰加林中那些生者少去之地游荡。

突然,德尔苏警觉起来。

"听着,长官。"他小声说道。

我仔细倾听。去往哥萨克方向的相反方向,从远处传来了奇怪的声音,就像有人在那里砍树一样。随后一切又安静下来。过了大概十分钟,又有声音传来。这次好像有人在把铁器弄得哗啦哗啦响,但距离非常遥远。突然一阵强烈的响声沿着整个森林划过。应该是一棵树倒了。

"这是他,他。"德尔苏惊恐地嘟囔道,我明白他说的正是那些迷路饿死的亡灵。随后他跳起来,用自己的方式生气地往泰加林中喊着什么。我问他这是什么意思。

"我小小地骂一下。"他回答道,"我对他说,我们只在这里睡一夜,明天就走。"

这时候哥萨克们察勘回来,宿营地又活跃起来。那些夜晚的声响再也没有听到,这一夜过得非常平静。

次日,我在天亮之前醒来,立刻叫醒那些还在酣睡的哥萨克。天才刚亮,我们都已上路了。

从大南岔河一侧上山的山坡又长又缓,另一侧连接海洋的山坡则很陡峭。山口本身是一个相当深的鞍状山脊,上面覆盖着针叶林,高达879米,我给它命名为扎贝蒂山口。

在锡霍特山脉较深的山脊附近总是耸立着高高的山峰,这里也是这样。在我们左侧高耸着一座大山,山顶平缓,被称为"土顶子"。

我将哥萨克们暂留在山脊中等待,就和德尔苏上了山。依据地形目测高度可达1160米。上坡起初平缓,越向山顶靠近就越陡。无可争议的是,土顶子山是这一地区最高的山峰,山顶是一个不大的、长满了青草的土台,边缘生长着矮种赤杨和白桦。

再往上,从山顶展示出一幅壮阔景色,我们的面前展开了一幅美丽的全景。下面的大地如同海洋,山峰就像起伏的巨浪。最近的山峰蜿蜒曲折,其后山峰连绵不绝,轮廓都罩上了一层淡蓝色的轻烟。锡霍特山脉在此处略微转向海边,随后又转向东北方向。土顶子山正好位于转弯处的角落。在山顶我能够很容易分辨山间皱褶的分布与河流走向。里伏锦河与纳恩图河流向西,向东北方向流的是捷丘贺河,金子河往东流向,而弯沟河流向为东南。

喝完茶后,我们向与鞍状山脊相反的方向下山。

我不知道哪个更难一些——上山还是下山。确实,上山时喘气很重,但身体状况好一些。下山时则不得不一直负担身体本身的重力。每个人都知道沿着岩堆向上容易,沿着岩堆向下又是多么困难,得一直用脚撑住石头、倒木、灌木根、草墩子等物。上山时并不危险,但下山时总是要小心一点。下山时很容易从陡坡踩空,头朝下摔下去。

爬土顶子山花费了一天时间。我们下到鞍状山脊时,天色已经很晚了。在山口坐落着一座小庙。哥萨克们在里面找到了一些冰糖,就坐下喝起茶来,悠然自得。

这里正如外伏锦河边及翻越锡霍特山脉时一样,植物的差异会令观察者感到惊讶。一到分水岭我们就进入了阔叶林,针叶林和苔藓都没有了。

在弯沟河源头,有一座中国的碓子房,叫作"曹操沟子",我们就在里面过夜了。

黄昏前,我拿起枪出发去察看一番。我走得很慢,经常停下倾听。突然一阵奇怪的声音传来,是如同唱歌般的鸦鸣。我隐藏起来,很快就看到一只乌鸦。这只鸟比寻常的乌鸦个头都要大,发出的叫声相当不同,甚至还很悦耳。它卧在树上,好像在同自己说话一般。我在它的声音里共能数出九种音调。这只鸟儿一注意到我,吓得从原地落下,向后飞去。在一处介于树皮和木质的裂缝中,我发现了一个旋木雀的巢穴,随后见到了这只鸟。这只灰色的活泼快乐的鸟儿在树间跳跃,用长而纤细的鸟喙探索着树皮。有时它背部朝下,用爪子抓住树枝。在这只鸟儿旁边奔忙着两只䴓鸟,它们小声尖叫着,伶俐地察看着树上的每一个皱褶,用锥形的如同凿子一般的喙啄击着,不是直接啄击,而是从侧面,从不同方向啄击起来。

回来的路上我打了三只松鸡,这些松鸡够我们吃一顿丰盛的晚餐了。

黎明时分(今日已是8月12日),德尔苏叫醒了我。哥萨克们还在睡觉。我们拿上沸点气压计,又一次登上锡霍特山脉。我想要从鞍状山脊的另一侧测量一下高度。我能弄明白的是,锡霍特山脉在这里是向西南方向延伸,通往大南岔河的坡度较缓,而通往大柞树河的坡度陡峭。一面山坡只有苔藓和针叶林,而另一侧是生机勃勃的阔叶混交林。

等我们返回房子的时候,队伍已准备好出发了。士兵和哥萨克们都已吃过早饭,煮了茶,等我们返回。我吃了点饭,吩咐他们给马备鞍,自己同德尔苏一起沿着小路向前走去。

弯沟河正是高山泰加林河流的代表,长约20公里,沿着覆盖优质建筑用木材的纵向褶皱谷地流淌。在这一段距离中有五条支流纳入其间:其中三条来自左侧,分别为东岔河、小岔河和小弯沟河,两条来自右侧,是大西岔河和小西岔河。

不太好的是弯沟河并不平稳,因为它的河床被砾石堆积,还满是倒木。

在第一条河流的河口附近我们停了下来,等待驮队。

德尔苏坐在小河岸边,开始换鞋,而我接着往前走。小路在这里拐了个120度的弧形弯。走开几步,我往回望去,看到德尔苏坐在河岸上。他向我摆摆手,示意我不必等他。

我刚走到森林边就撞上了野猪群,但没来得及开枪。一发现这些野猪奔跑的方向,我就径直跑向它们。确实,没过几分钟我又追上了它们。透过密林,我看到有什么东西一闪而过。等到那个暗色斑点停下的时机,我一瞄准就开了枪。在那一瞬间,我却听到一声人的惊呼,随后是痛苦的呻吟。巨大的恐惧攫住了我。我明白打中的是人,透过草丛奔向了那个如同受到命运笼罩的地方。眼前一切让我大吃一惊，如同当头一棒：地上躺着的是德尔苏。

"德尔苏！德尔苏！"我仿佛用不是自己的声音在喊，急忙扑向他。他用左手撑着地面，用手肘稍微立起身子，右手盖住眼睛。我拉着他，着急而惊恐地询问子弹打到哪儿了。

"背疼。"他回答道。

我急忙解开他的上衣。他的外套和衬衣已被打破了。最后我终于给他脱下了衣服，宽慰的叹息不禁脱口而出。并没有发现子弹造成的伤口，在被震伤处周围有一块比五戈比钱币稍大的瘀血。这时候我才注意到我就像发了寒热一样哆嗦得要命。我告诉德尔苏他的伤势后，他也放松了下来。他注意到我的紧张，安慰起我来：

"没什么的，长官！你并没有错。我本来在后边。你怎么会明白，我走到前面了。"

我扶起他来，让他坐好，便询问这是怎么回事，他是怎么会在我和野猪群之间出现的。原来，他和我是在同一时间注意到野猪群的。他那与生俱来的猎人激情立刻熊熊燃烧起来，他跳起来，扑向那群野猪。因为我正沿着弧形小道前进，而野猪是直行的，德尔苏在追踪野猪的时候很快就赶上了我，他的外衣在颜色上同野猪的毛发又出奇地相似。那时候德尔苏正弓着腰在密林中行动，我将他误认为野猪，就开了枪。

子弹打破了外衣，震伤了脊背，他的双腿也不听使唤了。

过了大约十分钟，驮队来了。我的第一件事就是给德尔苏的伤处抹药，随后让出一匹空马，将辎重分放到其他马背上。我们把德尔苏安置到这个空出来的马鞍上，接着前行，离开这个该受诅咒的地方。

中午之后，在弯沟河流入三条支流处，我们又找到了一处碓子房。接着往前走是不行的：德尔苏的脑袋和背部都疼痛不已。

我决定停下过夜。我们把德尔苏抬到房里，放到炕上。我尽了最大的努力去照顾德尔苏。第一件事就是给他热敷，为此还把一整个蚊帐撕成了碎布条。

傍晚，德尔苏平静了些，但我还是惊魂未定。我射中了救命恩人，这让我不得安宁。我诅咒今天，诅咒野猪和打猎。毕竟，要是我往左偏斜一点儿，要是我的手稍微哆嗦了一下，德尔苏就被打死了！我一整夜都没法入睡。我总是感觉到森林、野猪、枪声、德尔苏的尖叫，还有他躺倒的灌木丛。我在惊恐中从炕上跳下来，几次走到户外。我努力安慰自己，德尔苏还活着，就同我在一起，但无济于事。于是我生起篝火，试着读起书来。但很快我就注意到，我脑子里并不是书上所写，而是另一幅画面。最后天终于亮了。让我感到开心的是，有一个轮值的司务长醒了。他做着早饭，我就在旁边打下手。

早上，德尔苏感觉好些了。背上完全不疼了，他开始下地走路，但还是抱怨头痛和没有力气。我吩咐再拨出一匹马给我们的病号。到了早上9点，我们从宿营地出发了。

在弯沟河下游分布着些许沼泽。在这里有一些不大的空隙上有肥沃的土地，长满了榛树、胡枝子、芦苇和艾蒿。距离河口约5公里处，往左有一条小溪流入弯沟河，中国人称之为大砬子沟，意为"巨大悬崖的谷地"。确实，这里有一个大悬崖。构成悬崖的岩石在太阳、雨和风的作用下，变成了泛白而松散、类似黏土的糊状岩石。据鞑子说，在适宜采割鹿茸的夏季，总是有大批马鹿到这里来，它们很愿意啃食这种土。在距离悬崖的最近处观察，可以发现上面确实能找到许多野鹿啃食的印迹。悬崖被它们从一侧啃食得如此之多，形成了一处大约一俄尺深的洼地。

距离悬崖不远有一个鹿窖，就是阻挡兽类去往饮水处的栅栏。鹿窖一部分是用森林中的倒木，还有一部分是用现砍的树制成的。为了防止动物用腿蹬开，还用木桩将其加固。有几处留有通道，底部挖有深坑，上面巧妙地遮盖上青草和枯叶。晚上野鹿来找水，撞上栅栏，想要绕过的就会落入坑里。这样的鹿窖有时能长达50多米，大约设有200个陷阱。

弯沟河边的鹿窖早已废弃。看得出来，中国人早就不来此地了。我们在一处陷阱里找到一头雌鹿。看得出，它落到这个陷阱已经有三天了。我们停下讨论怎么将它救出来。有一个士兵想要下到坑里，但德尔苏建议他不要这样。野鹿可能会自己撞死，还有可能撞断猎人的腿。于是我们决定用套马索将它拉上来，也确实就这样做了。我们抛下两个套索套到鹿腿上，又抛下一个套索套到头上，迅速将它拉了上来。它好像快要憋死了，但套索刚一松开，它就动了起来。这头鹿喘息了片刻就站起来，颤抖着往前走去，还没走到森林,一看到小溪就自顾自地使劲喝起水来。

德尔苏疯狂地骂起中国人来,说他们废弃了鹿窖,却不把陷阱填上。过了一小时,我们走近了熟悉的鹿窖。德尔苏已经彻底康复,本想自己去毁坏鹿窖,但我劝他留下,休息到明日再说。午饭后,我提议所有的中国人都去干活,吩咐哥萨克们看着他们,好把所有大坑都填平。

下午五点后,天气开始变坏:从海上吹来了雾气,不知从何时起,天空布满了乌云。黄昏时分哥萨克们回来了,报告说他们在三个陷阱里还找到三头死鹿和一只活狍子。

接下来整整一天,我们都待在原地。天气比较多变,但大部分时候都是阴雨连绵。人们清洗、缝补衣物,擦拭武器。德尔苏的康复让我有着说不出的欢欣鼓舞。

中午过后,我们听到了枪响,这是格拉纳特曼和麦尔兹亚科夫告知我们即将返回了。我们见面后都欢喜雀跃,急着彼此询问和告知都去了哪儿,发现了什么新奇事物,一直聊到深夜。

8月14日,我们准备好要继续旅行。我打算沿金子河溯源而上,再下到捷丘贺河,而格拉纳特曼和麦尔兹亚科夫着手沿着弯大沟河的路线行进,这条河在河口不远处从右侧流入捷丘贺河。

8月15日上午九点,我们两队分开来,各自按行程前进。

一直飘荡在谷地的浓雾,突然开始向上飘散。起初山脚露了出来,随后山坡和山脊出现了。雾气到达山峰后,伸展成桌布一般不再移动。看来马上就要下大雨了,但最终对我们有利的自然力占据了上风:虽然这一天是阴天,但并没有下雨。

金子河长约50公里,总流向为从北向南。在还未流至大柞树河之前,金子河急遽转向西边,同大柞树河平行流向了一段时间。山脊的一条高耸支脉坐落在这两条河之间,由粗面岩、带有板状纹理的霏细岩和绿色矿化石英岩构成。山间森林稀少,生长着白桦树、黑桦树、槭树、柞树和椴树。想要去到金子河的中国人会经由这一支脉直行,这样能极大地缩短距离,节省时间。在最末3公里处,河流又向南偏斜,呈直角流入大柞树河。

起初有空地沿着金子河谷地延伸了大约10公里,彼此由不大的小片森林隔开,随后是接连不断的森林,正如里伏锦河边的森林一般茂盛。我在这里第一次发现了带有三角形叶片的日本桦树,据说这种树常在大柞树河以南才能遇见,随后是瘤枝卫矛(枝叶有茸毛,长有淡白色叶片),长有小型果实的杏树和黑樱桃,黑樱桃这种树总是独木生长,结黑色无味的果实。在另一处我注意到有树叶略微垂下的矮柳和灰柳(时而呈灌木状,时而呈树木状)。还能见到茶藨子灌木,它那美丽叶片、微小果实总是很容易被辨认出来,间或还有叶片细长尖锐的集生草。

有一些树木大得惊人。齐胸环抱测量树干长度得出了如下数字:赤松2.9米,冷杉1.4米,云杉2.8米,白桦树2.3米,杨树3.5米,黄檗1.4米。

金子河沿着谷地流淌得极度弯曲。有部分地方极其微小,沿着砾石流淌,有许多浅滩,也有些地方形成了深坑。有大量水由于外来杂质的进入而映射出美丽的蛋白色调。

飞虫日渐减少,活儿变得轻松许多。但是又出现了一种淡黄色的、冷酷而凶狠的蚊子。

从右侧流入金子河的第一条大支流是干河子。沿着这条河可以去往弯沟河。这一天我们走得相对较多,晚间在一座废弃碓子房附近的茂盛森林里留宿。

天黑以后,海上的风又吹来了雾气。蒸汽的冷凝作用很大,直接沉入地面,催下起毛毛细雨。雾气浓重,几步之外都看不到人。在这样湿气繁重的天气里,没人想一直坐在火旁。

晚饭后,所有人都像说好了似的,爬进蚊帐里睡了。

随着太阳升起,雾气消散了。和往常一样,我和德尔苏没有等哥萨克们备好驮马,就先行起程了。

越往前走,森林就越是荒凉。在这片原始的泰加林中,有某种诱人深入其间,同时又因其未知感而令人惧怕的东西。在大自然平静的力量之下,这里生长着满洲里植物群的所有阔叶林和针叶林代表。这些沉默的巨人若能说话,必能将它们生长在大地上二百至三百年间的亲历与见证讲上许多。

很少有人能成功进入泰加林深处,泰加林实在是太过庞大。行路人不得不面对植株之力。泰加林有许多秘密隐藏于自身,还牢牢把持着不让人窥探一二。它看起来阴郁而沉默,这是第一印象。但若有人偶然能与之近距离相识,很快就会熟识于它;若是长久没有见到泰加林,还会思念成疾。

从表面看它一片死寂，但实际上充满生机。我和德尔苏不紧不慢地走着，观察着泰加林里的鸟儿。

密林中一闪而过一群机灵的田鸦。树上到处都能看到乌苏里小啄木鸟，里面尤为有趣的是一只金脑袋的绿啄木鸟。

它正在卖力凿树，丝毫不惧怕人的靠近。另一处轻快移动着几只深色的鸫鸟。旁边的树枝上立着两只松鸦，这种鸟乐于模仿其他鸟类。有一次我们惊起一只灰背隼，它正低低地贴地飞行，很快隐藏到树后。

一群蜻蜓在水面嬉戏。一只鹡鸰在追赶一只蜻蜓，它试图在空中抓住蜻蜓，但蜻蜓灵巧地躲开了。

突然旁边有只星鸦紧张地鸣叫起来。德尔苏给我做了个停下的手势。

"等一等，长官，"他说道，"他正过来。"

确实，叫声临近了。毫无疑问，这只紧张的鸟儿是在沿着森林迎接什么。过了大约五分钟，草丛里走出一个人。一看到我们，他如同定住一般停下了，脸上满是紧张。

我立马认出，这是一个挖参人。他穿着蓝布做的衬衫和裤子，皮质软底毛靴，脑袋上戴着一顶桦树皮帽。他身上前面穿着一个防露水的油布围裙，后面腰带上系着一张胡獾皮，这样坐到湿木上时就不用担心弄湿衣物。他的腰带上挂着一把小刀、一根挖参所用的骨针，还有一个盛打火石和火镰的小口袋。中国人的手里拿着一根长棍，好拨开草丛和脚下的落叶。

德尔苏与他说话，告诉他不要害怕，走近前来。这人大约55岁，头发斑白，脸和手都晒成了古铜色。他手里没拿任何武器。

当这个中国人确信我们不会伤害他，便坐到一棵倒木上，从怀里掏出一块布擦拭起自己满是汗珠的脸。老人的全身都写着疲惫。

这就是他，挖参人！这是一种行路人，他去往高山，将自己处于森林之灵的庇护之下。

我们从询问中得知，他在金子河上游有一所房子。但在寻找人参这种神奇的根系植物之时，他有可能走得太远，好几周都不会返回自己的房子。

他告诉我们怎么找到他的住所，还提议我们在他的房子里过夜。休息片刻后，老人同我们告别，拿上棍子接着向前走了，我一直目送着他。有一次他弯向地面捡起苔藓，把苔藓放到树上。在另一个地方，他将稠李枝打成一个花结。这些都是设下的记号,表示此地已被察看过,其他挖参人就不必在此处浪费力气了。这很有用,因为这样挖参人就不必在同一地点反复寻找,徒然浪费时间了。过了几分钟,老人渐渐远去,我们也踏上了自己的路。

中午时分我们正处于从大柞树到山口的半路,快到晚上的时候,我们已经到达五道沟,就是金子河的上游支流。在这里我们确实发现了一所类似当地人帐篷一样的小房子,有两扇房顶,直接撑在地上。按照房门方向分布的两扇窗户曾糊上了纸,破碎后又用布条糊住。这里没有任何捕猎用的武器,有的是铁锹、刮板、小铲、大小各异的桦树皮盒和挖参用的骨针。

距离房子大约五十步远,坐落着一座小庙,上面有如下题词:"镇山林网 昔日汉朝治国相 今做人间福禄神"。意思是:"山林之主(老虎)。在古代汉朝时曾拯救国家,现在是赐予人幸福的神灵。"

金子河上游是由两条一样大小的河流组成:西岔河和东岔河。西岔河流向纳恩图河,东岔河流向丘捷贺河,那里正是我想要去往的路。从挖参人的房子出来有一条小路,但小路很快就没有了,我们又得整日走在荒地上。金子河河谷和所有地壳构造形成的谷地一样,是逐渐变窄的。上游部分堆满了冲击而来的碎石,可以推断多雨季节会注满雨水。构成金子河与丘捷贺河分水岭的山脉是锡霍特山脉的支脉,平均高度可达1100米。分水岭的山脊非常平稳,没有突出的山峰和深邃的鞍状山脊,由高岭土化的石英斑岩构成,里面含有长石结晶。

返回海滨

翻过山口，我们随着河水往东的流向，在大约下午三点半时来到了银子碴子沟河，它的名字意为"银色悬崖的谷地"。这条河是捷丘贺河最大，也是最靠近海洋的支流。银子碴子沟河上游也是由两条小河组成，这两条河也叫西岔河和东岔河，每一条河都是由数条小溪组成的。

这一天我们到达这两条河交汇之处，在茂密的森林里过夜。

这里的河流中有许多红点鲑，我们用手就可以捉到。这些红点鲑成了我们每日的早饭和晚饭。应该指出的是，这种鱼在乌苏里地区分布尤为广泛。据本地土著们说，从锡霍特山脉往西，分布最广的是细鳞鲑，这种鱼在沿海地区几乎没有。

士兵们着手钓鱼，而我拿起猎枪出发去山上察探一番。我一直走到黄昏时分，却一无所获，于是沿着河岸返回。突然我听到从一个水坑里传来哗啦啦的水声。我小心地靠近悬崖，向下看去，看到两只貉子。它们都正在专心抓鱼，完全没注意到我的存在。貉子用前爪站立在水中，努力用牙抓住从它们身边滑过的游鱼。我一直观察着这两只貉子。有时它们急遽向后转去，扑向不知从哪儿冒出来的鼩鼱，匆匆忙忙地挖起地来。终于有一只貉子抬起头来，认真地朝我的方向看了一眼，随即发出了一声狗吠似的声音，这两只貉子就迅速消失在草丛中，再也没有在小河边出现。

我到宿营地的时候，发现大家都已到了。晚饭后我们又做了大约一小时每日自己需做的活儿，随后喝饱了茶，找自己舒服的地方睡下了。

第二天我们继续沿着银子碴子沟河前行，河谷的中间部分逐渐变窄，但随后又开始变宽。右侧的山峰陡峭险峻，在其峭壁上曾经找到银铅矿脉，这也是河谷之名的由来。银子砬子沟河谷地大部分不长森林,因为上面的土地是石质的,完全不适宜耕作。人们忽视了这里,迁居至河口附近。

在整个流向中,银子砬子沟河仅从右侧流入两条不大的山间小溪:大麻岔子沟和盘肠沟。在这两条小溪汇聚之地出现了一条鞑子捕猎者和中国捕貂人共同铺设的小路。

沿途我注意到,在一些地方土地已经被拱起、挖开。我以为是野猪干的,但德尔苏给我指了指被啃掉树皮和叶子的小树,说道:

"它很快就开始叫了!"

从他的解释里我弄明白,马鹿的嫩角正在增固,它想要蹭掉角上的表皮,为此在小树上乱蹭。另一头来到此地的雄鹿会明白这意味着什么。它会发怒,用蹄掘地,还会用角猛撞小树。

银子砬子沟河在离海5公里处流入捷丘贺河。捷丘贺河谷地的下游是三块宽阔的盆地。

在距离河口2公里处有一片沼泽。沼泽的沙土堤和一洼死水说明这里之前曾经是一片大海。在陆地增长的过程中,有三方面因素参与了进来:海岸线的下降运动、河流的淤积和海洋的惊涛拍岸。

在海湾附近河流突然向右转弯,一直流向海岸,仅靠一条沙嘴与大海相隔。从前捷丘贺河河口位于谢维尔内角附近。1904年大洪水时,河流冲破了大坝,一直流向海湾。在从前的河床处,水势刚刚减弱,海沙就漫过了河口。就这样形成一条没有出路的支流,随后逐渐变浅。这条支流迅速变为沼泽。距离大海约1公里的土堤间尚保存的一条狭长湖泊,大概就是海湾最深处了。现在这个湖泊几乎整个都长满了青草。

湖里游满了野鸭。我和德尔苏为打猎停了下来,队伍依旧向前。射击在湖泊上游弋的野鸭是没有意义的,没有小船我们也没法抓到他们。于是我们开始射击飞鸭。我用鸟枪,而德尔苏用的是步枪,他几乎弹无虚发。

看到他的枪法,我不由自主地出声夸赞起他来。

"我从前打得好,"他回答道,"从来子弹都不落空。现在稍微差点儿了。"

在这一瞬间,一只野鸭飞过了我们上空。德尔苏迅速举起枪并开了一枪。被子弹射中的野鸭在空中旋转,石头般向下坠落,沉重地落到地上。我停下来,惊讶地时而看看他,时而看看鸭子。德尔苏开心起来,他提议让我向上抛鸡蛋大小的石块,我扔了十个,其中有八个都被他在空中击中。德尔苏表现出满意的神情,他并非出于虚荣,而是为能将打猎作为谋生之技而感到欣慰。

我们一直沿着这个湖泊溜达,打着野鸭。时间不知不觉地飞逝而去了。等到整个谷地都充满了落日的金黄光线,我知晓白日将尽了。繁忙的一日后平静安宁来临了;整个大自然都要休息了。太阳刚刚落至地平线以下,夜色就从从另一侧升起来了。

在我们面前有一大片沙滩,足有 3 公里。考察队如同沙漠中行进的驼队在前面很远,我们迅速捡起打到的野鸭,循着队伍的足迹跟了上去。

我们的驮队在大海附近停了下来。过了几分钟,上空飘起了一缕白烟——这是在宿营地生起了篝火。过了半小时我们和自己人会合了。

士兵们在海岸附近漂木制成的小房子旁过夜。这里住着两个中国人,他们在浅水区捕捞紫壳菜。他们很是亲切地招待了我们。

走了一天,大家都非常疲倦了。不幸的是,我的脚后跟磨坏得很严重。大家也都需要休息一下,于是我决定休整一天,顺便等格拉纳特曼和麦尔兹亚科夫返回。

晚上,脚疼得我睡不着,等天亮起来的时候,我很是高兴。就在我坐在篝火旁的时候,我观察到大自然逐渐苏醒的过程。

最早醒来的是鸬鹚。只见它们缓慢地、不紧不慢地朝海上飞去,大概是去觅食。在长满青草的海上,一群群野鸭飞过。无论是海上、地面上还是空中都是一片深沉静谧。

德尔苏比大家起得都早,煮起茶来。这时候太阳开始升起来了。太阳好似有生命一般,先是从水中露出一小边,随后脱离了地平线,直至升上天空。

"多么美丽啊!"我尖叫道。

"他是最重要的人,"德尔苏回答我说道,指着太阳,"他完蛋——一切也就完蛋了。"

他又停顿了一会儿,接着开口说道:

"大地也是人。他的脑袋在那里,"他指向东北方,"脚往那里,"他指着西南方向,"火和水也是两个强壮的人。火和水完蛋,那一切也就马上完蛋。"

这些话语里潜藏着许多万物有灵的东西,简单朴素却内涵丰富。听到我们的谈话声,士兵们和哥萨克们也醒来了。我一整天都待在原地。士兵们也休息起来,只是间或查看一下驮马,好使它们不会离开宿营地太远。

今天我们张罗了一次行军澡。需要支起一扇两面的帐篷,然后在一侧篝火上架起石块,在中国人那里用一口大锅和两个煤油罐烧起热水。一切准备好后,在帐篷外用水泼湿帐篷,把烧红的石块放进帐篷,蒸汽就散发出来。我们搞了一个相当不错的蒸汽浴。当然,帐篷很小,不得不轮流去洗。一些人洗的时候,另一些人就把石头烧红。

大家开着玩笑,欢声笑语地闹着,最后终于把澡洗完,把衣服也洗了。

接下来的三天都在修补鞋子中度过。我首先关心的是把粮食送到帕利切夫斯基那里,他正在捷尔内伊港收集植物。幸运的是,在捷丘贺河河口我们碰见一艘驶往北方的大帆船。德尔苏与这艘船的主人——一个满洲里黑把头说妥,让他顺便去一趟捷尔内伊港,把信件和两箱辎重交给帕利切夫斯基。

这些日子里天气较为多变:从西边吹来了凛冽的大风;夜晚变得凉爽起来,秋天临近了。

我的脚痛好得很快,很快就能重新上路了。

在捷丘贺河流入海洋处既没有海湾,也没有海港。深入陆地的海岸线在天气不好时并不能给航船提供庇护,一旦风开始变凉爽,这些船只就会赶忙抛锚起行,离开岸边。捷丘贺河海湾(这是它今后的称呼)南北两面都包围着不高的山丘,这些山丘上都没有树木生长;只有在阳光普照之处和那些不受海风侵扰的地方才三三两两生长了一些纯粹只能作为薪柴的柞树和椴树。南部的高地是沿垂直线从山顶到山脚被冲刷高山的典型,布里涅尔角是其尽头。这是一片孤立的悬崖,以沙石与砾石形成的冲积沙嘴同大陆相联结。沙嘴中间是一座不大的但相当纵深的咸水潟湖。从布里涅尔角往南,大约离岸两百米处,从水中还耸立出两座悬崖,被称为"兄妹石"。从前那是两扇海岸的大门,拱顶已然坍塌,只剩下一些柱子。若是从捷丘贺河海港的北岸向布里涅尔角看去,会感觉那些柱子是立在陆沙嘴上。

在岸边峭壁上往南一点,可以看到带有热硫黄夹层的火山凝灰岩。从海港的北面看去,山脉的尽头是高约75～98米的悬崖,悬崖上带有狭窄的、被海岸拍击的冲积带,大海往冲积带上冲来大量海草。

这种海草积聚处是不同种类鹬的栖息地。我最先注意到的是在沙滩上快速跑过的阔嘴鹬。它们步入水中,好像完全没有注意到拍岸的激浪一般。旁边是红脚鹬,这种温顺的红腿小鸟成群生活,在草丛中出没觅食。看到有人靠近,它们惊恐尖叫着飞走,先是飞往大海,随后急遽转弯,又像服从命令似的一起飞回岸边。在海草同沙滩两相交替之地可以看到长嘴鹬。这种讨人喜欢的小鸟经常在木片、石块和贝壳下面翻捡,有时去往水里,但仅仅是在拍岸的波涛比平时要大一些、冲上岸边的时候。在海水没退时,它们会向上飞并停留在空中。在离长嘴鹬不远的岸边,两只蛎鹬正规规矩矩地踱来踱去,啄食着什么。在海角附近游弋着灰背白肋的海潜鸭和毛色斑驳的花丑鸭,它们不时潜入水中觅食。上到水面后,这些野鸭四处察看,用自己短小的尾巴划着水,又俯冲入水中。再往前的海面上生活着斑头鸬鹚。它们下潜得非常深,能够从距潜水处很远的表面露出头来。海上盘旋着许多海鸥。在这些海鸥中尤为明显的是黄脚银鸥。有时它们落入水中,发出疯狂的叫声,犹如人的笑声一般。海鸥轮流从水上飞起,彼此超越着飞过,又落到旁边,有时用喙互相啄啄,或是抢走别只鸟儿的战利品。在另一侧捷丘贺河河口上方盘旋着两只白尾海雕,它们一下落至岸边,渡鸦、海鸥和鹬鸟都得给它们让位。

最后两天都在打雷下雨。23号晚上的雷雨尤为剧烈。从早上就看得出来,在大自然中准备着什么:一整天都非常闷热;空气中都是雾气。雾气逐渐增大,消散开来,中午之后近处的山脉轮廓已然模糊不清,天空变得泛白。太阳周围出现了一圈黄色日冕,已经可以直视。

"阿格迪(大雷雨)快要来了,"德尔苏说道,"通常都是这样。"

大约下午两点,西边传来一阵闷雷。所有鸟儿一瞬间都消失不见了。天色变得阴沉起来,从上空落下了乌云,随后下起了稀疏的雨。突然一声强有力的雷声在空气中炸裂开来。强烈的闪电在各处不时闪过,往往一阵雷声未完,另一阵雷声又起。山间回声复制了雷鸣,向人间的四面八方都传遍雷声,落雨时又出现一阵旋风。狂风折断了嫩枝,卷落了树叶,又将它们高高地卷入风中。随后下起一阵强烈的暴雨。暴雨一直持续到晚上八点。

次日又下了三场雷雨。我注意到越向海洋临近,雷雨就止得越快。水面划过的闪电只在大气上层、云层间闪过。值得期待的是,最后一场暴雨变成了小雨,而这场小雨一直持续了一整夜及接下来的两天。

8月26日雨势止息,天空略微放晴。早上太阳闪耀着无比的光芒,大地还残存着暴雨的痕迹。到处都是水洼,所有小溪都成了水量暴涨、满是水沫的河流。

这一天格拉纳特曼和麦尔兹亚科夫来到了捷丘贺河边。他们去往大甸子房的行程起初是沿着大柞树河,随后沿其左侧支流济木河前行。济木河由两条小河组成,这两条小河彼此相隔一处不大的、长满小森林和灌木的高地。一条河从北边过来,另一条从东边过来。

中国人铺设的岸边小路很是精巧。这条小路总是穿过直达海岸的那些谷地,选择最低的山口和尽可能平缓的上坡和下坡。以上两条河之间的山口高度达到200米。所有周围的山脉都是由石英岩构成的。

小路沿着离河口处不远流入捷丘贺河的弯沟河向前。弯沟河长约12公里,上游森林较多,下游多沼泽。森林较为稀疏,还有经常性森林火灾的痕迹留存。

在最后一所农房那里小路分岔了,一条沿着沼泽直通向大海,另一条通往捷丘贺河的浅滩,浅滩距离河口大约5公里。

8月26日我们休息了一天,27日用于集合,28日又继续上路。我、德尔苏还有四个哥萨克沿着捷丘贺河溯源而上,格拉纳特曼出发去往要子河,而麦尔兹亚科夫授命考察吉基特湾前的沿海一带。

就长度来说,捷丘贺河(乌德海人将其称为"诺古列")比近岸地区(约80公里范围内)南部的所有河流都大。其名称是汉语"猪之河"的变音,即"野猪的河流"之意。其得名由来是因为河边的野猪有一次曾咬死两个猎人。俄罗斯人的叫法则更为曲解,将"捷丘贺"称为"捷季哈",这种叫法已经没有什么重要意义了。

若是从大海的方向看向谷地,会发现捷丘贺河是从西边流过来的。但这个错误很快就被解释清楚:我们所见的谷地正是我们已然熟知的银子砬子沟河。

捷丘贺河的谷地是剥蚀谷,由一整排被群山环绕的盆地所组成。盆地之间的小路很狭窄,很难看清河流的流向。我们常把某一条支流误认作捷丘贺河,一直沿着这条支流行进,根据河流流向才知道自己走错了。

捷丘贺河与银子碇子沟河交汇处有中国人和鞑子生活。我数了数共有 45 所房子,里面有 6 座是鞑子的。这里的鞑子与我们在奥尔加湾附近见到的鞑子有所不同。他们在外表上就各有不同。他们领悟到一些中国文化,对生活的需求有所增加,却没能从根本上改变生活方式,随后他们的境况也就山河日下了。只有老年人还记得那些他们人口众多、独立生活的年月。当时并没有中国人,只有在他们来到之后才出现了那些导致鞑子大量死亡的恶疾。我没发现哪一家鞑子没有烟具,鞑子妇女尤为热衷这一致命嗜好。

我发现一个还记得母语的老婆婆,劝她同我分享一下她的知识。她只能艰难地想起了 11 个词。我把它们记下来,看来这些词属于乌德海语。五十年前,这个老婆婆(当时她 20 岁)一句汉语也不懂,现在她已完全忘记了所有本民族的东西,甚至是本族语。

这一天我们到了一个名叫莱谢尔的鞑子家里。捷丘贺河在这里从左侧流入了两条小河,是四仙洞儿河与西北沟河。

我们来到捷丘贺河时,正好是大马哈鱼从海中游向河里产卵的时候。想象下有成百上千 3.3～5 公斤重的鱼充满了整条河流,朝向急流溯游而上。一种抑制不住的力量使得它们克服重重阻碍,与湍急的河水迎面相向。

大马哈鱼在这时候不进食,仅靠冬季在海中积攒的储备能量存活。上面从河流阶地的高处,能清晰地看到水中的一切。鱼太多了,多得游鱼之间根本看不到河底的间隙。观察大马哈鱼怎样越过石滩是很有趣的。大马哈鱼呈曲线移动,不断地侧翻,翻着跟头向前。碰到阻碍前行的瀑布,大马哈鱼会跳出水面,尽力贴紧石头。尽管遍体鳞伤,大马哈鱼终究会到达河流上游,产下后代,随后死去。

一开始我们使劲地吃着大马哈鱼,但很快就吃厌了。

长久的海边休整后,人马又愉快地上路了。

远山都笼罩上夜间的蓝色雾霭。夜晚临近了,静谧很快将笼罩周围一切。我注意到,天色越黑,谷地里就越是充满一种暧昧不明的声音,听来像是人语和铁器的叮当之音。一些声音好似邈远,另一些声音则恰似近在眼前。

"德尔苏,这是什么?"我向赫哲人问道。

"中国人在赶猪。"他回答。我一时没弄清他的话,以为是中国人要把自己家养的猪赶回去过夜。德尔苏说不对,他说玉米没收、菜园里的蔬菜没摘之前,任何人都不能放猪进栏。

我们接着往前走去。过了大约20分钟,我注意到有火光,但并不是在房子附近,而是在房子对面。

"中国人赶猪了。"德尔苏又说道,我还是没弄明白。

最后我们绕过悬崖,来到了空地上。声音立刻明晰了。中国人喊出的声音,好像在同谁互相呼应寻找一般,还不时用棍子敲打一个铜盘。

听到队伍走近的声音,他喊得声音越发大了,还点燃了放置在小路附近的一堆柴火。

"等等,长官,"德尔苏说道,"这样走不好,他会开枪。他以为,我们是猪。"

我明白过来。若是中国人将我们当成野猪,确实有可能开枪。德尔苏向他喊了一句什么。中国人立刻回答了他,还向我们跑来,看得出来,他对我们的到来感到惊喜交加。

我决定在这里过夜。哥萨克们着手卸下马鞍,支起帐篷,我走进房子里找中国人攀谈起来。他们对自己的命运感到不满,说野猪一连三夜都来糟蹋耕地和菜园。过去两天它们几乎把所有菜园里的菜全都毁了,就剩下一点儿玉米。白日里中国人已经在玉米边上看着,但毫无疑问夜里野猪又会出来。中国人求我射几发空枪,他愿意付钱。随后他跑出房子,又呼喊敲打起来。远处在山外还有一个中国人也在干同样的事,再往后还有一个中国人。这些并不悦耳的声音传遍谷地上空,又消散在夜晚的空气中。晚饭后我们决定去打猎。

等到晚霞在天边消散的时候,中国人跑向玉米地,在附近点燃了火堆。我和德尔苏拿上枪出发去打猎。那个中国人也同我们一起,他还是一直在喊叫。我本想制止他,但德尔苏说这不碍事,野猪还是会去庄稼地里的。过了几分钟,我们已经在庄稼地附近了。我坐到一个树桩的一侧,德尔苏坐到另一侧等待着。篝火中向上冒起了如柱的白烟,从篝火落到地上的星点红光照亮了玉米、草丛、石头和附近的一切。

我们并没有等太久。庄稼地后面正好在我们所坐的位置对面,不久就响起了喧响声。响声很明显地逐渐增大了。几头野猪用蹄子踩坏了青草,由于闻到了人类气味,哼哼哧哧地表达着自己的不满。尽管中国人在不断叫喊,还有生起的火光,这些野猪还是径直向玉米地冲去。过了两分钟不到,我们就看到了这几头野猪,冲到前面的已经糟蹋起玉米来。我和德尔苏几乎同时开了枪。

德尔苏打死一头,我也打死了一头。野猪们向后退,但过了一刻钟,它们又出现在玉米地里。我们又开了两枪,但还有两头猪留在原地:有一头大张着嘴猛扑向我们,德尔苏一枪干倒了它。中国人捡起炭火扔向野猪。枪声一下接一下,但无济于事,野猪们一个劲儿地向前冲。我本想到打死的野猪跟前看看,但德尔苏不让我过去,说很危险,因为可能还有没死的。又等了一会儿,我们回到房子喝了些茶,躺下睡觉,但怎么都睡不着——中国人一夜都在鸣锣叫喊。

快天亮的时候,这个中国人看来是疲倦了。于是我陷入了沉沉的睡梦中。大约九点的时候,我醒过来,问起了野猪。原来,我们离开后,那几头野猪还是冲进了庄稼地,把剩下的玉米一踩而空。中国人简直绝望至极。我们只带走了一头野猪,其余的都扔在当地。

据中国人讲,从前野猪是很少的。它们是在近十年才繁殖得厉害,要不是老虎捕食了一部分,它们都得肆虐至整个泰加林了。

同中国人告别后,我们又踏上自己的路。

我们走得越远,谷地就变得越有趣。在每个转弯处,都能发现新的风景。艺术家会在这里找到取之不竭的材料。景色是如此美丽,哥萨克们都没法移开眼睛,像入迷般痴痴观赏。

周围耸立着山脊奇特、悬崖乖张的山脉,有的像仙人一般,好像在下命令保护山丘似的。其余的悬崖有的如同动物,有的好像鸟类,或是像一条悠长的柱廊。深入山谷的悬崖上长满了成串的攀缘植物,这些攀缘植物的叶片上染上了颓败的秋霜,像庙宇的柱廊,也像城堡的废墟。

捷丘贺河流域的大部分山脉都是由灰色花岗岩、斑岩和石灰岩构成。这里的森林树种尤为多样:海边大部分生长的是柞树和黑桦树,中间部分多为水曲柳、槭树、榆树、椴树和黄檗，近山部分开始出现冷杉，河流附近大量生长着河柳和赤杨。有时我们站在几乎生长在裸露石头上的树木前感到很不解，石头看起来连裂缝都没有，树木却牢牢地立于其上：它的根系从四面八方裹住石块，扎根于碎石之上。

河流中段从左侧纳入了支流戈尔布沙河。从远处看会误将其认作捷丘贺河，但事实上捷丘贺河偏左，流经一座山中峡谷。

在距戈尔布沙河还有两公里处，小路分了岔。供马队行走的小路需蹚水过河，而供人行走的小路则攀上悬崖，紧贴飞檐。这个地方历来被认为是危险之地，小路上的土石一踏上去就会向下掉落。

这一天我们到达了一座银铅矿。这里只有一所房子，里面住着一个朝鲜族守卫。他也抱怨老有野猪来捣乱，准备搬到大海那边去。矿场的原产地是大约40年前开发的，本想在这里开采出银矿，但没成功。后来此处被Ю. И. 布里涅尔立上了界桩。

蚊虫变得越来越少，现在只在黄昏前和黎明时分出现了。这大概可以用气温降低和太阳落山后的丰盈露水来解释。

夜间变得很冷，一年中最好的时候来了。但对驮马来说却不利，它们赖以为食的青草已逐渐枯萎。由于时常搞不到燕麦，一碰到农房哥萨克们就会买些粮食，在清晨出发前和晚上宿营时给马儿补点料。

朝鲜人的房子里有许多臭虫，这个朝鲜人不得不在外面睡觉，下雨时就躲到木板搭建的小棚子里。得知此事，我们就在离房子大约1公里处的河边宿营。

晚饭后我们都坐在篝火旁聊天。突然一点灰白色之物飞过，悄无声息。士兵们说是鸟，我觉得是一只大蝙蝠。过了一会儿，这只奇怪的动物又出现了。它没有扇动翅膀，而是水平飞过，略微下倾。这只动物落到一棵山杨上，随后开始沿着树干向上爬。它的颜色类似树皮一般，若是它停在那里一动不动，是完全发现不了它的。向上爬了大约六米，它停了下来，好像立在原地不动了。我拿起鸟枪，正想要射击，德尔苏制止了我。他很快割下几根小树枝，把它们绑到一根长棍子上，绑成扫帚的形状，随后靠近这棵山杨，把棍子举起来，尽量不挡住篝火发出的光亮。被火光亮蒙的小动物待在原地一动不动。当扫帚举得足够高的时候，德尔苏将它靠近杨树，随后吩咐一个哥萨克拿着棍子，自己爬到最近的一根树枝上，坐到上面，用扫帚像一个抹布一般罩住了自己的猎物。受惊的小动物吱吱叫起来，乱扑乱动着。原来是一只飞鼠。它属于啮齿动物类，松鼠科。其身体两侧、前后爪之间的皮肤有弹性皱褶，使其能够给从一棵树向另一棵树轻易滑翔。飞鼠的整个身体都覆盖着柔软丝般的灰白色皮毛，尾巴上有一条分毛纹路。

飞鼠在整个乌苏里地区都有分布，生活在白桦和白杨的混交林中。被抓住的飞鼠身长50厘米，宽（包括拉长的膜）为16厘米。哥萨克和士兵们都挤在一起，观察着这只会飞的啮齿动物。它那带有大耳朵和大大的黑眼睛的脑袋尤为有趣，这样的眼睛构造能够有助于它尽可能多地接收夜间光线。当所有人都看够了这只飞鼠后，德尔苏将它举过头顶，大喊了一句话，就把它放了。飞鼠立即飞上天空，隐没在黑暗之中。我问赫哲人，为什么要把飞鼠放了。

"他不是鸟，也不是鼠。"他回答道，"不能射杀它。有人告诉我，那是死去孩子的灵魂变的。灵魂有一段时间会在大地上用飞鼠的样子漂泊，随后会进入太阳落下那面的阴间。"

我一直和德尔苏讨论着这个话题，他还对我讲了其他动物。每一种动物都跟人一般，都有灵魂。他甚至对它们有自己的分类。比如，他把大型动物和小型动物分开，把聪明的动物和愚蠢的动物分开。他觉得貂是最狡猾的动物。

当问到哪种动物是最为有害的问题时，德尔苏想了想，说：

"鼹鼠！"

对于为什么是鼹鼠而不是别的动物的问题，他回答道：

"是这样，谁也不想射它，谁也不想吃它。"德尔苏想用这些话证明，鼹鼠是最无益没用的动物。

我环视了下周围，所有人都睡了。我向德尔苏道过晚安后，裹紧了毡斗篷，往火堆躺得近一些，也睡着了。

鹿鸣

次日是 8 月 30 日,我们接着前行。在距离朝鲜人房子 3 公里处,在"陡谷"之后山谷转向西北。山谷左侧依河流流向延伸出一座不高但宽阔的河流阶地。这里曾经是一片荒凉的泰加林。三次接连不断的大火将这片森林毁灭殆尽,只剩一些稀疏的烧光的树干。它们如同巨大的手指一般,指向天空,由于对森林残酷的毁灭,这里出现了大雨,随之而来发生了急剧的洪水。这片裸露的森林一直延伸很远。这样的火灾遗地既令人感到忧伤,又毫无生命气息。

快到中午时我们进入了这片荒凉的森林,在这里进行了一次小休。我趁着这段空闲,察看起周围的木本植物和草本植物,并在自己的旅行日志中将它们记录下来:青楷槭,表皮嫩绿光滑,叶片呈微微的锯齿形,下半部分蓬松泛白;斑叶稠李,比较突出的是它的树皮,如同白桦一般,叶边呈尖形,带有锯齿。岳桦有暗黄色树皮,树皮层层裂开,如同挂满破布条一般;茶藨子样子特殊,同寻常的红色的不同,尽管已是四月,灌木上依旧没有结果;无刺野蔷薇有嫩红枝条、小型叶片和巨大的粉色花朵;有楔形小尖锯齿叶片和白色花朵的绣线菊;带有浅色外皮的接骨木,叶对生,单数羽状复叶,它的小叶为卵状披针形,开嫩黄花朵。

吃些东西恢复气力后,我和德尔苏又出发向前,驮马留在后面。现在我们的路向上通往山上。我以为捷丘贺河在此处流经峡谷,是因为小路绕过了危险之地。然而我又注意到这并不是那条我们从前走过的小路。首先,上面没有驮马足迹;其次,这条小路是沿着小溪而上的,我之所以确信无疑,是因为刚刚看到有水。于是我们决定向后折返,直接向河边走,指望在什么地方能够碰见原来那条道路。

原来,这条小路使我们远远偏离了方向。我们跨到小溪的左岸,在小山脚下走着。

百年柞树、苍劲雪松、黑桦树、槭树、刺龙牙、云杉、千金榆、冷杉、落叶松和紫杉错落遍布于此,风景如画。在这座森林中感觉尤为特殊。树下晦暗不明。德尔苏走得很慢,和往常一样认真地察看着自己的脚下。突然他停了下来,目不转睛地盯着什么东西,摘下背囊,把枪和支架放到地上,扔掉斧头,随后趴到地上,开始祈求什么。

我觉得他怕是疯了吧。

"德尔苏,你怎么啦?"我向他询问道。德尔苏抬起身来,用手指着草丛,只说了一个词儿:

"棒槌(人参)!"

那里长着许多青草,哪一棵是人参——我不知道。德尔苏给我指了出来。我看到一株不大的草本植物,有40厘米长,上面长了4片叶。每个叶片都由5个小叶组成,中间的小叶略长一些,两片短一些,另外两片更短。这棵人参已经开花,还结了果。果实是小圆蒴果,像躲在伞下一样长在叶片下面,蒴果还没有绽开。德尔苏把人参周围的草都除净,然后收集起所有果实,把它们包进一块布里。随后他请求我从上面用手提着植物,自己则挖起人参根部来。他挖得非常小心,尤其注意不把人参的根须拔断。随后他把人参拿到水边,小心地冲净上面的泥土。

我尽可能地帮助他。泥土逐渐掉落,过了一会儿就看到了人参的根系。这棵人参长约11厘米,有两个末端,意味着它是一棵雄株。这就是人参,能够治疗所有病痛、使人返老还童的人参!德尔苏把人参的茎株也割了下来,把它和根系一起盖上苔藓,包进桦树皮中。随后他祈祷起来,然后背上自己的背囊,拿上枪和支架,说:

"你,长官,是个有福的!"

在路上,我向这个赫哲人询问他想怎么处理这棵人参。德尔苏说想要卖掉,拿换来的钱买些子弹。我决定从他手里购买人参,比中国人多给他些钱。我向他说出了想法,结果却出乎意料。德尔苏立刻伸手入怀,把人参递给我,说要送给我。我拒绝了,但他一再坚持。我的拒绝让他很是惊讶,也让他有点委屈。

随后我才弄明白,在当地人这里,赠送礼物其实是一种习俗,这个习俗要求回赠和礼物价值相同的东西。

就这样说着聊着,我们很快来到了捷丘贺河,在这里找到了走离的小路。

德尔苏一眼就看出,我们的驮队正走在前面。

应该要抓紧了。大约走了2公里,谷地突然变窄了。页岩逐渐出现,这是锡霍特山脉在不远前的可靠征兆。在这里整条河流沿着狭窄的河床流动着。岸边悬崖山脚下的喧声说明河底堆满了石头。瀑布到处都在泛着泡沫;这些泡沫同深潭不断交替出现,深潭中满是透明的水,整体上呈现出一种非常美丽的、祖母绿般的色彩。

河里有许多大个儿的红点鲑。德尔苏本想射击,但我劝他省点子弹。我想快点与队伍会合,要是士兵们以为我和德尔苏走在前面,他们会加快脚步追赶我们。这样的话,他们就会走得更远。

大约五点,我们走近了一所碓子房。在这所碓子房附近,我看到了自己人。驮马已经被卸下马鞍,放它们自由吃草了。在房子里,除了士兵们,还有一个中国人。得知我和德尔苏还没来之后,他们认为我们是落在了后面,于是停下等我们。中国人有许多麝肉和用鱼亮子捕到的鱼。

中国人的鱼亮子是这样搭建的:用石块把河流两岸隔开,在河流中段仅留一个不大的通道。水渗入石头之间,而游鱼沿着水流,通过口子进到柳条编的筛箩里。中国人一昼夜只需查看上两到三次,就能有丰富的渔获。

从房主人这里我们打听到,我们正身处锡霍特山脉脚下,这座山在这里转了个大弯,捷丘贺河则直流向锡霍特山脉。他告诉我们说,沿着他的房子往前,会有两条路:一条往北,直接通往分水岭,另一条则向西,通往捷丘贺河。到最终的河源处大约还有12公里。

晚饭后我们开了个小会,决定明天我、德尔苏和这个中国猎人沿着捷丘贺河向上出发,翻过锡霍特山脉,再沿着梁七子河返回。这趟旅行需要花三个昼夜。士兵、哥萨克们以及驮马留在房子这里,等待我们回来。

次日清早,我们三个人收拾好背囊,拿起枪就上路了。

走得越远,路况就变得越差。谷地完全缩小了,类似峡谷。我们不得不爬上悬崖,用双手抓住树根攀爬向上。脚下的泥土很硬,我们的脚掌开始疼痛起来。

我们努力绕过石堆,踏脚于苔藓或是柔软风化的泥灰岩,但都无济于事。

捷丘贺河的源头是两条小溪。沿着稍小的、从南方流过来的那条小溪,可以去到纳恩图河,而沿着从西北方向流过来的大些的小溪,可以到达伊曼河。在这两条小溪汇合之处,海平面可达 651 米。我们选择了不太出名的大一点的河流。

锡霍特的这一侧显得威严高耸,难以通行。由于冲刷或是其他原因,这里形成了狭窄而纵深的山谷,犹如峡谷一般。看起来,好似山脉具有了裂缝,这些裂缝再分裂开来。小溪流淌在峡谷底部,但根本看不见;下面在一片雾气中,只能听得到瀑布的喧声。再往下,河水的奔流变得平静了些,在低沉的隆隆声中可以抓住顽皮的音符。

当人处于这些怪石嶙峋、寸草不生的山脉之中,是多么无助!快到黄昏的时候,我们爬上了山口,其高度经测量达到 1215 米。我将它称为斯卡利斯蒂山口。由此从上面望去,一切都以微景形式呈现:生长在谷地中的百年森林,看起来如同鬓毛,针叶林则如同细针一般。

我们在锡霍特山脉的森林带边缘过了夜。晚上天气又湿又冷,我们几乎没睡。我一直裹着被子,怎么都暖和不起来。快到天亮的时候,天空布满乌云,稀疏地落下几滴雨点。

今天是初秋第一天,气候阴暗多风。我们麻利地收拾好东西,下到伊曼河流域。从捷丘贺河上坡有多陡,从伊曼河方向就有多缓。

起初我以为我们正处于一座高原上,但我看到河水的时候才明白,我们已经下山了。

生长在锡霍特山脉的西面山坡上的森林年深日久,满是青苔,森林较矮,主要树种为落叶松、云杉和冷杉,夹杂着一小部分赤杨和白桦。

伊曼河上游主要是由从南方流过来的两条河流组成。我们来到右边的河流,中国人称其为旱泥河子。从锡霍特山脉到这两条河汇合之处距离不少于 30 公里。

树上的老旧记号将我们引向一座碓子房。从里面的粮食储量看得出来,伊曼河的捕猎人已准备好捕貂了。

中国人没有领我们沿伊曼河走出太远，而是向东拐向梁七河子方向。我们的向导在这里稍微迷了点路，找路找了很久。

快到中午的时候，天气完全变糟了。乌云迅速从东南方向吹来，遮住了山顶。我经常盯着罗盘，对我们的向导能够不用任何工具就能够一直保持正确方向而感到惊奇。

在一条干涸的小溪中，我们找到许多干枯的赤杨。虽然还早，但我还是凭经验得知在阴雨天气里枯树意味着什么，于是建议留下宿营。我的担心其实是多余的，晚上并没有下雨，早上则出现了浓厚的雾气。

这个中国人一直催促我们。他想要快点到另一所房子，按他的话说，另一所房子离这里大约还要12公里。确实快到中午的时候，我们找到了这所小房子，里面空无一人。我向我们的向导询问，这所小房子的主人是谁。他说，有一些中国人在伊曼河上游捕貂，他们居住在海岸边，接着再沿河往下，就是从要子河的捕貂人的房子，再往下很长一段距离，是一片荒凉之地，仅在库卢姆河附近才又有些人烟。

在这里稍事休息后，我们又向着锡霍特山脉进发。随着向山脉的靠近，上坡变得越来越缓。我们好像沿着高原走了将近一小时。突然，在小路附近我看到了一间小庙，这说明我们已经到了山口，高度达1190米，我将其称为鲁德内山口。由此下到捷丘贺河方向，都是层层的陡峭梯坡。

我们又休息了一下，就从分水岭下山。下到捷丘贺河山谷的下坡，前面我已讲过都是阶地。沿着这一方向也分布有针叶林，但分布数量比伊曼河多得多。小路从山口处直通向人马停留的那所房子。哥萨克们百无聊赖，对我们的返回感到非常高兴。这段时间他们猎到一头马鹿，还捕了好多鱼。

傍晚前，天空突然迅速放晴。此前一直平稳浮在空中的乌云都散开了。云彩变得蓬松起来，零星地移动着，如同纤细的芦苇彼此摇荡。空气中旋转起干草、树上吹落的落叶和小树枝。一只小鸟想要试图同汹涌澎湃的自然力相搏，但很快就筋疲力尽了。它被大风吹落，比自然降落得还要迅速。突然一棵离房子不远的雪松倾斜起来，随后逐渐缓慢倒下去，最终带着可怕的轰隆声倒下，把旁边的一棵小树也带倒了。这阵旋风肆虐了将近一小时，随后同它的出现一样，出人意料地又消散了。森林又同之前一样寂静下来。

我穿上衣服，拿起枪，吹口哨唤来狗，沿着河流往下。离开房子后，我坐到一块石头上倾听起来。通常在白天注意不到的单调的溪流潺潺声，晚上变得更大些。悬崖下有游鱼在哗哗作响，而在河对岸，从森林里飞出一只雕鸮，山间有马鹿在鸣叫，在近处一只麝在忧伤地嗥叫。我如此醉心于静观自然，时间匆匆而逝却不自知，露水都将衣服打湿了。我返回房子，爬上温暖的炕，立刻睡得死死的。

接下来的两天（9月3日、4日）我们从锡霍特山脉来到了戈尔布沙河河口。我打算先沿着戈尔布沙河到达山口，随后沿着奥霍别河去往海边。

戈尔布沙河（中国人将其称为"东麻岔河"）长约8公里，其主要流向从东向南。距离河口不远，戈尔布沙河从右侧纳入了一条无名支流，河边有许多相当阔朗的洞穴。这些洞穴共有两层，呈螺旋状向下。深深的石井、石井间的通道和圆柱形状的钟乳石点缀了这些洞穴，使之变得颇有趣味。在这些洞穴里的墙上流下了层层泉华，泉华旁有山间水晶晶簇和方解石的巨大晶体在闪闪发亮。另一处稍小些的洞穴位于戈尔布沙河右侧，正好位于无名河流河口的对面。在这处洞穴中，在松软的冲积泥地上散落着许多骨头，还能看到老虎留下的崭新足印。

察看过这两个洞穴后，我们接着向前走。

在戈尔布沙河谷地，发展出河流阶地。这些阶地一直延伸，时而从右侧、时而从左侧彼此交替。这里以前曾经有很好的混交林，后来被大火所毁。

我们很快就弄清楚，戈尔布沙河一直到达锡霍特山脉，这条山脉几乎紧贴向其源头。

中午过后，我和德尔苏又走到前面。过河之后，小路微斜向上。我们在这里坐下休息。我换下靴子来，而德尔苏抽起了烟斗。他正想把烟斗放进嘴巴，突然停住，聚精会神地向森林里望去。过了片刻，他笑起来，说道：

"找到个滑头！什么都懂的！"

"谁啊？"我向他问道。

他没有说话，用手指了指前面。我往那个方向看去，但什么都看不见。德尔苏让我不要往地上看，往树上看。于是我发现，有一棵树颤了一下，随后又接着颤了好几下。我们站起来，默默地向前移动。我很快就弄明白，树上坐着一头黑熊，正津津有味地啃着橡实。

这种动物在体形上比寻常棕熊要小一些，最大身长为1.8米，肩膀高度可达 0.7 米，最大体重为 160 公斤。它的皮毛颜色黝黑油亮，胸脯上有一道白斑绕在脖子下部。有时会碰到腹部甚至是爪子都呈白色的熊（实话说，这样的熊很少）。这种动物的脑袋略微呈圆锥形，仿佛有个蓬松的毛领子一般。

白胸脯的熊在老白杨的树洞里做巢，因而它们的分布区域同满洲里植物群密切相关。其分布区域的北部界限将近从乌苏里江河口到伊曼河源头，从那里沿着海边到奥林匹克角。它们的主要食物在春季是茅膏菜根和款冬叶片；夏季以狗枣子、稠李的果实还有橡实为主；到了秋天则是榛子、山核桃、松果和野生苹果。在冬眠期，这种熊早早就休眠了。它会在树干上方咬出一个不大的通气孔，这个气孔后来往往结满白霜。猎人根据这个特征会认出树洞里有野兽存在。

往熊的方向走了大约一百步后，我们停下来，开始观察起这只熊。这个笨拙的家伙爬上树顶，在那里给自己造了个好似窥望台一样的东西。有许多橡实还挂在它够不着的树枝上。于是熊就开始摇晃这棵树，并不时往地上望去。它的算计是正确的。橡实虽然已经成熟，但并没到自动落下的地步。过了一小会儿，他趴下来，开始在草里寻找起来。

"你是什么人？"德尔苏向它喊道。

这只熊迅速转过身来，竖起耳朵，使劲儿地嗅起空气来。我们一动也不动。熊放松下来，正想再去找食，这时候德尔苏却打了个呼哨。熊用后腿直立起来，随后藏到一棵树后，从那里探出一只眼睛来偷瞄着。

这时一阵风吹向我们的后背。熊吼了一声，贴紧耳朵，没有再瞧一眼就落荒而逃了。过了几分钟，哥萨克们领着驮马赶到了。

上到高度达 770 米的山口，无论是从戈尔布沙河一侧还是西南岔河一侧，坡度都一样缓。最近处的山脉都是由石英斑岩构成的。由此，锡霍特山脉逐渐往东北方向而去。

我们从山口下到桦皮沟子河方向，这条河因两个中国词语而得名："桦皮"即"桦树树皮"之意；"沟子"就是"小河沟子"的意思。这条小河分别从右侧和左侧吸收了两条山间小溪，它们的汇合处是西南岔河的发端，"西南岔河"意味着通往西南方向的支流。随后谷地明显变宽，沿着锡霍特山脉呈 10 度角的方向延展。我们沿着谷地走了大约 4 公里，就在河岸边宿营过夜。

8 月末和 9 月初是泰加林中最有趣的时节。这时候马鹿会鸣叫、打斗以求得配偶。为了引诱马鹿,通常会制作一个桦树皮的哨子,得剥下一块带状的桦树皮,宽约10厘米。再把这块桦树皮卷成螺旋状,这样就能得到一个长约60~70厘米的小喇叭筒,往里吸气,就会发出声音来。

在鹿鸣时猎鹿是很容易的。那些发情的公鹿完全在意不到危险,当猎人用哨子诱惑它们时,它们几乎直直地冲着猎人走近。肉食还有很多,我没有让哥萨克们去打猎,决定亲自去泰加林中探察一番。

准备好鹿哨子之后,我和德尔苏出发去了森林,在离宿营地大约1公里处分了手,分别向不同方向走去。我选好一处草丛不是特别茂密的地方,坐到一个树墩上,等待起来。

随着天色将近,森林也变得越来越静谧。

在从白昼到夜晚的转变中,泰加林中总是存在着某种庄严的静谧。渐次远去的白天往人心里塞了些可怕又忧伤的愁绪。孤独总会让人回忆起从前。我不禁陷入了对往日的追忆,完全忘了自己正身处何方,又为何会在这个黄昏来到此地。

突然,南边有一只马鹿嘶鸣起来,它那呼唤的喊声响彻了整个森林,立马就有另一只回应了它,听声音离我不远。这应该是一头年老的公鹿。它先是从低鸣开始,随后声调逐渐变高,最终又以厚重的低音结束。我用桦皮哨子回应了它。眨眼间我就听到踩断树枝的咔嚓声,随后看到一只体态匀称的鹿。它迈着自信、优美的步伐,摇晃着脑袋,拨开挂住鹿角的树枝。我在原地一动不动。这只马鹿停下来,把脑袋往后仰起,鼻子用起劲儿来,极力想要根据气味判断出对手的方位。它的双眼闪出亮光,鼻孔大张,耳朵警觉地竖了起来。这一时刻我都在观赏这只美丽的动物,完全不想扼杀它的生命。这头鹿却感到了敌人的逼近,激动起来,开始用角挖土,随后将脑袋抬起,发出了强有力的鸣叫。

从它嘴里发出了轻盈的气息。我刚听到它的声音,从西南岔河方向就传来了另一声鹿鸣。这只鹿精神一振,鸣叫了一声,随后长鸣转为短促而猛烈的鸣叫。这时的鹿显得异常美丽。

突然在我的左边传来一声微弱的响声。我转过头,发现了一头母鹿。当我又把头转向这几头鹿时,有两头公鹿已经搏斗起来,它们狂怒地扑向彼此。我听到它们角抵的声音,还有伴随着呻吟声从胸腔里发出的沉重喘息。

这两头公鹿的后腿绷得紧紧的,前腿弯到肚子下面。有那么一瞬间,它们的角紧紧靠在一起,很久都没能分开。有一头鹿的脑袋因为强烈的晃动折断了另一头鹿角上的分叉,才把自己和对手解放出来。两头马鹿的战争持续了大约十分钟。最后非常明显,其中一头得要退去了。它沉重地喘着气,稍稍向后退了几步。另一头鹿注意到对手的退却,更猛烈地袭击起来。很快两头鹿就消失在了我的视野中。

我想起母鹿,用目光搜寻着它。它还站在原地,无动于衷地看着两个以命相搏的对手。打斗的声响逐渐远去了。很明显,一头鹿正在驱赶另一头,而母鹿隔了不远跟在后面。突然森林里响起一声渺远的枪响。我明白这是德尔苏开了枪。现在我才明白并不是只有一对鹿在打架,到处都响起了鹿鸣。整个森林里一片嘈杂。

天迅速黑了下来,只有天空中晚霞最后的光芒还在同东边迅速袭来的漆黑夜色进行着最后的挣扎。

过了半小时,我来到宿营地。德尔苏已经在家了。他正坐在火旁,擦拭着自己的枪。他本来可以打好几头马鹿的,却只打了一只松鸡。

我们坐在火旁很久,倾听着久久不息的鹿鸣。这些马鹿让我们一夜不得安睡。我在睡梦中不时听到它们的叫声,不时惊醒。哥萨克们坐在篝火旁骂着什么。如同焰火一般的火星向上扬起,旋转着,一个接一个在暗夜里熄灭。最后天终于亮了。鹿鸣止息了一些,只有一些孤独而兴奋的公鹿很久都不肯平静。它们沿着山脉的背阴山坡徘徊,鸣叫着,但没有任何应答。太阳出来后,泰加林又陷入了寂静。

将所有人都留在宿营地后,我和德尔苏来到锡霍特山脉。我们发现一条从分水岭向西南岔河流向的小溪。上坡起初长而缓,随后变陡了。我们不得不在没路的情况下沿着满是烧焦森林的浓密灌木丛前行。

秋天临近了,树上的叶子已经开始往地下落了。白日里树叶在脚下沙沙作响,到了晚上由于有露水,树叶又变得非常柔软,这使得猎人能近距离地靠近野兽而不被察觉。

中午我们来到锡霍特山脉的山顶,我在这里看到了一幅久已熟悉的画面:朝东是一片火灾地,而往西是满是青苔的针叶林。锡霍特山脉的东坡陡峭,西面山坡则颇为平缓。德尔苏发现了驼鹿的蹄印,告诉我长有枝形角的驼鹿只分布在纳恩图河之前。越过这一界限后,驼鹿便不再出现了。

快到六点的时候,我们返回了宿营地。当最为热切的公鹿开始鸣叫时,天色尚白,起初是在高山,后来在河谷也有。

昨天晚上马鹿的搏斗给我留下了深刻的印象:我决定再去一次泰加林,还邀请德尔苏与我同去。我们越过了河流,来到神秘昏暗的森林。离开宿营地大约1.5公里后,我们在一条静谧的小溪旁停下,倾听起来。当太阳掩隐在地平线之下后,黄昏降临了大地,而泰加林越是昏暗,鹿鸣也就越多。这种魔幻的音乐充满了整个森林。我们本想尝试着靠近马鹿,但没能成功。我们有两次看到了马鹿,但看不太清楚:或是只能看得到带角的脑袋,或是身体的后半部分和腿。我们在一个地方发现一头美丽的公鹿,在它周围已经聚集了三头母鹿。这几头鹿都没有站在原地,而是不出声地走着。我们靠足迹跟随着它们,要不是德尔苏,我早就找不见它们了。那头公鹿走在前面,它觉得自己比其他的鹿都要强,对每次挑战都予以回应。突然德尔苏停下倾听起来。他往后转过身来,一动不动地保持一个姿势。

传来一头年老公鹿的鸣叫,但它的声音与寻常马鹿的音调有所不同。

"喂,你知道,这是什么人?"德尔苏悄声问道。我就回答了心中所想——这是一头马鹿,只是有些年老了。

"这是阿姆巴,"他对着我耳边说道,"它相当狡猾。它老是这样骗马鹿。马鹿现在不明白,这是什么人在喊,阿姆巴很快就抓住母鹿吃。"

如同确认他的话一般,一头马鹿用响亮的声音回应了老虎的鸣叫。老虎立刻就予以回应,它机敏地模仿了马鹿的叫声,只是在声音末尾稍微带点短暂的哼唧声。

老虎靠近了,大概要来到我们近旁了。德尔苏显得很紧张,我的心跳得厉害,感觉恐惧完全攫住了我。突然德尔苏喊了起来:

"啊哒哒,哒哒哒,哒哒哒!"

随后他往空中放了一枪,冲向一棵桦树,匆忙剥下树皮,用火柴点燃了。干燥的桦树皮瞬间点燃起明亮的火光,在那一瞬间,我们的周围立刻变得更加黑暗了。被枪声惊扰的马鹿四散奔逃,随后一切都寂静下来。德尔苏拿上一根棍子,在上面绑上烧着的树皮。过了一分钟,我们已经用火把照着路往回走了。过河后我们踏上了小路,沿着小路返回了宿营地。

猎熊

次日为9月7日，我们继续着考察之行。从中国人打猎用的窝棚出来有两条路：一条沿着西南岔河向下，另一条沿着奥霍别河向右（在乌德海语中是"埃赫"，是"鬼"的意思）。若是我沿着西南岔河前行，就会直接到达吉基特湾。那样的话，捷丘贺河和要子河之间的海岸就考察不到了。

所以我决定沿着奥霍别河下到海边，随后察看西南岔河。

起初我们顺着一条小路往南走。这条小路是从西南岔河上游支流的右侧开辟的，长约2~3公里。这些地方的山脉是由斑岩、石灰石、矿化霏细岩构成。在许多地方，我都发现了银铅矿脉、闪锌矿脉和黄铜矿脉。

上到270米高的山口后，我察看起来。裸露的锡霍特山脉在西北部高高延伸，而在南方看得到捷丘贺河，东边是穆图河，奥霍别河的支流东岔河直向西流。

我们沿着东岔河前行。山间的各处森林都被大火所毁，仅在谷地上像一座座单独的小岛存在着森林。

在山口短暂休息后，我们沿着东岔河向下，东岔河流经一个不大的蜿蜒谷地，上面长满了白桦树、黄檗和白杨。很快我们就碰到了一排栅栏。

原来是一所鹿窖。它横穿过奥霍别河谷地，接着沿着其右侧支流延伸出14公里。

鹿窖附近有一所带院的房子，院子周围围着高高的栅栏。这里常从活鹿身上割取鹿茸。在房子后面，栅栏旁边盖起一些类似马栏样的笼子。中国人将鹿养在这些笼子里，直到它们的角不再有用。

栅栏右边立着一座架在桩子上的谷仓，里面保存着一些马鹿皮、晒干的角和超过190公斤的鹿筋,这些鹿筋是从鹿的后腿抽出来的。煮熟的鹿茸和晒干的鹿尾成排地挂在房梁上。

我们在房子里碰到了四个中国人。起初他们很害怕,后来看到我们并不会做伤害他们的事,就平静下来,由刻意讨好变为亲切殷勤。

晚上,又有三个中国人来到这所房子。他们正说着什么,突然凶恶地骂起来,德尔苏却扑哧笑了。我很久都没弄明白是怎么回事。原来是有头熊不小心掉到了坑里。当然,现在它已经从那里爬出来,还弄坏了栅栏,顺手把遮住深坑的盖子撕了个粉碎。

中国人不得不费很大的劲儿才能把这些东西修好。

鹿窖的房子很小,里面的中国人又很多,我决定再走上几公里,露天过夜。

接下来小路沿着奥霍别河谷地左侧走向。在这里,高达4米的河流阶地尤为发达(带有结晶基底)。奥霍别河谷地的中间部分虽然没有森林覆盖,但并不适宜耕种。纤薄的土层勉强盖住坚硬的石地,很容易被水冲走。在山脉的背阴坡上生长着稀疏的混交林,主要树种为雪松、黄檗、椴树、柞树、甜杨、白桦、胡桃木等。向阳地上则生长着榛树、胡枝子、佛头花和绣线菊等灌木。在河流附近较为湿润的地方,长满了细枝的河柳、赤杨和白杨。

下游生活着许多中国人,他们都是在十几年前来到奥霍别河边的。从前这里生活着乌德海人,后来有的死去了,有的搬到了其他地方。

若是从大海一侧望向谷地,那么谷地看起来是短小的。这里曾经是一个纵深的海沟,而奥霍别河河口就位于谷地变窄之处。海洋步步退却,陆地逐渐变大。但在谷地中最有趣的就是河流本身。这条河在大约离海5公里处逐渐干涸,仅在石头下面流淌。只有在下雨之时水才会漫上地面汹涌流淌起来。

从捷丘贺河到奥霍别河也可以走另一条路,这两条河之间的距离总共只有7公里。小路起始于我和德尔苏猎野鸭的那个小湖泊,沿着小溪去向高度为310米的山口。山坡上的稀疏树林、河谷中只有一些古老柞树和垄岗上浓密的灌木丛——这些都是沿海地区的寻常景致。下到奥霍别河相当于从捷丘贺河一侧上山距离的两倍。这条小路一直延伸到海边。

上面提及的西南岔河与奥霍别河之间延伸出一座不高的山峰,这座山峰主要是由石英斑岩构成的。从这座山峰到大海有数座支脉，支脉之间流淌着一些不大的山间小溪，这些小溪被依次赋予中国名称：头道沟、二道沟、三道沟和四道沟。小路在这几条小溪的源头穿越而过。

中午过后我们不知怎么迷了路，踏上一条野兽踩出的小道。这条小道使我们偏离到一侧。越过一条覆盖着岩堆、几乎寸草不生的支脉后，我们偶然来到一条小河边，原来是穆图河的支流。它的河床有很多地方都堆满了成片的倒木。根据这些倒木可以判断出数次洪水的凶猛程度。看得出来，这些发生在穆图河上的洪水较为短暂，却来势凶猛，这可以用山脉之间的短暂距离与山坡尤为陡峭予以解释。

在大地还有植被覆盖时还能抵挡洪水的冲击，草皮层一旦遭到破坏，冲蚀就会开始。奔涌而来的水会将地表的浮物卷走，仅留下碎石。随同淡水一起被河流冲走的还有淤泥，岸边的大海在几公里带状范围内会由深绿变为暗黄。

穆图河的谷地被认为是沿海地区野兽最常出没的地方，有野鹿、狍子和野猪不时从胡枝子和榛子丛中跑出。哥萨克们惊叹着，激动不已，而我为了阻止他们射击而给动物们带来无谓的损伤颇费了一番功夫。大约到了下午三点，我发出了暂停的信号。

我很想猎一头熊。"其他人都是一对一地打，"我想着，"为什么我就不能这么干呢？"猎人的热情在我身上点燃了，我决定试试运气。

许多猎人都曾谈及他们曾毫不畏惧地打熊，而且搬出来的都是打猎时的好笑逸闻。有的说，熊会在开枪后逃跑；还有的说，它会用后腿站立，向猎人迎面走来，这时候就可以冲它打上几枪。德尔苏并不同意他们说的，他听到这样的说法感到生气，面露不悦，但从不跟他们拌嘴。

得知我想要单独去猎熊，他建议我小心，还愿意帮我。但他的劝告更刺激了我，我更坚定地决定无论如何都要独自去猎取这些"笨家伙"。

离开宿营地还没到半公里，我已经惊走了两只狍子、一头野猪。这里的野兽是如此之多，就像在自然保护区里似的，在这样的地方动物们都被聚集到一处，自由自在地来来去去。

越过一条小溪时，我在稀疏的树林之间停下，等待起来。过了几分钟，我看到一头鹿，它正跑过森林边缘。旁边的榛树林中有野猪在响动，猪崽在吱吱尖叫。

突然在我前方听到了树枝的咔嚓声,随后我听到了一阵脚步声,有什么东西迈着缓慢却沉重的步子走来了。我感到害怕,正想往后退,却抑制住自己的恐惧,待在原地。随后我在灌木丛间看到了一个巨大的暗影,是一头个头很大的熊。

它沿着垄岗斜走过来,体形比我还要大上一圈。它不时停下,在土里翻掘,把倒木反过来,认真地往倒木下面察看着。等到这头熊离我有大约四十步远时,我慢慢地瞄准,扣动了扳机。透过射击而起的轻烟,我看到这头熊咆哮着迅速转过身来,用牙齿衔住被子弹打中的伤处。接下来发生的事情,我记不太清了。一切都发生得如此迅速,我根本没法分析,什么在什么前面。

开枪之后,这头熊立马迎面向我扑来。我感觉到一阵强烈的推撞,同时又开了一枪。我什么时候、还能怎样才能装上子弹,对我自己来说都成了谜。好像,我往左侧倒下了。这头熊栽了个跟头,顺着山坡往右侧摔过去了。我是怎样感觉到,又站了起来,同时还没有把枪从手中放开——这一切是怎样发生的,也记不得了。我一直跑到垄岗,这时听到自己身后传来追赶之声。熊循着踪迹在我后面跑着,但已经没有之前跑得那么迅速了。它的每次蹦跳都伴着粗重的喘息和低吼。我想起枪里的子弹还没用完,就停了下来。

"应该开枪!瞄准意味着求生。"这个想法在我脑中一闪而过。

我把枪托扛到肩上,但既没看到准星,也没看到表尺。我只看到毛茸茸的熊头,它大张着口,瞪着凶恶的眼睛。

要是有人在这个时候从旁看我,大概就会看到我的脸因为恐惧产生了怎样的扭曲。

我无论如何都不肯相信那些猎人,他们竭力让别人相信,他们射击向他们迎面跑来的动物,平静得像打一个空瓶子。这不是真的!这不是真的,是因为自保的感觉是每个人都有的。愤怒的野兽不可能不让猎人感到恐慌,肯定会影响他射击的精准。

等熊距我很近的时候,我几乎是顶着它开了一枪。它仰倒在地,而我又跑走了。当我回头望去的时候,看到那头熊在地上滚来滚去。这时我从右侧又听到了一阵响动。我本能地转过身来,瞬间呆住了,在灌木丛中出现了另一头熊的脑袋,但它立刻又藏到灌木丛中了。我默默地、尽量不发出响动地向左跑去,跑到河边。

在没有平静下来之前,我漫无目的地在同一个地方闲逛了大约20分钟。两手空空地返回宿营地感到丢脸。要是我已杀死了熊,那么把它扔在那儿又很可惜。但那里还有另一只熊,它可没有受伤。怎么办呢?我就这样闲逛着,直到太阳落到地平线以下。阳光不再照耀大地,却照亮了天空中的某处。于是我决定从一侧过去,远远地朝那头熊望上一眼。

我离那个危险的地方越近,就越觉得可怕。我的神经都绷到了最后一根弦,每一声细微声响都会让我惊恐地转过身来。我产生一种到处是熊的错觉,好像它们循着脚印跟在我后面。我不时停下倾听着。最后我看到了那棵树,熊最后一次就是倒在这棵树的旁边。这棵树让我觉得尤为可怕。我决定从山坡上绕过它,从垄岗的山脊上看看。

突然,我注意到在灌木丛中有什么东西在动。"熊!"我想着,不禁向后退去,这时却听到人声。原来是德尔苏。我高兴极了,向他跑去。一看到我,这个赫哲人就坐到倒在地上的一棵树上,抽起烟斗来。我走近他,问他是怎么到这儿的。德尔苏对我说,他从宿营地听到了我的枪声,就赶来帮忙了。他根据脚印判断出了我射熊的地方,以及它是怎样朝我扑来的。随后他还指出了我倒下的地方;接下来的脚印,说明熊曾经追赶过我。总之,他向我讲述了在我身上发生的一切。

"大概受伤的熊跑了。"我对自己的同伴说道。

"它就在这儿。"德尔苏回答,指着一个大土堆。

我顿时明白了。我想起猎人们曾说的话,说熊要是找到了一具动物尸体,总是把它埋到土里,肉腐后它再来享用。但是我不知道熊也会掩埋熊。对德尔苏来说这也是个新鲜事儿。

过了几分钟,我们已经把那头熊挖出来了。除了土,它身上还堆了许多石头和枯枝。

我生起火来,德尔苏着手把野兽开膛去脏。被我杀死的熊块头很大,毛皮黑褐色。这头熊的样子类似北美灰熊,身长达2.4米,高1.2米,体重可达330公斤。它的脸部圆圆的,有不大的耳朵和小眼睛,强健的獠牙和长约

8厘米的爪子为其增添了不少力量。这种动物在整个乌苏里地区都有分布，但在北边半部和基利亚克角与阿穆尔河河口之间的海边更常见些。有趣的是，它的皮毛颜色在南方是黑色，越往北去就越接近亮褐色。只要不去触碰它，这种熊的性情相当温和，但一旦受伤就会变得极其凶猛可怕。处于发情期的公熊相当凶狠，它们在泰加林中走来走去，袭击动物，连松鸡都赶。它们主要以植物为食，有时也吃些肉类与鱼。棕熊在树根、石洞里或是直接在地下做窝。同自己的近亲类似，这种熊异常喜爱钻进洞穴居于其中，不仅是在冬天，即使是在温暖时节也是如此。棕熊冬眠得很晚，其中一些有时会在泰加林中溜达，直到12月份。它们并不喜欢爬树，大概是因为体重太大了。

死熊身上总共中了三枪：一枪在侧面，一枪在胸膛上，还有一枪射中了头部。

德尔苏收拾完，天已经黑了。我们往篝火上添了些湿柴，以便它们能燃到早上，就安静地往宿营地走去。

夜晚静谧而凉爽。一轮满月在明朗的天空中浮动，随着月光变得越来越亮，我们的影子也变得越来越短、越来越黑。在路上我们又惊走几头野猪。这些野猪四散奔逃，响声阵阵。最后，树木之间终于透出亮光，我们的宿营地到了。

晚饭后哥萨克们很早就躺下睡觉了。我一整天都过于激动，以至无法入睡。我爬起来，坐到火旁，思索起今日过往。夜色温润而安静，火光的红色光泽、树木的黑色暗影和月光的淡蓝色彼此交织在一起。夜色下的树林边缘有野兽在走动，有些甚至离宿营地相当近，狍子是对我们最为好奇的。最后我感到睡意，躺到哥萨克们旁边也沉沉睡去。

黎明时分，德尔苏最早醒来，随后是我，然后是其他人。太阳刚刚出来，阳光勉强照到山顶。就在我们营地对面大约200步远，还有一头熊在游荡。它一直在一个地方徘徊。若不是穆尔津将它吓跑，它还会在这里徘徊很久——这个哥萨克开了一枪。

这头熊猛地转过身来，朝我们的方向看了一眼，便迅速消失在了森林深处。

我们稍微吃了点儿东西就收拾背囊上路了。在海边附近，我找到了帕利切夫斯基曾经的宿营地。从他绑在棍子上的瓶里留给我的信中得知,他数日前曾在此工作,随后出发向北,拟定的终点是捷尔内伊港。

穆图河(乌德海语称为"查乌基")流入奥普里奇尼克港(此处地理位置为格林尼治经线东经36°40′,北纬44°27′),这座港口直面大海,并不适宜船舶停靠。河流的深深回流、立刻变宽的谷地和海洋附近尚未干透的沼泽都说明从前这里是一个深入内陆的海湾。沿着岸堤在海湾附近生长着匍匐类植物兴安桧,沼泽上生长着结尖嘴赤果的卵叶桦。

穆图河的名称是中国名称"母猪河"的别称。这条河沿着构造河谷直流向海岸,忽略一些山间小溪不计,它从右侧流入了三条支流。因为这三条小溪之前没有名字,所以我给它们起了名字:第一条我称之为"奥连尼亚河",第二条称之为"麦德维日亚河",第三条为"兹维罗瓦亚河"。

在奥连尼亚河谷地同麦德维日亚河谷地交汇之处,在垄岗尽头坐落着一所小房子,里面空空如也。德尔苏扫视了一眼,便说这里住着朝鲜人,一共有4个,他们从事猎貂,不久前刚刚出门要打一个冬天的猎。

我们在这里的小河边、沼泽地上和海岸边的沙滩上都碰到一些候鸟。它们数量较为稀少,个头也不大,看得出来,海岸边并没有大批的候鸟迁徙。这里还有几只阿穆尔构鹬,这些鸟儿在草地上优雅地踱来踱去。一旦我们靠近,这些鸟儿就会停下,聚精会神地盯着我们,随后嘶哑喊叫着从原地飞走。飞出不远,它们又落到地上,但已处于警惕戒备的状态了。另一侧在水附近,有一只东方白额雁在踟蹰走动。起初我把它认成是野鹅。它让我觉得比实际上还要大一些。穆尔津沿着灌木丛绕过它,一枪射中了。这里还有许多小水鸭,它们栖息在长满赤杨和灌木的小溪里。当我靠它们很近时,它们没有飞走,只是向另一侧稍微游动了下,看来它们并不怕人。

从朝鲜人的房子沿着穆图河向前有一条小路。这条小路有很长一段都贴近河流右岸,仅在上游转向了另一边。环绕着穆图河谷地的山脉大部分由石英斑岩构成。在奥连尼亚河、麦德维日亚河与兹维罗瓦亚河之间,沿着通往谷地的出口处,这三条河流以高20米的宽阔阶地结束。左侧(顺河流流向)生长着针叶林和混交林,右侧生长着阔叶林。穆图河是有建筑用雪松生长的靠海洋最近的地方。这里的雪松可达22米,3～3.5米粗。

河流上游可以看到小紫杉林。这种残存植物群的代表在乌苏里任何地区都无法大面积成林；尽管树龄可达300～400年,体形也并不很大,很快有树洞出现。

沿着穆图河至山口的路尤为多石,踏足其上尤为艰难。石头间的缝隙与树根间的横木是真正的陷阱。我们对马腿折断的担心让这段路程变得尤为难行。令人惊奇的是,当地未钉马掌的中国驮马竟然能顺利通过,何况它们身上还驮着重物。

沿河走了大约5公里,我们向东转向了大海方向。

从早上起我就注意到,大气中有不好的东西出现了。空气中都是雾气,天空从蓝色变为了淡白色,远山的轮廓完全看不到了。我向德尔苏指出这一现象,向他讲了很多我从气象学中所知道的关于干雾的知识。

"我觉得,这是烟,"他回答道,"风没有,从一边出来的,不能明白。"

我们刚往上走,立刻就看到事情出在哪儿。从山外穆图河右侧大股大股地升起了白烟。接着在北边也有小山在冒着烟。很明显野火蔓延了大部分地方。观察了几分钟后,我们向海边走去,到达陡峭的岸边便向左转,绕过了峡谷和高耸的海角。

我注意到沿途遇到的障碍物影响了声波的传播,我们刚走到一座山峰背后,雨声就止息了,但当靠近裂缝时,雨声便又变得明显了。

突然一种奇怪的声响,类似嘶哑而拖长的狗吠,被风从下面传到我们耳边。我默默地走向海岸边,看到了有趣的一幕。

很多海狗,有大的还有小的,都躺在海岸边。

海狗属于鳍脚目海狗科动物。这种体形相当庞大的动物,长达4米,肩粗3米,重量可达680～880公斤。它有着很小的耳壳、美丽的漆黑眼睛、长着强壮獠牙的巨大上颌和相对较长的脖子(脖子上的毛发要比全身其余地方略长),还长着带有无毛脚掌的巨大鳍脚。通常雄性海狗要比磁性海狗大两倍。

在海滨地区,沿着日本海沿岸的整个地区都有海狗的分布。

本地人猎取海狗主要是为了它们肥厚的皮。海狗皮适宜做鞋及加工套狗的皮带。

这些海狗慵懒地躺在被激浪泡沫拍打的石头上,看起来十分享受。它们伸着懒腰,把脑袋仰到后面,将后鳍尽量高高抬起,肚子翻到上面,又出人意料地从石头上滑入水中。这时候石头也并不是完全空着的，在它附近立刻又出现了另一个脑袋，有只海狗赶忙把这块空余地方占了。在岸边躺着母海狗，旁边是海狗幼崽，而在被海浪撞击而成的洞穴周围一侧，有体形巨大的公海狗在打着盹儿。成年海狗呈亮褐色，幼海狗则更深些。年幼的海狗表现得尤为高傲，它们高高地仰着头，不慌不忙地把头向各个方向转动，尽管身躯笨重，却称得上姿态优美。根据它们的举止、体形和移动速度，它们完全称得上"海狮"的名称，正如加利福尼亚岸边对它们近亲的称呼一样。

穆尔津按照哥萨克猎人的固有习惯，举起自己的枪，正要瞄准离我们最近的一只海狗，德尔苏制止了他，悄悄把他的枪转向别处。

"不要开枪，"他说，"不能拖走。白白射击——这是恶事，是罪孽。"

我们这才注意到，无论从哪一侧靠近海狗栖息的地方都不行，那里从右边和左边都被深入大海的阶地闭锁，而从陆地一侧是高达50米的陡崖。只能坐船靠近这些海狗。我们根本没法把打死的海狗带走，也就是说只会白白杀死一只海狗扔在原地。

德尔苏的话震惊了我。白白地射击是罪！多么正确而朴素的思想！为什么那些欧洲人却经常滥用武器，不断猎杀动物，仅仅是为了开枪和消遣？

我们观察了海狗大概20分钟，我没法将目光从它们身上移开。突然我感觉有人碰了碰我的肩膀。

"长官，应该走了！"德尔苏说道。

沿着山脊前行，总是比上斜坡容易一些，因为可以水平着绕过突出的山顶。

当我们又踏上小路时，夜色已经降临大地了。

我们现在不得不上到一座高山，再从那里下到山坳。山口高度平均可达740米。

我从山顶看到的画面是如此震惊，使我不禁惊讶地尖叫起来。野火蔓延着，火线如同彩灯般环绕着山峦。这是一幅瑰丽壮阔却惊心动魄的场景。火势闪烁又熄灭了，随后立刻又带着巨大力量燃烧起来。大火已越过山坳蔓延至谷地，但最高的山峰还未被火势攻占。野火如同发动攻击一般呈包围之势，从上向下蔓延。天空中映照出两片火光。一片在西边，一片在东边。一片在颤动，另一片则比较平静。月亮出来了。地平线上先是出现了月亮的边缘，随后月亮缓慢而犹豫地浮出水面，越来越高，最后终于出现了一轮巨大、暗淡而深红的月亮。

"长官，该走了！"德尔苏又低声对我说道。我们下到谷地，刚找到水源，立马停在了稀疏的柞树林旁。德尔苏吩咐我们为宿营地拔草，随后生起了迎风火。枯草落叶如同火药一般燃烧起来，火势迅速随风蔓延至各个方向，森林呈现出一派童话般的神奇景象。我观察起野火来。火势在树叶中蔓延得相当缓慢，但一旦烧到了枯草上立刻蹿得老远。热浪把枯草落叶都冲上了天，空气中热浪滚滚。就这样，火势蔓延得越来越大，最后野火烧到了灌木丛，巨大的火焰带着强烈的声响盘旋上升。这里还长着一棵树皮粗糙杂乱的风桦，在这一瞬间它就变为一个全身烧着的火把，但也只是一瞬间；树皮立马就被烧焦，火光也随之熄灭了。有着干枯树心的老树立着烧了起来。野火后面到处扬起成股的白烟，这是焦木在地上阴燃起来。受惊的鸟兽都四散奔逃。一只兔子从我身边跑过，一只花鼠在刚开始燃起的倒木上跳跃，还有一只花啄木鸟尖声叫着从一棵树冲到了另一棵树上。

我随着火势越走越远，但并不担心迷路，一直走到饥饿提醒我折返为止。我认为篝火会指给我宿营地的所在，但转过身来，我看到太多火堆——这是倒木燃尽了。里面哪一丛是宿营地的篝火，我已经无法分辨。我觉得其中一丛火比其他的火都大。我朝它走去，但原来是一个燃烧的干枯树墩。于是我喊叫起来，从另一侧传来了回应声。我转过身来，很快找到了自己人。我的同伴们都对我开起了玩笑，我也发自内心地笑了起来。

德尔苏的担心实现了。到了下半夜，野火直向我们扑来，但没什么可烧就从旁而过了。出乎意料的是，尽管天空乌云遍布，夜里却依旧暖和。当我见到不明白的事情时，就去找德尔苏，总能从他那里得到准确的解释。

"寒流不会来了，"他回答，"看看周围，有很多烟。"

于是我回忆起果农是怎样靠烟保护果园免遭清晨寒气侵袭的。

白天我们看到一头马鹿，它正在一棵燃烧的倒木近旁吃草。这头鹿平静地越过倒木，揪着灌木上的枝叶啃吃起来。看起来频繁爆发的野火让动物们已经习惯，并不害怕了。

我们在路上赶上了日出。从山口下来后，小路有一段途经鹅卵石砌成的岸堤，右侧是海洋，左侧则是沼泽。这一处堤坝和沼泽证明这里之前曾是一个潟湖。在堤坝的另一处斜坡上有一片片巨大的片麻岩漂砾。没有任何海浪能将这些漂砾抛掷得如此之高,它们在拍岸浪淤积带上的出现应归因于冰川作用,这些冰川是在冬季被大风吹赶至此,"扔"至岸边的。除了漂砾,这里还有许多鲸鱼骨头:胛骨、肋骨、脊骨和部分颅骨。也有可能海浪曾把鲸鱼的一整副尸体都冲上了岸边。鸟兽将可吃的部分都啃吃殆尽,只剩下一些骨头。

休息片刻后,我们接着前行。走了一小时,小路将我们引向湖边。这里有三个湖泊:马洛耶湖、斯列德涅耶湖和多尔戈耶湖。多尔戈耶湖约有3公里长。

小霍别河(即初雪河)从西侧流入多尔戈耶湖。不知为什么这条河在海洋地图上被称为亚季哈河。湖泊之间的地方已经被强烈沼泽化,只有一座用沙子和砾石构成的堤坝将它们同海洋相隔。我们在这里又看到了一座已消失无痕的海湾,这座海湾曾经比现在要长得多,湾头朝北。

在沼泽附近小路分了岔。一条向左通往山区,另一条经由拍岸浪的淤积带。后者将我们引向一处不大却很深的支流,多尔戈耶湖经此支流同海洋相通。

我们除了在这里等待,无事可做。柴火足够且好烧。大海将许多漂木冲到岸边,阳光和风则将其风干。只有一点稍为逊色:潟湖里的水略带咸味,还混有一种不好的气味。沿途我注意到海岸边有一些鹬。一只青脚鹬总是和这些鹬混在一起,它有着白腹、浅灰褐色带斑点的背和深色的喙。

就在哥萨克们支起帐篷、拖来柴火的时候,我还来得及去打趟猎。我第一次离鸟儿如此近。我打了四只鸟,折返而回。

我们的宿营地选得并不成功:刺骨的冷风一整夜都从西边吹过谷地,如同吹进烟囱一样。我们不得不躲在靠海的堤坝那一侧。帐篷里烟雾缭绕,外面却寒冷如冰。晚饭后,所有人都赶着躺下睡觉,我却难以入睡——我一直倾听着激浪的喧声,思索着这将我抛向太平洋岸边的命运。

9月20日,天气缓和而干燥。我决定考察下小霍别河。首先得越过湖泊。在没有船只的情况下做到这点不容易。应该捆个木排,或是蹚水过河。我决定选择后一种,因为这样最快。经验是正确的,湖泊很小:最深处才勉强到6米,浅水处则弯弯曲曲。我们一直走着,感受着齐腰深的水。随着向河边的靠近，水明显变得越来越凉。我们刚上岸，立刻就碰到一条小路。

小霍别河长 22 公里，其源头位于我们上面提到过的西南岔河中游对面。老实说，它由两条一样大小的河流组成，这两条河在距离河口 5 公里处汇合。小霍别河在略低处从右侧还吸纳入一条不大的支流。这里有成群的马鹿。鹿鸣已经止息，公鹿已经吸引到母鹿围绕在自己周围，很快这些鹿就会四散了。

看得出来，鸟类在逐日变少。这些日子里我只注意到有北林鹬——这是一种夜间勇猛但白日胆怯的鸟儿，即使在大晴天里它也要隐入暗昧不明的针叶林中，不仅是为了觅食，更是为了寻找一个昏暗幽深之地。还有白背啄木鸟，这是啄木鸟科体形最大的鸟，这种鸟生活在古老的混交林中，那里有许多泥灰岩和死树。楔尾伯劳是一种贪婪而喜好挑衅的鸟儿，敢于攻击体形比它大上许多的鸟类。还有生活在林边的绿色树鹨和黑头鹀，黑头鹀是一种黄喙的美丽小鸟，头上长着黑色冠羽，它们更喜欢开阔之地，常常聚成小群。

我们踏足其上的小路将我们引向一个长 24 公里的鹿窖，这个鹿窖里有 74 个能用的陷阱。我从没见过比这里还多的猎捕。房子旁边有一个立在桩子上的草棚，里面塞满了成捆的鹿筋。据每捆鹿筋的重量来判断，这里大概积攒了大约 700 公斤鹿筋。据中国人说，他们每年两次将干鹿筋运到符拉迪沃斯托克，再从那里运到山东烟台。

在大海附近，距离湖泊大约半公里处，还有一个不大的鹿窖，长 3 公里，有 7 个陷阱。

一条无名小河流经沼泽遍布的谷地，从北部流入多尔戈耶湖。在这里小路变得尤为潮湿泥泞。在有些地方走路时会感受到泥土的颤动。大概在多雨季节，这条路是难以通行的。

越过山口（高 150 米）后，小路途经一条流入塔季别河的小河向左岸延伸。塔季别河长 5 公里，比起那条无名小河来说沼泽也不少。这两座同海岸两相平行的谷地的位置，决定了一座不高的近岸山脉的走向，这条山脉的延伸轴线已被冲毁不见。这条山脉由石英岩及某种硅质岩构成。

遭遇红胡子

白天德尔苏在小路上发现了人的踪迹,他认真研究了一下。有一回他拾起一截烟头,还有一大片蓝布。据他的意见,这里应该曾有两个人路过。这两个人并不是能干的中国人,而是两个游手好闲的人,因为爱干活的人是不会因为崭新的蓝布弄脏一点儿就把它扔掉的,即使是一块旧抹布在没用破之前也不会就这样扔掉。

其次就是工人们是抽烟斗的,卷烟对他们来说太贵。德尔苏继续观察,还找到这两人休息的地方,其中一个还脱了下鞋。扔掉的弹壳说明这两个人都有步枪。

我们走得越远,捡到的东西就越不一样。突然,德尔苏停了下来。

"还有两个人走过,"他说道,"现在是4个人了。我想,这是坏人。"

我们商量了下,决定不走这条小路,改走荒地。爬上遇到的第一座山丘后,我们察看起来。前方大约距离我们4公里处能看到普拉斯通湾;左边是一座高高的山脉,后面应该是西南岔河;再后面是多尔戈耶湖,右边是轮廓模糊的一连串小山,再往后是大海。没有发现任何可疑之物后,我本想再返回小路,但赫哲人提议前往一条流向北方的小山泉,再顺着这条小山泉到塔季别河。

走了一小时后,我们到达了林边。德尔苏在这里吩咐我们等他回来,自己先去侦察一番。

塔季别河是一条不大的山间小河,流经一座宽阔而泥泞的小谷地,谷地上长满了柳树、赤杨和白桦。

黄昏临近了。沼泽堪堪变成了黄褐色,显露出一种毫无生机的荒凉样子。山脉罩上了夜间的淡蓝色雾霭,变得阴郁忧愁。随着天色变暗,森林大火的火光在天空中就越是明亮。过了一小时,又过了一小时,德尔苏还没有回来,我不禁焦急起来。

突然远处传来了一声尖叫,随后响起了四声枪声,又是一声尖叫,还有一声枪响。我本想跑向那里,但又想起这样我们有可能就找不到对方。

过了20分钟,赫哲人回来了,他的样子很是惊惶,尽量迅速地说了说发生的事。他沿着这四个人的足迹走到了普拉斯通湾,在那里看到一座帐篷,里面大约有20个荷枪实弹的中国人。

确信是红胡子后,他开始沿着灌木丛往回爬,但这时候红胡子的狗嗅出了他,狂吠起来。有3个中国人抓起枪,冲出来追赶他。德尔苏跑到一处松动的沼泽。红胡子们尖声叫他停下,随后开始开枪。跑到干燥地方后,德尔苏蹲下瞄准一个强盗,开了枪。他很清楚地看到那个中国人倒下,另外两个中国人停到伤者附近,就又往前跑了。为了迷惑这些红胡子,德尔苏故意在他们眼前往同我们藏身处相反的方向跑去,随后绕了个大圈,才返回这里。

"我的衬衫被红胡子打了个洞,"德尔苏说道,把自己的外套给我们看,上面已被子弹打穿了,"我们应该快点走。"他一说完话,就赶紧背上了背囊。

我们默不作声地前行着,努力不发出声响。赫哲人领着我们沿着满是碎石的干旱河床行进,避开了那条小路。大约晚上9点,我们到达了要子河,但没有走到有房子的地方,而是露宿野外。晚上我冻得要命,便用帐篷裹住身子,湿气还是到处钻来钻去。谁也没合过眼。我们不耐烦地等待着天亮,但时光像是故意一般,变得无限悠长。

天蒙蒙亮,我们立马就上路了。得尽快同格拉纳特曼和麦尔兹亚科夫会合。德尔苏认为我们不走小路而改道山间是安全的,我们就确实照做了。蹚水过河后,我们又踏上了小路,正要钻进草丛,突然从灌木丛中迎着我们走来一个手持步枪的鞑子。刚开始他吓坏了,想要吓唬我们,但一看到士兵和哥萨克们,便把手伸进怀里,递来一封公文,原来是帕利切夫斯基的信。他通知我,有一个叫张保的队长正率领一队猎人队伍从三河皮沟河出发,搜寻红胡子。在我读信的时候,德尔苏同这个鞑子彼此询问了一番。现在我们弄明白,张保和他的30个猎人正在离我们不远的地方露宿,大概快到要子河了。

确实，过了20分钟我们就碰面了。

张保个头很高，大约45岁左右。他穿着寻常的中国蓝衣，只是比一般的中国工人要整洁些。在他机敏的脸上满是沧桑。他留着一把下垂的小胡子，已经有些泛白。乌黑的眼睛里闪耀着智慧，嘴角常含一抹笑意，却从未有失庄重。在开口前他已思虑再三，讲话时不疾不徐，张弛有度。我从没遇见过这样集严肃、善良、能干、审慎、坚定与外交才干于一身的天才。在张保的性格、手势里，在他的整个身体和举止仪态中都包含着某种知识分子的气质，他的睿智、自尊都说明这不是个普通的中国人。

张保率领的卫队是由中国人和鞑子共同组成的。所有人都是年轻人，健壮有力，荷枪实弹。我立刻注意到在他的队伍里有非常严格的纪律。他的所有命令都执行得非常迅速，也没有他需要重复盼咐的情况。

在从库松河到奥尔加湾的整个地区，张保都被认为是最有威望的人。中国人和鞑子都去找他讨教，要是哪里出来了两伙势不两立的仇家，中国人还是会去找张保。他袒护受屈的人，因此树敌不少。他特别痛恨红胡子，对他们穷追不舍，让他们闻风丧胆，不敢越过要子河的雷池一步。

我们遇上的那伙匪帮乘船来到普拉斯通湾，想要抢劫那些天气不好时来到此地的小驳船。

张保谦恭有礼又不失尊严地迎接了我。得知德尔苏在夜间遭到了红胡子的袭击，他详细询问在哪儿出的事，说着又用小棍在沙上画出平面图。

谈过几句话后，他说还有要事，需得两三天后返回三河皮沟河。随后他同我告了别，就和猎人们继续前去了。

现在我们已经没有什么好向中国人隐瞒的了，所以我们来到刚遇到的房子里躺下睡觉。半夜我们起床，喝了茶，随后沿着东沟河谷地上行，在汉语里这里意为"东面的山沟"。

左侧的山脉较为陡峭，右侧的山脉坡度较缓，由长石斑岩构成。在河口附近河边阶地的山脚下，能观察到细粒花岗岩，这些细粒花岗岩的裸露处有砂岩。小路从河流右侧起始，随后在烟筒砬子悬崖附近转向左岸，由此一直到达高为160米的山口。

东沟河谷地的植被相当贫乏。由黑桦树、落叶松、适合作薪柴与手工制品的柞树组成的稀疏树林，不能称得上是森林。哪里都没有幼树，都被一年两次的野火摧毁了。向南的山坡长满了灌木,主要是绣线菊、佛头花和胡枝子。余下的所有空间都是草地和沼泽。河流宽度为4~6米,石滩较多,水量较浅。一些石滩流水相当美丽,如同小瀑布一般。

下午,我们只走到了山口。发现河里的水已开始干涸,我们又往一侧走了一小会儿,就在离分水岭不远处宿营了。干柴在篝火中快乐地噼啪作响。我们在火旁取暖,彼此说着昨夜的种种印象。

我注意到德尔苏好像有事想问我,却有些羞于张口,我让他大胆说出来。

"我听说,俄罗斯红胡子也有,是不是这样?"他有些难为情地说道。

"确实是这样,"我回答道,"只是俄罗斯的红胡子都是独个儿或两人一起,不像中国的红胡子那样拉帮结伙。俄罗斯政府不允许这样。"

我原以为我的解释可以令赫哲人满意,但我发现他的想法又转向了别的方面。

"我们是谁?"他大声议论着,"沙皇有,许多各样官员有,红胡子也有。中国人也有:皇帝有,红胡子也有。我们是怎么活的?沙皇没有,长官没有,红胡子也没有。"

起初我觉得沙皇和红胡子的组合十分奇怪,可一旦听懂了他的话,我也就明白了他的想法。一旦出现了阶层的区分,人就分成了富人和穷人,游手好闲的人和劳动者。既然有正直的人和不正直的人,犯罪分子也就被单列出来,形成了一种特殊的阶层,这个阶层的人就被中国人称为"红胡子"。

我们没有聊太晚。早上我们都没有睡够,还需要休息。往火里添上些柴火后,我们就躺到草丛中,沉沉睡去了。

次日我醒来的时候,太阳已经升得很高了。喝足了茶后,我们背上背囊向着山口方向前行。小路在这里一直经过山脉,时而从这一侧,时而从那一侧绕过了其顶峰,所以会给人造成一种感觉,就是小路时而上升,时而下落,好像穿过数座支脉一般。

上到山口(240米)后,我看到一幅相当有趣的画面。在我们左边耸立着一座高高的山脉洪塔米山,它的样子如同一个被截断的圆锥,它属于三河皮沟河同要子河之间流域山脉的一部分。从海上看,洪塔米山如同骆驼的双峰一般,大概正是因此,在海洋地图上它被称为"维尔勃柳德"①。

在我们东面耸立着一些长满稀疏树林的山脉,前方延展起一片巨大的沼泽低地,上面覆盖着黄褐色的草。

小路从山口处沿着一条小山泉向下伸延,很快就穿过一条不大的山间河流母鹿别(奥罗奇语为"母利"),这条河流入洪塔米湖。中国人用自己的方式阐释这个名称,认为其取自词汇"母鹿",在汉语中意即雌性马鹿。

毫无疑问,我们在这里发现的是一个古老的潟湖,其干涸过程还远未终结。这要归咎于覆盖其上并使之成为沼泽的泥炭层。在海洋附近还保存有一片露天水面,这就是勃拉戈达吉湖(此处地理位置为格林尼治经线东经136°24′20″,北纬44°47′),大约这里曾是海湾的最深处。

从山上流淌下的数条小溪沿着狭窄的冲沟,将水注入了沼泽。在这些小溪间形成了一些不大的鬃岗,上面覆盖着赤杨、白桦、椴树,而干燥些的地方生长着稀疏的柞树林。小路经过这些冲沟,但随后骤然转向了沼泽。从母鹿别河到卡伊姆别河的距离不超过6公里,但我们花了几乎整整一天才走完了这段路,因为路上太过泥泞不堪。我们本来尝试着从小路旁边绕过去,但情况更糟。最后在黄昏之前,我们总算走过了沼泽。能看到在前方卡伊姆别河附近的一所房子,我们便朝着那所房子前行。

卡伊姆别河(奥罗奇语为"卡亚")在地图上被标注为"卡耶姆贝"。它的大小大约等同于母鹿别河,只是直接流入大海。从卡伊姆别河左侧延伸出一座又长又高的阶地,这座阶地早已被沧桑的岁月摧毁。这座阶地曾是潟湖的古老岸边,面向湖的一面较为倾斜,朝向大海的则有几多陡崖。

房子里住着两个中国人,在房子周围既没看到菜园,也没看到耕地。但是德尔苏靠敏锐的眼光立马发现了一把横锯、几柄带有长把的斧子、几只韧皮筐,还有与房子的居住者人数并不相符的几个长长的火炕。原来,这里的中国人做着采收木耳和石头上地衣的营生。木耳属于木耳科,体内含有许多水分(水分可达98%)。为了培植木耳,中国人砍倒了许多柞树,柞树腐烂时上面就会出现菌类,从外表看如同珊瑚一般。中国人称呼它们为"木耳"。起初中国人在阳光下收集并风干这些菌类,随后在房子里的热炕上继

---

① 正是俄文"骆驼"(Верблюд)之意。

续烘干。

地衣呈深橄榄绿色(中国人称之为"石头皮",意即"石头的皮肤"),风干后变为黑色。中国人从石灰质和页岩的悬崖上采集地衣,装在条筐里作为美味食物运至符拉迪沃斯托克。

不能不对中国人的勃勃进取之心感到惊讶。他们有猎鹿的,有采参的,有捕貂的,有取麝香的,有捞海带的,有捕海参螃蟹的。只要有房子出现,那里就有营生,捞珍珠,榨植物油,酿白酒,挖黄芪根,数不胜数。他们总能到处找到致富的源泉。只要能发财致富,他们是不吝惜气力的。

我们这一天太过疲倦,就没有再往前走,而是留下过夜。房子里面干净整洁。好客的中国人把炕上的位置让给我们,尽力地照顾我们。外面又黑又冷,从大海方向传来海涛拍岸的喧响,房子里却舒适温暖。

晚上中国人请我们吃"石头皮"。这种深褐色湿滑的地衣淡而无味,像鱼筋一样在牙齿间打滑,只符合中国人的口味。

据他们说,离三河皮沟河只剩下一小段路了。因为想要白天到达那里,次日我们出发得相当早。

从房子起,小路经由山间直达海岸,在路上横穿过五条支脉。这些支脉由石英斑岩构成,上面稀疏生长着柞树、椴树和黑桦树。

这条小路人马皆不适宜。它在第五道也就是最后一道小山谷时转向西面,向上直达山口,其高度达到350米。从大海一侧上坡陡峭,下到三河皮沟河的坡度较为平缓。

越过山口后呈现出一幅完全不同的画面。替代斑岩出现的是花岗岩,稀疏的阔叶林不见了,取而代之的是优质混合针叶林。小路所沿的小河将我们引向向阳沟河,这条河在离海不远处流入三河皮沟河。这里曾是租赁给格利亚谢尔和赫罗曼斯基的伐木场。

这个企业与一切仓促创建的俄罗斯企业一样注定要倒闭。砍下的树木很多,能运走的却很少。大部分都被扔在泰加林里,有多少助长森林大火的燃烧材料留在了原地!中国人在渔民房里说出了实情。

快到晚上的时候我们到了三河皮沟河。小路将我们引向一座不大的村落。有一间房子里生着火。透过纤薄的窗纸,我听到了帕利切夫斯基的声音,还看到了他的侧影。这么晚的时候他还在等着我。格拉纳特曼和麦尔兹亚科夫在旁边房子里。得知我们到来，他们立刻跑了出来，我们彼此询问起来。我对他们说了我们沿途发生的事情，他们也和我讲述着怎样在三河皮沟河附近工作。

无论我们的谈话多么有趣，疲倦终究还是占据了上风。帕利切夫斯基注意到这一点，马上给我铺好了床。我躺到炕上，立刻睡着了。

接下来的一整天我们都在谈话中度过。三河皮沟河是我们沿着海岸旅行的最后一站。我们需要从这里去往锡霍特山脉，接着去往伊曼河。在会上我们决定留在三河皮沟河一段时间，直到恢复精神，并为冬季的行进整装准备。

由于冬季临近，驮马供给变得尤为困难。所以我吩咐麦尔兹亚科夫带上所有驮马和部分队员先行返回奥尔加湾。由于植物已彻底进入休眠状态，帕利切夫斯基也想要返回符拉迪沃斯托克。他决定搭乘格利亚谢尔的纵帆船，船将在两天后开出。

翻过锡霍特山脉的冬季之行将只剩下我、格拉纳特曼、德尔苏，两个哥萨克（穆尔津和科热夫尼科夫）以及士兵鲍奇卡列夫。

9月25日，我们同帕利切夫斯基和麦尔兹亚科夫分别了。

森林大火

27日这一天都用来考察捷尔内伊港（斯特拉什内角，此处地理位置为格林尼治经线东经136°44′30″，北纬45°）。它于1767年6月23日由拉彼鲁兹发现，当即以此命名。很明显看得出，从前捷尔内伊港要深入内陆得多；河口附近相当纵深的河水、向一侧远离河流的广阔的海湾，以及沼泽之间的两个湖泊，都说明从前这里曾是整个海湾的较深之处。大海本身也促进了内陆的挺进。被海浪侵蚀而成的沙嘴从一个海角延伸到另一个海角，将海湾变成了潟湖。随后在这里形成了许多沙丘，这些沙丘逐渐增大，淹没了岸边的悬崖。

在这样的潟湖附近总是栖息着许多鸟类。有的生活在海岸上，有的偏爱栖息在河湾里。我注意到在海岸上的鸟类有黑腹滨鹬。根据时间来算，这些大概是掉队的候鸟。

还有海鸥飞来飞去，它们常常落到水面，又飞到空中。

在深深的河湾里可以发现体形巨大的鸬鹚。它们不时潜入水中，无论怎样都填不满它们贪吃的肚子。

三河皮沟河谷地下游的植物低矮而萎蔫。沼泽右侧三三两两地生长着几株西伯利亚落叶松。看来三河皮沟河是山槐生长的最北界限，至少在这里很少看得到山槐。

三河皮沟河边的住户较为混杂，有中国人，也有鞑子。中国人住得离海较近，而鞑子住得稍远一些，住在山里。

中国人的房子共有38所，里面共计233人。鞑子的房子有14所，里面住着72个男人，54个女人，还有89个孩子。

当地鞑子的境况非常艰难，他们仿佛受尽了折磨与压迫。我本想向他们询问一番，但他们好像害怕什么似的，彼此耳语一番就找个借口离开了。很明显他们在害怕中国人。要是他们之中有人胆敢向俄罗斯当局抱怨或是报告在三河皮沟河谷地发生的事，这个人就要遭受残酷的惩罚：沉河或是活埋。

三河皮沟河的鞑子几乎同大柞树河的鞑子没什么区别。他们的吃穿都已中国化，以耕地为业。在每所房子附近都有架在桩子上的仓房，里面存放着各种家什器具。这个仓房是典型的鞑子式建筑。此外，我注意到老者们都有一把特殊的弯刀，他们对这种弯刀的使用尤为娴熟，这种弯刀在这里尽可以替代锥子、钻子、凿子和刨子使用。

据鞑子们说，大约三十年前在三河皮沟河边曾有天花肆虐，没有一户人家没受到这种可怕疾病的侵袭。中国人惧怕埋葬死者，用钩子将尸体从房子里拖出，架在火上烧毁，还曾将陷入昏迷状态的病者同死者一起烧毁。

这天晚上张保回来了。他告诉我们说在普拉斯通湾没有碰到红胡子。他们同德尔苏互相射击后就乘坐平底船出海了，看来是往南方去了。

接下来的三天，9月28日至30日，我待在家里，绘制路线，在旅行日志上做笔记，写信。哥萨克们猎到一头马鹿，正在晒干鹿肉，而鲍奇卡列夫在准备过冬用的鞋子。我不想打断他们的活计，就没有同他们一起察探周围地区。

三河皮沟河（地图上为"萨钦别亚"，乌德海语为"桑凯"）由两条同样大小的河流组成——西岔河（汉语意为"西边支流"）和东岔河（"东边支流"）。根据详细询问来的消息，通往伊曼河的路线被拟定为沿着东岔河行走。我决定趁还有时间察看一下西岔河，这项工作花费了我七个昼夜。

10月1日，我同德尔苏一起背着背囊从自己的大本营出发了。

西岔河和东岔河在离海10公里处汇合。在这里三河皮沟河分为两部分，其中一部分径直向北（东岔河），另一部分则通往西面（西岔河）。

从海上看西岔河谷地的景色相当美丽，怪石嶙峋的山顶蔚为大观。后来我还看到过数次这些山顶，它们总是让我感到某种殊异的野性之美。

在离开大海的半路上，在西岔河和东岔河交汇处左侧有一座大砬子山。据说，有一天一位中国老者在它附近寻到了一棵很大的人参，他将人参带回去后就发生了地震,所有人都听到夜间大碇子山是怎样呻吟的。据中国人说,三河皮沟河是沿海地区人参生长的最北界限。接着再往北,就没有人见过人参了。

西岔河流向为西南方向,源自锡霍特山脉(通往伊曼河的山口),仅有两条支流流入。其中一条为南岔河,长20公里,位于右侧,有通往要子河的山口。南岔河的源头先是流向北方,随后流向东北,再流向西北。总的来说,若是沿着河谷从上面看去,总体说来确实流向为南。

西岔河谷地覆盖着优质的混合针叶林,这一谷地的特征在于壮阔的阶地。从裸露处看得出来,这些淤积形成的阶地是由黏土、淤泥和马头大小的煤石构成的。一度有某种力量构造了这些阶地,随后又突然趋于平静。阶地上逐渐长满森林,这些森林现在已超过200年了。

西岔河谷地的下游是一个被高山环绕的大盆地,这里生长着雄伟的森林,其中有许多雪松。河流附近的森林已被承租人赫罗曼斯基砍倒,但只有四分之一部分的木材被运出,其余的都被扔在原地。大树倒下时也折断了许多还不到砍伐年限的树木。总的说来,这里被毁坏的枯树比活着的树木要多。沿着这样的森林行进是非常困难的。有一次我们试图从小路拐到一侧,走了几步后就碰到一片倒木,勉强才折返回去。这一处被砍伐森林的面积将近15平方公里,小路几乎从森林中央穿过。为了开辟这条小路耗费了不少力气,用坏了无数的锯子和斧子。

次日我们沿着西岔河溯游而上。我们走得越远,泰加林就越是荒凉僻静。采伐者的毁灭之手还没有触及这片原始森林。除了红松、白杨、云杉、黄檗、冷杉和核桃楸,这里还生长着这些树种:花曲柳(一种有着灰色树皮和椭圆形尖叶的美丽树种)、小花溲疏(一种长有黑色小浆果的小树)、蒿柳(在整个乌苏里地区都极其常见,通常在近河的砾石浅滩上生长)。在河汊岸边生长的植物群包括如下植物:矮种赤杨(叶脉清晰、叶片巨大)、野山楂(树皮呈灰色,有楔形叶片和稀疏的刺)、花楸(长有墨绿叶片和亮红色大果实)、蓝靛果(据其褐色树皮、小型叶片和深蓝色粗糙外皮的长形果子很容易辨认出来),还有蝙蝠葛(这种植物依附其他灌木爬蔓生长)。

随着人迹的消失,越来越多的野兽踪迹开始显现出来。老虎、猞猁、熊、狼獾、马鹿、鹿、狍子和山羊都是栖居在这一带泰加林的动物。

西岔河河流湍急,石滩众多。这里的石滩与乌苏里地区其他河流的石滩非常类似。这里的急流更像是喧响奔流、泡沫满溢的连绵不绝的瀑布。在宽近10米的河流中游,浅水处的流速也达到了每小时8公里。西岔河的源头是一条大溪,有许多从山上沿峡谷汩汩而下的小溪汇入此间。

上到锡霍特山脉后,我们所见场景正如所料,通往西面的山坡较缓,通往东面的山坡较为陡峭,这种急剧差异在植物分布上亦可发现。西面生长着针叶林,东面则生长着混交林,沿河而下,混交林迅速被阔叶林所取代。

越过分水岭后,我们发现一条小溪,这条小溪通往流入库卢姆别河(即伊曼河上游支流)的大南岔河。沿着这条小溪走了大约10公里后,我们向东拐,又登上锡霍特山脉,随后下到大碰子沟河(西岔河支流)。这条河的汉语名称翻译过来就是"大悬崖的山沟"之意。

在地质方面,大碰子沟河的谷地是剥蚀谷地。从河源向河口方向,山岩按如下顺序分布:染上褐色铁矿颜色的黏土质页岩,随后是灰色花岗岩和石英斑岩。中间部分是带有不规则块状崩裂的辉绿隐晶岩和凝灰岩石英斑岩碎石。西岔河的石滩上层由砂质页岩构成,下层则由含有黄色和铁锈色变体的伟晶岩(花斑岩)构成。

德尔苏沉默地走着,沉静地看着一切。正当我惊叹于各色风景时,他正察看在人的手肘高度处被折断的小树枝,根据枝条弯向的方向他就会得知人走过的方向。根据折断处的新鲜程度,他就能确定行人何时来过,猜中行人穿的什么鞋子等。每一次当我不明白什么或是有什么怀疑之时,他对我说道:"你怎么,多少年在山里走,不明白?"那些对我来说十分不解的事情,对他来说非常简单明了。有时他在我无论如何努力都察看不到什么的地方,发现了些许足迹。他看出有一处曾走过一只老的母马鹿,领着一头一岁大的幼鹿。它们正啃食绣线菊的叶子,却突然急遽地跑开,仿佛被什么突然惊吓到似的。

这一切都并非为了炫耀,我们已经太过了解彼此了。他这样做只是由于多年以来根深蒂固的,不放过任何蛛丝马迹,对待一切都认真细致的习惯而已。若不是从童年起就研究各类足迹,他早就饿死了。当我漏过一处很是明显的足迹时,德尔苏就笑起我来,摇着头说道:"哎哟!还是个小孩哪。这样走着,摇晃着脑袋。有眼睛,不能看,不明白。不错,这就是城里住的人。不需要找鹿,想吃了就买。一个人在山上住,很快就完蛋。"

的确,他是正确的。一个孤独的旅人在泰加林中,将会面临成百上千的困难,只有那些善于分析足迹的人,才有希望顺利地走完旅程。

在路上我不小心踩到一根带刺的树枝,尖刺刺穿了鞋,扎进了脚里。我马上脱下鞋,把刺拔了出来,但应该没拔干净。大约因为刺梢断在了伤口里,第二天我的脚就疼痛不止。我请求德尔苏给我再看看伤口,但伤口边缘已经肿了起来。这一天我都在行走,到了晚上脚的疼痛开始加剧,直到天亮我都痛得没法合眼。早上才看清楚,原来我的脚上起了一个很大的脓包。

我们携带的粮食不足,不得不继续前进。

我们已经没有粮食了,只在打到猎物的时候才会有东西吃。宿营地里既有包扎材料,又有药品。在泰加林中可能会碰到连阴雨,也不知道我要不能动地躺着还要多久。所以,无论多么疼痛,我都决定接着前行。我只用右脚艰难地迈着步,拖着左脚。德尔苏替我背着背囊和枪。在峡谷旁下坡时,他搀扶着我,尽量减轻我的苦痛。这一天我们非常艰难地走了8公里,距离宿营地还有24公里。

到了晚上,我的脚疼得厉害,整个膝盖都肿起来了。我能否拖到哪怕第一所鞑子的房子呢?看起来德尔苏也为这个想法忧心不已,他老是往天上望去。我以为他是在察看天会不会下雨,但他担忧的另有其事。空中飘浮着一团烟雾,这团烟雾逐渐越凝越大。月亮刚刚升起,但并没有往常那般明亮,而是变得暗淡微红,有时又完全隐匿不见了。最后山后终于出现了火光。

"很大的烟。"我的同伴说道。

天色刚放明,我们就上路了。毕竟睡不着,哪怕是有丝毫的希望,都应该动身前行。我永远都忘不了这一天。我走着,每走一百步,就要坐到地上歇歇。为了不让靴子压迫到脚,我干脆把它拆开了。

很快我们就到达了大碴子沟河流入西岔河的地方,现在我们已经踏进了满是倒木的森林。周围一切都蒙上了烟,五十步之外根本看不清树木。

"长官,应该抓紧了。"德尔苏说道,"我有一点担心,草烧着了,不是,是林子着了!"

我用尽最后的气力拖着身子前行。哪怕是碰到一个很小的上坡,我都跪着前行。受伤的脚碰到的每个树根、云杉球果、小石子儿和小树枝都会让我疼得大喊一声,跌倒在地。

在烟雾中前行变得越来越难,喉咙里开始发痒。很明显我们已经来不及走出这满是倒木的森林了。这片在阳光和风的作用下已经风干的森林,现在已经变成了一丛巨大的篝火。

谁都知晓,当熊熊大火燃烧起来的时候就会形成旋风。

赫哲人善听的耳朵听到了这阵旋风的风声。必须到河的另外一边去,这是唯一的得救办法了。但是要越过大碴子沟河,首先就得站稳。现在这对我来说,完全是不可思议的事情。怎么办呢?突然德尔苏一句话也没说,抱起我迅速过了河。那里有一条宽阔的砾石滩。他刚一走出河水就把我放到地上,立刻跑回去拿枪。这时吹起一阵烟雾,什么都看不见了。等我醒来的时候,发现德尔苏正躺在我旁边的石头上。我们两个身上都盖着弄湿的帐篷。从帐篷上方不时落下火星,浓烈刺鼻的烟雾简直让人窒息。

这是我此生第一次看到如此可怕的森林大火。被火焰包围的巨大红松熊熊燃烧着,如同火把一般。大地附近已经是一片火海。所有东西都被烧起来了:枯草、落叶和倒木。能听到活树被大火烧裂和呻吟的声音,黄烟成团成团地迅速腾空而起。地面上火浪绵延;火舌在树桩附近缠绕蔓延,舔舐着灼热的石块。

突然风向变了,烟也被吹到了另一侧。德尔苏站起身来,推了推我。我在砾石浅滩上尝试着走了走,但很快就确信这是我所力不能及的,我只能躺着呻吟。

在走路之时,我更多地用脚后跟撑住,现在脚后跟已经累坏了。另一只腿也很疲倦,膝盖处也很疼痛。确信我再也没法走下去之后,德尔苏支起帐篷,拉来许多柴火,告诉我他要去中国人那里找一匹马来。这是走出泰加林的唯一方法了。德尔苏走了,而我独自留下。

在河流对岸火焰依旧在熊熊燃烧着。天空中浓烟不断,有大量火星飞舞着。火焰越来越远。有一些树木烧得快些,另一些树烧得慢一点。我看到一头野猪徐步过河,随后还有一只巨大的棕黑锦蛇游过河去;一只黑啄木鸟如同疯了一般从一棵树飞扑向另一棵树,还有一只星鸦不再沉默,喊叫起来。我的呻吟随声附和着它。最后天逐渐黑了下来。

我明白,今天德尔苏不会来了。那只病脚浮肿得厉害。我脱下衣服,触摸着脓包。脓包已经熟了,由于长久行路,脚后跟上的皮肤变得粗糙但没有破。我想起有一把小刀,就把小刀在石头上磨了磨。我往火里加了一把柴,等到火烧得很旺的时候,就切开了那个脓包。一瞬间我疼得两眼一黑,一股带着黑血的脓瞬间涌出了伤口。我奋力爬向水边,撕破了衬衣袖子,清洗起伤口来。随后我把脚包好,返回了篝火处。过了一小时,我感到轻松了些:脚上还是疼,但已经没有之前那么疼了。

火势过处看得到红色火光,森林里的许多地方都闪烁着火光。这时倒木也烧起来了。我一直坐在帐篷里,用手抚摸着那只疼痛的脚。篝火的火光温暖了我,我不由沉入了梦乡。等我醒来的时候,看到我旁边站着德尔苏和一个中国人。我身上盖着被子,火上烧着茶;旁边有一匹带着马鞍的马。脚上的疼痛止息了,肿胀也开始消退。烧好水后,我又清洗了下伤口,随后喝足了茶,吃了些中国人的馒头,就穿上衣服。德尔苏和那个中国人帮我上到马上,我们就上路了。

一夜之后,大火已经远去,但空气中还飘浮着烟熏火燎的气息。

中午之后,我们来到了三河皮沟河。格拉纳特曼不在,去别处探察了,要过两天两夜才能回来。

我不得不待在原地,直至脚伤恢复。过了三天,我已经可以行走,又过了一周,已经完全康复了。张保来看过我几次,从他那里我知道了许多有趣的事。他告诉我数年前在捷尔内伊港内维金格号轮船撞毁的经过;我还得知,在1905年,日本人杀害了他的帮手刘普尔,而他是怎样向日本人复仇的;他还告诉我1906年在奥林匹克角附近,有一伙苦役犯在那里登陆,他们沿着海岸劫掠杀人,无恶不作。张保带着自己的猎户在勃拉戈达吉湖附近追上他们,将他们一举歼灭了……我从他那里还知晓了许多,都是可怕而血腥的惨剧。

我观察着这些中国人,确信了张保在他们中间享有怎样的威望。他的话是口耳相传的。只要他吩咐的事都会顺利执行,毫不拖延。许多人去找他寻求建议,好像根本不会有他分析不明、无法找出犯案者的案子。也有对张保不满意的,那些大多是有着犯罪过往的人。张保能管束住他们的恶行。

他经常派人时而去要子河,时而到海岸上,时而沿着向北的小路察探。

晚上他收集了这些探子的汇报,把这些消息每天都告知给我。张保的信函很多,几乎每天都有信差去他那里送信。

在这些天里德尔苏一直都在鞑子们中间。他在他们之中找到一位从前住在乌拉河畔、他在年轻时就彼此熟识的老者。他还和其他所有人都熟识了,走到哪里都是颇受欢迎、讨人喜欢的客人。

在我出发的前两天,张保来向我辞行。他有急事需要亲自去大克马河一趟。他吩咐安排两个中国人护送我到锡霍特山脉,再从另一条路返回,向他报告他们沿途所见。

10月15日是我们集合的最后一天。我们烙了些面饼,烤了些肉。我们提前考虑了一切,即使是垫鞋的干草也没有忘记。

冬季行军

16日未能成行,因为中国向导耽搁了。他们是在次日将近中午时才出现的。每到一所房子,鞑子们都请求我们去他们屋里坐坐,哪怕是一分钟也行。人们纷纷向德尔苏问候,妇女孩子们都向他挥手,他也回应着他们。就这样从一所房子到另一所房子,在长久的耽搁后,我们终于到达了最后一处鞑子的住所,说实在的,对此我还是很高兴的。

接下来小路转向河对岸,沿着左岸一直延伸了2.5公里,随后我们爬上了山口。

在下游,东岔河沿子午线方向流淌,直到西岔河消失不见。在这里东岔河呈环线绕过了不大的支脉,通往三河皮沟河的下坡平缓,而通往东岔河的山坡陡峭难行。我们必须越过这条支脉。

黄昏临近了。我们一靠近水边,立刻就地宿营了。

白日里我不太舒服,肚子疼得厉害。中国向导给了我一种药,是由人参、鸦片、鹿茸和熊骨髓油混合而成的。我觉得鸦片能止痛,就同意喝上几滴这种调和药,但中国人劝我喝一整勺。他说,在这种药里鸦片不多,其他的药多些。大概他是按自己的药量给我的。他的身体已经适应了鸦片的药性,但对我来说一丁点儿已经算是很大剂量了。

确实,喝药之后肚子的疼痛很快就减轻了,但同时整个身体都开始虚弱乏力起来。我躺到火旁,陷入了沉沉的睡梦,如同陷入昏厥一般。过了半小时,我醒了过来,想要站起身来,却站不起来,连动一动、喊一声都不行。我发觉自己正处于一种奇异的状态:我丢失了所有的感觉,什么都不见、不闻,也无法感知。我使出了惊人的力量,抬起手来,摸了摸自己的脸颊,顿时惊恐不已。好像这已经不是我自己的手,而是别人的;我所触摸的也并不是自己的脸,而是一张面具。

恐惧包围了我。激烈的内心斗争后,我猛地一冲,跳了起来,立马就倒在了地上。随后开始了剧烈的呕吐。幸运的是,德尔苏还没睡,他给我端来了水。我喝了几口,逐渐清醒过来。脑袋还是晕得厉害,根本没法将自己的视线集中于一个物体;我明白我是中毒了。我又喝了很多水,人为催吐了好几次,这样我获救了。我就这样折腾着直到天亮。天亮后德尔苏跑到森林里,采来一种草药,吩咐我嚼一嚼,并把汁液咽下。

最后我稍微恢复了一些,头晕和头痛都消失了,但非常虚弱,极其干渴。这种药草原来是两栖蓼,当地人用它来治疗痢疾。

三河皮沟河流经典型的穿凿谷地,这类谷地有部分地方较为宽阔,部分地方仅能流过一条河流。这条河的最宽处位于各支流汇入之处。在这些支流之中最大的要数从北方流向海岸的法图河。

沿着东岔河边生长着和西岔河边一样的优质森林。在山间,左侧大多是阔叶树,右侧大多是针叶树。

小路途经河流左岸,有时靠近河流,有时又远离河流可达二百米。在一处河流紧贴山脚下流过,山上覆盖着缓慢向下塌陷的碎石。从上面不断滚落下小碎石子儿。中国百姓在这里发现了超自然的神力,他们为守护山脉的山神搭建了一座小庙。护送我们来此的中国人毫不迟疑地祈祷起来,丝毫不为我们在场感到拘束。

再往前走,小路通往一直延伸至法图河的火灾迹地。随后我们又走过了碎石堆,在碎石堆对面是一座座河流阶地,右侧的阶地占据了相当大的空间。

再往前走约7公里处,有一条无名小河流入三河皮沟河。沿着这条小河可以走到毕楞河的源头。毕楞河流入捷尔内伊港北面的大海。东岔河在距离这座无名河流河口略高处又流入了一条支流,中国人将其称为小岔河。小路在这里分成两条,一条沿着东岔河向上,另一条向左转。

由于还在病中,我没法快些行走,老是走着走着就停下,坐到地上休息。

德尔苏和两个士兵前去察看小岔河。小岔河的源头与一条在中游流入西岔河的山间小溪同出一源。山口覆盖着浓密的针叶林。上坡和下坡差不多,都是中等坡度。在离东岔河大约3公里处,他们发现一座中国人的碓子房,房主人不在。

傍晚时候我已将近康复,但没法进食,还是想呕吐。我决定早些睡觉,指望明天能彻底好起来。

大约十二点的时候我醒了。中国向导坐在火旁,看守着宿营地。夜晚静谧,月色明亮。我望向天空,觉得天空有点奇怪而低矮,如同落入地面一般。月亮周围晦暗不明,有一个很大的虹冕。星辰周围也是晦暗不明。"大概明早会有严寒。"我想着,随后裹紧自己的被子,往我旁边睡着的哥萨克身边靠了靠,就又陷入了梦乡。

早上我被一阵又紧又密的细雨声吵醒。我的不适已经消退,感觉周身舒畅。我们毫不耽搁,收拾好背囊就从宿营地出发了。

东岔河谷地从小岔河河口处起变得明显缩小了。河谷两侧都耸立着山脉,山脉上覆盖着碎石。有许多悬崖从山脉伸向河谷。在这里,人行小路紧挨着高高的阶坎,而供马行的小路则须蹚河数次。绕过峡谷后,这两条小路又汇合起来。再往下,从东岔河又分出一条小河,这条小河的谷地一直向前,而东岔河本身向左拐去。在此地我们的小路又分岔了,一条沿着东岔河,而另一条,按照护送我们的中国人的话说,通往阿尔穆河(伊曼河支流)。

午后雨势转大,我们不得不早些宿营。到晚上还有很多时间,我和德尔苏拿上步枪出去察看一番。秋季的阴雨时节,森林格外萧索凄凉。被冰冷雾气笼罩着的光秃树干、变黄的枯草、落到地面的树叶和萎蔫变色的蕨类植物,都说明岁末的萧索已经来临,冬季将近了。

突然一阵奇怪的响声从旁响起。我们离开了小路,走向河岸边。一幅有趣的场景映入眼帘。整条河都塞满了鱼,这种鱼就是大马哈鱼。有些地方由于死鱼已经形成了堵塞。成百上千的大马哈鱼充满了河湾和支流。现在大马哈鱼的样子简直令人作呕。鱼鳍磨得破烂不堪,浑身伤痕累累。大部分鱼都死了,还有一小部分能勉强移动。它们依旧试图逆水而上,好像指望在那里找到痛苦的解脱一般。

为了清理这些鱼,大自然派出了熊、野猪、狐狸、獾、貂、乌鸦、蓝胸佛法僧、松鸦等卫生员。以死大马哈鱼为食的主要是鸟类,兽类总是想要抓活的。野兽们甚至踩出一条直达河边的小路。我们在一处发现一头熊,它正坐在砾石浅滩上,想要用熊掌抓鱼。

棕熊和它的近亲堪察加熊喜食鱼头,常把鱼身扔掉。白胸脯的黑熊则相反,只吃鱼身,把鱼头剩下。

在另一处,有两头野猪在津津有味地享用着大马哈鱼,它们只吃鱼尾。又走了一会儿,我看到一只狐狸,它从灌木丛中跳出来,抓起一条大鱼,但是出于小心它并没有在原地进食,而是把鱼拖入了灌木之中。

这里出现最多的是鸟类。雕落到水边,好像意识到自己的优越一般,懒洋洋又不慌不忙地啄食着熊的残羹。这里的乌鸦尤其多,它们的黑羽在浅色的石滩上显得尤为突出。这些乌鸦跳跃移动着,争抢腐鱼。松鸦在灌木间飞窜,它们同其他鸟儿争吵不休,叫声极其尖厉。

支流里有些地方已经开始结冰,被冻住的鱼就要留在这里整个冬天了。到了春天,太阳刚刚晒暖大地,这些鱼就会同碎冰一起,被冲入大海,到那里由海洋动物将它们消灭。

这是怎样的循环啊!多么合理!什么也不会浪费!即使是在荒僻的泰加林中,也有尸体的清理工。

"一种人吃另一种人,"德尔苏出声说出自己的想法,"鱼有东西吃,然后野猪吃鱼,现在应该是我们吃野猪了。"

一说到这里,他就瞄准一头野猪开了枪。受伤濒死的野猪嘶吼着跳起来,想要向森林中扑去,但立马又扑倒在地,做着垂死挣扎。被枪声吓坏的鸟儿尖叫着飞向空中,又吓坏了游鱼,这些鱼如同疯了一般,在支流中前前后后乱突乱窜。

快到黄昏的时候我们返回了宿营地。雨已经停了,天空变晴,月亮出来了。天空明亮而清晰,看得到天上的黑影和白斑。也就是说,空气是干净透明的。

我们很早就躺下休息,次日也起得很早。当阳光给山顶镶上一层金边时,我们已经走出宿营地三四公里了。现在东岔河骤然转向西边,随后又开始向北倾斜。正好在转弯处一座高耸的石峰突入谷地,奇峰异石,姿态各异。

中国向导说,这里常有人发生不幸:有的人摔断了腿,有的人死了,等等。为了证明自己的话,他们还指出这些不幸的人的两座坟墓,这些人正是在这里遭遇了厄运。但我们什么也没有发生,顺利通过了这座普罗克利亚蒂耶悬崖。

接着我们进入了长有浓密针叶混交林的地区。在冬季刺龙牙的刺变得很松脆,只要用手一碰,就扎得满手是刺。让人郁闷的是,这些刺会垂直刺向皮肤,拔出时就会断在里面。

快到中午的时候,我们到达了一所小碓子房,这所小屋位于三条山间小溪的交汇处。我们是沿着中间那条小溪来的。

晚上我测量了此处的高度,气压计显示这里是海拔620米。

这些日子以来,天气都寂静良好。天气是如此暖和,我们只穿了夏季的衬衣行路,只在快到晚上的时候穿得暖和些。我对这样的天气赞不绝口,德尔苏却不以为然。

"看吧,长官,"他说,"鸟儿多么着急吃食。他很知道,将要有不好的事发生了。"

气压计上的刻度很高。我嘲笑起这个赫哲人来,他却只说了一句话:"鸟现在明白,我以后明白。"

从上面提到的房子到锡霍特山脉的山口有8公里远。虽然背上负担沉重,我们依然走得精神昂扬,很少休息。快到四点的时候,我们到达了锡霍特山脉,现在只剩爬上山脊了。我本想接着前行,但德尔苏抓住了我的袖子。

"等等,长官,"他说道,"我以为,应该在这里过夜。"

"为什么?"我问道。

"早上鸟儿都着急地找食,现在你看看,一只也没有了。"

确实,日落之前鸟儿总是非常活跃的,现在森林里却一片死寂。如同遵照命令一般,它们一下子躲起来了。

德尔苏建议把帐篷支得牢固些,还有主要的是尽量多准备柴火,不仅是为了今夜,还有明天一整天的。我没有再同他争论,而是去森林里找柴。过了大约两个小时,天开始暗了下来。士兵们拖来了许多柴火,看起来多出许多,但赫哲人并不满足,我听到他对中国人说道:"罗刹不懂,我们应该自己干起来。"他们就又干了起来。我派了两个哥萨克去协助他们。我们一直干到最后一丝晚霞消逝才罢手。

月亮出来了,一轮朗月照耀着大地。月光穿过密林深处,落入干草上如同一条条长长的飘带。大地、天空和周围到处都是一片静谧,没有任何坏天气的预兆!我们坐在火旁,喝了些热茶,开起赫哲人的玩笑。

"这次你可说错了。"哥萨克们说。

德尔苏没有回答,沉默着继续加固自己的帐篷。他钻入山崖下,从一旁弄来一个大树墩,在上面压上许多石头,又用苔藓堵住石头间的缝隙。他还从上面把帐篷拉紧,在帐篷前生起一团篝火。我觉得他那里很舒适,立刻就拿着自己的东西搬到他那里了。

时间过去了,但周围还是和之前一样静谧。我也开始以为德尔苏弄错了,直到月亮周围出现一片外沿呈虹色的模糊光晕。一轮满月逐渐暗淡下来,轮廓开始变得隐约不明。模糊晦暗的光晕逐渐扩大,吞噬了外面的圆环。一团雾气迅速遮蔽了天空,但这团雾气从哪里来,又往哪里去,没法说得出。

我以为最后会下一场小雨,便心满意足地睡着了,睡了多久也记不得。我是被人叫醒的。我睁开眼,面前站着穆尔津。

"下雪了。"他告诉我。

我掀开被子,周围是漆黑的夜色。

月亮已完全隐匿不见,天空撒下小雪。火光灼灼,照亮了帐篷、熟睡的人们和堆在一旁的柴火。我叫醒德尔苏,他睡眼惺忪地向四周和天上看了看,就抽起烟斗来。

周围一片静谧,但在这片静谧中感觉得到某种威胁。过了几分钟,雪下得更大了些,降落于地时带着特殊的沙沙声。其余的人也醒了过来,开始收拾起自己的东西来。

突然,落雪开始旋转起来。

"开始有了。"德尔苏说道。

如同回应他的话似的,在山间先是响起了一阵响声,随后从我们未曾预料到的一侧刮起了强烈的阵风。一阵风之后紧接着刮起了第二阵,随后是第三阵、第五阵、第十阵,而且刮得越来越久。好在我们的帐篷绑得够紧,否则早就被风连根拔起了。

我看向德尔苏,他正平静地抽着烟斗,无所谓似的看着火堆。暴风雪吓不到他。他一生见过太多的暴风雪，这对他来说已经不是新鲜事了。

德尔苏好像明白我的想法似的说道："柴火有许多，帐篷好好支起来。没什么的。"

过了一小时，天开始放明。

暴风雪就是夹杂着雪的飓风，在暴风雪肆虐之时气温会降低至零下15摄氏度。飓风如此强烈，到了能掀翻屋顶的程度，它将树木连根拔起。在暴风雪来时行进是完全行不通的，唯一的活命法子就是待在原地。通常每一场暴风雪都会造成伤亡。

在我们周围正发生着不可思议的事。狂风怒吼着折断了树枝，将它们抛入空中，如同飞扬的轻絮一般。巨大的老雪松随风摇摆，就像纤细的幼树。现在已没有山峦、天空与大地——什么都看不清楚，所有东西都在夹雪的旋风中旋转。有时透过雪幕能够看到近旁树木的轮廓，但也很快就消失不见。只要又刮起一阵风，整个雾气遮蔽的画面就会立刻消失不见。

我们钻进帐篷，恐惧得一声不吱。德尔苏望向天空，自言自语地说着什么。我向他提起那场我们1902年在兴凯湖附近遭遇的暴风雪。

午后，暴风雪变得更为剧烈。尽管我们处在悬崖和帐篷的保护之下，但也并不是十分牢靠。风吹到我们脸上的时候，我们如同身处大火中一般变得烟气腾腾，而当火焰偏向对面的时候又变得冰冷无比。

我们已经不用去取水，而是取雪塞满茶壶，雪有的是。将近黄昏的时候，暴风雪已经达到最激烈的程度。天色越黑，暴风雪就越是可怕。

这一夜很少有人睡觉，大家都只想取暖。

21日我们因暴风雪还是停滞不前。现在风向已经发生变化，从东北方向吹来，阵风变得更强了。即使是在宿营地附近也什么都看不清楚。

"他有什么好生气的？"德尔苏苦恼而恐惧地说道，"难道我们做了什么坏事？"

"谁？"哥萨克们说道。

"我不知道用俄语怎么说，"赫哲人回答道，"他半神半人，经常住在山上，能赶来风，折断树。我们说是'坎古'。"

"是山神或是森林之神。"我想。

我们费了很大劲儿才护住篝火。糟糕的是，每一阵风吹来都会吹走一

冬季行军　229

些火里的炭,往火上撒上雪粒。帐篷附近刮起巨大的雪堆,午后又出现了一阵阵不同寻常的大风。风掀起地上的雪团,猛地将如尘的白雪撒落于地,随后又吹起积雪,呼啸着在森林中流窜。每一场飓风都将大量树木卷倒在地。有时飓风会有片刻停歇,随后立马又出现了雪之魅影的舞蹈。

午后天空稍稍放晴,但气温也开始降低。透过浓厚的乌云,勉强看得到晦暗不明的太阳。

必须关心下柴火了。我们跑出去,就近收拾起那些倒木。我们一直不停地干着,直到德尔苏下命令说"够啦"才停了下来。

谁也不用让,大家都一下子扑回帐篷,在火旁暖着手。我们就这样挨到了天亮。

快天明的时候,天气稍微变好了。大风凛冽着时时吹来。我们开会决定试着越过锡霍特山脉,指望在山脉西面能平静些。德尔苏的发言起到了决定性作用。

"我以为,他很快就完了。"他一说完,就打点行装,准备上路。

队伍的集结没用很久。过了20分钟,我们已经背着背囊攀爬上山了。

从宿营地一出来,立马就是一面陡坡。在这两天里下了不少的雪。有些地方雪深可达1米。我们在山脊停下稍作休息。据气压计测量,山口高度可达910米,我将这座山口称为捷尔佩尼耶山口。

我们在锡霍特山脉面对的是一幅可怕的画面,飓风把这里整片的森林都吹倒了。我们不得不走远道从一侧绕过它们。我曾经说过,那些生长在山间的树木根系仅是松松扎根于地表,上面长了一层苔藓。一些树木已经被连根拔起。树木来回晃动着,翻起了整个根系。深黑的裂缝在雪层下时而打开,时而闭合,如同巨牛一般。科热夫尼科夫本想在一个被拔出的树根上晃荡玩耍,这时吹来一阵飓风,那棵树低垂下来,哥萨克刚跳至一边,它就轰隆倾覆于地,向四周撒下块块冻土。

去往伊曼河

从锡霍特山脉向西的坡度较为平缓,上面堆满大石块,长满了浓密的森林。我们所沿之向下的一条小溪将我们引向了南岔河。南岔河从东北方向直流至锡霍特山脉,并逐渐向西北方向倾斜。

南岔河谷地占地宽阔,较多沼泽,上面覆盖着浓密的针叶混交林。

猎人铺设的小路在这里有一部分位于谷地边缘,有一部分沿着山脉,这些地方的山脉如同被冲蚀的丘陵一般。

我们沿途碰到了用红松树皮搭建的帐篷,有两面篷顶,是中式住所。由于之前两晚甚是疲惫,我们就在这所帐篷附近宿营,一吃完晚饭,立刻就躺下睡觉了。

10月23日,我们继续沿着南岔河下行。初雪之上能很清楚地看到每一个足迹。雪上有驼鹿、麝、貂、黄鼠狼等动物的足迹。德尔苏走在前面,认真地察看着这些足迹。

突然他停了下来,向四面看看,说道:"他害怕谁?"

"谁?"我向他问道。

"麝。"他回答。

我看了看那些足迹,没在里面看出什么特殊之物。足迹就是足迹,小而密集的足迹。

德尔苏能够惊人细致地分析出各类特征,他甚至能够猜测出动物的心理状态。只要足印有些许凌乱,他就看出这只动物在心绪不宁。

我请求德尔苏指点我,他是基于怎样的判断认为这头麝是在害怕的。而他对我所说的话却简单明了。这头麝起初步子平稳,随后停下,小心地前行,又猛扑向一边,跳跃着跑远了。在初雪之上这一切都如作掌上观一般清晰。我本想继续前行,但德尔苏叫住了我。

"等等,长官,"他说道,"我们应该看看,什么人吓跑了麝。"

只消片刻他便向我喊道,这头麝是在怕一只貂。我向他走近。在一棵巨大的覆满雪的倒地的树上,确实能看到一只貂的足印。看得出来,这只体形较小的猛兽蹑足而行,先是藏到树枝后,随后猛扑向麝。后来德尔苏还找到了这头麝被扑倒在地之处。地上的斑斑血迹说明麝成功地把貂甩了开去。它接着往前跑,貂先是在它后面追赶,但没能跟上,随后转了个弯,爬上树走了。

我感觉若是能同德尔苏接着前行,或是他更爱说话,可能我就能学会分析各类足迹,即使不是和他一样精准,也比其他猎人要好。

德尔苏看到过许多,不过没有说出来。他之所以沉默,是因为他不想在他认为的小事上停下脚步。只有一些例外,就是当他发现一些特别有趣之物时,他才会自言自语地谈论一番。

距离锡霍特山脉大约 25 公里处,南岔河同从北面流过来的北岔河两相交汇。这里也是库卢姆别河的源流发端处,我们将要沿着这条河去往伊曼河。河里的水已开始结冰,出现了宽阔的岸冰。

我们毫不费力地过了河,接着向前走。

库卢姆别河流经宽阔泥泞的谷地,流向为从东至西。有一条小路一直在谷地右侧延伸。生长在山间的森林树种只有针叶类树木,大部分是雪松,在沼泽遍布的低地上有许多长满青苔的枯树。

中午过后,大风终于平静了下来。天空中没有一丝云彩,明亮的阳光由于白雪的反射显得更为明亮。针叶类树木换上了冬季的盛装,被大雪压弯的枝头垂向地面。周围一片寂静,默然无声。看起来,大自然仿佛已处于昏睡状态,这往往是大自然在历经劫难后的正常反应。

我在这里看到的鸟类包括大嘴鸦、红头啄木鸟、花啄木鸟和䴓。我们有两次惊飞了白秋沙鸭,这种有着黑色脑袋和红色的喙的鸟类在乌苏里地区留下过冬,生着白色毛羽作为保护色。我们常常直到走到它们跟前的时候才注意到它们的存在。

这里还要说说一种尤为可爱的小鸟,由于生性欢快,它们被哥萨克们称为"极乐鸟",就是褐河乌。这种鸟有鸫鸟大小,总是生活在水边。有一次一只褐河乌离我相当近,我停下来观察它。褐河乌非常警觉,常常转弯、啼叫,会同时和着自己啼叫的拍子摇晃着小尾巴,随后又突然冲入水中隐没不见。当地人说,这种鸟能够自由在河底行走,不论河水有多么湍急。潜出水面后,这只褐河乌一看见人,就啼叫着飞到另一个冰窟窿上,随后又飞到一个冰窟窿上。我的目光一直追随着它直到河流转弯的地方。

在另一处我们惊飞了一只针尾沙锥。它栖息在没有积雪的水边。我以为这是一只掉了队的鸟儿,但是它的样子看起来却精神抖擞,毫无心事。随后我还在没被冻住的支流岸边见过这种鸟几次。由此我得出结论,认为针尾沙锥会生活在乌苏里地区直到冬季,只有在12月之后才会迁飞到南方。

这一天我们走了12公里,在一座修福的小房子旁停了下来。此地的高度确定为海拔560米。房子的主人是几个中国人,他们以窖鹿为生。

早上中国人醒得很早,准备去打猎,而我们准备上路。我们携带的粮食已然告罄,应该补充粮食了。我在中国人那里买了一点粮食,花了8卢布。据他们说,在这里一普特面粉值16卢布,一普特小米值12卢布。并不是粮食贵重,而是运输颇为费力。

库卢姆别河在一夜间已牢牢冻上,可以在冰面上行走,这让我们的旅途大大轻松了。大风吹飞了河里的积雪,冰冻日益牢固。但是河里还有许多解了冻的地方,从里面升起了浓烈的雾气。

走了大约5公里后,我们走近两所朝鲜人的房子。房子的主人是两位老者和两个年轻人,他们以打猎捕兽为生。这两所小房子是新盖的,干净齐整,我很喜欢,便决定留下过夜。

午后,两个朝鲜人准备去泰加林察看一下麝窖。

我同他们一道去了。

麝窖离房子不远。这是一个高1.2米的篱栅,用森林中的倒木制成。为了防止树木被盗,朝鲜人用钉子进行了加固。

这样的窖总是设在山里麝必经的路上。栅栏里有些地方留有通道,里面设下绳套。麝的脑袋一旦落入绳套,受惊的麝就会乱窜,而它挣扎得越厉害,就会陷得越深。

在被察看的麝窖之中有22个绳套。朝鲜人在其中4个里面找到了已死的动物,有3只雌麝和1只幼麝。朝鲜人把雌麝拖出来,扔去喂乌鸦。对于他们为什么把抓住的动物扔掉的问题,朝鲜人回答说只有雄麝才能提供珍贵的麝香,中国商人从他们那里按每个1卢布的价格收购。至于麝肉,他们有一只雄麝就足够吃了,而明天他们还会套住这么多。据朝鲜人说,冬季他们会捕杀125只麝,其中有百分之七十五都是雌麝。

我对此次考察感到难受。无论向哪里看,到处都会发现滥捕滥杀的现象。在不远的将来,动植物资源丰富的乌苏里地区必将成为一片废墟。

第二天,我们提早出发,好弥补下拖后的日程。我们带走了一只被朝鲜人扔掉的母麝。

从朝鲜人房子里出来,库卢姆别河河面宽阔,略向南偏。房子后面立刻出现一片远远的沿着谷地和山间延伸的火灾迹地。很明显,山脉开始变高,山坡也更为陡峭。

连绵不绝的针叶林现在已落在了后面,取而代之的是甜杨、榆树、白桦、白杨、柞树、兴安杨、槭树等。在山间,瑰丽雄伟的雪松林取代了长满青苔的云杉和冷杉。

这一天我们走了将近15公里。黄昏时分,士兵们在一处河汊附近发现一顶帐篷。从篷顶窟窿里散出的炊烟说明里面住了人。蒙古包附近的晾架上晒着很多鱼。这所帐篷由雪松皮搭成,上面盖着干草,长3米,高1.5米,门口悬挂着桦皮门帘。河岸上立着两只底部朝上的小船:一只大一些,有着像舀子一样奇怪的船头;另一只轻巧些,前后底部都是削尖的。俄罗斯人称其为桦皮小舟。

我们走近的时候有两只狗狂吠起来,从帐篷里走出来一个人。起初我以为是个男孩,但是鼻环显示这是一个妇女。她个子很矮,如同12岁的小女孩一般,穿着长至膝盖的皮袢,用鞣制的马鹿皮缝制而成的裤子,上面绣制了五颜六色的绣花的护膝,还有绣花的软底毛靴和好看的五彩缤纷的套袖,头上盖着一块白头巾。

她那两只褐色的眼睛很平,覆盖着细窄的眼皮,长着凸出的颧骨、矮塌的鼻梁和厚厚的嘴唇,这些都让她的脸与欧洲人的截然不同。她的面庞扁平,呈五角形,比颅骨还宽些。

这个妇女吃惊地看着我们,脸上现出惊慌的神色。什么样的俄罗斯人会来这里？正派人是不会来的。"这是乔尔顿①。"她马上藏回了帐篷。为了打消她的疑虑，德尔苏用乌德海语同她讲话，还介绍我是考察队队长。于是她平静下来。

他们的礼节要求妇女不能过度表现出好奇。看得出来她是在忍耐，只好偷偷地观察我们。

这顶帐篷从外面看上去很小，走进去就更小一些，因为进去后只能坐着或躺着。我吩咐哥萨克们支起帐篷。

从海边已严重汉化的鞑子那儿，来到至今仍保存如此多原始习俗的鞑子这里，我发现差距还是相当大的。

这个妇女正默默地准备做饭。她把一口锅架到火上，倒上水，里面放入两条大鱼，随后拿出烟斗，往里面塞满烟草，就抽了起来，还时不时向德尔苏抛出问题。

晚饭做好后，房主人来了。这是个大约30岁的男人，比较干瘦，中等个头。他也穿着长裤，腰间束起，上部的褂子耷拉在腰带上。褂子的右襟、脖子周围和整个下摆都延伸出一条宽边，上面绣着花纹。他的腿上穿着裤子、护膝，脚上穿着鱼皮制成的软底靴，头上盖着一块白头巾，白头巾上罩一顶山羊皮小帽，上面颤动着一个小松鼠尾。晒得黑红的脸庞、色彩斑驳的服饰、帽子上的松鼠尾和胳膊上的手镯圆环都将这个蛮夷之人装饰得类似一个红种人了。他进门后几乎没有理睬我们，而是径直坐到火旁默默地抽起烟斗，这时候我们的这种感觉就更为强烈了。

当地礼节要求客人先打破沉默。德尔苏知道这一点，就向他询问道路和积雪的深度。谈话就这样开始了。得知我们是谁，从哪里过来时，这个乌德海人说他知道我们会下到伊曼河这里——他是从住在河流下游的亲戚那里得知的，而且下游那里早就有人盼着我们去了。这消息让我感到十分惊奇。

晚上他的妻子查看了我们的衣物，缝补了破损的地方，还把磨破的软底毛靴都换成了新的。房主人给了我一张熊皮垫，我把它当被子盖在身上，很快就睡熟了。

---

① 乌德海人这样称呼强盗。

去往伊曼河　235

夜里我被刺骨的寒冷冻醒。我从脑袋上掀开被子,看到帐篷里的火已经熄了,炉子里仅存几块炭火。透过屋顶上的孔洞能看到撒满星星的深色天空。从帐篷的另一侧传来鼾声。很明显,乌德海人为了防止火灾,在躺下睡觉时故意把火熄灭了。我本想把被子裹紧一点,但根本无济于事,冷气已深入骨髓。我爬起来,点燃火柴,看了看温度计,上面显示是零下 17 摄氏度。于是我扯下一块自己的桦树皮垫子,放到火上,把炭烧起来。过了片刻火就燃了起来。我把散落的炭块收拾起来,放到火里,就穿上衣服,走出了帐篷。士兵们在一旁的帐篷里睡着,他们周围点着一丛篝火。我在火旁暖和了一下,正想返回帐篷,这时看到在河流旁边的一侧还有另一丛篝火的反光。在这里的悬崖下面我找到了德尔苏。河水冲刷着岸边,上面悬着一片大草甸,草甸下面形成了一个类似壁龛的东西。他在这个纵深的壁龛里用草布置了个小床,在前面生起篝火。德尔苏的嘴里还叼着烟斗,旁边放着枪。我把他叫醒。赫哲人跳起来,以为睡过了头,赶忙收拾起自己的背囊来。

一得知事情的原委,他立刻把自己的地方让给我,自己在旁边躺下来。过了几分钟,在这座悬崖下面我已经浑身暖和透了,比在帐篷里的熊皮褥子上睡得香多了。

我醒来的时候,大家都早已起来了,鲍奇卡列夫在煮麝肉。我们准备出发的时候,那个乌德海人也穿上衣服,说要和我们一起去西家屯。

喝早茶的时候,格拉纳特曼同科热夫尼科夫争论起夜里风从哪里吹来的。科热夫尼科夫指向东边,格拉纳特曼认为是南边,我却觉得风是从北边吹来的。我们没法达成一致,便去找德尔苏。这个赫哲人说,夜里的风是从西边来的,他还指了指芦苇叶。早上,随着太阳升起,风止息了,芦苇叶也朝着风将它们吹向的地方垂下不动了。

从帐篷出来,小路向谷地的右侧偏斜,斜偏向北,随后转向西南。

我们走了将近 10 公里,又走近了库卢姆别河,这条河在此处分为几条支流,宽度可达 2.4 米,航道深度可达 1.8 米。

这一天我们走得不多。随着我们携带粮食的减少,背囊越来越轻,但背负起来却越来越艰难,因为背带狠狠地勒住了双肩,我注意到不仅我自己这样,大家都感觉到了这一点。

由于冷风呼啸,雪变得干涩松散,这在一定程度上阻碍了我们的行动。尤其困难的是上山:人经常摔倒,向下滑落。我们的力气已经不如从前,疲态开始显现,较之日常休息,更需要长时间的休养。

　　我们在河流附近还找到一所空帐篷。哥萨克们和鲍奇卡列夫安置在里面,中国人睡在外面的篝火旁边。德尔苏本想和他们躺在一起,但看到他们毫不分辨地见柴就拿,就决定独个儿睡了。

　　"明白不,"他说道,"我不想把衬衫烧着了。应该找好的柴火。"

　　这所空空如也的帐篷看来是猎人经常过夜之地,帐篷周围的枯干森林都已被砍伐烧净。德尔苏对此并未感到窘迫,他向泰加林走得更深些,从远处拖来干枯的水曲柳。他一直拖柴火拖到黄昏时分,我尽可能地帮助他。整晚我们都睡得安稳,毫不担心帐篷和衣物。

　　绯红的晚霞和黎明前地平线上的雾气都是早上将有严寒的可靠征兆。严寒确实来了。初升的太阳一片朦胧,走了形一般,发光却一点也不暖和。太阳上下都散发出明亮的阳光,周围发出明亮的虹斑,用北极人的话来说那是"太阳之耳"。

　　送我们来的乌德海人很了解这些地方,他找到了抄近道的小路。还差2公里到达库卢姆别河河口的时候,小路拐向了森林,我们又走了将近一小时。突然森林将尽,小路中断了。在我们面前出现了伊曼河。

　　现在,我们再回过头来走马观花地看看库卢姆别河。它长约60公里。其河面极为宽广。库卢姆别河上游由三条河流组成:北岔河、南岔河和三岔子河。沿着北岔河在两日之内可到达阿穆尔河的山口,而沿着三岔子河三日内可到达三河皮沟河。漾湖河从右侧汇入库卢姆别河,左侧有大南岔河汇入,其沿岸有六座碓子房。中国人沿着大南岔河,在三日内可以去往三河皮沟河的源头。再往下左侧为大北岔河("大北面支流"),河边有通往内库利亚河(阿穆尔河支流)的山口。

　　这条路共计要过两次河。库卢姆别河下游的最后两个支流是小北岔河和小南岔河。

　　沿着库卢姆别河的整个谷地都布满黏土页岩,该构造一直向前延伸至伊曼河流域。整个古代河流阶地都是由此类岩石构成的。将此类岩石归入太古石层是完全可行的。

库卢姆别河流域的森林与伊曼河上游的森林一样：山间生长着红松，混有很大一部分云杉，谷地里生长着落叶松、白桦树、山杨、柳树、赤杨、槭树、冷杉、椴树、水曲柳、白杨、榆树和稠李，有时还会碰到赤柏松，但都是单独生长。

在1854年绘制的老地图上，这条河的名字是"尼满"。这是满语词语，意为"山羊"。由此可以很容易得出另一个词——"伊曼"。乌德海人将它简称为"赤麻"，中国人在这个名词的基础上加了一个"河"字，结果便成了"赤麻河"。

库卢姆别河与伊曼河两相汇合时，库卢姆别河已经是一条宽100米、深3米，浅水期流速为每小时8公里的大河了。伊曼河谷地由剥蚀谷和构造谷交替出现而构成。前者为东西走向，后者为南北走向。伊曼河剥蚀谷地的后续将是塔季别河、阿尔穆河和库卢姆别河等支流的谷地。

伊曼河还没有上冻，只是在河流边缘有些冰冻。就在我们所站之处的对岸，有一群小小的人在活动。原来是乌德海儿童。再往下，在柳枝丛中能看到一间帐篷，帐篷附近有一个立在桩子上的谷仓。德尔苏向孩子们喊话，想让他们划条船过来。孩子们惊恐地往我们的方向看了看就跑了。随后从帐篷里走出一个手里端枪的男人。他同德尔苏互相呼喊了几句话后，就划着一条小船往我们方向来了。

乌德海人的小船是一种狭长的平底独木舟，它很是轻便，一个人就可以毫不费力地将它拖上岸边。前部是圆的，底部向前突出，较为宽大，还向上翘起，船的形状就像舀子或是铲子，整个船都好像十分荒谬。由于此等构造，船并不是破水而行，而是在水上滑行前进；其重心的中心高高抬起，好像容易歪倒似的。我们一踏入小船，船就来回晃动，我不由双手抓紧了船舷。但当我们平静下来驶离岸边的时候，我就确信它是非常平稳的。这个乌德海人站立着，借助一根长杆驾驭船只。随着猛力推进，他将船逆水移动开来，水流将小船推向一边，又渐渐推向对岸。

最后我们靠近了帐篷所在的地点，上到了冰上。有一个妇女和三个孩子向我们走来。一看到我们，孩子们就惊恐地藏到母亲背后。那名妇女没理会我们，也走进帐篷，蹲到火旁抽起烟斗来，孩子们则留在外面，开始往谷仓里放鱼。帐篷里有许多缝隙，里面听得见风在呼呼作响。在粮仓中间生着火。孩子们不时跑到帐篷里,在火旁烘着自己冻僵的小手。我对他们的穿着之薄感到惊讶:他们都敞着怀,既没戴手套也没戴帽子,但他们热火朝天地做着事,似乎丝毫不惧严寒。要是他们之中有人在火旁待得稍久一点,父亲就会呵斥他,赶他出去。

"他冻僵了。"我对德尔苏说道,想让他将我的话转达给乌德海人。

"让他习惯习惯,"他父亲说道,"要不然就得饿死。"

我对此却不能不认同。那些不得不与大自然打交道,以最原始的形式享用自然馈赠的人,也需要适应大自然不那么可爱的时候。

我向乌德海人询问伊曼河的情况,得知伊曼河上游的流向同锡霍特山脉的流向平行,其源头与捷丘贺河源头高度相同。真是奇异的现象!水流从60公里的分水岭处奔泻而下,直流向西,完成了一趟漫长而迂回的旅程,最后流入了同一个海洋。

伊曼河上游覆盖着浓密的混交林。很难想象还有比这里更荒凉野蛮的地方。只有在冬季初期,这条河才活跃一些。有一些近岸生活的中国人为了捕貂搬到这里,但并不会停留太久:他们害怕碰上大雪,所以很早就返回了。

向乌德海人问路后,我们接着出发,很快就到达伊曼河转向西北的地方。在这里的角落里,左侧有一片大空地靠近河流,长约5公里,宽约2公里。在河流末端有四所房子。这是中国的猎户村西家屯。在伊曼河另一侧,在三个帐篷里生活着五户乌德海人。我在他们这里停了下来。

我们在西家屯从10月27日待到了30日。在这段时间里我考察了这个村庄,同这里所有的乌德海人都认识了。这里绝大多数都是犯过事的人,有从法庭逃出来的,有冒了风险的,还有一时情急做下错事的。他们什么也不做,就是抽鸦片、喝酒、扔骰子、彼此争吵。每所房子的居住者都可以分为三类:主人、工人和以抢劫杀戮为生的无业游民。我想起张保,他曾警告我不要相信西家屯的中国人。

这里和别处一样,当地土著居民完全处于被奴役的状态。乌德海人不识字,根本不知道他们欠中国人多少钱。这里简直彻底表现了字面意义上的"奴役"。比如有个叫作席巴云的乌德海人,没有在中国人规定的时限内上交规定数量的貂,就被棍棒毒打,落下一生残疾。他的妻女被夺,自己也被用400卢布的价钱卖给另一个中国人做免费苦力。

看到这里,我不禁涌起了一腔怒火。但是我们这几个外来的人在全副武装的中国人中间能干些什么呢?我答应乌德海人,等我一回到哈巴罗夫斯克就设法帮助他们。

31日严寒加剧,河里漂起了浮冰。尽管天气恶劣,乌德海人们还是决定用小船载我们离开。

艰难处境

11月1日清早,我们离开西家屯,沿着伊曼河乘船而下。

本地人从小时候就已习惯在山间河流里行船。行船之时要极目远眺,要知晓何时稳住船只,何时逆水掉头,或是与此相反,尽可能加快船速,躲过危险的地方。这一切都应考虑到如何迅速采取相应措施。即使是最小的过失,被急流卷起的小船都有可能瞬间撞上石头,磕到粉碎。石坎之上,水流湍急,小船颠簸不定,保持平衡很是困难。对我们来说,由于河上漂着浮冰,航道又被沿岸的冰所挤,行船就更为困难。冰冻的河水使我们无法在合意的地方行船,只能在可以行进之处勉强通过。这一点在石坎位于转弯处时尤为明显。沿岸的冰块越大,河流中间的水流就越是湍急。

伊曼河谷地从西家屯处起就具有明显的剥蚀特征。伊曼河在此处的数条支流是值得注意的:右侧的东大沟河(有通往阿尔穆河的山口),随后是花间沟河和鱼皮沟河,再往下是蘑菇沟子河和土房沟河。

从西家沟河略往下,可以看到高耸的古代河流阶地,阶地由冲刷严重的黏土页岩构成,其中时有夹杂带有石英条纹的红褐色砂岩。阶地后面大约离河10公里处耸立着一座杨木顶子山。据乌德海人说,有中国人在这里秘密淘金。

在马场沟河、四方沟河和加达拉河河口附近的路上,能发现已经人去楼空的乌德海人的夏季窝棚。有些地方鱼还没有收拾。为了防止乌鸦偷鱼,当地人把狗留了下来。这些狗尽职尽责地承担了看守的任务,每当这些小飞贼出现,狗就吠叫着冲向它们,将它们赶走。

伊曼河畔生长的森林都属上乘。山间大部分是偃松和冷杉,谷地里大部分是阔叶树种。

伊曼河如同所有的山间河流一样,河边有许多石坎,其中一处正位于西家屯和阿尔穆河之间的半路上,被认为是最危险之处。这里从远处就能听到水声的喧嚣,河流底部的斜坡直收眼底,对面岸上耸立着一块山岩。水涛拍岸,卷起无数泡沫,山岩上整个结了层冰。

乌德海人撑住船,彼此商量了下,就将船横于河上,缓慢地顺流而下。这时迅疾的水流将船冲向山岩,只见乌德海人灵巧一撑,船就换了个方向。从乌德海人的眼神里,我看出我们正冒着巨大的危险。德尔苏总是比其他人平静得多,我把自己的感想告诉他。

"没什么,长官,"他回答我,"乌德海人就是水里的鱼,知道怎么行船,我们不行。"

走得越远,航行就越为艰难。河上的浮冰越来越多,岸边的冰也越来越宽。

伊曼河整个这一部分都覆盖着针叶混交林,小岛上生长着混有建筑用红松的阔叶类树种,河岸与石滩上则生长着河柳,这种树种为当地人的滑雪板、帐篷、鱼叉、爬犁等提供了源源不断的材料。

我们在船上航行了没多久,从清早起就阴晦不止的天空又下起暴雨。乌德海人熟练地在河上浮冰之间游走,用长杆将浮冰推开。

过了加达拉河后,伊曼河急遽转了个弯,这里积了许多浮冰,中间仅存一条狭窄河道。这条河道是可以通过还是已被封住,我们的向导也不知情。乌德海人停下小船,向我询问是否要冒险前行。我实在厌恶了扛着背囊前行,决定试试运气。德尔苏想劝我,但我不同意,想着即使不能成功,还能上岸,把船一直停在原地也不是办法。我们乘船向前,但还没走上40米就看到河道已经被封上,再往前都是连绵不断的冰,船靠近是非常危险的。要是水流将我们负担沉重的小船推向浮冰,船上立刻就会灌满水。得赶快往后退,但已经没那么简单了。在狭窄的河道里很难使小船转弯,不得不掉转过来,以船尾劈水而行。好像老天故意似的,船上的长杆勉强触及河底,费了老大劲儿才走了一半。突然一个乌德海人喊了起来。听到他音调里的紧张,我才明白现在有很大危险,就向后看了一眼,只见一块巨大的浮冰正向我们迎面漂来。在我们退出这条河道前它就会把河道堵住。乌德海人使出了全部气力,但冰块显然更快,它呼啸着撞上了河道一角,随后又撞上另一个角。这时更糟糕的事发生了——我们都完全没有料到,由于强力推撞,所有的浮冰都移动起来,河道开始变窄。

"冰很快会把船撞碎!"德尔苏喊起来,听着简直不是他的声音,"应该快点走!"

他从船上跳下来,借着漂动的浮冰跑向岸边,手里还拉着缆绳。有两次他掉了下去,但很快又爬到冰上,幸运的是,我们离岸没有多远。哥萨克们也仿效起他,纷纷跳下水去。科热夫尼科夫和鲍奇卡列夫成功地上了岸,但穆尔津掉到了河里。他想要攀上浮冰,但浮冰却翻了过去。只要片刻他就会沉入河底了,这时德尔苏扑过去救他,自己却差点淹死。这时我同一个奥罗奇人一起,从一块浮冰跳到另一块浮冰上。我们推着小船前行。幸运的是,船头很快就离德尔苏和穆尔津很近,救了他们俩。小船又陷入浮冰之中,它横在河上,随冰一起顺流而下。于是我们开始往岸上扔背囊,随后自己也爬上岸去。小船立刻就被冲到悬崖跟前,如同活物一般,起初还同浮冰对抗几番,颤抖着,随后突然咔嚓裂开,断成了两半。又响起一阵碎裂之声,水里只剩一片碎片,整只船都消失在了水里。

上岸后我们做的第一件事就是生起篝火,烘干身上的衣服。有人提出烧点热茶,吃点东西。于是我们开始找粮食袋,却发现不见了。经过点算,还有一支枪也不见了。我们毫无办法,只好吃了点口袋里剩下的东西就接着往前走了。乌德海人说,傍晚时我们就会到小河子沟子房,他们指望在那里的谷仓里找到些冻鱼。

黄昏时我们确实到达了房子。房子里空空如也,哥萨克们在谷仓里找到了两条干鱼。我们不得不勉强咽下这顿微薄的晚饭。

伊曼河从大五河密沟山泉开始,转向西北方向,形成了一个大环线。在这里它自右侧纳入了最大支流之一——阿尔穆河。这条河长度超过160公里,发源自锡霍特山脉,与阿尔卡角在同一纬度。上游由三条小河组成,每条小河的平均长度为30公里。阿尔穆河从它们汇聚之处转向西边,随后骤然向北,再转向西南,最后在下游重新变为东西走向。由此可以看出,阿尔穆河谷地是由一系列纵向谷地与横向谷地构成,后者尤为曲折蜿蜒,有些弯曲处几乎弯成圆形。在充分了解地形后,冬季利用狭长的谷地弯口,能极大缩短路程。

阿尔穆河的下游宽度将近80米,深度2~3米,每小时流速为10公里。在阿尔穆河谷地河流阶地尤为发达。在河流中游,河流阶地尤为众多,大部分位于左侧。这些阶地高度可达10米,基底厚重,由厚实的黏土页岩构成,上层为很厚的淤积碎屑岩层。

距离河口约2公里处,自古以来都居住着乌德海人。他们的居住地有4所房子。1906年他们只有15个人。从阿尔穆河沿伊曼河再往前,是另一处乌德海人的住地老柳,人口有8个。老柳是一块空地,右侧有长4公里、宽1.5公里的河流。

阿尔穆河流入伊曼河后,伊曼河突然变窄,只有一条河道,并无任何支流,宽度为80~100米,因此其流速迅速增大。在这里,山脉紧靠河流,将其时而挤向一侧,时而挤向另一侧。这一区域中的绝大多数山岩依旧是黏土页岩。

据向导们说,从我们停留之处去往阿穆尔河总共需要3天路程。若是穿过伊曼河环线直接走山路,就能缩短距离,可以直接去往香石盒子方向,那里位于阿尔穆河下游50公里处。由于粮食不足,缩减路程现在变得尤为重要。乌德海人允诺将我们护送至需要从伊曼河拐弯的地方。

次日,11月2日,快到中午的时候我们到达了虎踏道河,这条河蜿蜒蜒蜒从西流向南。我们需要沿着这条河经过山脊上到山口,这座山正是伊曼河形成环线的因由。这条河长3.5公里。上山和下山坡度一样,将近30度,山口较之伊曼河高出350米。

我们面前有两条山泉:一条通往北面,一条向西。我们大概应该向西走,但我却错误地选择了向北。我们一找到有柴火、稍许平坦的地方,就开始宿营。

11月3日清早,我们吃完了仅剩的干鱼,轻装上路了。现在只能寄望于打猎了。我们决定让德尔苏走在前面,而我们为了不吓跑野兽,跟在离他三百步以外的地方。我们沿着一条不熟悉的小河前行,这条小河据在山口时所见是向西流淌的。

我们指望德尔苏能打到点儿什么,却落了空,根本没听到枪声。走了一上午后,谷地变宽。我们在这里发现了一条很小的、勉强可见的小路。它弯向左面,直冲向北,穿过一片凹凸不平的沼泽。每个人都觉得饥肠辘辘。大家都默默地走着,谁也不想说话。突然我看见德尔苏正缓慢地从一个地方走到另一个地方,弯下腰来,从地上捡拾着什么。我喊了他一声,他向我摆了摆手。

"你找到了什么?"格拉纳特曼问道。

"熊吃鱼,"他回答,"头扔掉,我拾起来。"

确实,雪地上滚落着许多鱼头。看得出来,有几只熊是在下雪后来到这里的。

"无鱼之地,虾亦为鱼。"挨饿时就连熊的残羹也是美味了。大家都默契地捡起来,过了一刻钟,大家的口袋里都塞满了鱼头。

我们忙于捡拾,竟没有注意到谷地将我们引向了一条相当大的河流。这里是西岔河及其支流大鸭沟河、蚂蚁沟河和皮梨沟河。倘若乌德海人的话是真的,明天中午我们就会到达伊曼河了。

到达河流对岸后,我们在浓密的针叶林中宿营。鱼头是多么美味啊!有一些鱼头上还挂着很多肉,这样的鱼头简直就是幸福的难得之物。我们平分了鱼头,美美地吃了顿晚饭,只是没有吃饱。

晚上气温骤降,但因为柴火很足,我们睡得很好。

11月4日,我们都是被饿醒的。

现在我们要沿着西南岔河向前,这条河沿着宽阔的皱褶间的河谷,为南北流向,稍向东偏。它非常蜿蜒,时常流出支流,形成许多长满河柳的小岛。它的宽度达40~50米,深3.6~4.5米。生长在道路两旁的森林属混交林,绝大多数是针叶类。

我注意到这些地方的雪比库卢姆别河边的雪多得多，有些地方的深度可达膝盖。在这样的雪上行走是很艰难的，一个小时只能走上2公里，没法多走。

打猎的盘算够呛，再找到鱼头的希望也落空了。有一次哥萨克科热夫尼科夫看到一头麝，向它开了枪，但没有打中。

根据时间来说，我们应该已经到达伊曼河附近了。每次拐弯的时候我都指望能看到西南岔河的河口，但往下走却是森林，随后又是拐弯，又是森林。

黄昏时我们到达一所用树皮搭成的小窝棚。我对找到这个地方感到非常高兴，但德尔苏却并不满意。他提醒我注意窝棚附近曾有篝火烧过的痕迹。这些篝火痕迹和日常必需品的缺失，说明这个窝棚只是供行路人过夜用的，因此到伊曼河还有不少于一昼夜的行程。

所有人都饿得难受。哥萨克们苦闷地坐在火旁，叹着气，彼此之间很少交谈。我有几次向德尔苏询问，我们是否迷了路，走得究竟对不对。但是他也是第一次来这种地方，他的所有看法都只是建立在猜测揣度的基础上。为了缓解饥饿，哥萨克们很早就躺下睡了。我也躺下了，但睡不着，不安和怀疑使我彻夜难眠。

早上德尔苏比所有人都起得早，把我叫了起来。又要担心即将踏上的路了，得趁着腿还能动的时候快走。但我们刚一上路，我就感觉毫无气力：背囊好像比昨天重了两倍，每走半公里我们都要坐下歇歇。只想躺着，什么都不做。这是糟糕的信号。我们就这样勉强走到中午，走的路程很少。毫无疑问，在这样的条件下，今天是走不到伊曼河的。我们沿途射了一些小鸟，打死了3只鸭鸟和1只啄木鸟，但这几只小鸟对5个人来说算得了什么！

天气也阴郁起来，天空又布满乌云。凛冽的阵风刮起了地上的雪。空气中满是雪尘，河水中能看到阵风盘旋的痕迹。在一些地方风把雪从冰上吹走，而在有些地方却是相反，刮成了巨大的雪堆。一天之内一切都冻住了。我们的衣服都穿破了，已经抵御不了严寒。

左侧耸立着一座多石的山岗,有数座近河的垂直山岗。我们在这里找到一个不大的深洞,在里面生起一丛篝火。德尔苏把锅挂在火上烧起水来,随后从背囊里掏出一块鹿皮,在火上燎净细毛,用小刀细细切碎,切得像面条一般。他把切好的鹿皮撒到锅里,煮了很久。随后他对大家说道:"每个人都要吃,肚子骗骗,力气稍稍添上。应该快点走,不要休息。这样今天在太阳落山之前,我们才找得到伊曼河。"

谁也不需劝,每个人几乎都要把能吃的东西一口吞了,尽管皮子煮了很久,还是那么硬,牙齿也咬不动。德尔苏不让多吃,他制止了贪吃的人,说道:"不要多吃,不好!"

过了半小时,我们从休息的地方离开了。确实,吃下的皮子尽管不能解饿,却让肚子活动了起来。每次只要一有人停下,德尔苏就会骂他。

一天将尽,我们一直都在走,西岔河好像根本没有尽头。每次转弯,又会出现一段河流。我们都勉强拖着双腿,像喝醉了般走着,若不是德尔苏劝阻,早就停下宿营了。

晚上 6 点终于出现了附近有住房的兆头,地上有滑雪板和爬犁的痕迹,有新鲜的伐木地,还有锯好的柴火。

"伊曼河不远了。"德尔苏满意地说道。大家顿时都感到精力又涌了上来,精神抖擞地前行起来。像是回应他的话似的,前方传来渺远的狗吠。又转了个弯,我们看到了火光,这是一个中国村落香石河子。

过了一刻钟我们走进了村子。我从来没有像今天这么疲惫不堪。走到第一所房子,我们就走进去,和衣躺到了炕上。

自然,我们的出现在中国人之间引起一阵恐慌。房主人比所有人都焦虑,他偷偷派几个长工出去了。过了一小会儿,一个中国人走进了房子。他看起来大约 35 岁,中等个头,身材矮壮。他用俄语同我们交谈,询问我们究竟是谁,要去往哪里。

他的俄国话很地道,毫无错误,还常在话里夹上些俄罗斯谚语。随后他劝我们搬到他的房子里,说自己叫李堂奎,是李庆福的儿子。他说自己的房子是全村最好的,我们现在待的房子是穷人的,诸如此类。随后他走到外面和房主人耳语了很久。我们没有办法,只好让步。不知从哪里冒出一帮长工开始帮我们搬东西。

香石河子村位于伊曼河右岸。在森林附近空地的另一端有一处废弃的乌德海人住地,有8间帐篷。全部乌德海人共有65人(21个男人、12个妇女和32个孩子),他们全都抛弃了自己的住地,搬到了瓦贡别。

过了大约5分钟,我们已经到了李堂奎的家。他家附近还有几所房子供长工和猎户居住,后面有几所谷仓、锻造场、板棚、马厩等。我们走了进去。李堂奎本想把我和格拉纳特曼安置在他自己的房里,但我坚持让哥萨克和德尔苏同我一起过夜。随后李堂奎招待了我们。对我们来说,茶水和豆油烙饼是多么香甜美味啊!晚饭后我感觉眼皮在不由自主地下垂,不知不觉进入了沉沉的睡梦中。

晚上我醒过来,有人在摇我的肩膀。我飞快站起来,德尔苏正坐在我旁边。他给我一个信号,叫我别出声,随后说李堂奎给了他钱,叫他劝我不要去瓦贡别找乌德海人,绕过他们的帐篷,他愿意提供专门的向导和挑夫。德尔苏回答说,他说了不算。随后德尔苏躺到炕上,假装睡着了。李堂奎一直等到他觉得德尔苏睡熟后才悄悄走出房子,骑着马不知朝哪儿走了。

"我们应该明天去瓦贡别。我以为,那里有不好的事情。"德尔苏这样结束了自己的话。

这时从外面传来马蹄声。我们钻进自己的被子里假装睡熟了。李堂奎走了进来。他在门口停了一下,倾听着,确信所有人都在睡觉后,才悄悄脱下衣服,躺到自己的位置。很快我又睡着了,直到第二天太阳高照才醒来。

我是听到一阵响声醒来的,询问发生了什么。哥萨克们向我报告说,有几个乌德海人走到房子这里来了。我穿上衣服,到外面找他们。让我惊讶的是,他们看我的眼光很不友好。

喝过茶后,我说要接着走。李堂奎劝我再留一天,说要杀猪招待我们。这时德尔苏冲我使了个眼色,叫我不要同意。李堂奎又想把他的向导派给我们,也被我拒绝了。

从香石河子村起,小路沿着高山脚下的河流右岸向前。过了2公里,小路又伸入一片林中空地,当地中国人把这里称作铧子沟。这片空地长5公里,宽1~3公里。

再往前走略偏一点就是乌德海人的住地瓦贡别,那里有4所房子和帐篷。根据消息,这里共有85个乌德海人(29个男人、19个女人和37个孩子)。

我们走近他们的住处时,他们纷纷迎面向我们走来。乌德海人远非友好地迎接了我,甚至没有邀请我们进他们的帐篷。

他们向我提出的第一个问题就是:你为什么在李堂奎的房子里过夜?我回答了他们,也顺势向他们问为什么要对我如此敌意。乌德海人回答说,他们早就在等着我,突然得知我来了,却在香石河子村中国人的房子里住了下来。

很快一切就弄清了:原来这里曾发生一场大惨案。李堂奎狠狠剥削着伊曼河谷地的本地人,若是他们在规定的时间里交不出一定数量的毛皮,就残酷地惩罚他们。最后有两个乌德海人,来自克亚隆季加氏族的马先达和索莫忍无可忍去哈巴罗夫斯克向总督告状。总督答应帮助他们,还说我应该从海边快要到达伊曼河了。他吩咐他们去找我,认为我在本地能很轻易地处理这个问题。乌德海人回来后向族人们告知了此行结果,耐心等着我来。李堂奎后来知道了马先达和索莫出去告状的事情,为了震慑众人,他吩咐用棍棒毒打告状的人。其中一个直接被打死,另一个虽然活了下来,却落得终身残疾。死者兄弟古隆加又去了哈巴罗夫斯克,李堂奎吩咐人抓住他,把他冻死在河里。得知此事后,乌德海人决定拿起武器,保护族人,戒严起来。他们已经待在本地两个星期都没有去打猎,由于粮食不足,都在忍饥挨饿。这时有消息传来说我去了香石河子,住到了李堂奎的房子里。我对他们解释道,我在此之前并不知晓伊曼河上发生的事,在去到香石河子时,又累又饿,没有分辨就进了碰见的第一所房子。

晚上所有老人都聚集到一座帐篷里。大家开会决定让我一到哈巴罗夫斯克就把一切报告给长官,请求给予帮助。

老人们散去后,我穿上衣服,走出帐篷。周围一片黑暗,两步之外都看不清人。突然在一片寂静的空气中,传来一些奇怪的声音:先是敲打手鼓的声音,随后是一阵如泣如诉的歌声。歌声如波浪般传向四面八方,又消散在冰冷的夜风里。我喊来德尔苏。他走出来,告诉我说在最边上的一座帐篷里有萨满在给孩子治病。于是我去了那里,但是在帐篷门口撞上一位老妇人,她拦住了我的路。我顿时明白在行巫术时我在场并不合适,于是原路返回了。

在另一侧的中国房子那里看得到火光。我冻得要命,就回到帐篷里,在篝火旁取起暖来。

从瓦贡别到帕罗沃奇

第二天,11月8日,早上,我们继续上路。

所有的乌德海人都来为我们送别。这群人穿得五彩斑斓,脸庞晒得黝黑,帽子上带着松鼠尾,给人的感觉很是奇异。他们的动作中包含着野性与淳朴。

我们走在中间,老人们走在旁边,年轻人往往被水獭、狐狸和兔子的脚印吸引,跑到旁边去。在林中空地的末端,这些异族人停下来,让我走到前边。

从人群中走出一位须发花白的老者。他递给我一只猞猁爪,要我放到口袋里,这样我就不会忘记他们关于李堂奎的请求。随后我们分别了:乌德海人返回,而我们踏上了自己的路。

从西岔河河口起,伊曼河改变了流向,一直流向北方,直至到达捷丘贺河。这条支流有三个名称:赫哲人称它为"捷基比拉",乌德海人称呼为"泰基比亚札",俄罗斯人称之为"泰齐别里"。伊曼河由此又向西转弯,并一直保持这一流向直至注入乌苏里江。伊曼河谷地的这一部分也是由剥蚀谷地和构造谷地交替构成的。这种类型的谷地在阿穆尔河临近地区很常见。

在西南岔河和捷丘贺河之间,伊曼河从左侧依次纳入以下支流:大石头河(长50公里)和黑山沟河(长10公里)。在两座河口之间有一座老妈子踪山,接着是煤大沟子河(长6公里)和同名山脉,最后是小西北河(长25公里)。从右侧起,依次是瓦贡别河(长40公里)及支流大烟沟河(长6公里)和处处围子河(长15公里)。

泰齐别里河长 100 公里，石滩众多，满是倒木；上游流向为从东到西，只是在靠近河口时转向南方。整个河谷都覆盖着浓密的针叶混交林。泰齐别里河下游有如下支流：右侧为草老沟子河（长 12 公里）、长嘴子河及同名山脉、西北岔河。随后依次是：旱泥盒子河、北碇子河和东南岔河。西北岔河是由小西北岔河和三岔子河汇合而成，平均流速每小时 9 公里，深度在 1.5 米左右，靠近河口处宽度为 50 米。

若是沿着右侧的河流向前，两天内可以到达北出河，若是沿着另一条河向前，四天内可以到达石头河（比金河上游的支流）。南岔河（长 25 公里）、貂皮沟河（长 20 公里）、叉木桥沟子河（长 30 公里）、豹妈子沟河（长 12 公里）和大岭沟子河（长 40 公里）从左侧流入泰齐别里河。在豹妈子沟河和大岭沟子河间耸立着一座相当高的山脉，名为老鸹嘴子山。

泰齐别里河在纳入伊曼河后转向西边。此处这条河的宽度为 140 米，深 3~4 米。接着左侧有两条小河流入其间：三大泡子河（长 8 公里）和靠亮屯河（长 15 公里）。中国人将后者称为金子河。

夏天在沿着森林行进的时候，得认真观望，以防迷路。冬季大雪覆地时，隐藏在灌木丛间的小路清晰可见，很大程度上使我的测量工作轻松了许多。

伊曼河很少为单一流向，更多时候分为几条支流。其中一些支流较长，偏向一边。在这些支流之中最为引人注目的是大沟子河、纳柳河和卡尔通河。

这些天我们都非常疲惫，很想停下休息一下。据乌德海人说，前面有一个很大的中国村子卡尔通。我们想着在那里过夜，蓄点力气，可以的话还想租用驮马。但这注定是个空想罢了。

在金子河和卡尔通河间的间隔处伊曼河纳入许多大小支流，这些支流名称如下：右侧是杨木架河（长 25 公里）、老鸹嘴子河（长 20 公里）和王八碇子河（长 25 公里，就是"龟状山崖"之意）。卡尔通河附近的石头山亦同此名。若是从伊曼河一侧看向这些山脉的侧面，那么它们的轮廓确实如同乌龟一般。据乌德海人说，老鸹嘴子河和王八碇子河间的山上藏有金子。从左侧向伊曼河注入的河流依次是靠亮屯河（长 10 公里）、虾多泡子河（长 15 公里）、丘硿沟河（长 40 公里）、东大沟河（长 50 公里）、鞑子沟河（长 15 公里）和黄米河子河（长 12 公里）。

卡尔通本身是一个长 6 公里、宽 3 公里的大盆地。这里共计有 42 所中国房子。

卡尔通地区可以被认为是结束混交林、开启阔叶林的界限。河流附近的山上覆盖着雪松林，冬季其深色针叶很是醒目。

我们走进卡尔通时，白日将尽了，太阳刚落到地平线以下，阳光还在云彩间跳跃，反射出的光芒最终照亮了大地。

河流附近看得到一些中国房子。

"卡尔通"一词，大概是"高丽屯"，意为"朝鲜人的村子"。据说从前这里的支流里有许多珍珠。据另一种解释"卡尔通"意为"大门"。确实，在西边，卡尔通河后面，谷地又变窄了。从左侧向河流伸向了恒虎道山，从右侧是王八硿子的一条长长的支脉。

比卡尔通河边上还要富裕的房子我还没有见过。这些房子坐落在河流右岸，比起住宅更像是工厂。

我走进其中一座房子，中国人满怀敌意地迎接了我。消息已经传到他们这里，我们是谁，还有乌德海人为什么护送我们。待在并不友善的主人的屋子里是十分难受的。我走进另一间房子，在那里的遭遇更坏，而第三间我们根本没敲开门，在第四间、第五间和第十间房子里，我们都受到了同样的待遇。自找麻烦是不行的。我骂起来，哥萨克们也骂，德尔苏也骂，但什么办法也没有，只能屈服。我不想在房子附近过夜，决定接着前行，直到找到合适的宿营地为止。

夜晚降临了，天边美丽的霞光开始变得暗淡，星星在眨着眼睛。

中国房子已远远落在后面，而我们一直走着。突然德尔苏停下来，把脑袋向后一仰，闻起空气来。

"等一等，长官，"他说道，"我闻到烟味。这是乌德海人。"

"你怎么知道？"科热夫尼科夫向他问道，"可能是中国房子呢？"

"不，"德尔苏说道，"这是乌德海人。中国房子有大烟囱，烟高高地走。帐篷里烟低低地走。乌德海人烤鱼。"

说到这里，他自信地走到了前面。有时他停下来，使劲地嗅着空气。我们就这样走了五十步，随后是一百步、两百步，期待中的帐篷却一直都没有看到。疲惫的人们开始笑起德尔苏，德尔苏委屈起来。

"你们想这里睡，我想到帐篷去吃鱼。"他平静地说道。

我跟着他，哥萨克们也跟在了我后面。过了大约3分钟，我们确实靠近了一处乌德海人的住地。那里有3间帐篷。里面住着9个男人、3个女人，还有4个孩子。

过了几分钟，我们已经坐在火旁，享用烤鱼和茶水了。这一天我是如此疲倦，根本无力去在旅行日志上记下必需之事了。我请求乌德海人晚上别熄灭火堆。他们允诺晚上轮流看守，立刻就去劈柴准备。

晚上是雾气腾腾的严寒。坦白说，要是明天早上起来天气不好，我是很高兴的。至少我们就可以休息一下，好好地睡到日上三竿，但是太阳一出来，雾气立刻就消散了。支流附近近岸的灌木和树木挂了一层白霜，如同珊瑚一般。光滑的冰面上洒落了一层霜花。阳光在其间跳跃，如同河面洒下一颗颗钻石。

我看出来哥萨克们着急回家，就顺从了他们的愿望。有一个乌德海人自告奋勇将我们送到庙岭。那是一个大烧锅厂，位于伊曼河右岸，距离卡尔通河约7公里，在河流下游。

我觉得今天的路走得尤为艰难。

在卡尔通的"大门"这里，谷地又变宽了。我上到一座小山上，一幅尤为有趣的画面落入了我的眼帘。伊曼河谷地向东延伸，隐没在了山间。但向西、向北和向南，目光所及之处，在我面前展开了一个巨大的、稍有丘陵起伏的低地，上面覆盖着小片的稀疏针叶林，而在针叶林后面一望无际的空间里，延伸出一片长满青草与灌木的雪白田野。中国人把这块巨大的低地称为"老房子"。它长80公里，宽至少为50公里，尤为适宜耕种，但是在哪儿都没能看到房子。中国人抛弃这里大概不是毫无理由的：或是这里的土地贫瘠，或是在伊曼河汛期时这里会被淹没。听说，在清沟子地区还有一间帐篷，住着两个没有家室的乌德海人。

大约两点时候我们到达了庙岭，这是伊曼河地区最古老的房子之一，里面住着16个中国人和1个赫哲族女人。它的主人大约在50年前搬到这里，当时还是个青年，现在已经70岁了。他出乎意料地接待了我们，虽然不是很情愿，但他还是吩咐招待我们，并允许我们在他的房子里过夜。晚上他喝得大醉，先是求我什么，随后又转为更尖锐的语调，乱吵乱嚷起来。

"庙岭不是昨天才有，也不是今天才有，"他说道，"庙岭和我一样老了，你们却要来赶我走。我不会把庙岭给你们。要是我必须走，我就烧了它。"

随后他说道今天就要把房子烧了，便去了院子里，拖来一大捆稻草。

德尔苏把他灌到失去意识，让他躺在那捆稻草上睡着，才结束这场闹剧。

清早我们很早就离开了，留下那个老头在他的房子里睡觉，他不想把那所房子让给我们，我们也不准备从他手里夺去。

奇怪的是，我们越靠近乌苏里地区，感觉就越差。我们的背囊几乎都是空的，但是背起来却比上路初期塞满东西时更为沉重。背带割着肩膀，连碰碰肩膀都很疼。由于紧张，我们的脑袋疼痛起来，虚弱不已。

我们离铁路越近，人们对待我们的态度就越差。我们的衣服都破烂不堪，鞋子也穿坏了，农民们看待我们如同流浪汉一般。

从庙岭起，小路沿着凹凸不平的草甸绕过了沼泽和支流。过了大约两小时，它将我们引向几座长满稀疏柞树林的不高的小山丘。这些山丘是伸进老房子中间的独立山岭，被称作沟子山。这些山丘是一些大山的残存，这些大山有的被冲刷，有的被第三纪构造形成的厚层淹没。一条叫作黄泥河子的小河流经山脚。

士兵们懒懒地走着，经常停下来休息。快到黄昏的时候，我们到了一个有着奇怪名字"帕罗沃齐"的地方。这个名称究竟从何而来我无从得知。这里住着一个乌德海人的族长萨尔·基蒙卡和他的家人，有7个男人和4个妇女。1901年他同移民局的职员米哈伊洛夫一起沿着伊曼河一直向前，一直走到锡霍特山脉。为此曾拨给他一块田地作为奖励。

晚上我从他那里得知,大约在伊曼河下游4公里处还有一条大河流入伊曼河,就是内出河。几乎一半河流都流经田地沼泽间的老房子低地,田地沼泽上覆盖着高高的青草和枯萎的灌木丛。据他的话说,内出河非常蜿蜒。浓密的混交林起自距伊曼河40公里处。随后出现了被烧毁的地方和森林沼泽。在内出河的支流之中,黑泥道河以盛产人参闻名。

第二天我们起得很晚,稍微吃了点鱼就接着前行了。萨尔·基蒙卡将我们送至不久前在帕罗沃奇附近定居的朝鲜人住地。伊曼河向下还没有冻住——应该乘船过河。我们走遍了所有的房子,却找不到一个男人。女人们都惊恐地看着我们,沉默着,把自己的孩子藏起来。我发现什么都办不了,于是挥挥手,吩咐士兵们向河边走。乌德海人不知在哪里找到一艘藏在灌木丛中的平底船。他用船将我们一个个运送过河,又返了回去。

在伊曼河左岸一座孤山脚下有4个窑洞,这是俄罗斯村庄科捷利诺耶村。这里的俄罗斯移民们刚从俄罗斯来到此地,还没盖好房舍。我们走近一个窑洞,请求在里面过夜。

窑洞的主人们都殷勤好客,他们询问我们究竟是谁,要去哪里,随后就抱怨起命运来。

吃上了俄罗斯农家菜肴,我是多么高兴啊!晚上所有农民都聚集到窑洞里。他们讲述着在新地方的居住生活,时常叹起气来,大概迁居让他们感到不称心。若是没有大马哈鱼,他们都要饿死了,只能靠鱼过活。

从科捷利诺耶村起,道路都用里程柱标注了。村子附近的柱子上标注了数字"74"。我们没钱雇马。我想,只要条件允许或是步行时就一定要把测量工作进行完毕。此外,由于衣衫破烂,我们也只得不停地走动取暖。

我们清早就出发,那时天刚刚破晓。

过了内出河,道路立刻就上至山口,其中有一段9公里的路都是斜坡,左侧为一片伊曼河的沼泽低地,右侧是长满可以用作薪柴的古老的稀疏柞树林。道路先是向北,随后在刻有数字"57"的柱子旁转而向西。

接下来的村庄是冈恰罗夫卡村。它比科捷诺利耶夫村要大,但这个村子的状况也很是堪忧。从每一扇窗户都能看到这个村庄的贫穷,这一点也反映在农民的脸上、妇女的眼里和孩子们的衣着上。

中午,我们到达了朝鲜人的小村子卢基亚诺夫卡村。这个小村子由52所房子组成,彼此散居很远。我们在这里稍事休息,接着前行。我们一直走到黄昏。我们疲惫不堪,冻得要命,想吃东西。很快我就没法分析仪器上的数字了,但道路还清晰可见,于是我借着火光继续工作。一个哥萨克把划着的火柴靠近仪器照明。借着微弱的亮光,我找到游标上的数字,把它记到平面图上,再接着前行。最后前面终于闪现出火光。

"村庄!"所有人都异口同声地喊道。

"夜里火光总是骗人。"德尔苏对此说道。确实,在黑暗之中火光远远地就能看到。有时它好像比实际上更远,有时又几乎是在旁边一般很近。我们走着走着,好像火光在离我们远去。我本想吩咐休息,但火光突然靠近了。黑暗中我们瞧见了一间茅屋,随后是第二间、第三间……总共有八间房子。这是维尔鲍夫卡村。许多村民都不在家,他们去城里做活了。惊恐的妇女们把我们错认成红胡子,不肯开门。我们不得不去村长家求助。他把我、德尔苏和鲍奇卡列夫安置在自己家里,把格拉纳特曼、穆尔津和科热夫尼科夫安置到邻居家。

这一天我们走了35公里,都累得要命。距铁路线还剩43公里。与同伴们商量后,我决定一次走完这段距离。为了实现这个计划,我们很早就出发了。我又借着火光工作了将近一个小时。太阳落山的时候,我们已经靠近了戈戈列夫卡村。

早上非常寒冷,整个村庄都冒出了炊烟,从烟囱里冒出了一股股白色的烟柱。烟在空气中成了橙金色,逐渐消散了。

我不想在这里停留,但有一位当地住户得知我们是谁后,请我们去他家喝茶。拒绝别人的盛情是不礼貌的。主人家很是殷勤好客,他请我们喝牛奶,吃白面包夹蜂蜜或黄油。他的姓氏我有些记不清了,但我由衷感谢他的善心与款待。

戈戈列夫卡村位于伊曼河左岸,离河有半公里。对岸群山耸立,依次是：山高城山、厚石山、王八脖子山和小山冲子山。在第一座山（即山高城山）附近，有一条北出河（北面流来的河）注入伊曼河，北出河与伊曼河流向平行，只是在下游地区略向南偏。河流长约 150 公里，宽 40 米，深 2 米，流速为每小时 3 公里。在河源处有通往石头河（比金河支流）的山口。北出河很是曲折蜿蜒，尤其是在下游。近年来这里发生了数次大规模的森林砍伐。在北出河的支流中值得注意的是左侧的东南岔河、黑河、沙坨河和西克辛达河，右侧的小河子河、旱泥河子口河、乌尚卡河和小北出河。在河口与伊曼河间坐落着一个不大的朝鲜小村庄萨罗夫卡村，再往前在群山起始的地方，还有两个朝鲜村庄奥姆鲍尔村和萨姆鲍尔村。

茶水和面包使我们恢复了气力。向热情款待我们的主人表示感谢后，我们接着出发，很快靠近了兹维尼戈罗德村。现在距离铁路线只剩下 23 公里。对饱餐了一顿早饭、知晓今天就能结束行程的我们，这段距离又算得了什么呢？

这一天阳光晴朗但寒气阵阵。我已经厌倦了测量，全靠坚持到底的信念继续支撑。每次拿起方位角测量过方位后，我都赶快画下最近的地貌，随后哈着气暖暖手。走了一小时后，我们碰上一个庄稼汉。他正赶着车往车站送鱼。

"您怎么这样工作？"他向我问道，"难道您不冷吗？"

我向他回答说，这一路下来，我的手套已经磨坏了。

"那就戴我的吧，"这位同路人说道，"我有一副备用的。"

说到这里，他从车上拿出一副暖和的毛线手套递给了我。我戴上手套，继续工作。我们一起走了 2 公里，我绘制地形图，而这个农民一直向我讲着生计，对每个人都破口大骂。他骂同乡，骂老婆和邻居，连教师和神父都不放过。我对这阵骂声感到厌烦。他的马走得很慢，我看出来，这样走法，一直到晚上我们都到不了伊曼。我摘下手套，把它还给赶车的，谢了他，想着快一点就加快了步子。

"怎么，"他大声尖叫道，"难道您不打算向我付钱？"

"付什么钱？"我问道。

"手套钱啊!"

"我不是把手套还给你了吗?"我回答他。

"你怎么这样!"我的"善人"不满地拖长了声音,"我可怜您,您却不想付钱?"

"你可真是大发善心啊!"哥萨克们插嘴道。德尔苏比所有人都生气。他一边走,一边用各种话骂那个赶车的。

"坏人,"他说道,"这样的人我不想看。他没有脸。"

赫哲人表达的"没有脸",意思是丢了良心。我不得不同意,这样的人的确没有良心。

这件事摧毁了我一天的好心情。

"这样的人怎么活?"德尔苏还是没有停,"我以为,他活不了——他很快就自己完蛋了。"

中午过后我们走近了瓦库河,在路上休息了一次。

到铁路线的直线距离只剩不到 2 公里,里程柱上显示的却是数字 6。这是因为道路在这里绕过了大片的沼泽。风送来火车的汽笛之声,已经看得到车站建筑了。

我暗自怀着一个想法,那就是这次德尔苏会和我一起去哈巴罗夫斯克。和他分离使我非常难过。我注意到这些日子里他对我很是注意,好像想说些什么、询问些什么,却始终下不了决心。最后他终于克服了自己的窘迫,向我要些子弹。我明白,他最后还是决定要离开了。

"德尔苏,不要走。"我对他说道。

他叹了口气,说害怕城市,他在那里无事可做。于是我又提议他和我一起去车站,在那里我可以给他补充些上路的钱和粮食。

"不需要,长官,"赫哲人说道,"我找到貂,那就是钱。"

我徒劳地劝说,德尔苏依旧固执己见。他说,他会沿着瓦库河往前走,在河源那里捕貂,等雪开始融化的时候,再转去刀毕河。在那里的阿努奇诺地区附近住着一位他熟识的赫哲族老头。德尔苏决定在他那里度过春天里的两个月。我们约定,到夏初等我再来考察时,就派一个哥萨克或是自己去找他。德尔苏同意了,允诺等我。随后我把所有的子弹都给了他。我们坐着,一直说着这件事。我和他约定了三次,我们要在哪里再见面,千方百计地拖延着离别的时间。想到要同他分别,我的心里就无比沉重。

"我要走了。"德尔苏说着,背起自己的背囊。

"再见了,德尔苏,"我说道,紧紧握着他的手,"谢谢你对我的帮助。再见了!我永远不会忘记你为我做的那么多事!"

一轮巨大的红日刚刚落下,在地平线上只留下一阵暗淡的光辉。同往常一样,最先升起的是金星,随后升起的是木星和其他一些大型星子。德尔苏本想说点什么,却窘迫起来,用袖子擦起了枪托。我们默默地坐了片刻,随后又彼此握了握手,就分开了。他拐了个弯,向支流走去,而我们沿着道路往前。走开一点儿,我回过头来,看着赫哲人。他已经走上石滩,正察看雪地上的足迹。我唤着他,摇着自己的帽子。德尔苏也摆手回应。

"再见了,德尔苏。"我默默地想着,接着向前走去。哥萨克们跟在我后面。

在我们面前铺陈开一片覆盖着干枯黄草、皑皑白雪的平原。风从平原上刮过,吹起了干枯的草茎。在雾气茫茫的山脉之后,西边升起了晚霞,而在东方,暗色的冷夜已经渐渐来临。车站上亮起花花绿绿的灯火。

这一天我们实在太累了,整个旅途都没有这么累过。大家都分散开来,各走各的。尽管离铁路线还剩2公里,但这一小段距离对我们来说比旅行之初的20公里还要艰难。我们积聚起最后的力量,慢腾腾地走到车站,到车站还剩二三百步的时候,我们坐到枕木上休息一下。走过的工人们都为我们在离车站如此近的地方休息而感到惊讶,有一个工人还笑起我们来。

"大概是离车站太远了。"他笑着对同伴说道。

我们却顾不上谈笑。宪兵们也犹疑地看着我们,大概是把我们当成了流浪汉。最后我们终于走到了一个镇子上,在第一个遇到的旅馆前停了下来。市民大概会对其周围环境、价格昂贵和不甚卫生感到窘迫,但它对我们来说却是天堂一般。我们租了两个房间,舒舒服服地安顿下来。

所有困难都被抛在身后,我突然对报纸产生了兴趣。我一直想着德尔苏。"他现在在哪儿?"我想着,"大概,他正在河岸边的什么地方宿营,拖着柴火,生起篝火,嘴里叼着烟斗在打盹儿。"我这样想着,睡着了。

早上我们醒得很早。让我高兴的第一个想法就是意识到终于不用再背那沉重的背囊了。我一直悠闲地躺在床上。随后穿上衣服,去找乌苏里哥萨克军队伊曼地区的首长费弗拉列夫。他友好地接待了我,还给了我一笔钱。

晚上我们去了澡堂。在这次考察期间,我同哥萨克们已非常熟稔,也不想和他们分别。洗过澡后,我们一起喝了最后一次茶。很快火车就来了,我们各自踏进车厢。

11月6日,我们到达了哈巴罗夫斯克。哥萨克们从火车上一下来就去了营房,格拉纳特曼留在麦尔兹亚科夫那里,我则住到了同事那里。次日我去面见了总督翁捷尔别尔格先生,向他讲述了我的考察事宜。他对我所收集到的资料如何进行整理给出了一些建议,并希望明年夏初我还能继续到锡霍特山区展开考察与研究。